Em busca de um novo amanhã

OBRAS DO AUTOR PUBLICADAS PELA EDITORA RECORD

As areias do tempo
Um capricho dos deuses
O céu está caindo
Escrito nas estrelas
Um estranho no espelho
A herdeira
A ira dos anjos
Juízo final
Lembranças da meia-noite
Manhã, tarde & noite
Nada dura para sempre
A outra face
O outro lado da meia-noite
O plano perfeito
Quem tem medo de escuro?
O reverso da medalha
Se houver amanhã

INFANTOJUVENIS
Conte-me seus sonhos
Corrida pela herança
O ditador
Os doze mandamentos
O estrangulador
O fantasma da meia-noite
A perseguição

MEMÓRIAS
O outro lado de mim

COM TILLY BAGSHAWE
Um amanhã de vingança (sequência de
Em busca de um novo amanhã)
Anjo da escuridão
Depois da escuridão
Em busca de um novo amanhã (sequência de Se houver amanhã)
Sombras de um verão
A senhora do jogo (sequência de O reverso da medalha)
A viúva silenciosa
A fênix

SIDNEY SHELDON
e TILLY BAGSHAWE

Em busca de um novo amanhã

Tradução de
MARIANA KOHNERT

17ª edição

RIO DE JANEIRO • SÃO PAULO
2025

CIP-BRASIL. CATALOGAÇÃO NA PUBLICAÇÃO
SINDICATO NACIONAL DOS EDITORES DE LIVROS, RJ

S548e   Sheldon, Sidney, 1917-2007
         Em busca de um novo amanhã / Sidney Sheldon,
17ª ed. Tilly Bagshawe; tradução de Mariana Kohnert. – 17ª ed. –
         Rio de Janeiro: Record, 2025.

         Tradução de: Chasing Tomorrow
         ISBN 978-85-01-10453-3

         1. Ficção americana. I. Bagshawe, Tilly. II. Kohnert, Mariana.
         III. Título.

                                      CDD: 813
15-20921   CDU: 821.111(73)-3

TÍTULO ORIGINAL: CHASING TOMORROW

Copyright © 2014 by Sidney Sheldon Family Limited Partnership

Texto revisado segundo o Acordo Ortográfico da Língua Portuguesa de 1990.

Todos os direitos reservados. Proibida a reprodução, no todo ou em
parte, através de quaisquer meios. Os direitos morais dos autores foram
assegurados.

Direitos exclusivos de publicação em língua portuguesa somente para o Brasil
adquiridos pela
EDITORA RECORD LTDA.
Rua Argentina, 171 – Rio de Janeiro, RJ – 20921-380 – Tel.: (21) 2585-2000,
que se reserva a propriedade literária desta tradução.

Impresso no Brasil

ISBN 978-85-01-10453-3

Seja um leitor preferencial Record.
Cadastre-se no site www.record.com.br e receba
informações sobre nossos lançamentos e nossas promoções.

Atendimento e venda direta ao leitor:
sac@record.com.br

Para Katrina,
com amor

PARTE UM

Prólogo

RIO DE JANEIRO, BRASIL

ELE SE VIROU e olhou para a igreja vazia sentindo um frio na barriga.

— Ela não vem, não é? Mudou de ideia.

— É claro que ela vem, Jeff. Relaxe.

Gunther Hartog olhou para Jeff Stevens com pena. *Como deve ser horrível estar tão apaixonado.*

Jeff Stevens era o segundo vigarista mais talentoso do mundo. Sofisticado, gentil, rico e charmoso, Jeff atraía muitas mulheres. Com o corpo em forma, cabelos escuros espessos e uma aura extremamente masculina, Jeff Stevens poderia ter qualquer mulher que desejasse. O problema é que ele não queria *qualquer* mulher. Ele queria Tracy Whitney. E com Tracy Whitney tudo é sempre um mistério...

Tracy Whitney era *a* vigarista mais talentosa do mundo. Jeff Stevens levou muito tempo para perceber que não podia viver sem ela. Ele sabia disso agora. A sensação de frio na barriga piorou. Graças a Deus não havia convidados na igreja. Ninguém para testemunhar a humilhação de Jeff, além de Gunther e do velho e rabugento padre Alfonso.

Onde ela está?

— Está 15 minutos atrasada, Gunther.

— Noivas costumam atrasar.

— Não. É mais que isso. Aconteceu alguma coisa.

— Não aconteceu nada.

O velho sorriu, complacente. Ele se sentiu honrado quando Jeff pediu que fosse o padrinho de seu casamento com Tracy. Beirando os 70 anos, sem filhos, Gunther Hartog amava Jeff Stevens e Tracy Whitney como se eles fizessem parte de sua família. A união dos dois significava tudo para ele, principalmente depois do golpe que foi a decisão conjunta do casal de endireitar a vida. Uma tragédia, na opinião de Gunther Hartog. Como se Beethoven tivesse se aposentado depois da Quarta Sinfonia.

Mesmo assim, era maravilhoso estar de volta ao Brasil. Aquele ar quente e úmido. O cheiro de bolinhos de bacalhau recém-saídos da frigideira em cada esquina. A confusão de cores que se via por toda parte, desde as flores silvestres até os vestidos deslumbrantes das mulheres, os afrescos e os vitrais da minúscula igreja barroca de santa Rita, onde os dois agora estavam. Tudo isso fazia com que Gunther Hartog se sentisse jovem novamente. Jovem e cheio de vida.

— E se Pierpont descobrir? — As rugas de preocupação ficaram ressaltadas no rosto de Jeff Stevens. — E se...?

Ele parou no meio da frase. Ali, à porta da igreja, conseguia ver a silhueta de Tracy Whitney. A luz do sol incandescente atrás dela parecia quase uma auréola, como se Tracy fosse um anjo enviado do céu. *Meu anjo.* O coração de Jeff Stevens acelerou.

A silhueta esguia de Tracy era destacada com perfeição em um vestido de seda simples de cor creme, e seus cabelos castanhos reluzentes desciam pelos ombros como mel escorrendo. Jeff Stevens a vira em diversos disfarces ao longo dos anos — Tracy tinha uma beleza fluida, maleável, o que explicava parte do sucesso dela como vigarista —, mas ele jamais a vira tão linda quanto naquele dia. A mãe de Tracy costumava dizer à filha que ela tinha "todas as cores do vento". Jeff Stevens entendia exatamente o que Doris Whitney queria dizer. Naquele dia, os olhos de Tracy, olhos incríveis que podiam mudar de verde-musgo para um jade escuro de acordo com o humor dela, brilhavam de felicidade, e com algo mais. Triunfo, talvez? Ou ansiedade? Jeff Stevens sentiu o coração acelerar.

— Oi, Gunther, querido. — Tracy caminhou com determinação até o altar, beijando o mentor em cada bochecha. — Que maravilha você ter vindo.

Tracy Whitney amava Gunther Hartog como um pai. Tracy sentia falta do próprio pai. Esperava que ele sentisse orgulho dela naquele dia.

Ao se virar para Jeff, ela falou:

— Desculpe pelo atraso.

— Jamais peça desculpas — respondeu Jeff. — Você é linda demais para isso.

Ele reparou que as bochechas dela estavam bastante coradas, e uma camada fina de suor começava a se formar em sua testa. Quase como se Tracy tivesse corrido.

Ela sorriu.

— Tenho uma boa desculpa. Estava escolhendo seu presente de casamento.

— Entendo. — Jeff sorriu de volta. — Bem, eu gosto de presentes.

— Eu sei que gosta, querido.

— Principalmente quando vêm de você.

O padre interrompeu o casal e olhou, impaciente, para o relógio.

— Será que podemos começar?

O padre Alfonso ia celebrar um batizado em uma hora. Queria que aqueles americanos maçantes se apressassem. A química explosiva entre Jeff Stevens e Tracy Whitney deixava o padre Alfonso muito desconfortável. Como se ele estivesse cometendo um pecado apenas ao ficar diante do casal. Por outro lado, os noivos tinham dado uma boa gorjeta para usar a capela com tão pouco tempo de aviso.

— Então, recebeu? — perguntou Jeff, sem tirar os olhos cinzentos dos de Tracy.

— Recebi o quê?

— Meu presente, é claro.

— Ah, sim. — Tracy sorriu. — Recebi.

Jeff Stevens beijou Tracy com paixão.

O padre Alfonso tossiu alto.

— Por favor, Sr. Stevens. Contenha-se! Estão na casa de Deus — disse ele, em português, ao casal estrangeiro. — Este é um lugar de adoração. Ainda não estão casados.

— Desculpe. — Jeff sorriu, não parecendo nada arrependido.

Ela conseguiu. Tracy conseguiu. Foi mais esperta que o grande Maximilian Pierpont. Depois de todos esses anos.

Jeff Stevens olhou para a futura esposa com adoração.

Jamais a amou tanto.

Capítulo 1

DEZ DIAS ANTES...

AEROPORTO SCHIPHOL, AMSTERDÃ

TRACY WHITNEY SE recostou na poltrona da primeira classe, assento número 4B, e suspirou satisfeita. Em poucas horas, estaria com Jeff novamente. Eles iriam se casar, no Brasil. *Chega de aventuras*, pensou Tracy, *mas não sentirei saudades. A vida já será bastante emocionante sendo apenas a Sra. Jeff Stevens.*

O último golpe, o roubo do inestimável diamante Lucullan da fábrica de lapidação de diamantes em Amsterdã, fora a chave de ouro perfeita. Juntos, Tracy e Jeff foram mais espertos que a polícia holandesa e Daniel Cooper, o agente de seguros obstinado que os perseguiu por toda a Europa, em um ardil dramático. *Jamais seremos melhores que isso*, pensou Tracy. *E certamente não precisamos de mais dinheiro.* Era o momento perfeito para se aposentarem.

— Com licença.

Um homem obeso, de meia-idade e aparência devassa, estava parado ao seu lado. Ele indicou a poltrona junto à janela.

— Esse é o meu lugar, querida. Grande dia para um voo, hein? — Havia malícia na voz do homem quando ele se espremeu para passar por Tracy.

Ela virou o rosto. Tracy não tinha interesse algum em conversar, principalmente com aquele pervertido.

Ao se sentar, o companheiro de viagem a cutucou.

— Já que estaremos juntos neste voo, mocinha, por que não nos apresentamos? Meu nome é Maximilian Pierpont.

O fichário mental de Tracy entrou em ação, mas ela não exibiu qualquer sinal de emoção.

Maximilian Pierpont. Lendário especialista em aquisição de controle acionário. Compra empresas e acaba com elas. Implacável. Três divórcios. Dono da coleção de ovos Fabergé mais valiosa depois do museu Hermitage, em São Petersburgo.

— Condessa Valentina Di Sorrenti. — Tracy ofereceu a mão a ele.

— Uma condessa, hã? Encantado. — Maximilian Pierpont tocou o dorso da mão de Tracy com os lábios. Estavam úmidos e pegajosos, como um sapo. Ela se obrigou a sorrir.

Tracy ouviu o nome "Maximilian Pierpont" pela primeira vez a bordo do navio *Queen Elizabeth II*, muitos anos antes, quando ela e Jeff Stevens eram passageiros na mesma viagem com destino a Londres. Jeff estava planejando roubar o infame e inescrupuloso Pierpont, mas, em vez disso, acabou se envolvendo em um engenhoso golpe de apostas com Tracy, enganando dois mestres do xadrez para que se enfrentassem em um jogo armado. Mais tarde, Gunther Hartog contratara Tracy para roubar Pierpont no Expresso do Oriente para Veneza, mas o homem jamais apareceu.

A mãe de Tracy, Doris Whitney, se matou depois que um mafioso de Nova Orleans, cidade natal dela, chamado Joe Romano, tramou para que ela perdesse o negócio da família. O pai de Tracy passara a vida construindo a Whitney Automotive Parts Company. Depois da morte dele, Romano destruiu a empresa, demitiu todos os funcionários e deixou Doris sem um centavo.

Tracy se vingara de Joe Romano havia muito tempo. Mas o ódio dela por especialistas em aquisições jamais passou. Até onde Tracy sabia, havia um cantinho especial no inferno reservado para os Maximilians Pierponts do mundo.

Você não vai escapar dessa vez, seu desgraçado.

O voo foi longo. Tracy teve uma conversa amigável com Pierpont por quase duas horas antes de o homem cair no sono, ressonando alto como uma morsa encalhada. Era tempo suficiente para Tracy aprimorar um pouco o alter ego. Havia interpretado a condessa Valentina Di Sorrenti antes e conhecia bem a história da personagem. (Afinal, escrevera a página da Wikipédia da condessa.) Valentina era viúva (*Pobre Marco! Morreu tão jovem e de uma forma tão estúpida. Um acidente de jet ski na Sardenha. Valentina testemunhou tudo do deque superior do iate, El Paradiso)* e provinha de uma antiga família aristocrata. Perdera o pai recentemente e insinuara ter uma grande herança, sem entrar em detalhes. Por sua experiência, sabia que era melhor evitar dar muitas explicações, principalmente quando o golpe ainda estava sendo formulado. Ela também mostrou uma falta de conhecimento encantadoramente feminina a respeito de questões financeiras e de como o mundo funcionava. E isso fez os olhos gananciosos de Maximilian Pierpont brilharem quase tanto quanto brilharam quando ele olhou para os seios dela, algo que fazia com frequência durante a conversa e sem qualquer indicação de timidez. Ao fim do papo, a condessa Valentina concordara em se encontrar com ele para jantar na noite seguinte, em um dos restaurantes mais sofisticados do Rio.

Aliviada porque o insuportável Pierpont estava finalmente dormindo, Tracy pegou uma revista do avião. O primeiro artigo que leu era sobre os preços exorbitantes das propriedades na orla brasileira. Uma propriedade ostentava uma piscina de proporções olímpicas com borda infinita e jardins tão bem-cuidados que poderiam competir com os de Versalhes. Tracy passou o dedo pelas fotos, maravilhada. *Jeff e eu poderíamos ser felizes em um lugar como esse. Nossos filhos poderiam nadar na piscina. Todos serão nadadores incríveis. E um dia nossa filha poderia se casar no jardim, com uma fila de daminhas diante dela, cobrindo o gramado de pétalas de rosas...*

Tracy riu de si mesma. Talvez os dois devessem se casar primeiro. Uma fantasia de cada vez.

O segundo artigo era sobre o meio ambiente e os efeitos devastadores da erosão em comunidades ao sul do Rio. Tracy leu sobre pessoas que perderam tudo, sobre cidades inteiras que foram alagadas por enchentes. Ela leu sobre deslizamentos terríveis, nos quais várias pessoas morreram ou ficaram desabrigadas. Uma favela em uma cidade próxima ao Rio de Janeiro desabou, e centenas de pessoas foram soterradas na lama. *Que modo horrível de morrer*, pensou Tracy. No Brasil, mais que em qualquer outro lugar no mundo, havia um país para os ricos e outro para os pobres.

Somente quando os avisos de cintos de segurança foram acesos novamente e o processo de aterrissagem teve início, Tracy se deu conta. Conforme as imagens passavam por sua mente, uma a uma — dela com Jeff no altar; de piscinas infinitas e mansões, e deslizamentos de terra; de Maximilian Pierpont pressionando os lábios asquerosos na pele dela; de sua mãe, os olhos bem fechados, segurando o revólver contra a têmpora — ela subitamente murmurou a palavra "Sim!".

— Você está bem, mocinha?

Pierpont, acordado de novo, se aproximou. O hálito dele tinha cheiro de cebola velha.

— Ah, desculpe. Sim, estou bem. — A condessa Valentina se recompôs. — Amo visitar o Brasil. Sempre fico ansiosa quando estou descendo.

— Eu também, querida. — Maximilian Pierpont apertou a coxa de Tracy e deu uma piscadela sugestiva.

— Eu também.

MAXIMILIAN PIERPONT LEVOU Tracy para o Quadrifoglio, no distinto e reservado bairro do Jardim Botânico.

— Isso é realmente muito generoso de sua parte, Sr. Pierpont.

— Por favor, me chame de Max.

— Max. — A condessa Valentina Di Sorrenti sorriu. Ela estava especialmente deslumbrante naquela noite, com uma blusa de renda branca Chanel e saia longa preta Ralph Lauren que destacava a minúscula cintura. Os diamantes nas orelhas e no pescoço eram de lapidação impecável, perfeitos o bastante para mostrar verdadeira riqueza, mas pequenos o suficiente para distingui-la como de uma família da "aristocracia antiga". Max Pierpont era um homem vulgar, mas detestava a vulgaridade nos outros, principalmente nas mulheres. Mas não corria tal risco com essa moça. Max pesquisara sobre a condessa Di Sorrenti no Google assim que eles aterrissaram. A família dela era uma das mais tradicionais e mais proeminentes da América do Sul.

Max imaginou quanto tempo levaria para tirá-la daquelas roupas de alta-costura e levá-la para a cama.

— Então, Valentina. O que a traz ao Rio? — Ele encheu a taça de Tracy até a borda com vinho tinto da garrafa *vintage* de Quinta de la Rosa que acabara de pedir.

O lindo rosto da condessa Di Sorrenti se fechou.

— Negócios. — Ela olhou para Pierpont com olhos tristes e profundos. — E uma tragédia. Meu pai faleceu recentemente, como contei.

Maximilian Pierpont estendeu o braço sobre a mesa e fechou a mão suada sobre a dela.

— Ele me deixou uma propriedade linda. Quase 24 mil metros quadrados ao longo do litoral. Pensei em construir uma casa ali. Poderia ser uma propriedade exótica. Tenho todas as permissões de construção, e a vista... Bem, é preciso ver para entender. Mas — a condessa deu um longo suspiro — não deu certo.

— Por que não? — Como um cão farejando uma raposa, os instintos de negócios de Maximilian Pierpont se atiçaram. Propriedades no litoral brasileiro custavam muito dinheiro.

— Seria triste demais. Sempre pensar em *papa*. — A condessa Di Sorrenti deu um suspiro profundo.

— É uma pena. Então, o que fará com a terra?

Maximilian Pierpont formulou a questão casualmente. Mas Tracy conseguia ver a ganância brilhando nos olhinhos de porco dele. Ela bebeu um gole do vinho.

— Pensei em manter como está. Mas finalmente considerei se não seria desperdício demais apenas deixá-la ali. *Alguém* deveria aproveitar a beleza do lugar, mesmo que eu não consiga.

— Essa é uma forma muito generosa de enxergar a situação. Dá para ver que você é uma pessoa bastante generosa, Valentina.

— Obrigada, Max.

A comida chegou. Com sua típica arrogância, Max fez o pedido para os dois, embora Tracy precisasse admitir que o prato estava delicioso. A *gema caipiri* — caviar de polenta com gema de ovo — foi o ponto alto. Tracy entendia por que pessoas como Bill Clinton e Fidel Castro haviam escolhido o lugar, além de todos os altos executivos do Rio.

— Talvez pudéssemos nos ajudar, condessa. — Maximilian Pierpont comeu com sofreguidão como se estivesse no McDonald's.

— Valentina — falou Tracy, ronronando.

— Bem, Valentina, por acaso mercado imobiliário é uma de minhas paixões. Eu poderia pegar suas terras e construir algo lindo ali. Se vender por um bom preço, poderíamos dividir os lucros. O que acha? Assim a terra não seria desperdiçada e todos ganhariam.

— É uma ótima ideia. — Tracy suspirou de novo, recostando-se na cadeira. — Se ao menos eu tivesse conhecido você antes, Max. Mas creio que seja tarde demais.

— Como assim?

— Já concordei em vender a terra à Igreja. São 24 mil metros quadrados, o local perfeito para uma pequena comunidade monástica. Monsenhor Cunardi me mostrou os planos dele para a capela que quer erguer lá. Muito simples e elegante. Acho que *papa* teria aprovado.

Maximilian Pierpont sentiu uma pontada no peito. *Esqueça papa. Quem constrói uma igreja em um terreno de alto padrão em frente à praia no Rio?*

— Posso perguntar quanto o monsenhor ofereceu?

— Cinco milhões de reais. Ele foi muito generoso.

Maximilian Pierpont quase engasgou com o Quinta de la Rosa. Cinco milhões de reais eram pouco mais de 2 milhões de dólares. Vinte e quatro mil metros quadrados de terra na costa, *com* permissão de construção, valiam dez vezes esse montante, no mínimo! Essa vadia ignorante obviamente nem sequer mandou avaliar a propriedade.

— Foi um bom preço, Valentina. — Ele olhou para Tracy com uma expressão séria. — Mas e se eu conseguisse mais? Digamos que eu ofereça 6 milhões. Como amigo. Poderia construir a propriedade dos seus sonhos exatamente como imaginou.

— Bem, isso seria incrível, Max!

— Ótimo. — Pierpont deu um sorriso triunfante. Que golpe de sorte, conhecer essa desmiolada rica e atraente no voo. Agora conseguiria foder com ela nos *dois* sentidos. E tudo pelo preço de um mísero jantar! — Quando posso ver a propriedade?

Tracy exibiu uma expressão de recusa.

— Creio que seja tarde demais.

— Por quê?

— Meu negócio com monsenhor Cunardi será fechado amanhã.

— Amanhã!

— Sim. É por isso que estou aqui, para supervisionar a transferência do dinheiro. Se ao menos tivéssemos nos conhecido antes. De qualquer forma, chega de negócios. Devo estar entediando tanto você! Soube que as sobremesas aqui são deliciosas.

Ela começou a examinar o cardápio de sobremesa. Maximilian Pierpont tinha a expressão de um homem que conseguia sentir milhões de dólares escorregando entre os dedos.

— Olhe. Não preciso *ver* o terreno. Você tem as permissões de construções necessárias, não tem?

Tracy assentiu com seriedade.

— Se pudesse me dar cópias desses documentos amanhã de manhã, com a escritura da propriedade, seria o suficiente. Acha que é possível, Valentina?

— Bem, sim! — Os olhos da condessa Di Sorrenti se iluminaram. — É claro. Mas você certamente não vai querer pagar uma soma tão alta sem ao menos *ver* o terreno. Quer dizer, é preciso pisar lá para entender a verdadeira magia do lugar. *Papa* sempre dizia...

— Tenho certeza. — interrompeu-a Maximilian Pierpont, incapaz de ouvir mais um minuto daquele tagarelar leviano. Como se desse a mínima para a "magia" ou para o idiota do pai morto. Ainda *queria* levar a condessa para a cama. Mas era melhor esperar que o negócio estivesse concluído primeiro.

— Bem... — Tracy deu um largo sorriso. — Enviarei a papelada pela manhã, então. Preciso dizer, isso é realmente muito gentil da sua parte, Max.

— De maneira alguma, Valentina. Odiaria ver seu sonho para aquela propriedade morrer. Garçom! — Maximilian Pierpont estalou os dedos imperiosamente. — Traga champanhe. O melhor da casa! A condessa Di Sorrenti e eu estamos comemorando.

NAQUELA NOITE, JEFF ligou para o celular de Tracy.

— Desejo falar com a futura Sra. Stevens.

Apenas ouvir a voz dele novamente fez o coração de Tracy dar um salto.

— Creio que tenha discado o número errado. Aqui é a condessa Valentina Di Sorrenti.

Nenhum homem jamais mexera com Tracy como Jeff fizera. Nem mesmo Charles Stanhope III, o primeiro homem com quem ela um dia quis se casar, na Filadélfia, em outra vida. Charles a traiu. Quando Tracy foi mandada para a prisão por um crime que não cometeu, Charles Stanhope III não ergueu um dedo poderoso para ajudá-la.

Jeff Stevens era diferente. Tracy confiava cegamente nele. E ele salvara a vida dela uma vez. Foi quando Tracy entendeu que Jeff a amava. Cada dia com ele era uma aventura. Um desafio. Uma emoção. Mas a ironia não passava despercebida:

A única pessoa no mundo em quem confio totalmente é um vigarista.

Jeff falou:

— Achei que tivesse dito que não daríamos mais golpes?

— Não daremos mais. Assim que eu acabar esse. É Maximilian Pierpont, pelo amor de Deus!

— Quanto tempo vai levar? — Tracy conseguia ouvir o desapontamento na voz dele.

Ele sente minha falta. Que bom.

— Uma semana. No máximo.

— Não posso esperar tanto, Tracy.

— Valentina — disse Tracy. — Embora você possa me chamar de "condessa".

— Quero você na minha cama, não do outro lado de uma linha telefônica.

A voz de Jeff estava rouca de desejo. Tracy segurou o telefone, sentindo-se fraca de tanta ansiedade. Ela também o queria, desesperadamente. Fazia apenas uma semana desde que estiveram juntos em Amsterdã, mas o corpo dela já gritava por Jeff.

— Não podemos ser vistos juntos no Rio. Não até que eu tenha Pierpont nas mãos.

— Por que não? Eu posso ser o conde Di Sorrenti.

— Ele morreu.

— Que pena. Como?

— Acidente de jet ski na Sardenha.

— Conde de araque. Ele mereceu.

— Eu vi acontecer do nosso iate.

— É claro que viu, condessa. — Jeff deu uma gargalhada. — E se eu voltar como o fantasma dele?

— Vejo você na igreja no sábado que vem, querido. Serei a garota de vestido branco sexy.

— Pelo menos me diga onde está hospedada.

— Boa noite, Sr. Stevens.

O ESCRITÓRIO DO advogado era pequeno e abafado, escondido em uma ruazinha da avenida Rio Branco, no centro comercial do Rio.

— Tem certeza de que essas permissões são legais?

— Sim, condessa Di Sorrenti.

— E completas? Não há mais nada de que eu precisaria, legalmente, além dessas escrituras — Tracy ergueu uma pilha de papéis — para começar a trabalhar nesse local?

— Não, condessa. — A expressão enrugada do advogado ficou mais profunda. Ele explicara a situação para a linda jovem diversas vezes, mas ela ainda parecia incapaz de compreender. A condessa Di Sorrenti podia ser rica e bonita, mas também era obviamente bastante tapada. Ele tentou mais uma vez. — Entende que ainda há o problema...

— Sim, sim. Obrigada. — Tracy gesticulou, imponente, antes de esticar o braço para a bolsa de mão Louis Vuitton *vintage* em busca de uma caneta Montblanc dourada. — Quanto lhe devo?

Como quiser, pensou o advogado. Ele fez o melhor que pôde.

Cinco dias depois do jantar com a condessa Di Sorrenti no Quadrifoglio, Maximilian Pierpont dirigiu para o sul do Rio, ao longo da estrada da Costa Verde, de tirar o fôlego, em direção à mais recente aquisição. Como prometera, a condessa enviara por mensageiro as cópias das escrituras da propriedade, bem como as permissões, de construção na manhã seguinte. Pierpont transferira os 6 milhões de reais para a conta dela na Suíça em uma hora, e a terra era dele. *Vá para o inferno, monsenhor mão de vaca!* Mas não tivera a chance de ver o terreno até aquele dia.

Vinte e quatro mil metros quadrados de terra à beira de um penhasco — 24 mil! — com uma praia particular, acesso fácil tanto da cidade quanto de Paraty, a versão do Rio para East Hampton. Maximilian Pierpont mal conseguia acreditar na própria sorte. Ainda melhor, ele tinha total intenção de levar a linda condessa Valentina para a cama naquela noite, depois que voltasse para a cidade. Ela o convidara para um jantar em seu apartamento, sempre um bom sinal, que ficava em uma das ruas mais nobres do

Leblon, um dos bairros mais exclusivo de toda a América do Sul. Obviamente, nem *"papa"* nem o "pobre Marco" tinham deixado a moça em dificuldades financeiras. A perspectiva de tirar mais alguns milhões da jovem e sexy herdeira enquanto se aproveitava do corpo escultural dela na cama dava a Maximilian Pierpont a maior ereção que tivera em décadas.

Ele chegou à propriedade pouco antes do meio-dia. Havia algumas casas ao longo da estrada, mas nenhuma verdadeiramente espetacular. O terreno de Pierpont estava em isolamento esplêndido bem no alto da encosta. Valentina não tinha exagerado em relação à vista. Era espetacular. De um lado, o oceano se misturava ao céu limpo, uma sinfonia em azul infinito. Do outro, montanhas cercadas por florestas tropicais de um verde intenso brilhavam como extensas pilhas de esmeraldas recém-polidas. *É ainda mais lindo do que imaginei.* Maximilian Pierpont se parabenizou mais uma vez por não ter perdido o negócio ao ouvir aquele advogado idiota.

— É a primeira regra do negócio imobiliário, Max — avisara Ari Steinberg. — Não conte com a galinha antes que os ovos sejam chocados. Você me ensinou isso, lembra?

— O problema é que um monsenhor idiota já está chocando meus ovos. Ele tem essa garota nas mãos, Ari. Preciso estar um passo na frente dele.

O advogado insistiu.

— Não viu o terreno. Precisa ver o terreno.

— Eu vi a escritura. Vi as permissões de construção. E sei onde fica. Litoral de alta qualidade, Ari, o melhor. Estamos falando de uma Malibu brasileira.

— Mas, Max...

— Se estivéssemos falando de um lucro de dez por cento, ou vinte, ou até cinquenta, eu até concordaria. Mas posso comprar isso a preço de banana! Por uma fração do que vale. Transfira o dinheiro para ela.

— Recomendo muito que reconsidere.

— E eu recomendo muito que você faça o que eu mando, Ari.

Maximilian Pierpont encerrou a ligação.

Ao sair do Bentley, ele se abaixou para ultrapassar a fita laranja da equipe de construção que marcava a entrada da propriedade Di Sorrenti. *Quer dizer, propriedade Pierpont*, pensou Max, alegremente. Uma equipe de inspetores já estava no local. Pierpont foi até o inspetor-chefe com um grande sorriso.

— O que acha? Uma vista e tanto, não? — Ele não conseguia não se vangloriar.

O inspetor-chefe olhou para Max com determinação.

— Não pode construir uma casa aqui.

Maximilian Pierpont riu.

— O que quer dizer? Como não posso construir uma casa aqui? Posso fazer o que eu quiser. A terra é minha.

— Essa não é a questão.

— Claro que é essa a questão. — Pierpont parou de rir. Aquele panaca estava começando a irritá-lo. — Tenho permissão legal, sólida.

— Creio que só isso seja sólido aqui — disse o inspetor.

— A terra sobre a qual está? — Ele deu uma batidinha na grama sob os pés com um cajado. — A essa época, no ano que vem, já não estará mais aqui.

Um calafrio percorreu a espinha de Pierpont.

— O quê?

— Essa é uma das piores erosões que já vi na vida. É uma tragédia ecológica. Qualquer coisa que construir aqui vai acabar lá embaixo antes que o cimento seque.

— O inspetor apontou para a praia logo abaixo, acessível por um charmoso lance de escadas de madeira, a areia branca fofa parecia debochadamente perfeita.

— Mas essa área, a extensão da costa... os preços estão exorbitantes — balbuciou Pierpont.

— Da metade para cima da montanha, claro — falou o inspetor. — Você tem essa vista de tirar o fôlego. Mas aqui?

— Ele deu de ombros. — Aqui você é a vista. Ninguém disse nada quando você deu entrada nas permissões?

— Não fui eu que dei entrada nelas. Foi a antiga proprietária.

O inspetor franziu a testa, confuso.

— Sério? Isso é estranho. Porque a papelada só tem uma semana.

Atrás de Maximilian Pierpont, as folhas da floresta tropical que farfalhavam baixinho à brisa soavam perturbadoramente como a gargalhada de Ari Steinberg.

O APARTAMENTO NO Leblon ocupava toda a cobertura de uma enorme mansão no estilo vitoriano. A porta foi aberta por um mordomo inglês de uniforme completo.

— Quero falar com a condessa Di Sorrenti. — O rosto de Maximilian Pierpont, de maxilar proeminente, parecia mais feio do que nunca, como o de um buldogue mastigando uma vespa. *Aquela vadia vai devolver o meu dinheiro, nem que eu tenha que arrancá-lo dela com um pé de cabra.* Ele esperava que não precisasse chegar a esse ponto. Valentina era tão estúpida que provavelmente nem ela percebeu que o terreno não valia nada. Não devia ser difícil convencê-la a devolvê-lo para o monsenhor.

— Desculpe, senhor. Quem?

Maximilian Pierpont encarou o mordomo com uma expressão de raiva.

— Escute aqui, Jeeves. Tive um dia ruim o bastante. Não preciso que piore. Vá dizer a Valentina que Maximilian Pierpont está aqui.

— Senhor, este apartamento pertence ao Sr. e à Sra. Miguel Rodriguez. Os Rodriguez moram aqui há mais de vinte anos. Posso assegurar que não há "Valentina" alguma neste endereço.

Maximilian Pierpont abriu a boca para falar, então a fechou de novo, como um sapo tentando inutilmente engolir uma mosca.

Não há Valentina neste endereço.

Não há Valentina...

Ao correr de volta para o carro, ele ligou para o contador.

— O dinheiro que transferimos na terça-feira para aquela conta na Suíça? Faça algumas ligações. Descubra quem abriu a conta e onde estão os fundos agora.

— Sr. Pierpont, nenhum banco suíço vai revelar esse tipo de informação. É confidencial e...

— FAÇA O QUE ESTOU MANDANDO!

Uma veia começou a pulsar na têmpora de Maximilian Pierpont. Ainda pulsava quarenta minutos depois, quando o contador ligou de volta.

— Não tenho um nome, senhor. Sinto muito. Mas posso dizer que a conta foi fechada ontem, e todos os fundos foram retirados. O dinheiro sumiu.

GUNTHER HARTOG DIRIGIA a limusine, um Daimler Conquest *vintage* de 1957, com Tracy e Jeff abraçados no banco traseiro.

— Então, Sr. e Sra. Stevens. Para onde?

— Para a Marina da Glória — falou Tracy. — Temos um pequeno iate esperando lá para nos levar para a Barra da Tijuca. Levei algumas roupas — acrescentou ela para Jeff.

Jeff apertou a coxa da esposa.

— Não sei por quê. Não vai precisar de nenhuma durante pelo menos a próxima semana.

Tracy riu.

— Amanhã de manhã pegaremos um avião particular para São Paulo, então para a Tunísia, onde será a lua de mel. É perigoso demais voar diretamente do Rio. Pierpont ou os brutamontes dele podem estar esperando no aeroporto.

Jeff a olhou com adoração.

— Pensou em tudo, não foi, querida?

— Tentei.

Tracy recostou-se em Jeff. Tentou lembrar se algum dia se sentira tão feliz como agora, mas nada lhe veio à mente. *Sou a Sra. Stevens. A Sra. Jeff Stevens!*, disse Tracy a si mesma diversas vezes. O golpe que dera em Pierpont correra perfeitamente. Agora, ela e Jeff podiam mesmo se endireitar e deixar essa vida louca para trás. Jeff poderia realizar seu sonho de se tornar arqueólogo, algo pelo qual sempre fora apaixonado. E Tracy podia realizar os próprios sonhos também.

Um bebê. Um bebê meu. Meu e de Jeff.

Juntos, eles teriam uma vida normal e caseira, e seriam felizes para sempre.

Tracy fechou os olhos e imaginou tudo aquilo.

— Preciso dizer, fiquei satisfeito por terem escolhido fazer um casamento bem tradicional — observou Gunther, do banco do motorista. — Algo velho, algo novo, algo emprestado e algo azul.

— É mesmo? — Tracy e Jeff trocaram olhares confusos.

— Ah, sim. — Gunther sorriu. — Tracy usou o golpe do "vencedor frustrado" em Pierpont. No qual ela possuía o bilhete vencedor, nesse caso, o terreno pronto para construção, mas não podia, ela mesma, reclamar o prêmio. É tão velho que já existia na época dos homens das cavernas.

Jeff sorriu.

— Tudo bem, entendi. Então, vá em frente, Gunther. O que era novo?

— O dinheiro! — Tracy deu uma gargalhada.

— Isso mesmo. O dinheiro é novo. Novo para vocês, pelo menos — disse Gunther.

— A identidade de Tracy foi emprestada — falou Jeff.

— Estou ficando bom nesse jogo. Mas o que era azul?

Gunther Hartog arqueou a sobrancelha elegantemente.

— Imagino — disse ele — que, nesse momento, a conta do Sr. Maximilian Pierpont não esteja nada azul.

Capítulo 2

LONDRES, INGLATERRA
UM ANO DEPOIS

TRACY RASGOU A embalagem plástica do teste de gravidez e se sentou no vaso sanitário.

Ela estava no banheiro do andar de baixo no número 45 da Eaton Square, a linda casa de estilo georgiano que comprou com os lucros dos dois primeiros roubos de joias nos anos iniciais da carreira. Gunther Hartog a ajudou a escolher e a decorar a casa, e o gosto impecável, embora levemente masculino, de Gunther ainda era evidente por toda parte. O papel de parede vermelho ornamentado e o espelho de moldura dourada do século XVIII no banheiro faziam o minúsculo cômodo parecer um camarim de luxo. Aquilo a lembrava de tempos passados. Antes de Jeff. Antes do casamento. Antes de tentar, sem sucesso, ter um bebê. E antes de isso se tornar a única obsessão da vida de Tracy.

Depois de fazer xixi no bastão do teste, Tracy recolocou a tampa plástica e apoiou o palito reto nos azulejos na pia, esperando que os cinco minutos recomendados passassem. No início, ela observava o pequeno mostrador quadrado o tempo todo, como se pudesse fazer aquela desejada linha rosa surgir simplesmente com a força do pensamento. Agora, ela virava o rosto, obrigando-se a pensar em outras coisas.

Tracy pensava em Jeff, no terceiro dia do emprego no Museu Britânico, e em como ele ficara feliz ao pular da cama aquela manhã, como um cachorrinho correndo atrás de sua nova bola.

— Dá para acreditar? — perguntara Jeff a Tracy, duas semanas antes, quando soubera que havia conseguido o emprego. — Eu! Oficialmente empregado como um curador de antiguidades no Museu Britânico. Não é emocionante?

— É claro que consigo acreditar — respondeu Tracy, fielmente. — Você sabe mais sobre aqueles tesouros que qualquer pessoa no mundo. Mais do que a maioria dos profissionais acadêmicos. Você mereceu o emprego.

A verdade, como os dois sabiam, é que o professor Trenchard tinha mexido alguns pauzinhos para conseguir o emprego para Jeff. Tracy e Jeff conheceram Nick Trenchard, um arqueólogo mundialmente famoso, na lua de mel, na Tunísia. Jeff era um dos inscritos para a escavação de um forte em uma colina romana que o professor Trenchard estava chefiando, e os dois homens ficaram amigos imediatamente. O que talvez fosse estranho, pois aparentemente eles tinham pouco em comum. O professor estava com 60 e poucos anos, era um intelectual, tímido e totalmente obcecado com o finado Império Romano. Jeff Stevens era um ex-golpista sem educação formal, que poderia ter escrito o que sabia sobre o imperador Constantino II no verso de um selo postal. Mas o entusiasmo de Jeff e sua paixão por aprender eram impressionantes, assim como a inteligência natural dele e a capacidade de trabalhar muito.

— Queria que todos os meus alunos fossem como o seu marido — disse o professor Trenchard a Tracy no jantar, certa noite, no hotel onde Jeff e ela estavam hospedados. — Nunca vi tamanho comprometimento em um amador. Ele é determinado dessa forma em tudo que faz?

— Quando quer muito alguma coisa, sim — falou Tracy.

— Eu me sinto culpado, roubando tanto o tempo de Jeff enquanto vocês estão em lua de mel.

— Não se preocupe. — Tracy sorriu. — Escolhemos a Tunísia pelo seu valor histórico. Jeff sonhava em participar de uma escavação aqui a vida inteira. Estou feliz por vê-lo tão alegre.

Tracy foi sincera. Ela *estava* feliz vendo o sucesso de Jeff conforme começavam a nova vida. Ficou feliz quando voltaram para Londres e Jeff se inscreveu em diversos cursos sobre todos os assuntos possíveis, desde escultura bizantina até arte celta, moedas romanas antigas e armaduras cerimoniais chinesas. Parecia que, sem qualquer esforço ou sacrifício, ele havia trocado a emoção da antiga vida como ladrões e vigaristas, roubando apenas os vilões e fazendo uma fortuna juntos no processo, pela emoção de adquirir novos conhecimentos. E Tracy estava feliz. Por ele.

Para ela, lamentavelmente, as coisas estavam um pouco mais complicadas.

A verdade era que Tracy simplesmente presumira que engravidaria imediatamente. Ela e Jeff fizeram amor todas as noites durante a lua de mel e frequentemente durante o dia também, quando ele conseguia escapar das escavações do professor Trenchard para "almoçar" no hotel. Ela fez o teste assim que voltaram para Londres, e ficou tão abalada com o resultado negativo que foi ao médico.

— Você parou de tomar pílula há apenas um mês, Sra. Stevens — reconfortou-a o médico. — Não há por que pensar que alguma coisa está errada. No entanto, se decidir fazer um teste de fertilidade, posso recomendar o Dr. Alan McBride, no número 77 da Harley Street. Ele é o melhor no assunto e um homem muito bom.

Tracy tentou durante mais seis meses. Ela se certificou de que soubesse quando estava ovulando, e que ela e Jeff estavam transando no momento certo. Não que fosse difícil. Eles ainda transavam o tempo *todo*. Quanto mais feliz Jeff estava, mais a libido dele aumentava. Tracy ainda gostava quando faziam amor. *Eu me casei com o homem mais lindo, charmoso, inteligente e maravilhoso do mundo*, lembrava-se ela. *Eu deveria sair dançando pela rua.* Mas para Tracy, a transição da antiga vida não fora tão fácil, e ela não estava sempre de bom humor como antigamente. Em parte era o estresse por causa do bebê, ou pela ausência dele. Mas outra parte de Tracy estava deprimida pela perda da velha identidade. Ela sentia falta da emoção que experimentava durante os golpes ousados que costumava executar com Jeff; a adrenalina de ludibriarem algumas das mentes mais geniais, desonestas e corruptas do mundo, de vencê-las no próprio jogo. A questão não era o dinheiro. Ironicamente, Tracy jamais fora muito materialista. Era a adrenalina. Às vezes ela observava Jeff enquanto ele dormia depois do sexo, com um olhar de pura satisfação no rosto, e se sentia quase deprimida.

Como você pode não sentir falta? Qual é o seu problema?

Qual é o meu *problema?*

Quando Tracy fez a mesma pergunta ao Dr. Alan McBride, ela se sentia arrasada e desesperada.

— Suspeito que não haja nada de errado com você, Sra. Stevens. Mas vamos fazer alguns testes, sim? Para acalmar seus ânimos.

Tracy gostou do Dr. Alan McBride imediatamente. Ele era um escocês bonito com cabelos louro-claros e um brilho travesso nos inteligentes olhos azul-claros. Não era muito mais velho que ela, e não se levava tão a sério como tantos outros médicos experientes pareciam fazer. Ele também não usava de artifícios quando se tratava de assuntos médicos.

— Certo — disse o Dr. McBride quando os resultados do teste de Tracy chegaram. — A boa notícia é que você não é estéril. Ovula todo mês, suas trompas estão todas em ótimo estado, nenhum cisto.

— E a má notícia?

— Seus óvulos são meio porcaria.

Os olhos de Tracy se arregalaram. Aquele não era o tipo de terminologia que estava acostumada a ouvir de médicos proeminentes da Harley Street.

— *Meio porcaria* — repetiu ela. — Entendo. *Quão porcaria*, exatamente?

— Se você fosse ao supermercado comprar uma dúzia deles, provavelmente os devolveria — falou o Dr. McBride.

— Ceeerto — replicou Tracy. E então, para a própria surpresa, ela caiu na gargalhada. — E o que podemos fazer? — perguntou Tracy, depois de se recompor.

— Você vai tomar isso. — O Dr. McBride empurrou uma caixa de comprimidos sobre a mesa.

— Clomid — leu Tracy.

— São mágicos. — O Dr. McBride pulsava com confiança. — Basicamente, são como aquelas máquinas de treino em quadras de tênis que disparam bolas. *Bam bam bam bam bam.*

— O que é todo esse *bam*?

— São seus ovários disparando óvulos.

— Óvulos porcaria.

— Não são todos porcaria. Tente. Nenhum efeito colateral e vai triplicar suas chances de engravidar.

— Tudo bem — falou Tracy, sentindo-se esperançosa pela primeira vez em quase um ano.

— Se não estiver barriguda em três meses, vamos atacar o problema de frente com fertilização *in vitro*, ok?

Essa conversa acontecera três meses antes. Tracy acabara de terminar o último ciclo de Clomid. Se o teste daquele dia desse negativo, ela começaria o processo brutal e invasivo de fertilização *in vitro*. Sabia que milhões de mulheres se submetiam ao método, e disse a si mesma que não era nada de mais. Mas bem no fundo, achava que fazer um FIV era um fracasso. *Sou uma esposa inútil*, pensou Tracy. *Um modelo defeituoso. Mercadoria danificada. Jeff me devolveria e me trocaria por uma que funcionasse. Uma com óvulos que não são porcaria.* Ela olhou para o relógio. Mais um minuto. *Sessenta segundos.* Tracy fechou os olhos.

Ela se lembrou da última vez em que estivera grávida, quando esperava o filho de Charles Stanhope. Os pais de Charles eram ricos esnobes da Filadélfia. Ficaram furiosos quando Tracy engravidou, mas Charles garantiu que queria o bebê tanto quanto ela. Mas então ela foi mandada para a prisão, incriminada por um crime que não cometera, e Charles dera as costas para a noiva. Tracy ainda podia ouvir a voz dele, como se fosse ontem.

"Obviamente, eu nunca a conheci de verdade... Terá de fazer o que julgar melhor com seu filho..."

Violentamente espancada pelas colegas de cela, Tracy perdeu o bebê. Ela não contara isso ao Dr. McBride. Talvez devesse? Será que faria diferença, mesmo agora?

Trinta segundos.

O guarda penitenciário Brannigan e a esposa dele, Sue Ellen, tiveram pena de Tracy e a contrataram como babá da filha deles, Amy. Tracy salvara a vida de Amy, arriscando a própria vida, e recebera liberdade condicional como recompensa. Ela amava tanto aquela garotinha. Talvez até demais, levando em conta que Amy não era dela. Jamais seria dela. Quantos anos ela deveria ter agora?

Dez segundos.

Tracy abriu os olhos. Nove segundos. Oito. Sete... três, dois, um.

Com o coração acelerado, ela pegou o bastão do teste e o virou.

JEFF STEVENS VIROU a moeda na mão e sentiu um arrepio de emoção ao pensar em todas as mãos que a haviam segurado antes dele. *Isso é história. História viva. E estou tocando-a.*

Era incrível como a coisa parecia *nova*, como se tivesse sido cunhada no dia anterior. Na verdade, o pequeno disco prateado tinha sido forjado no velho reino inglês da Mércia, por volta do ano 760. Estampava o nome e a imagem da rainha Cynethryth, esposa do lendário rei Offa, considerado o primeiro verdadeiro rei de toda a Inglaterra. Jeff Stevens gostava do rei Offa. O cara obviamente tinha um ego maior que o próprio reino, e os colhões também. Mandara forjar aquela moeda em especial ao estilo dos falecidos imperadores romanos, que costumavam cunhar dinheiro em nome das esposas. De um lado do disco estava o nome do artesão que a fizera. O outro lado exibia a inscrição: CENETHRETH; REGINA (Cynethryth, Rainha), com um perfeito *M* no meio, de Mércia.

A moeda era um manifesto: "Se era bom o bastante para os imperadores romanos, é bom o bastante para mim." Nada mau para um senhor da guerra/valentão saxão que lutou até o fim com as próprias e sangrentas mãos.

Jeff Stevens amava trabalhar no Museu Britânico. As pessoas costumavam falar sobre os "empregos dos sonhos". Mas para Jeff isso era realmente um sonho, uma fantasia que ele cultivava desde menino. A mãe morrera em um acidente de carro quando Jeff tinha 14 anos. Dois meses depois, o pai, um vendedor de revestimentos de alumínio, se casou com uma garçonete de 19 anos. Certa noite, quando o pai estava na estrada, a madrasta de Jeff fez uma tentativa descarada de seduzi-lo. O adolescente fugiu para Cimarron, no Kansas, onde o tio, Willie, tinha um circo itinerante. Daquele dia em diante, o tio Willie se tornou de fato o pai de Jeff, e o circo virou a escola do menino. Foi lá que Jeff aprendeu sobre a natureza humana. Sobre como a ganância podia tornar até o mais inteligente dos homens cego e tolo. Todos os contos do vigário que Jeff mais tarde usaria, com efeitos devastadores, contra os indivíduos mais ricos e desprezíveis do mundo ele aprendeu com tio Willie e o pessoal do circo.

Mas foi também um dos circenses quem primeiro incutiu em Jeff o amor por antiguidades e um respeito profundo pelo passado. Esse homem tinha sido professor de arqueologia, exatamente como o professor Nick Trenchard, antes de ser expulso da universidade em que trabalhava por roubar e vender relíquias valiosas.

— Pense nisso, garoto — dizia o homem a Jeff. — Há milhares de anos havia pessoas exatamente como você e eu sonhando sonhos, contando histórias, vivendo suas vidas, dando à luz nossos ancestrais. — Os olhos dele assumiam uma expressão longínqua. — Cartago. É para onde eu gostaria de ir em uma escavação. Aquelas pessoas tinham jogos e casas de banhos e corridas de carruagem. O Circus Maximus era tão grande quanto cinco campos de futebol americano.

O jovem Jeff ouvia, hipnotizado.

— Sabe como Catão, o Velho, costumava terminar seus discursos no Senado romano? Ele dizia: "*Delenda Carthago*." Cartago deve ser destruída. Seu desejo por fim se tornou realidade. Os romanos reduziram o lugar a escombros e construíram uma nova cidade sobre as cinzas. Mas, menino, pense nos tesouros que devem estar sob ela!

Jeff jamais parara de pensar neles. Ele sentia tanta animação segurando a antiga moeda saxônica na mão agora como em tempo algum sentira enchendo uma sacola de joias inestimáveis, ou saindo de forma ousada de uma grande galeria de arte com um quadro de um renomado artista sob o braço. O melhor de tudo, esse trabalho era legal. Não havia Interpol ou FBI ou a máfia atrás dele. Na verdade, Jeff *era pago* para fazer aquilo.

— Ei, chefe. Os voluntários do Instituto das Mulheres acabaram de chegar. Onde gostaria que eles começassem?

Rebecca Mortimer, uma estudante de doutorado e estagiária, era a única integrante da equipe do museu ainda mais nova que Jeff. Uma moça linda de 22 anos com olhos castanhos reluzentes e cabelos castanho-avermelhados quase à altura da cintura, Rebecca começara a trabalhar havia apenas dois dias, mas Jeff já estava com uma sensação boa a respeito de os dois trabalharem juntos. Rebecca era tão apaixonada pelo mundo antigo quanto ele, e havia uma sinceridade nela que Jeff achava encantadora, e que aflorava o lado paternal dele. Como o pequeno exército de voluntários idosos que ajudava o Museu Britânico com exposições especiais e mantinha os custos baixos, Rebecca não recebia salário, mas Jeff tinha a sensação de que ela teria alegremente vendido todas as suas posses pela felicidade de trabalhar ali. Ele sabia como Rebecca se sentia.

— Mostre a eles a Sala de Leitura de Exposições Especiais — falou Jeff, recolocando a moeda da Mércia na caixa de vidro e trancando a exposição. — É a salinha ao lado da entrada da Great Russell Street. Vou repassar com eles as tarefas da semana que vem e você pode me ajudar a responder às perguntas.

— Mesmo? — Os olhos de Rebecca se iluminaram.

— Claro, por que não? Já sabe mais sobre sepultamentos saxões do que eu.

— Obrigada, Jeff!

Rebecca saiu saltitando felicíssima da sala, o longo rabo de cavalo oscilando atrás da jovem, mas alguns segundos depois ela voltou.

— Ah. Esqueci de falar. Sua mulher está aqui para ver você.

— Tracy está aqui? — Agora foi a vez de os olhos de Jeff se iluminarem.

— Sim. Eu a ouvi perguntar por você na recepção da Great Court. Falei que você estaria lá em um instante.

TRACY ERGUEU O olhar para o teto em domo de vidro amplo e moderno da Lord Foster's Great Court com uma combinação de assombro e surpresa. Vergonhosamente, apesar de morar tanto tempo em Londres, ela jamais fora ao Museu Britânico e sempre o imaginara um grandioso prédio vitoriano, parecido com os três marcos de South Kensington: o Museu de História Natural, o Science Museum e o Victoria and Albert Museum.

Na verdade, como explicava o panfleto que Tracy estava lendo, o Museu Britânico era pré-vitoriano, embora muito da arquitetura contemporânea fosse amplamente moderna. Com 8 mil metros quadrados, a Great Court na qual Tracy estava agora era o maior espaço público coberto da Europa. Mas dava para diversas alas mais antigas dentro de um amplo complexo em Bloomsbury. Fundado em 1753, o Museu Britânico foi o primeiro museu nacional público do mundo. Sir Hans Sloane, famoso naturalista e colecionador, doou mais de 71 mil objetos, incluindo livros, manuscritos e antiguidades, como moedas, medalhas e prensas ao rei George II para a nação, fornecendo a base da coleção do museu. Atualmente, o museu abriga as ecléticas coleções de tesouros do mundo todo, desde cerâmicas chinesas até relíquias de antigas tumbas egípcias, manuscritos medievais e joias anglo-saxãs. Tracy pensou: *Não por acaso Jeff se apaixonou por este lugar. Uma criança em uma loja de doces.*

— Amor! Que surpresa maravilhosa.

Jeff se aproximou pelas costas de Tracy. Ela fechou os olhos quando os braços do marido envolveram sua cintura, puxando-a para si. Jeff recendia a colônia Penhaligon, o aroma que era sua marca registrada e algo que Tracy sempre amara. *Sou tão sortuda, tão sortuda por tê-lo.*

— O que traz você aqui?

— Nada, na verdade — mentiu Tracy. — Acho que só estava curiosa para ver este lugar.

— Impressionante, não é? — Jeff estava tão orgulhoso que parecia que ele mesmo havia construído o museu.

— É. É lindo — disse Tracy. — Assim como aquela menina com quem você trabalha — acrescentou ela, maliciosamente.

— Rebecca? É? Eu nem tinha reparado.

Tracy deu uma gargalhada.

— É comigo que você está falando, querido. Conheço você, lembra?

— Estou falando sério — disse Jeff. — Sabe que só tenho olhos para você. Mas preciso confessar que gosto muito de ver você com ciúmes.

— *Não* estou com ciúmes!

— Venha comigo. — Jeff a pegou pela mão. — Quero mostrar o projeto que estamos organizando. — Os dedos dele estavam quentes e fortes ao redor dos de Tracy.

Talvez eu esteja com um pouco de ciúmes.

Jeff a levou para uma pequena antessala. A jovem que Tracy conhecera, Rebecca, estava lá dentro, assim como um grupo de umas 12 mulheres e um punhado de homens, todos na casa dos 60, 70 anos. Três fileiras de cadeiras tinham sido dispostas diante de um velho projetor de slides, o qual mostrava imagens do que pareciam ser armas douradas e utensílios na tela no fim da sala.

— Vamos abrir uma nova exposição de tesouros de sepultamentos saxões — sussurrou Jeff ao ouvido de Tracy.

— Tudo isso foi encontrado sob um estacionamento em algum lugar de Norfolk. É o cemitério real mais completo já encontrado do período. Único.

— Aquele vaso é de ouro maciço? — Tracy encarava a imagem mais recente na tela, um vaso reluzente de duas alças com quase 30 centímetros.

Jeff assentiu.

— Meu Deus. Quanto deve valer?

— Não tem preço — falou Jeff.

Tracy franziu a testa.

— Tudo tem preço. Estou falando sério, só por curiosidade. Quanto um colecionador particular pagaria por algo assim?

— Não sei. Uma quantia monstruosa. Tem mais de 1 milhão de libras em ouro ali, mesmo se alguém derretesse tudo. Mas como um pedaço insubstituível de história?

— Ele deu de ombros. — Dois ou três milhões? Estou chutando.

Tracy assobiou.

— Uau. — Ela olhou ao redor enquanto os idosos terminavam de tomar chá em copos de plástico e começavam a se sentar. — Quem é a brigada das vovós? — sussurrou ela para Jeff.

— São voluntários. Vão comandar a exposição. Ajudam a catalogar os tesouros, trabalham na recepção e fazem visitas guiadas. Vou dar a eles uma palestra de introdução.

— Está brincando? — Tracy pareceu chocada. — Deixam amadores responsáveis por milhões de dólares em ouro?

— São amadores bem-informados — falou Jeff. — Ora, *eu* sou um amador.

— É, mas se alguém pegar aquele vaso e sair correndo, pelo menos você pode correr atrás da pessoa. O que esse bando de velhinhos vai fazer? Atirar os andadores?

Jeff deu uma gargalhada.

— Ninguém vai roubar nada.

Rebecca Mortimer se aproximou.

— Desculpe interromper — disse ela. Tracy reparou que a jovem tinha o sotaque primoroso de quem estudou em Oxford ou Cambridge, e que ela não parecia nem um pouco arrependida por interromper. — Mas precisamos mesmo começar em um minuto. Jeff?

Rebecca tocou o braço de Jeff apenas por um segundo. Foi um gesto ínfimo, quase imperceptível, mas insinuava certa intimidade entre ela e Jeff da qual Tracy não gostava. Nem um pouco.

— Ele vai em um instante — falou Tracy, friamente.

Rebecca entendeu a deixa e saiu.

— Nossa, nossa — murmurou Jeff baixinho, com uma expressão de divertimento no rosto. — Você está *mesmo* com ciúmes.

— Devem ser meus hormônios — Tracy olhou novamente para Jeff. — Nós, grávidas, podemos ser bastante sensíveis, sabe?

Levou alguns segundos para que o impacto das palavras fosse absorvido. Então, Jeff a pegou nos braços, soltando um grito de felicidade, e a beijou durante um bom tempo. Todos os voluntários reunidos se viraram para encará-los.

— Mesmo? — perguntou Jeff, finalmente parando para respirar. — Tem certeza?

— Tenho certeza — respondeu Tracy. — Quatro testes não podem estar errados.

— Isso é maravilhoso. A notícia mais maravilhosa do mundo. Vou levar você para jantar esta noite e comemorar.

Tracy sentiu uma onda quente de felicidade fluir pelo corpo.

Jeff teve de ir para começar a palestra e ela se virou para ir embora.

Pelo canto do olho, Tracy podia jurar ter visto a jovem estagiária lhe lançar um olhar de desprezo.

O JANTAR FOI maravilhoso. Jeff a levou para o Como Lario, em Belgravia, um dos restaurantes preferidos deles. Ela pediu *carciofi e radicchio*, seguido por um escalopinho perfeitamente macio ao molho de limão. Jeff engoliu seu filé, apesar de mal conseguir mastigar graças ao sorriso estampado no rosto. Tracy não estava bebendo, mas Jeff insistiu em duas taças de champanhe para um brinde.

— Ao nosso futuro. Nossa família. A Jeff Stevens Júnior!

Tracy sorriu.

— Seu machista. Quem disse que é um menino?

— É um menino.

— Bem, se for, nem por cima do meu cadáver vamos chamá-lo de Jeff Júnior. Sem querer ofender, querido, não tenho certeza se o mundo daria conta de dois Jeff Stevens.

Mais tarde, na hora de ir para a cama, Tracy vestiu a *négligée* mais sexy que tinha, da Rigby & Peller, uma minúscula tira de seda cor de creme com borda de renda branca.

— Aproveite enquanto pode. — Ela foi até Jeff, passando os dedos demoradamente pelo emaranhado de cabelos no peito dele. — Logo eu estarei enorme. Vai precisar de uma empilhadeira para me mover.

— Bobagem. Vai ser a grávida mais linda do mundo — falou Jeff, beijando Tracy na boca com carinho.

— Sente falta dos velhos tempos? — perguntou ela, subitamente. — Da adrenalina? Do desafio? Você, eu e Gunther contra o mundo?

— Nunca.

Jeff falou com tanta sinceridade e determinação que Tracy sentiu-se tola por perguntar.

— Além disso, se me lembro bem, metade dos "velhos tempos" era você contra mim ou vice-versa. Quanto ao querido Gunther, ele sempre protegia a si mesmo, nos colocando um contra o outro.

— Isso é verdade — admitiu Tracy, sorrindo ao se lembrar. — Mas *era* só brincadeira, não era? Um jogo entre nós três. Um jogo maravilhoso.

— Era. — Jeff tocou o rosto da mulher com carinho.

— E você, meu amor, era a campeã mundial. Mas nós fechamos com chave de ouro, não foi? E a vida que temos agora... bem, é perfeita. — Jeff passou a mão sobre a barriga ainda lisa de Tracy, maravilhado. Havia mesmo uma nova vida ali? Uma pessoa que haviam criado?

— Amo você.

— Quanto? — murmurou Tracy ao ouvido de Jeff. Ela baixou a mão para tocar a ereção dele, mas Jeff a impediu.

— Muito. Mas não acho que deveríamos fazer isso. Pode ferir o bebê.

E, com isso, para o choque de Tracy, Jeff apagou a luz, virou para o lado e caiu em um sono profundo e instantâneo.

Por uma fração de segundo, ela se sentiu irritada, mas aquilo logo passou. Tinha sido um dia muito especial, perfeito demais para ser estragado por ressentimentos mesquinhos. *Ele só está sendo cuidadoso porque me ama. Quando formos ver o Dr. McBride juntos, ele pode explicar a Jeff que é perfeitamente seguro fazer amor.*

Agitada demais para dormir, a mente de Tracy começou a trabalhar. Estranhamente, não era no bebê que ela estava pensando, mas nas coisas que vira no museu naquele dia. Tracy pensou na jovem com quem Jeff trabalhava. Estava sendo paranoica? Ou será que a moça *tinha* olhado para ela com raiva logo depois que Jeff a beijara?

Não importa mesmo, disse Tracy a si mesma. *Confio em Jeff.*

Seus pensamentos rapidamente mudaram para a exposição de tesouros saxônicos sobre a qual Jeff tinha falado, e as imagens que vira na tela. Ela ainda não conseguia acreditar que uma instituição tão importante como o Museu Britânico permitia que voluntários idosos cuidassem de um evento de tamanha importância. Aqueles velhinhos despreparados tinham acesso irrestrito a artefatos que valiam milhões de libras. E, mesmo assim, até Jeff parecia não achar nada de mais. Tracy se lembrou dos complexos sistemas de segurança do Museu do Prado e de outras galerias e joalherias famosas que ela e Jeff haviam roubado nos tempos de crime. *Imagine se a única pessoa vigiando O* Puerto *de Goya em Madri tivesse sido uma velhota ceguinha. Como isso teria facilitado nossas vidas!*

Jeff contara a ela naquela noite sobre uma moeda específica, ainda mais rara que os preciosos exemplares da Mércia do museu, que seria um dos destaques da nova exposição.

— Amanhã vou colocar as mãos nela. É ouro merovíngio, cunhada por um rei franco no século VI. Juro por Deus, Tracy, não é muito maior que uma moeda de 25 centavos, mas o acabamento! É a coisa mais linda que eu já vi.

Instintivamente, sem nem mesmo pensar a respeito, a mente ágil de Tracy começou a imaginar a melhor forma de roubá-la. A pior coisa era haver inúmeras opções! *Será que eu deveria oferecer meus serviços aos curadores do museu como consultora de segurança?*, pensou ela, distraída. *Deus sabe que precisam da ajuda.*

Então Tracy percebeu que estava prestes a ficar ocupada demais para ter um emprego.

Estava prestes a se tornar mãe, finalmente. Era o único papel com o qual sonhara e que desejara a vida inteira. Todo o resto tinha sido um ensaio.

Para Tracy Whitney, o amanhã tinha finalmente chegado.

Ela dormiu.

Capítulo 3

AGNES FOTHERINGTON OBSERVAVA a multidão reunida na sala da exposição e sentia-se muito orgulhosa. *Tesouros Merovíngios* era o maior evento para amantes da história anglo-saxônica de uma geração. Desde que o famoso cemitério de navios em Sutton Hoo foi descoberto no final dos anos 1930, nenhum conjunto tão impressionante de tesouros da época fora encontrado em um único lugar, e tão perfeitamente preservado. E, mais uma vez, Agnes Fotherington era parte daquilo.

Uma arqueóloga amadora determinada, Agnes auxiliara algumas das mais recentes escavações em Sutton Hoo, nos anos 1980. Ela tinha 40 e poucos anos na época e ensinava história em uma escola de ensino médio de Kent. O marido de Agnes, Billy, fora com ela, e juntos eles se divertiram muito.

— Imagine! — costumava dizer Billy, comendo torta de bife com fígado no Coach & Horses, em Woodbridge, depois de um longo dia no sítio. — Uma dupla de zés-ninguéns como nós, Ag, nos tornando notas de rodapé da história!

Essa era uma expressão dele. *Notas de rodapé da história.*

Agnes sentia falta de Billy.

Ele estava morto havia dez anos, mas teria amado ver todo o rebuliço daquele dia. Jeff Stevens, o simpático diretor de antiguidades norte-americano, disparando pelo museu como uma flecha, ansioso para que tudo desse certo, mas, de alguma forma, sempre com um sorriso para todos, apesar dos nervos. Billy teria gostado de Jeff.

Ele também teria gostado de Rebecca, a jovem assistente de Jeff. Tantas pessoas jovens estavam se interessando pelo período agora, o que era realmente maravilhoso. História anglo-saxônica costumava ser considerada nada sedutora. Jamais teve o charme da egiptologia, por exemplo, ou o apelo popular da Roma Antiga. Mas talvez *Tesouros Merovíngios* mudasse tudo isso. Como seria maravilhoso se relíquias douradas descobertas sob um estacionamento de Norwich algum dia se tornassem tão famosas quanto a tumba de Tutancâmon.

— Bastante gente, não?

Tracy Stevens, a jovem esposa de Jeff, apoiou um braço carinhoso no ombro de Agnes Fotherington. Agnes gostava de Tracy. As duas haviam se encontrado algumas vezes durante as preparações da exposição quando Tracy aparecia para visitar Jeff ou para ajudar a catalogar os artefatos. É claro, todos os voluntários sabiam que a Sra. Stevens estava grávida e que ela e Jeff estavam nas nuvens. Era óbvio que os dois estavam perdidamente apaixonados. Agnes Fotherington tinha certeza de que seriam pais maravilhosos.

— Um número fenomenal — concordou Agnes. — E olhe como alguns deles são *jovens*. Quero dizer, olhe aquele cara ali de tatuagem. Jamais o apontaria como um interessado em história do século VII, não é?

— Não — falou Tracy, que estava pensando exatamente o mesmo, embora por motivos muito diferentes.

— Não mesmo.

Ela já vira pelo menos quatro ladrões em potencial na multidão. O jovem tatuado parecia do tipo mais direto e agressivo. Mas havia outros. Uma mulher grávida que parecia interessada demais nas câmeras do circuito interno no saguão. Dois homens do Leste Europeu, usando calça jeans e camisetas, que pareciam nervosos e frequentemente faziam contato visual um com o outro em completo silêncio. Um homem de terno preto, em especial, quieto, discreto e sozinho, chamara a atenção de Tracy. Não era nada que ela pudesse explicar racionalmente. Era mais como um sexto sentido. Mas algo dizia a Tracy que ele não era apenas um turista interessado.

Parte dela não os teria culpado por tentarem fugir com o ouro. Com a segurança tão descuidada, o Museu Britânico estava quase pedindo para ser roubado. Ela disse isso a Jeff, mas ele não pareceu preocupado.

— Acho que precisaremos arriscar. Uma tentativa de roubo pode até apimentar um pouco a exibição! Afinal, não há nada mais autenticamente anglo-saxão que um pequeno saque.

Tracy o amou por esse comentário. Era o antigo Jeff perfeitamente retratado.

Exatamente às 11 horas, a corda vermelha foi solta da presilha prateada e os visitantes começaram a entrar no primeiro dos quatro espaços de exposição. As bolsas e as mochilas deles já haviam sido revistadas na entrada principal, mas não foram examinadas novamente, reparou Tracy. Em vez disso, os visitantes tiveram a oportunidade de deixar os casacos no armário e foram incentivados a comprar programas da exposição e aproveitar as visitas guiadas por áudio.

Depois disso, foram levados, movendo-se lentamente, por várias exibições — armas, cunhagem de moedas, objetos cerimoniais e vida diária —, antes de serem afunilados para uma loja de suvenires dos *Tesouros Merovíngios*, que vendia réplicas de todos os itens mencionados, com os habituais chaveiros e as camisetas que diziam "Eu Amo o Museu Britânico".

Jeff e Rebecca se misturaram aos visitantes, indo de sala em sala. Tracy os deixou, limitando o apoio a Jeff a um aceno encorajador quando voltou do banheiro feminino para a recepção.

— Tracy, ainda bem. Estamos quase sem folhetos! — Agnes Fotherington segurou o braço dela, em pânico. — Eu tinha cem cópias aqui, mas sumiram em seis minutos.

— Posso pegar algumas na loja de presentes, se quiser — ofereceu Tracy.

— Faria isso? — A senhora ficou visivelmente aliviada. — Você é um anjo.

Abrindo caminho pela exibição já lotada, Tracy correu para a loja. Quando passou pela sala das moedas, reparou no homem que havia chamado sua atenção mais cedo no saguão. Ele estava inclinado na direção da caixa que abrigava as raras moedas francas e olhava para elas com uma intensidade controlada que deixou Tracy especialmente desconfortável.

Preciso comentar sobre ele com Jeff.

Na loja de presentes, Tracy pegou uma pilha de folhetos e pediu a Maurice Bentley, o voluntário no comando, que ligasse para o estoque e pedisse mais quando precisasse. Um alarme estridente soou, uma combinação de sirenes e sinos e uma vibração eletrônica de estourar tímpanos que fez com que as moedas merovíngias baratas chacoalhassem e saltassem dentro das caixas de plástico.

— Mas o que...? — Maurice Bentley cobriu os ouvidos.

— O que é isso? — gritou Tracy, por cima do estardalhaço, para um integrante da equipe que passava. — Alguma coisa foi roubada?

— Não. É o alarme de incêndio. Provavelmente apenas crianças brincando.

Ou não.

O coração de Tracy começou a acelerar.

— NÃO FIQUE tão assustado — gritou Rebecca ao ouvido de Jeff. — Devem ser só crianças brincando.

Jeff não estava ouvindo. Ele estava em Amsterdã, na fábrica de lapidação de diamantes. As luzes tinham se apagado e um alarme soou, exatamente como aquele. Um alarme que ele e Tracy haviam disparado. Em Amsterdã, grades de aço se fecharam sobre portas e janelas, trancando as saídas. Mas Jeff e Tracy ainda conseguiram fugir com o diamante Lucullan.

Tracy havia se disfarçado de turista grávida para aquele serviço, Jeff era um funcionário da manutenção. *Não havia uma grávida na multidão do lado de fora hoje?*

A mente de Jeff ficou acelerada. O que seria mais fácil roubar?

Ele correu para a sala das moedas.

Tudo parecia em ordem. A inestimável moeda de ouro do século VI, o destaque da mostra, ainda estava trancada na caixa de vidro. Nada parecia ter sido removido, ou quebrado, ou tocado. Os visitantes cobriam os ouvidos e saíam em filas, mas não havia pânico, gritos ou drama. Era tudo terrivelmente inglês e discreto. Um homem de terno foi o último a sair, segurando a porta educadamente para Jeff.

— Alarme falso, espero. — Ele abriu um sorriso paciente para Jeff.

— Espero que sim.

Cerca de meia hora depois, Jeff encontrou Tracy do lado de fora. O museu inteiro tinha sido evacuado e as pessoas tinham sido conduzidas para a Great Russell Street, mas ninguém parecia especialmente perturbado. As pessoas conversavam e riam da situação inesperada enquanto aguardavam para que fossem liberados para entrar de novo.

— Tudo bem? — perguntou Tracy a Jeff.

— Acho que sim. Algum idiota deixou o cigarro aceso no banheiro.

— Nada foi levado, então?

Jeff fez que não com a cabeça.

— Também desconfiei, mas Rebecca e eu verificamos tudo três vezes. Está tudo lá. Nenhum dos outros departamentos relatou qualquer problema.

— Que bom. — Tracy o abraçou. Ela se sentiu muito aliviada.

— Estamos ficando céticos demais, você e eu — falou Jeff, brincando apenas em parte. — Vamos precisar trabalhar nisso antes que Jeff Júnior chegue.

DURANTE AS SEMANAS seguintes, Tracy viu Jeff muito pouco. Não houve mais drama no museu, e a exposição *Tesouros Merovíngios* foi um sucesso, o que tomou todo o tempo do marido.

O professor Trenchard ligou para Jeff.

— Todos estão falando de você em Bloomsbury. Nem consigo lembrar quantas vezes recebi parabéns por ter trazido você para cá.

— Eu não poderia estar mais feliz — falou Jeff. — Na verdade não sei como agradecer, Nick.

— Apenas continue o que está fazendo. Estou muito feliz por me aproveitar de seu sucesso.

NA NOITE EM que a exibição se encerrou, Jeff voltou para casa inconsolável.

— Não acredito que acabou de vez.

— Pobrezinho.

Tracy abraçou o marido pelas costas, pressionando a pequena barriga de grávida contra a lombar dele. Estava se sentindo exausta nos últimos dias, um efeito colateral da gravidez, de acordo com Alan — o Dr. McBride —, mas até então não tivera enjoos matinais e o cheiro de comida não a incomodava. Naquela noite, Tracy havia preparado um jantar especial para Jeff, espaguete à carbonara. Um aroma delicioso de bacon, queijo e creme exalava da cozinha.

— Tenho algo para você que vai te animar.

Ela levou Jeff até a sala de estar, um cômodo no estilo georgiano, de grandes proporções, com pé-direito alto, piso de carvalho amplo e janelas com molduras originais que davam para o exuberante e diversificado "Queen Anne", gíria britânica para um jardim de entrada.

— Já me animou — disse Jeff, afundando no sofá. — Como está se sentindo hoje, minha linda?

— Estou bem. — Tracy entregou a Jeff um copo de gim-tônica com gelo e limão. — Mas isso vai animar você ainda mais. Pelo menos é o que eu espero.

Ela tirou uma pequena caixa de couro preta do bolso e a entregou ao marido, um tanto ansiosa. Tracy sabia que havia chances de Jeff entender o presente de forma errada, e ela queria tanto agradá-lo, trazer de volta um toque da antiga vida, com toda a diversão e a emoção.

— Digamos que tive *muito* trabalho para colocar as mãos nisso.

Jeff abriu a caixa. Tracy observou, felicíssima, quando os olhos dele se arregalaram.

— Onde conseguiu isso?

Ela sorriu.

— Onde acha que consegui?

— Meu Deus. — Jeff engasgou. — É de verdade, não é? Por um segundo pensei que pudesse ser uma cópia exata.

— Uma cópia? Por favor. — Tracy pareceu ofendida. — Cópias são para os medíocres, querido. Apenas o melhor para você.

Jeff se levantou. Tracy pensou que ele estava se aproximando para beijá-la, mas, quando Jeff ergueu o olhar, ela viu que o marido estava nervoso.

— Está maluca? — Jeff levantou a moeda em frente ao rosto de Tracy de forma acusatória. Na mão dele estava a moeda de prata de Cynethryth da Mércia, um dos tesouros mais preciosos do Museu Britânico. — Você *roubou* isso.

— Sim. Para você. — Tracy pareceu confusa. — Sei o quanto significava para você. Além disso, você mesmo falou. Nada poderia ser mais anglo-saxão que um saque.

Ela sorriu. Jeff não sorriu de volta.

— Aquilo foi uma piada! — Ele olhou para a mulher, chocado. — Como você... quando...?

— No dia em que a exposição abriu. Eu sabia que as outras salas com artefatos saxônicos estariam totalmente vazias. Todos estavam interessados nos *Tesouros Merovíngios*. Então disparei o alarme de incêndio, entrei na ala sul e, bem... simplesmente peguei. Aquelas caixas nem tinham alarme — acrescentou Tracy, com um tom de desdém na voz. — É como se todos os objetos que não fossem os Mármores de Elgin ou a Pedra de Roseta não tivessem importância para ninguém.

— É importante para todos! — falou Jeff, furioso. — É importante para *mim*. De toda forma, aquelas caixas estão trancadas. Onde conseguiu a chave?

Tracy olhou para Jeff como se ele fosse louco.

— Fiz uma cópia da sua, é claro. Sério, querido, não é nenhuma questão de física quântica. Procurei a moeda no Google, depois que você disse que gostava dela, e consegui fazer uma cópia em um pequeno joalheiro no East End. Então troquei com a original. Fácil.

Jeff estava sem palavras.

Aborrecido com a reação dele, Tracy acrescentou, de modo desafiador:

— E sabe o que mais? *Ninguém reparou a diferença!* Você é o único que sequer olha para aquela coisa. Por que não deveria tê-la?

— Porque não é minha! — exclamou Jeff, exasperado. — Pertence à nação. Confiaram em mim para protegê-la, Tracy. E agora minha esposa, minha própria *esposa*, rouba a moeda!

— Achei que ficaria feliz. — Lágrimas se acumularam nos olhos de Tracy.

— Bem, não estou.

Ela não conseguia entender a reação de Jeff. Principalmente depois de todo o trabalho que teve para conseguir a moeda. *Ele costumava sentir orgulho quando eu aplicava golpes como esse.* Ninguém saiu ferido, afinal. O velho Jeff teria ficado feliz, encantado, teria achado graça. Tracy queria o velho Jeff de volta.

Ele encarava a moeda em sua mão, balançando a cabeça, incrédulo.

— Rebecca *disse* que você parecia distraída no dia da abertura — murmurou ele. — Lembro que ela me perguntou se havia alguma coisa errada com você. — Ah, Rebecca disse alguma coisa, não foi? — disparou Tracy de volta, com raiva. — Bem, ponto para ela! Aposto que a perfeitinha da Rebecca jamais ousaria roubar um *tesouro nacional*, não é?

— Não, não ousaria — replicou Jeff.

— Porque ela não é uma vigarista desonesta como eu, certo?

Jeff deu de ombros como se dissesse, *se a carapuça serve.*

Lágrimas de ódio e humilhação escorreram pelas faces de Tracy.

— Sua namoradinha pode ser melhor que eu...

— Não seja idiota — disparou Jeff. — Rebecca não é minha namorada.

— Mas se é melhor que eu, é melhor que você também, Jeff. Esqueceu quem você é? É um vigarista, Jeff Stevens. Pode ter se aposentado, mas tem vinte anos de vida criminosa no passado, querido! Então não venha bancar o santinho com...

Tracy parou subitamente, como uma criança congelando quando alguém grita "estátua".

— O quê? — perguntou Jeff.

Tracy o encarou, os olhos arregalados e desesperados, como um coelho prestes a ser abatido. Então ela baixou os olhos. Gotas de sangue, escuras e volumosas, escorriam devagar pelo meio das pernas de Tracy até o piso de madeira.

Ela começou a chorar.

— Tudo bem, querida. Não entre em pânico. — Jeff soltou a moeda e abraçou a esposa. Aquela era Tracy, a Tracy *dele*. No que estava pensando ao ficar tão irritado com ela, na condição que estava? — Vai ficar tudo bem. Apenas deite.

Jeff correu até o telefone.

— Preciso de uma ambulância. Sim, número 45, Eaton Square. O mais rápido possível, por favor.

Capítulo 4

O BAIRRO DE BELGRAVIA era especialmente bonito na primavera, pensou Jeff Stevens quando saiu da Eaton Square em direção ao Hyde Park. As cerejeiras que ladeavam as ruas de estilo georgiano estavam todas floridas, uma erupção que espelhava as fachadas de estuque branco e cobria com um tapete branco as pedras irregulares do pavimento. Uma recente chuva havia deixado a grama em Chester Square e Belgrave Square com um verde reluzente e vibrante. E por toda parte as pessoas pareciam alegres e renovadas, gratas por terem sobrevivido a mais um longo, cinzento e interminável inverno londrino.

Para Jeff e Tracy Stevens, o inverno tinha sido mais longo do que para a maioria das pessoas. O aborto de Tracy fora um golpe duro para os dois, mas Jeff carregava uma dose maior de culpa, pois achava que tinha sido a discussão sobre a moeda idiota da Mércia que o havia provocado. Ele havia devolvido a moeda discretamente meses atrás, e ninguém no Museu Britânico nem sequer reparou. Mas o dano causado ao relacionamento do casal não era tão fácil de consertar.

Os dois ainda se amavam. Não havia dúvida. Mas o incidente com a moeda havia feito ambos perceberem que estavam escondendo problemas bem sérios no casamento. Talvez fosse a dificuldade de Tracy em engravidar que os havia ocultado? Ou a total imersão de Jeff no novo emprego? Ou os dois? Qualquer que fosse a causa, o mais importante era que Jeff havia mudado desde que os dois desistiram da antiga vida de golpes e trapaças. E Tracy continuava fundamentalmente a mesma.

Não que ela não estivesse pronta para desistir da vida de crimes. Isso Tracy podia fazer. O roubo da moeda saxônica tinha sido algo único, que ela não tinha intenção de repetir. A questão é que havia uma parte da identidade de Tracy, uma parte importante, que ela não queria abandonar. Jeff, por fim, estava começando a entender isso.

Ele ainda esperava que um filho, em algum momento, preenchesse o vazio que a mulher dele sentia, assim como a paixão por antiguidades tinha compensado o vazio para Jeff. Eles começaram o tratamento de FIV com muitas esperanças. Mas quando um ciclo falhou, e então um segundo, Jeff não podia ficar parado assistindo, inutilmente, enquanto uma tristeza sombria cada vez mais se apoderava da esposa, como um tumor que nada parecia impedir.

Jeff tentou suprir Tracy com amor. Ele começou a chegar cedo do trabalho, levava-a em férias românticas e a surpreendia com todo tipo de presentes carinhosos:

uma pintura a óleo antiga do bairro de Nova Orleans onde Tracy havia crescido; um lindo livro com capa de couro sobre a história do flamenco, a dança na qual Jeff e Tracy se perceberam apaixonados pela primeira vez; um par de brincos de azeviche da Costa de Whitby, onde os dois certa vez passaram um fim de semana terrível e inesquecível em um hotel péssimo, mas onde Tracy ficara hipnotizada pela paisagem selvagem e pantanosa.

Tracy ficava emocionada com tudo isso. Mas a tristeza persistia.

— Parece depressão — sugeriu Rebecca, hesitante, ouvindo Jeff desabafar enquanto tomavam chá no café do museu. — Ela já se consultou com alguém?

— Tipo um psiquiatra? Não. Tracy não gosta desse tipo de coisa.

— É, bem. Infelizmente problemas psicológicos existem, mesmo que você não goste da ideia — falou Rebecca. — Ter alguém com quem conversar pode ajudar.

— Ela tem a mim para conversar — falou Jeff. Rebecca podia ouvir o desespero na voz dele.

— Talvez haja coisas sobre as quais ela não possa falar com você. — Estendendo o braço sobre a mesa, ela apertou a mão de Jeff.

Rebecca Mortimer tinha tentado não se sentir atraída por Jeff Stevens. Aquilo era contra qualquer ética profissional. Mas depois de meses trabalhando tão perto daqueles lindos olhos cinzentos e de seus cachos pretos, da personalidade tranquila e da risada calorosa e contagiante de Jeff, ela havia desistido de resistir. Como devia ser terrível ser casado com uma mulher depressiva e retraída, que se ressentia do trabalho dele e o afastava emocionalmente. Se ela, Rebecca, tivesse um marido como Jeff, o trataria como um rei.

Jeff ergueu o olhar, como se algo tivesse repentinamente lhe ocorrido.

— Quer saber? Talvez ela *esteja* conversando com alguém. Talvez tenha um psiquiatra e esteja com vergonha de me contar. Isso explicaria muito.

— Explicaria muito do quê? — perguntou Rebecca.

— Ela anda... não sei. Arredia, nos últimos tempos. Como se tivesse umas reuniões misteriosas, e não me conta onde está. Ou volta tarde para casa e parece mais feliz. Menos estressada.

Rebecca assentiu em silêncio. No íntimo, ela pensou: *Ora, ora, ora. Será que a perfeita Sra. Stevens não tem um amante?* Era típico de Jeff que tal pensamento nem tivesse passado por sua mente. Jeff Stevens adorava a esposa. Mas talvez a deusa Tracy estivesse prestes a cair do pedestal.

Ele chegara ao parque agora. Quando o tempo estava bom, costumava ir andando para o trabalho, mas já estava atrasado naquela manhã, então entrou no ônibus 19.

Rebecca o recebeu quando ele entrou. Ela e Jeff dividiam uma sala no segundo andar do museu. Se é que podia ser chamada de sala. Na verdade, estava mais para uma despensa, com espaço para apenas uma mesa e duas cadeiras colocadas lado a lado.

— Oi. — Rebecca entregou uma xícara de café a Jeff, forte e puro, como ele gostava.

— Oi.

Com jeans preto justo e uma blusa verde sem manga que contrastava impressionantemente com os cabelos castanho-avermelhados, Jeff reparou que ela estava especialmente bonita naquela manhã. Ele também reparou que Rebecca parecia triste. Ela mordia o lábio inferior, nervosa, e evitava encará-lo.

— O que foi?

— Nada. Marquei reuniões com dois restauradores para aqueles manuscritos celtas. Achei que poderíamos...

— Não venha com conversa fiada. No que está pensando?

Rebecca fechou a porta do escritório e se reclinou nela.

— Estou com medo de contar e você me odiar.

A surpresa ficou estampada no rosto de Jeff.

— Não vou odiar você. Por que eu a odiaria?

— Não sei. As pessoas às vezes matam o mensageiro. Não quero que pense que sou fofoqueira. Mas eu... estou preocupada com você. Não gosto que mintam para você.

Jeff franziu a testa e se sentou.

— Tudo bem. Então agora precisa me contar. O que está acontecendo? — Será que alguém do museu estava falando mal dele? Será que alguém queria o seu emprego? Não seria a primeira vez. Jeff *era* um amador, afinal, em um cargo sênior. Talvez um dos colegas dele estivesse...

— É Tracy.

Jeff se encolheu, como se tivesse sido golpeado.

— O que há com ela?

— Na semana passada você me contou que ela tinha ido passar a noite em Yorkshire. Que ela iria participar de uma caminhada.

— Isso mesmo — confirmou Jeff.

— Mas ela não foi. — Rebecca corou até ficar completamente vermelha. — Eu a vi.

— Como assim você a viu? Onde?

— Em Londres. Em Picadilly, na verdade. Foi na noite em que saí mais cedo para me encontrar com minha mãe, lembra? Eu vi Tracy saindo de um restaurante. Ela estava com um homem, e eles estavam rindo e conversando e...

Jeff ergueu a mão.

— Você deve estar enganada. Provavelmente era alguém que parecia com ela de longe.

— Eu *não estava* longe. — Rebecca falou baixinho, obviamente morrendo de medo de fazê-lo ficar com raiva. — Eu estava bem perto. Era ela, Jeff. Não me viu porque estava concentrada demais no cara.

Jeff se levantou.

— Agradeço por ter me contado — disse ele, com um sorriso forçado. — E não estou com raiva porque sei que teve boa intenção. Mas garanto que está errada. Tracy estava em Yorkshire na semana passada. Agora, é melhor eu ir para a sala dos manuscritos. Já estou vinte minutos atrasado.

Rebecca abriu caminho e Jeff saiu, fechando a porta com força atrás de si.

Droga, pensou ela.

As TRÊS SEMANAS seguintes foram uma tortura para Jeff. Ele sabia que deveria voltar para casa e tirar a limpo a história que Rebecca havia lhe contado. Não porque acreditava nela. Fora um engano, só poderia ser, mas

Jeff precisava desesperadamente de uma garantia, como uma flor precisa de sol e água. Mas, mesmo assim, não conseguia tocar no assunto. Sempre que tentava, Louise lhe vinha à mente.

Louise Hollander, uma herdeira estonteante cujo pai era dono de metade da América Central, fora a primeira mulher de Jeff Stevens. Ela fora resoluta ao demonstrar seu interesse, perseguindo Jeff incansavelmente até que ele cedesse. Ele a amara, o dinheiro dela não influenciava em nada. Quando Jeff ouviu pela primeira vez fofocas sobre os casos de Louise, ele ignorou. As amigas dela eram invejosas esnobes que queriam que o relacionamento dos dois acabasse. Mas logo os boatos passaram de sussurros a rugidos ensurdecedores, e Jeff não teve opção a não ser enfrentar a verdade.

Louise Hollander partiu o coração de Jeff. Ele jurou nunca mais ser emocionalmente vulnerável em relação a uma mulher de novo. Mas quando conheceu Tracy Whitney, percebeu que jamais amara Louise de verdade. Tracy era tudo para Jeff: a mãe que ele havia perdido, a amante com a qual sonhava, a parceira de luta que jamais conseguira encontrar.

Tracy não me enganaria. Ela não faria isso comigo.

Tracy me ama.

Rebecca deve estar errada.

No entanto, alguma coisa estava acontecendo com Tracy. Jeff havia percebido isso antes que Rebecca mencionasse alguma coisa. Ele sentia algo diferente havia meses. Os jantares perdidos, as viagens, as reuniões mal explicadas, a total e completa falta de interesse em sexo.

Duas semanas depois da bomba de Rebecca, Jeff finalmente teve coragem de mencionar casualmente a viagem de Tracy a Yorkshire. Eles estavam na cama, lendo, quando Jeff falou:

— Quando você viajou sozinha há umas duas semanas, não se sentiu solitária?

— Solitária? — Tracy ergueu uma sobrancelha. — Não. Por que me sentiria assim?

— Não sei. — Jeff se aproximou, abraçando a mulher. — Talvez tivesse sentido minha falta.

— Foi apenas uma noite, querido.

— Eu senti sua falta. — Ele passou a mão pelas costas nuas de Tracy antes de deslizá-la por baixo do elástico da calcinha Elle Macpherson da mulher. — Eu *ainda* sinto sua falta, Tracy.

— Como assim? — Tracy deu uma gargalhada, afastando a mão de Jeff. — Não precisa sentir falta de mim. Estou bem aqui.

Está mesmo?, pensou Jeff.

Tracy apagou a luz.

Enquanto antes o trabalho era um descanso bem-vindo da tensão emocional em casa, agora Jeff sentia-se quase tão desconfortável com Rebecca quanto com Tracy. Ele havia prometido não matar o mensageiro. Mas, em algum nível inconsciente, percebeu que estava com raiva da jovem e atraente estagiária. Rebecca estava errada em relação a Tracy. Errada, errada, errada. No entanto, plantara uma semente de dúvida no coração de Jeff que se recusava a morrer. Bem-intencionada ou não, com um único gesto, Rebecca havia deixado Jeff abalado, fazendo com que ele se sentisse desconfortável e deslocado no Museu Britânico, assim como em Eaton Square.

Em uma manhã chuvosa, Jeff chegou ao escritório que dividia com Rebecca pingando — tinha esquecido o guarda-chuva e não queria ter de voltar para casa para pegá-lo — e a encontrou reunindo seus pertences.

— O que está acontecendo?

Depois de colocar os últimos livros em uma caixa de papelão, Rebecca entregou a Jeff um envelope branco espesso. Ela se obrigou a sorrir.

— Sem ressentimentos, chefe. Foi uma experiência muito boa trabalhar com você. Mas nós dois sabemos que não podemos continuar assim.

— Continuar como? — replicou Jeff. Irracionalmente, ele percebeu que se sentia ainda mais irritado do que o normal. — Está se demitindo?

— Vou embora — falou Rebecca. — Acredito que só se pode chamar de demissão quando a pessoa recebe salário.

— Por minha causa? — Pela primeira vez, Jeff sentiu uma pontada de culpa.

— Acho você incrível — disse Rebecca. Para surpresa de Jeff, ela envolveu o pescoço dele com os braços e o beijou, apenas uma vez, nos lábios. O beijo não foi longo mas foi sincero. Jeff sentiu vergonha de quanto isso o deixou instantaneamente excitado.

— Olhe... — começou ele.

Rebecca balançou a cabeça.

— Não. Por favor. — Ela entregou a ele um CD sem nada escrito. — Veja isso depois que eu for embora. Se quiser conversar, tem meu telefone.

Jeff pegou o CD e a carta, encarando as duas coisas, surpreso. Era informação demais para absorver às nove horas da manhã. Antes que se recuperasse o suficiente para dizer adeus, Rebecca tinha ido embora.

Subitamente deprimido e exausto, Jeff afundou na cadeira. Do lado de fora, a chuva ainda caía incansavelmente. O borrifo das gotas na minúscula janela solitária acima da mesa parecia uma saraivada de balas.

O que aconteceu com a minha vida?, pensou Jeff, deprimido. *Sinto como se estivesse na mira de algum ataque.*

Ele ligou o computador e colocou o CD dentro.

Em dez minutos, Jeff assistiu à gravação cinco vezes. Então ele leu a carta de Rebecca.

Ele se levantou, sentindo os pés perderem a firmeza, e abriu a porta do escritório. Começou a caminhar pelo corredor. Depois de alguns segundos, acelerou o passo e começou a correr. Os elevadores levaram uma eternidade, então Jeff saltou escada abaixo na ala sul, dois degraus por vez.

— Você viu Rebecca Mortimer?

A recepcionista pareceu espantada.

— Oi, Sr. Stevens. Está tudo bem? Você parece...

— Rebecca! — Jeff estava sem fôlego. — Você a viu sair do prédio?

— Sim. Ela estava se despedindo de alguns funcionários no café, mas acabou de sair. Acho que estava indo para o metrô na...

Jeff já havia disparado pelas portas duplas.

TRACY CAMINHAVA PELA Marylebone High Street com apenas um frágil guarda-chuva para protegê-la das gotas torrenciais, mas nada poderia acabar com seu bom humor. Fora um dia longo, mas maravilhoso. Ela olhou em volta à procura de um táxi.

Há muito tempo ela não se sentia tão feliz, tanto que Tracy quase não sabia o que fazer. Parte dela se sentia culpada por Jeff. *Pobre Jeff.* Ele se esforçara tanto para entender o luto de Tracy por ter perdido o bebê. Ela podia ver o esforço que o marido fazia para consolá-la, mas, de alguma forma, isso tornava tudo vinte vezes pior. Nada daquilo era culpa dele.

Mas também não é culpa minha. Não posso controlar quem sou. E não posso me afastar daquilo que preciso.

Alan entendia a situação, entendia *Tracy* de uma forma que Jeff jamais entenderia.

Tracy o vira novamente naquele dia. Tinha chegado a ponto em que simplesmente estar no mesmo cômodo que Alan já fazia com que ela ficasse feliz, e esperançosa com o futuro. Talvez essa fosse a chave: esperança. Tracy tentara, de verdade; mas se sentia tão presa na vida de casada com Jeff desde que haviam voltado para Londres que aquilo sugava suas esperanças. O número 45 da Eaton Square, o lar que costumava ser seu santuário, tinha se tornado uma prisão.

Chega.

Tracy estava a caminho de casa naquele momento para conversar com Jeff. Estava nervosa, mas ao mesmo tempo queria contar a ele. Precisava contar a ele, tirar o fardo de cima de seus ombros. Só de pensar em tirar as roupas molhadas, entrar no banho e lavar a dor do ano anterior, ela sentia um profundo alívio.

Chega de segredos.

Estava na hora de começar o próximo capítulo.

AS LUZES ESTAVAM apagadas quando Tracy chegou em casa. Jeff não costumava voltar antes das sete ou oito da noite, e provavelmente se atrasaria mais aquela noite, pois não estava esperando que Tracy chegasse cedo. Ela não sabia que horas sairia do consultório de Alan, então inventou um jantar com uma amiga.

Essa será a última mentira que conto a ele, decidiu Tracy, subindo as escadas. De agora em diante, seria honesta sempre.

Ela abriu a porta da suíte principal e congelou. Por um momento, por um longo momento, o tempo parou completamente. Os olhos de Tracy enviavam uma mensagem para seu cérebro, mas alguma coisa — seu coração, talvez — interceptava o sinal e o mandava de volta. *É isso que estou vendo*, o cérebro dela parecia dizer, *mas não pode ser verdade*.

Tracy estava tão quieta e imóvel, quase sem respirar, que Jeff levou alguns minutos para perceber que ela estava ali. Quando ele a notou, e os olhos dos dois finalmente se encontraram, Jeff estava de pé à janela, envolto em um abraço apaixonado com Rebecca Mortimer, totalmente alheia à situação.

Os dois ainda estavam vestidos, mas a camisa de Rebecca estava desabotoada até a metade, e as mãos de Jeff estavam nas costas dela enquanto os dois se beijavam apaixonadamente. Quando Jeff viu Tracy e tentou se desvencilhar, Rebecca o agarrou como se estivesse prestes a se afogar e Jeff fosse seu bote salva-vidas.

Estupidamente, o primeiro pensamento de Tracy foi: *Ela tem um corpo incrível.* Rebecca vestia um jeans apertado, que ela obviamente desejava que Jeff a ajudasse a arrancar. Era como se a coisa toda fosse uma cena de um filme erótico. Algum tipo de ficção, da qual Tracy podia se desligar. Não era real. Não podia ser.

O verdadeiro Jeff, meu Jeff, jamais faria isso comigo.

Somente quando Rebecca se virou, viu Tracy e deu um grito, foi que a ilusão se estilhaçou.

— Como pôde fazer isso? — perguntou Tracy, lançando um olhar fulminante para Jeff.

— Como eu pude? Como *você* pôde? — Ajeitando o cabelo, Jeff caminhou até a esposa, com a expressão mais triste que alguém poderia ter, o rosto e o pescoço manchados de batom. — Você começou!

— E-eu... o quê? — gaguejou Tracy. — Você está no nosso quarto com outra mulher!

— Só porque *você* está tendo um caso com o seu médico!

Tracy olhou para ele primeiro com espanto, então com nojo.

— Não tente negar! — gritou Jeff para ela.

— Você me dá nojo — falou Tracy. Como se seduzir a estagiária não fosse o bastante, agora Jeff estava tentando colocar a culpa *nela*? — Há quanto tempo isso está acontecendo?

— Não está acontecendo nada.

Tracy soltou uma gargalhada, uma risada alta, rouca e feia, sem alegria. *Isso não pode estar acontecendo.* Ela não conseguia encarar Rebecca. Mas, pelo canto do olho, podia jurar ter visto um lampejo de triunfo nos olhos da mulher mais jovem. Agarrando-se à raiva como se fosse um manto, Tracy deu meia-volta e saiu.

— Tracy! Espere!

Enquanto tentava calçar os sapatos, Jeff correu atrás da mulher. Ele ouviu a porta da frente bater quando chegou ao andar de baixo e saiu correndo atrás dela na rua. Ainda estava chovendo, e a calçada estava escorregadia e grudenta sob os pés descalços dele.

— Pelo amor de Deus, Tracy! — Jeff a segurou pelo braço. Tracy resistiu, mas não conseguiu se desvencilhar. — Por que não pode admitir? Eu sei que foi errado beijar Rebecca...

— Beijar? Vocês estavam prestes a fazer muito mais que beijar, Jeff! Estava no nosso quarto, grudado naquela menina como se fosse sarna! Se eu não tivesse entrado...

— O quê? Se não tivesse entrado o quê? Eu teria dormido com ela? Como você fez com o Dr. Alan McBride?

— Você é ridículo.

— E você é uma mentirosa! — Havia lágrimas nos olhos de Jeff. — Eu vi a gravação, Tracy. Vi com meus próprios olhos.

— Que gravação? Do que você está falando?

— VOCÊ, saindo do Berkeley Hotel com aquele homem. Aquele *desgraçado!* Vocês dois se beijando na rua às duas horas da manhã. No mesmo dia em que alegou estar em Yorkshire. Você mentiu para mim. E depois tem a coragem de *me* acusar de ter um caso!

Tracy fechou os olhos. Ela sentiu como se estivesse enlouquecendo. Mas então se lembrou de que aquilo era típico de Jeff, o modo como ele sempre costumava trabalhar, nos velhos tempos. Atordoando e enganando as vítimas até que não conseguissem mais distinguir um lado de outro, o certo do errado.

Não sou vítima, pensou Tracy. *Não sou um de seus alvos tolos. A questão aqui é você, não eu. Você e a desgraçada daquela garota.*

— Não sei o que acha que viu — disse Tracy. — Mas o único homem com quem dormi nos últimos quatro anos foi você, Jeff.

— Isso é mentira, Tracy, e você sabe disso. Você e McBride...

Tracy perdeu a paciência.

— Não diga o nome dele! Não ouse. Alan é um homem decente. Um homem honesto. Diferente de você. Volte para sua namoradinha, Jeff.

Com um puxão determinado, Tracy conseguiu se desvencilhar e correu.

HORAS SE PASSARAM e a chuva continuava caindo. Tracy não fazia ideia de para onde ir, ou por quê. Em pouco tempo, estaria completamente escuro. Por fim, ela se viu na rua de Gunther Hartog, encarando a esplêndida casa de tijolos vermelhos dele. Na esquina da loja de antiguidades de Gunther na Mount Street, a casa dele de Mayfair era um dos melhores refúgios de Tracy, um dos lugares felizes dela. Tracy e Jeff tinham passado muitas noites boêmias e agradáveis ali, discutindo trabalhos executados ou planejando novos golpes. *Eu e Jeff.* As luzes do térreo estavam todas acesas. Gunther estaria no escritório, sem dúvida, lendo sobre política e arte até tarde da noite. Jeff costumava chamá-lo de o vigarista mais letrado de Londres. *Jeff. O velho e desgraçado Jeff. Está em toda parte.* Pela primeira vez naquela noite, Tracy caiu no choro. Ela jamais esqueceria a imagem de Jeff com aquela garota horrível nos braços. *Eles estavam em nosso quarto. Ele estava prestes a fazer amor com ela, eu sei que sim. Até onde sei, Jeff fez isso centenas de vezes antes.* O instinto natural de Tracy era querer arrancar os olhos de Rebecca, mas ela se recompôs. *Me recuso a ser o tipo de mulher que culpa a outra. Por que uma jovem como ela deveria respeitar os votos de casamento de Jeff se ele mesmo não respeita? Não, Jeff é o vilão aqui. Ele é o mentiroso.*

Uma vozinha no íntimo de Tracy ousou lembrá-la de que ela também estivera mentindo. Mas Tracy a calou.

Agarre-se ao ódio, disse ela a si mesma. *Não solte.*

Ela não poderia invadir a casa de Gunther e buscar conforto ali. Não podia ir para casa. Alguma parte insana e irracional de Tracy queria bater à porta de Alan McBride. Ele sempre a fizera se sentir tão segura. Mas o Dr. McBride tinha a própria família, a própria vida. Tracy sabia que não deveria se intrometer na vida pessoal dele.

Estou sozinha, pensou ela. Então, baixando a mão para acariciar a barriga quase imperceptível, consertou o que havia dito.

— Desculpe, querido — falou Tracy, em voz alta. — Quis dizer que *nós* estamos sozinhos. Mas você não deve se preocupar. Mamãe vai cuidar de você. Mamãe sempre cuidará de você.

JEFF ACORDOU NA manhã seguinte sentindo-se como se tivesse sido atingido por um caminhão.

Rebecca saíra logo depois de Tracy.

— Posso ficar se quiser — sugeriu ela, esperançosa.

— Não. Vá para casa — disse Jeff a Rebecca. — E volte para o trabalho amanhã. Se alguém vai deixar o museu, serei eu, não você.

Rebecca fez exatamente como pedido. Jeff sabia que precisaria lidar com a situação em algum momento. Mas uma crise por vez.

Ele ligou para o celular de Tracy. Desligado, é claro. Então perguntou por ela para seus amigos, conhecidos, contatos dos velhos tempos. Depois de 12 horas, não fizera progresso. Ninguém vira ou soubera de Tracy, nem mesmo Gunther.

— Estou preocupado. — Jeff se serviu de mais um copo de Laphroaig do decantador de Gunther. Ele não conseguia encarar a ideia de dormir em Eaton Square, Tracy não voltaria tão cedo, e o quarto deles havia se tornado a cena de um crime, por isso Gunther oferecera uma cama a Jeff. Secretamente, ele esperava que, por fim, Tracy também aparecesse à porta de Gunther e que ele agisse como juiz enquanto os dois resolviam as coisas. Porque eles *iriam* resolver as coisas. Qualquer outra alternativa era impensável.

— E se aconteceu alguma coisa com ela?

— Tracy sabe se cuidar — disse Gunther. — Além disso, alguma coisa *aconteceu* com ela. Encontrou o marido na cama com outra mulher.

— Nós não estávamos na cama.

— Mas estavam perto disso. Quem é essa vadia afinal?

— Ela não é nenhuma vadia — falou Jeff. — O nome dela é Rebecca, mas não é ela que importa agora.

Gunther arqueou a sobrancelha em dúvida.

— Pelo visto não é assim que Tracy vê as coisas.

— Meu Deus, Gunther, você também? Já falei, é a Tracy quem está tendo um caso, está bem? Não eu.

— Hmm. — Gunther franziu a testa. — Sim. Você falou isso.

Ele não acreditava que Tracy trairia Jeff. Por outro lado, talvez fosse apenas porque Gunther *não* queria mesmo acreditar naquilo. Gunther Hartog era velho e sábio o bastante para entender que todo ser humano é capaz de trair. Racionalmente, era preciso presumir que vigaristas profissionais como Tracy e Jeff eram mais capazes disso que a maioria. E Tracy andava deprimida ultimamente, não era ela mesma.

— Ela tem mentido para mim há meses — falou Jeff. — Ontem vi provas concretas com meus próprios olhos. Foi tudo registrado, Gunther. Por câmeras do circuito interno. Não estou inventando nada. Só depois de ver a verdade inegável eu... eu tive um deslize com Rebecca.

— Você não tinha dormido com ela antes?

— Nunca! Posso ter ficado tentado — admitiu Jeff. — Mas nunca toquei nela.

— Você *teria* dormido com ela... — perguntou Gunther — caso Tracy não tivesse entrado?

— Provavelmente — respondeu Jeff. — Sim. Eu teria. Tracy partiu meu coração, pelo amor de Deus! Não que nada disso importe agora, porque ela fugiu no meio da noite. — Ele passou a mão, desesperado, pelos cabelos pretos espessos. — Que confusão.

— Acha mesmo que ela está dormindo com esse tal médico?

— Eu sei que sim — respondeu Jeff, triste.

— Mas você ainda a quer de volta?

— É claro que sim. Ela é minha esposa e eu a amo. Tenho quase certeza de que ela me ama também, apesar de tudo. Essa coisa com o bebê nos deixou doidos.

— Bem... — O velho sorriu. — Se esse for o caso, você vai encontrá-la. Tente não entrar em pânico, rapaz. Tracy vai aparecer.

TRACY NÃO APARECEU.

Não naquele dia, nem naquela semana ou na semana seguinte.

Jeff tirou licença do museu. Ele bateu em todas as portas de todos os contatos de Tracy, até de simples conhecidos. Vendedores de mercadoria roubada, avaliadores e restauradores com os quais haviam trabalhado no passado. Membros de várias instituições de caridade que ajudavam ex-presidiários, para as quais Tracy doava dinheiro. Até mesmo a *personal trainer* dela recebeu a visita de um Jeff transtornado, de olhos vermelhos.

— Se eu a tivesse visto, diria, de verdade. — Karen, a avoada loura de farmácia de Essex, não conseguia imaginar o que levaria qualquer mulher a abandonar um homem tão cativante como Jeff Stevens. Nem uma mulher linda como Tracy conseguiria algo melhor, não é? — Mas ela não esteve aqui. Não vem há semanas.

Por fim, Jeff entrou no número 77 da Harley Street.

— Quero falar com o Dr. Alan McBride. O desgraçado está dormindo com a minha mulher.

Todas as mulheres da sala de espera largaram seus exemplares da revista *Country Life* e o encararam, chocadas. Pelo menos Jeff presumiu que estivessem chocadas. A maioria das mulheres estava na casa dos 40 anos — por isso a visita à clínica de fertilidade — e tinham Botox demais injetado nos olhos para que pudessem exibir mais do que uma leve surpresa.

— Eles estavam tendo um caso e agora minha mulher sumiu — vociferou Jeff para a recepcionista assustada.

— Quero saber o que McBride tem a dizer sobre isso.

— Posso ver que está perturbado, senhor.

— É claro que estou.

— Mas, sinto muito, o Dr. McBride está...

— Ocupado? Sim, aposto que sim. — Ignorando os protestos da recepcionista, Jeff invadiu o consultório do médico.

A sala estava vazia. Foi isso o que Jeff pensou, inicialmente, até que ouviu vozes, de um homem e de uma mulher. Vinham detrás de uma cortina verde fechada ao redor de uma mesa para exames nos fundos da sala. Jeff marchou até lá e puxou a cortina.

Ele viu três coisas em rápida sucessão.

A primeira foi a vagina de uma mulher.

A segunda foi o rosto da mesma mulher, erguido sobre um travesseiro, a expressão se alterando devagar, de surpresa para vergonha e então raiva.

E a terceira foi um médico.

O médico tinha cerca de 65 anos, era gordo e, Jeff imaginou, de descendência persa. Ele não parecia feliz. Mais importante, ele não era o Dr. Alan McBride.

— Desculpe — falou Jeff, em voz baixa. — Sala errada.

De volta à sala de espera, a recepcionista olhou para ele com raiva.

— Como eu dizia, sinto muito, mas o Dr. McBride está *de férias.*

— Onde?

— Acho que não é da sua conta.

— ONDE? — gritou Jeff.

A garota se encolheu.

— No Marrocos. Com a família.

Então ele tem uma família, não é? Desgraçado.

— Quando ele volta?

A recepcionista recuperou a compostura.

— Preciso pedir que saia agora, senhor. Isso aqui é um consultório médico e o senhor está incomodando nossas pacientes.

— Diga a McBride que voltarei — gritou Jeff. — Isso não acabou.

Ao sair do consultório, ele caminhou pela Harley Street, confuso. *Onde você está, Tracy? Pelo amor de Deus, onde você está?* Jeff pegou um táxi até Eaton Square, como fazia todo dia, na esperança de que a mulher tivesse decidido voltar para casa. Seu coração deu saltos quando ele viu uma figura feminina de pé no jardim da frente, abaixada sobre as roseiras, mas, quando ele se aproximou, viu que não era Tracy.

— Posso ajudá-la?

A mulher se virou. Tinha 40 e poucos anos, era loura, com o rosto rígido e supermaquiado e os cabelos duros de laquê, o tipo que Jeff associava com apresentadoras de telejornal.

— Quem é você? — perguntou a mulher de forma rude.

— Sou Jeff Stevens. Esta é a minha casa. Quem é *você*?

A mulher com cara de apresentadora de telejornal entregou um cartão de visitas a Jeff, que dizia: *Helen Flint. Sócia, Foxtons.*

— Você é corretora de imóveis?

— Isso mesmo. A Sra. Tracy Stevens me instruiu a colocar esta propriedade à venda. Pelo que sei, ela é a única proprietária legal. Essa informação não está correta?

— Bom, é isso mesmo — respondeu Jeff, o coração batendo mais rápido. — A casa está no nome de Tracy. Quando ela instruiu você a vendê-la, se não se incomoda com a pergunta?

— Hoje de manhã — respondeu Helen Flint, bruscamente, e tirou uma chave de dentro da bolsa Anya Hindmarch para destrancar a porta. Depois de Jeff confirmar que não era dono da casa, ele havia se tornado alguém inconveniente.

— Você a viu? — perguntou Jeff. — Pessoalmente?

Ignorando-o, a corretora pressionou um código para desligar o alarme e entrou na cozinha, tomando notas. Jeff a seguiu.

— Fiz uma pergunta — insistiu ele, segurando a mulher pelo cotovelo. — Minha mulher foi até o seu escritório hoje de manhã?

Helen Flint olhou para Jeff como se ele fosse algo desagradável preso na sola do sapato.

— Me solte ou vou chamar a polícia.

Jeff fez o que ela pediu.

— Desculpe. É que minha mulher está sumida há mais de duas semanas. Estou muito preocupado com ela.

— Sim, bem. Seus problemas pessoais não são da minha conta. Mas, em resposta à sua pergunta, ela me instruiu por telefone. Não nos encontramos.

— Ela disse de onde estava ligando? — perguntou Jeff.

— Não.

— Bem, pelo menos deixou um telefone?

— Não. Tenho apenas um endereço de e-mail. Ela disse que seria a melhor forma de entrar em contato. — No verso de outro cartão, a corretora rabiscou alguma coisa. — Agora, se não se importa, Sr. Stevens, preciso mesmo ir.

Jeff olhou para o cartão. O coração dele afundou pela segunda vez. Era um endereço do Hotmail, genérico e não rastreável.

— Se ela entrar em contato de novo, Sra. Flint, por favor, peça que fale comigo. É muito importante, de verdade.

A corretora de imóveis lançou um olhar para Jeff que claramente queria dizer: *Não é nada importante para mim.*

Jeff voltou para a casa de Gunther.

— Pelo menos sabe que ela está sã e salva. — disse Gunther durante o jantar, tentando fazer com que Jeff visse o lado bom daquilo.

— Sã e salva e vendendo a nossa casa — falou Jeff. — Ela está acabando com a vida que construímos juntos, Gunther. Sem nem falar comigo. Isso não é justo. Não é a Tracy que eu conheço.

— Imagino que ainda esteja muito magoada.

— Eu também estou!

Era doloroso para Gunther ver Jeff lutando contra as lágrimas.

— Preciso encontrá-la — disse ele, por fim. — Preciso. Deve haver algo que deixei passar.

Rebecca Mortimer estava prestes a se deitar quando a campainha tocou.

— Quem é?

— Sou eu. — A voz rouca e grave de Jeff Stevens do outro lado da porta fez o coração dela dar um salto. — Desculpe aparecer tão tarde. É importante.

Rebecca abriu a porta.

— Jeff! Que surpresa agradável.

— Posso entrar?

— Claro.

Ele a seguiu para uma sala cheia de xícaras de café pela metade e livros sobre manuscritos celtas. Os cabelos dela estavam molhados por causa do banho e a camisola que ela vestia se agarrava em alguns pontos de sua pele úmida. Jeff tentou não reparar no modo como o tecido subiu quando Rebecca se sentou no sofá, deixando à mostra a pele macia e lisa da parte superior das coxas.

— O CD que você me deu — falou Jeff. — A gravação de Tracy com McBride. Onde o conseguiu?

Por um momento, Rebecca pareceu perplexa. Então ela falou:

— Isso importa?

— Para mim, sim.

Rebecca hesitou.

— Desculpe, mas não posso dizer.

— Por que não?

— Estaria traindo um amigo. É complicado, mas... você vai ter que confiar em mim.

Agora foi a vez de Jeff de hesitar.

— Tem outra cópia?

Rebecca pareceu surpresa.

— Sim. Por quê?

— Eu destruí a que você me deu. Estava com tanta raiva que agi sem pensar. Mas queria ver de novo. Espero que haja alguma pista ali, algo que eu tenha deixado passar da primeira vez, que possa me ajudar a encontrar Tracy. Pode me dar?

Rebecca fez um beicinho.

— Tudo bem. — Ela esperava, presumia, que Jeff tivesse ido ao seu apartamento naquela noite para vê-la. Tentando fazer o possível para esconder a decepção,

Rebecca foi até sua escrivaninha, pegou um CD dentro da gaveta e o entregou a Jeff.

— Ela não ama você, sabia?

Jeff se encolheu.

— Não como eu amo.

Ele olhou para Rebecca bastante surpreso.

— Você não me ama. Mal me conhece.

— Isso não é verdade.

— É, sim. Acredite em mim. Além disso, sou velho demais para você.

— Quem disse? — Rebecca se enroscou em Jeff como uma cobra, beijando-o com uma paixão que o pegou totalmente de surpresa. Ela era uma garota linda, mas Jeff não estava pronto para aquilo. De forma gentil, mas com firmeza, ele a empurrou.

— Sou casado — disse. — O que aconteceu entre a gente aquele dia...

— *Quase* aconteceu — corrigiu Rebecca.

— Quase aconteceu — concordou Jeff. — Bem, não deveria ter acontecido mesmo. Eu estava magoado e com raiva, e você é uma garota linda. Mas amo minha mulher.

— Sua mulher é uma vagabunda! — As feições encantadoras e inocentes de Rebecca subitamente se contorceram em uma máscara horrorosa de ciúmes e ódio. Jeff se afastou dela, chocado. Jamais vira aquele lado dela antes.

Um pensamento terrível o atingiu, como se alguém tivesse cortado o cabo de um elevador no qual Jeff estava. Ele sentiu o estômago se revirar e os pelos da nuca se arrepiarem.

— Como conseguiu aquela gravação? — perguntou Jeff de novo. — Conte!

— Não vou contar! — disparou Rebecca. — Não percebe que está deixando de lado o que realmente importa? Tracy está transando com outro cara. *Essa* é a verdade. Não importa como consegui a gravação. A questão é que consegui. Fiz isso porque me importo com você, Jeff. Amo você!

Mas Jeff já havia saído, o CD preso à mão com força.

ÀS SETE HORAS da manhã seguinte, Jeff estava sentado no escritório do porão de Victor Litchenko, em Pimlico, encarando a tela de um computador.

Victor era um velho amigo e um dos maiores especialistas em audiovisual do submundo de Londres. Um mestre em adulteração de filmagens, de imagens e de som, Victor Litchenko se descrevia como um "artista digital". Poucos que haviam trabalhado com ele podiam discordar disso.

— Na verdade, não é um trabalho ruim — falou o russo, por fim, bebendo um gole do espresso duplo que Jeff havia levado para ele. — O erro mais comum que os amadores cometem é tentar algo complexo demais. Mas aqui ela simplesmente adulterou a marcação de tempo e mudou a iluminação. Muito fácil. Muito eficiente.

— Então *é* a Tracy?

— *É* a Tracy. A própria gravação é genuína, nada foi sobreposto ou montado. Ela só mudou o relógio no canto direito inferior. Você acha que foi filmado às duas horas da manhã porque há um conjunto de números dizendo isso. Se tirar os números, *assim* — o homem digitou alguma coisa —, e remover a sombra sobreposta que ela usou... *assim*... — Mais digitação. — *Voilà!* Agora, o que está vendo?

Jeff franziu a testa.

— Estou vendo exatamente a mesma coisa, mas durante o dia. Ali está Tracy saindo do hotel. E ali está o amante dela.

— Ah! — interrompeu-o Victor. — Olhe de novo. O que o faz pensar que esse cara é amante dela?

— Bem, eles... Ela o beija. Bem ali — falou Jeff.

— Na bochecha — disse Victor. — Quantas mulheres você beija na bochecha todo dia? E então o que acontece em seguida? — Ele adiantou a gravação em câmera lenta. — Eles se abraçam. Um abraço amigável. Eles se despedem. Devo dizer o que parece para mim?

— O quê? — Jeff sentiu a boca ficar seca.

— Parecem dois amigos que foram almoçar juntos.

Jeff assistiu à gravação de novo, bem atento.

— É o truque mais velho da história, e um dos melhores — falou Victor. — Usei em diversos casos de divórcio. Um homem e uma mulher saindo de um hotel às duas horas da manhã, se abraçando, depois que a mulher disse ao marido que iria passar a noite a 400 quilômetros de distância? *Isso* é um caso. Mas altere as circunstâncias apenas um pouquinho e o que você tem?

A voz de Jeff saiu como um sussurro.

— Nada.

Victor Litchenko assentiu.

— Exatamente. Nadinha.

A RECEPCIONISTA DO Museu Britânico deu um sorriso carinhoso.

— Sr. Stevens! Seja bem-vindo de volta.

Jeff passou por ela apressado até o escritório e escancarou a porta.

A mesa dele havia sido limpa, mas, afora isso, estava exatamente como Jeff a havia deixado no dia em que saiu correndo do museu. No dia em que viu Tracy pela última vez.

A mesa de Rebecca estava vazia.

Todas as coisas dela haviam desaparecido.

ELE LEVOU VINTE minutos para chegar ao prédio de Rebecca. Ignorando a campainha do apartamento — sem aviso, não dessa vez —, Jeff tirou um grampo de cabelo do bolso do paletó e, habilmente, abriu a fechadura.

Ao entrar no prédio, ele subiu as escadas pronto para invadir o apartamento e confrontar Rebecca. A vadia o havia enganado propositalmente, sabotando o casamento dele e o fazendo de tolo. Quando ele pensava no quanto havia chegado perto de dormir com ela, sentia-se enjoado. Mas isso tudo estava no passado. Agora Jeff sabia a verdade. Agora ele faria Rebecca pagar. Encontraria Tracy, e obrigaria Rebecca a contar toda a verdade a ela. Tracy continuaria com raiva, é claro. Tinha todo o direito. Mas quando visse o quanto Jeff estava desesperadamente triste e arrependido por algum dia ter duvidado dela, quando percebesse a mulher maquiavélica e manipuladora que Rebecca Mortimer era de verdade...

Jeff parou do lado de fora do apartamento de Rebecca. A porta estava escancarada. Ele entrou. O lugar parecia ter sido atingido por uma bomba. Havia roupas, livros e lixo espalhados por toda parte. Um idoso indiano pareceu surpreso ao ver Jeff.

— Se está procurando a mocinha, ela foi embora, senhor. Saiu ontem à noite e disse ao porteiro que não vai voltar. — O homem balançou a cabeça com amargura. — Sem escrúpulos, esses jovens. Ela ainda me devia três meses de aluguel.

Capítulo 5

ELA ABRIU A mala e olhou para o dinheiro.

— Duzentos e cinquenta mil?

— É claro. Como combinado. Sinta-se livre para contar.

— Ah, eu vou. Depois. Não que eu ache que você me enganaria.

— Espero que não.

— Mas as pessoas cometem erros.

Ele sorriu.

— Eu não.

Ele *tinha* cometido erros, é claro, no passado. Erros que lhe custaram muito. O pior deles envolvera acreditar na palavra de Jeff Stevens e Tracy Whitney. Aqueles dois vigaristas desprezíveis haviam destruído a vida dele, uma vez. Agora, de alguma forma, ele havia dado o troco. Destruir o casamento dos dois não bastava. Mas era um começo.

— Eu não gostei desse trabalho — disse a garota, colocando o conteúdo da pasta dentro da própria mochila surrada. Ela havia cortado o cabelo, e agora o usava curto e preto, com um corte estilo anos 1960. O homem preferia esse visual ao que ela havia adotado como Rebecca Mortimer, com longas madeixas e sardas no rosto. Inocência jovial não lhe caía bem.

— Tracy Whitney pode ser uma vadia, mas Jeff Stevens é um homem bom. Eu me sinto mal por ele.

O lábio superior do homem se contraiu.

— Seus sentimentos por ele não são relevantes.

São para mim, ela teve vontade de dizer, mas não se prestava a isso. Ela aprendera havia muito tempo que discutir com aquele homem era inútil. Apesar de ser extremamente inteligente, ou talvez por conta disso, ele tinha a sensibilidade emocional de uma ameba. Pensando bem, a analogia devia ser ofensiva para as amebas.

— Enfim. — Ele deu seu típico sorriso assustador, o que sempre a fazia estremecer. — Você trepou com ele, não foi? As mulheres adoram trepar, ainda mais com Jeff Stevens. Seus peitinhos devem estar formigando agora mesmo só de pensar nisso, não estão?

Ela o ignorou, fechando a mochila e trancando-a. Ela não havia dormido com Jeff Stevens, na verdade. Para sua irritação, Tracy Whitney os havia interrompido exatamente no momento crucial. Mas aquela não era uma informação que pretendia dividir com *ele*. Ficaria feliz quando voltassem a roubar galerias de arte e joalherias.

— É sério — disse ela, levantando-se para ir embora. — Qualquer outra dívida antiga, pode quitar sozinho.

— Entrarei em contato — falou o homem.

DURANTE UM MÊS depois de Tracy tê-lo deixado, Jeff ficou entocado. Ele alugou um apartamento no Rosary Gardens, em South Kensington, desligou o telefone e quase não saiu.

Depois de mais de dez mensagens de voz não respondidas, o professor Nick Trenchard foi atrás de Jeff no apartamento.

— Volte para o museu — pediu ele. — Você precisa se manter ocupado.

O professor tentou não mostrar o quanto ficou abalado com a aparência de Jeff. Ele não aparava mais a barba, o que o fazia parecer décadas mais velho, e as roupas amassadas pareciam penduradas na silhueta magricela como retalhos em um espantalho. Latas de cerveja vazias e caixas de comida delivery enchiam o apartamento, e a TV estava permanentemente ligada no volume mínimo.

— *Estou* ocupado. Não imaginaria quantos episódios de *Homeland* perdi desde que me casei — brincou Jeff. Mas não havia mais graça por trás dos olhos dele.

— É sério, Jeff, você precisa de um emprego.

— Eu tenho um emprego.

— Tem?

— Claro. Bebendo. — Jeff desabou no sofá e abriu outra cerveja. — Sou muito bom nisso, pelo visto. Estou pensando em me promover. Talvez ocupar um cargo na Jack Daniel's?

Outros amigos tentaram e não conseguiram intervir. No fim, foi Gunther Hartog que se recusou a aceitar um não como resposta.

— Faça as malas — ordenou ele a Jeff. — Vamos para o campo.

Gunther apareceu no apartamento em Rosary Gardens com um pequeno exército de brasileiras que começou a catar as montanhas de lixo que Jeff havia acumulado durante a prisão autoimposta. Quando ele se recusou a levantar do sofá, quatro mulheres o ergueram do chão com Jeff ainda deitado, enquanto a quinta varria o espaço debaixo do sofá.

— Odeio o campo.

— Bobagem. Hampshire é lindo.

— Beleza é superestimada.

— Assim como envenenamento por álcool. Pegue a mala, Jeff.

— Não vou, Gunther.

— Vai *sim*, rapaz.

— Ou o quê? — Jeff deu uma gargalhada. — Vai me colocar de castigo?

— Não seja tolo — falou Gunther. — Isso seria ridículo.

Jeff sentiu uma dor lancinante no braço esquerdo.

— Que...

Ele só teve tempo de ver a seringa e o sorriso de satisfação de Gunther, antes de tudo ficar escuro.

Levou um mês inteiro para Jeff se desintoxicar. Quando ficou sóbrio e são o bastante para começar a comer e se barbear de novo, o verão já havia chegado. Gunther esperava que talvez Tracy tivesse entrado em contato àquela altura, mas não tinha notícias dela.

— Precisa seguir com a vida, rapaz — disse Gunther.

— Não pode passar o resto dos seus dias esperando que o telefone toque. Isso deixaria qualquer um louco.

Eles estavam caminhando pela propriedade de Gunther, um paraíso no estilo século XVII, com 122 mil metros quadrados de jardim, lagos e campos, e uma pequena fazenda. Gunther fora um pioneiro da autossuficiência muito antes de isso se tornar elegante, e ele se orgulhava do fato de viver quase totalmente da própria terra. O fato de a terra ter sido comprada com antiguidades roubadas não prejudicava a visão que Gunther tinha de si mesmo como um fazendeiro honesto.

— Concordo que preciso seguir em frente — falou Jeff, parando para admirar um aprisco cheio de pombos arrulhando. Ele e Tracy tinham usado um dos pássaros de Gunther no último trabalho que fizeram juntos em Amsterdã. — Mas não consigo voltar para o museu. Rebecca estragou isso para mim. E o resto da minha vida.

A amargura na voz de Jeff era dolorosa.

— Ah, quanto a isso — falou Gunther. — Consegui desenterrar algumas informações sobre a mocinha. Se estiver interessado.

— É claro — falou Jeff. De alguma estranha forma, Rebecca parecia uma ligação com Tracy, uma das poucas que ele ainda tinha com a amada.

— O nome verdadeiro dela é Elizabeth Kennedy.

Se Jeff ficou surpreso por "Rebecca Mortimer" ter sido um nome falso, não demonstrou isso. Tinha passado a maior parte da vida em um mundo no qual nada era o que parecia.

— Ela cresceu em Wolverhampton, pobrezinha, e foi criada por pais adotivos que nunca conseguiram controlá-la. Muito inteligente, é claro, mas não ia bem na escola. Foi expulsa duas vezes antes de completar 11 anos.

— Estou com o coração partido — falou Jeff.

— Aos 16, ela já tinha uma série de pequenos problemas com a lei e recebeu a primeira sentença de prisão.

— Qual foi o crime?

— Fraude de cartão de crédito. Elizabeth virou voluntária em uma instituição de caridade local e baixou informações confidenciais dos computadores de todos os doadores. Então ela desviou valores ínfimos, poucos centavos aqui e ali, de cada contribuição. Conseguiu mais de 30 mil libras em 18 meses, antes que alguém a descobrisse. Como eu disse, ela é inteligente. Manteve as coisas simples.

Jeff pensou no vídeo amador adulterado de Tracy e Alan McBride e se sentiu enjoado.

— Depois que saiu da prisão, nunca mais voltou para casa. Ultimamente, executa golpes mais complicados. Roubos de joias, na maior parte. É uma especialista. Trabalha com um parceiro, parece, mas ninguém sabe quem é.

— O que ela queria no Museu Britânico? — perguntou Jeff. — Além de mim.

— Não sabemos. Mas suspeito que nada. Ela usou o disfarce de estagiária enquanto realizava outros trabalhos em Londres. O nome dela foi relacionado àquele golpe na Theo Fennell, no Natal passado.

Os olhos de Jeff se arregalaram. O roubo de 500 mil libras em rubis da loja mais importante de Theo Fennell, na Old Brompton Road, fora o assunto do submundo de Londres. O trabalho fora perfeitamente executado, e a polícia acabou sem uma única pista.

— Alguma ideia de onde ela está agora?

— Nenhuma — respondeu Gunther. — Embora, se soubesse, não tenho certeza se diria. Detestaria vê-lo passar o resto dos dias preso por assassinato, rapaz. Que desperdício.

Eles continuaram por uma longa estrada de cascalho ladeada por jardins de flores: rosas, malvas-rosa, dedaleiras e tremoços. *Ele está certo*, pensou Jeff. *Hampshire é lindo. Pelo menos o cantinho de Gunther é.* Ele imaginou se algum dia poderia apreciar novamente a beleza de verdade. Sem Tracy, todos os sentidos pareciam entorpecidos, todo prazer era inútil. Era como ver o mundo por óculos permanentemente cobertos de cinza.

— Eu preciso mesmo de um emprego — ponderou Jeff. — Talvez eu pudesse tentar trabalhar num museu menor. Ou no departamento de história de alguma universidade. Dizem que a University College London tem uma vaga.

Gunther parou subitamente. Quando ele falou, foi bastante severo.

— Escute aqui. Chega dessa tolice. Você não nasceu para ser uma porcaria de bibliotecário, Jeff. Se quer minha opinião, foi a decisão insana de abandonar a carreira que causou todos os problemas entre vocês dois para início de conversa.

Jeff deu um sorriso complacente.

— Mas, Gunther, minha "carreira", como você chama, era desobedecer a lei. Eu era um ladrão. Roubava pessoas.

— Apenas pessoas que mereciam — lembrou Gunther.

— Talvez. Ainda assim, isso significava que eu vivia fugindo, sempre olhando para trás.

Os olhos do homem mais velho brilharam maliciosamente.

— Eu sei! Não era divertido?

Jeff caiu na gargalhada. Era a primeira vez que ele se sentia assim em meses. Era bom.

— Apenas pense em como seria seu retorno — continuou Gunther, exalando entusiasmo — agora que é um especialista certificado em antiguidades. Tem os contatos e o conhecimento. Consegue falar e se portar como deve. Ninguém mais lá fora pode fazer isso, Jeff. Você seria único! Tem alguma ideia do quanto alguns desses colecionadores particulares ricos estão dispostos a pagar? São pessoas que estão acostumadas a comprar o que querem: casas, aviões, iates, diamantes, amantes, influência. Elas ficam *loucas* quando cobiçam objetos que simplesmente não estão à venda. Pedaços únicos de história. Objetos que *apenas você* pode rastrear e adquirir.

Jeff permitiu que o apelo da ideia tomasse conta dele por um momento.

— Você poderia dar seu preço — falou Gunther. — O que quer, Jeff? O que quer *de verdade*?

A única coisa que quero é Tracy de volta, pensou ele. *Sou exatamente como os colecionadores de Gunther. Posso ter tudo. Mas a única coisa que realmente quero ninguém pode me dar.*

Gunther observou a expressão no rosto de Jeff começar a se fechar. Ao perceber que estava perdendo o rapaz, que o momento estava passando, ele entrou em ação.

— Por acaso, um trabalho perfeito para você começar — falou Gunther, fechando as mãos ossudas com força nos ombros de Jeff. — O que acha de um agradável passeio em Roma?

Capítulo 6

ROBERTO KLIMT FOI até a varanda do suntuoso apartamento na Via Veneto e observou o sol se pôr sobre a linda cidade.

Roberto Klimt se considerava um amante da beleza em todas as formas. O sol vermelho-vinho daquela noite, sangrando sobre o céu de Roma. O Basquiat sobre a cama dele, exibindo dois rostos simiescos em meio a um tumulto de amarelo, vermelho e azul. A curva perfeita da bunda do garoto de programa que o esperava na cama na casa de campo em Sabina, a quarenta minutos da cidade. Roberto Klimt se deleitava com tudo isso.

Eu os tenho porque os mereço. Porque sou um verdadeiro artista.

Apenas verdadeiros artistas deveriam ser recompensados com a verdadeira beleza.

Aos 50 anos, era extremamente vaidoso, tinha cabelos espessos tingidos de louro, uma boca cruel e sensual, de lábios carnudos e os olhos amarelo-âmbar, como os de uma cobra. Roberto Klimt era comerciante de arte, homem de negócios e pedófilo, embora não necessariamente nessa ordem. Ele conseguiu seus primeiros 10 milhões com acordos imobiliários escusos, dando à polícia local parte dos ganhos desde o primeiro dia. Os 90 milhões seguintes vieram da arte, um negócio para o qual Roberto Klimt tinha um tino comercial singularmente genial.

O homem sabia o que era beleza, mas também sabia como vendê-la. Como resultado, vivia como um imperador romano em tempos passados — era rico além dos mais altos sonhos, libertino e corrupto. E não dava satisfação a ninguém.

Uma brisa de fim de verão o fez sentir frio. Franzindo a testa, Roberto se afastou da varanda e foi para o interior do escritório que tinha o tamanho de um palácio, fechando as janelas altas e emolduradas atrás de si.

— Traga um cobertor! — ordenou ele, para ninguém em especial. Roberto Klimt mantinha um exército de criados em todas as casas que possuía. Nunca soubera exatamente o que cada um deles fazia, mas descobriu que se tivesse criados o bastante à espreita, seus desejos sempre seriam prontamente atendidos. — E traga o vaso. Quero olhar para a porcaria do vaso.

Logo depois, um garoto bonito, de cabelos escuros, com longos cílios e uma covinha adorável no queixo, presenteou o mestre com uma manta de caxemira amarelo-açafrão de Loro Piana — com o outono se aproximando, Roberto Klimt tolerava apenas a paleta de cores outonais para os tecidos — e uma caixa fechada de vidro resistente contendo um pequeno vaso de ouro maciço.

Roberto Klimt destrancou a caixa com uma chave que mantinha em uma corrente de platina ao redor do pescoço e segurou o vaso carinhosamente nas mãos em concha, exatamente como uma mãe aninha um recém-nascido.

Não maior que uma tigela de sobremesa, e inteiramente desprovido de adornos decorativos ou entalhes, o vaso era uma lição prática de simplicidade. Lustroso e deslumbrante, as laterais desbastadas e suavizadas por 2 mil anos de mãos acariciando-a, o objeto parecia, a Roberto, brilhar com algum tipo de magia.

— Isto pertenceu ao imperador Nero, sabia? — ronronou para o menino que lhe entregou o objeto. — Os lábios dele teriam tocado bem aqui. Bem onde estão os meus agora.

Roberto Klimt pressionou a boca úmida e carnuda no metal, deixando um rastro reluzente de saliva.

— Quer experimentar?

— Não, obrigado, senhor. Eu não me sentiria à vontade.

— EXPERIMENTE! — ordenou Roberto Klimt.

Corando, o menino fez como pedido.

— Está vendo? — Klimt sorriu, satisfeito. — Você acaba de tocar a grandeza. Qual é a sensação?

O menino gaguejou, indefeso.

— Não importa. — Klimt o dispensou com um gesto grosseiro. — Filisteu — murmurou ele. Era essa a cruz que Roberto Klimt precisava carregar; estar constantemente cercado por mortais inferiores, pessoas incapazes de entender a verdadeira natureza da beleza.

Mesmo assim, ele se consolava, era a cruz que todos os grandes artistas carregavam. *Um sofrimento nobre.*

No dia seguinte, Roberto Klimt deixaria Roma e iria para sua casa de campo. O vaso de Nero iria alguns dias depois. Klimt empregava uma equipe de segurança particular para proteger seus tesouros. O chefe da equipe tinha alertado Roberto alguns dias antes sobre os boatos de um plano para roubar seu apartamento na Via Veneto.

— Não há nada concreto. Apenas boatos. Algum ladrão estrangeiro famoso está na cidade, pelo que parece. Ele gosta da sua coleção.

— Aposto que sim! — Roberto Klimt deu uma gargalhada. Um ladrão teria mais chance de se infiltrar em Fort Knox do que passar pela segurança de última geração dele. Mesmo assim, Roberto seguira o conselho do especialista e concordara em mudar o vaso de Nero e outras duas das peças raras para Sabina. A única residência particular na Itália mais bem protegida que o apartamento de Roberto Klimt em Roma era sua própria casa de campo. Ele mesmo estaria lá para supervisionar a instalação do vaso no "Salão de Tesouros" recém-projetado e se deliciaria com o corpo do garoto de programa enquanto esperava a chegada dos objetos.

O garoto tinha 18 anos e recebera uma quantia exorbitante em adiantamento pelos serviços. Roberto Klimt preferia os mais jovens e relutantes — submissão fingida era um substituto medíocre para a coisa verdadeira. Mas depois do infeliz incidente com os dois meninos ciganos romani que pularam de um prédio após um suposto encontro com o negociante de artes, Roberto Klimt fora forçado a ser mais precavido.

Malditos ciganos. Vermes humanos, todos eles.

Havia aqueles na alta sociedade de Roma que inventavam desculpas para eles. Liberais, que atribuíam a feiura, a imundície e os roubos deles ao fato de serem pobres. Roberto Klimt desprezava essas pessoas. Ele próprio fora pobre um dia e considerava isso uma mancha grave em sua reputação e em seu bom nome.

Ele preferiria morrer a voltar para aquela vida.

JEFF STEVENS FEZ check-in no Hotel de Russie sob o nome de Anthony Duval. Gunther explicou a situação.

— Anthony Duval, dupla cidadania francesa/estadunidense, 36 anos. Leciona na Sorbonne e trabalha como consultor para diversos colecionadores ricos de Paris e de Nova York. Está em Roma para fazer algumas aquisições.

— Espero que Anthony goste das coisas boas da vida — disse Jeff.

— Naturalmente.

— O que ele acha do Hotel de Russie?

— Só reserva a suíte Nijinsky.

— Já gosto dele.

A recepcionista era deslumbrante, de cabelos escuros e corpo voluptuoso, como uma estrela de cinema italiana dos anos 1950.

— Sua suíte está pronta, Sr. Duval. Precisa de ajuda com as malas? Ou... outra coisa?

Por uma fração de segundo, Jeff considerou as promissoras possibilidades de "outra coisa". Mas se conteve. O trabalho que Gunther lhe dera era complicado e perigoso. Ele não podia ter nenhuma distração.

— Não, obrigado. Apenas a chave.

A suíte Nijinsky era espetacular. A cobertura do hotel ostentava uma enorme cama king size e uma TV de tela plana, um banheiro de mármore com mosaico de azulejos e uma banheira em nível mais baixo, uma sala e um escritório cheio de antiguidades inestimáveis e uma varanda com uma vista de tirar o fôlego do monte Pincio e dos telhados de Roma. Jeff tomou banho, colocou uma calça de linho e uma camisa azul-clara que contrastava perfeitamente com seus olhos cinzentos, então seguiu para o famoso "jardim secreto" do Russie.

— Vai jantar conosco esta noite, Sr. Duval?

— Esta noite não.

Jeff pediu um gim-tônica duplo e seguiu para o jardim. O homem pelo qual esperava estava sentado, em silêncio, sob a buganvília, lendo o jornal *La Repubblica*. Ele usava bigode com as extremidades curvas e costeletas, e, até mesmo sentado, o homem era, como Jeff pôde perceber, anormalmente alto. Não era exatamente mais um na multidão, como Jeff esperava.

— Marco?

— Sr. Duval. É um prazer.

Jeff se sentou.

— Está sozinho? Eu esperava encontrar duas pessoas.

— Ah, sim. Meu parceiro teve um imprevisto. Nós o encontraremos amanhã, ao pé das escadarias da Piazza di Spagna, às dez horas, se for conveniente.

Não era conveniente. Era irritante. Jeff não gostava de trabalhar com outras pessoas. Com exceção de Tracy, ele vivia de acordo com a regra de que jamais poderia confiar em um golpista, e preferia trabalhos que podia realizar sozinho. Infelizmente, roubar de Roberto Klimt o vaso do imperador Nero, a peça principal de uma das coleções particulares mais bem vigiadas do mundo, não estava nessa categoria.

— Marco e Antonio são os melhores — assegurara Gunther Hartog. — Ambos são especialistas no que fazem.

E o que exatamente *eles fazem, Gunther?*, pensava Jeff agora. *Vão a bares para exibir o físico de homem mais forte do mundo de algum circo itinerante e estragam reuniões importantes?* Pior que isso, alguém obviamente esteve se vangloriando do golpe planejado. Jeff ouvira rumores assim que saiu do avião. Ele sabia que não tinha deixado nada escapar, e Gunther era discreto demais. Então só poderia ter sido um desses palhaços.

Jeff esperou que uma mulher passasse antes de sussurrar ao ouvido de Marco.

— Tudo deve estar pronto amanhã à noite. Vocês dois precisam saber seus papéis de trás para a frente. Quarta-feira é nossa única chance de fazer isso.

— É claro.

— Não pode haver mais atrasos.

— Não se preocupe, meu amigo. — O homem de bigode deu um largo sorriso. — Já realizamos muitos trabalhos assim em Roma no passado. Muitos mesmo.

— Não um como este — falou Jeff. — Verei os dois às dez horas. Não se atrasem.

MAIS TARDE NAQUELA noite, já deitado, Jeff ligou o laptop e releu o arquivo sobre Roberto Klimt que Gunther lhe enviara. Repulsa e ódio percorreram seu corpo de novo, aumentando sua determinação.

Um predador notório, Klimt havia estuprado dois meninos ciganos dois anos antes. Passando-se por mentor abastado que poderia dar a eles educação e uma vida melhor, Robert pagara mil euros à mãe dos meninos para que eles o acompanhassem em uma viagem pela Europa. O mais velho denunciou Klimt para as autoridades quando eles voltaram para Roma, mas graças às ligações do negociante de artes e os subornos que ele pagava, o caso jamais foi a julgamento. Algumas semanas depois, rejeitados pelas próprias famílias devido a algum código de honra obscuro dos romani, os meninos pularam do terraço de um prédio para a morte. Eles tinham 10 e 12 anos.

Jeff jamais se esqueceria de Wilbur Trawick, o velho nojento que lia cartas de tarô no circo do tio Willie. Wilbur abusara sexualmente de inúmeras crianças do circo antes de dar em cima de Jeff, que acabara com a carreira do velho com uma joelhada certeira na virilha. Wilbur Trawick era grotesco, mas jamais tivera poder como Roberto Klimt. Klimt sabia que a lei não podia tocá-lo.

Mas eu posso, pensou Jeff. *Vou acertar onde dói.*

Ele rezava para que Gunther estivesse certo a respeito de Marco e Antonio, e que os dois não o desapontassem. O plano de Jeff era ousado e audacioso, mas requeria precisão absoluta no tempo, e ele não poderia executá-lo sozinho.

A equipe de segurança de Klimt era do padrão da SAS. E, graças à língua solta de alguém, já sabia que o vaso de Nero era um alvo.

Jeff sentiu a adrenalina começar a pulsar nas veias. Estava em ação.

— O NOME dele é Jeff Stevens, e está se passando por negociante de artes.

Roberto Klimt estava irritado. Deveria estar na casa de campo agora, aproveitando um boquete profissional de algum jovem lindo. Em vez disso, ainda estava em Roma, trancado em uma reunião com o chefe da equipe de segurança, um homem gordo de meia-idade com marcas de suor do tamanho de pratos sob cada braço.

— Ele está hospedado no Russie, sob o nome "Duval".

— E daí? Faça com que seja preso — disparou Klimt. — Não tenho tempo para essa tolice.

— Infelizmente, ele ainda não cometeu nenhum crime. A polícia tem uma relutância irritante em prender cidadãos estrangeiros aparentemente inocentes.

— Você o está seguindo?

O especialista em segurança pareceu ofendido.

— É claro. Parece que ele *está* planejando chegar ao apartamento. Ele se encontrou com um dos melhores arrombadores de cofres do sul da Europa ontem, Marco Rizzolio.

Roberto Klimt pensou um pouco.

— Será que deveríamos levar o vaso hoje? Como precaução?

— Não acho que seja necessário. Quero me certificar de que o trânsito esteja totalmente seguro. Angelo está doente, então ainda estou investigando o novo motorista. Mas podemos movê-lo amanhã. Um dia antes do planejado, isso deve ser o bastante para despistar o Sr. Stevens e seu amigo.

Roberto Klimt se espreguiçou e bocejou, como um gato entediado.

— Nesse caso, vou ficar mais uma noite também. Não gosto da ideia de deixar o vaso no apartamento sem ninguém. Também vou ligar para meus amigos na polícia. Ver se não podemos dar um empurrãozinho neles.

— Isso não será necessário, Sr. Klimt. Minha equipe e eu podemos lidar com isso. Para ser sincero, o envolvimento da polícia pode atrapalhar mais do que ajudar.

— Não duvido que esteja tomando as medidas necessárias. Mas quero ver esse tal Jeff Stevens passar o resto da vida em uma cadeia italiana. Para isso, precisamos da *Polizia*. Será tudo por baixo dos panos, não se preocupe.

Ele pegou o telefone e começou a discar.

JEFF LIGOU PARA Gunther.

— Tenho um pressentimento ruim em relação a esse trabalho. Tem alguma coisa errada.

— Meu querido rapaz, você sempre tem um pressentimento ruim na noite anterior a um golpe. É medo de palco, nada mais.

— Seus homens, Marco e Antonio. Confia neles?

— Totalmente. Por quê?

Jeff contou a Gunther sobre os rumores que corriam pelo submundo de Roma.

— Alguém está vazando informações. Já precisei mudar o plano duas vezes. Você deveria ver aquele apartamento! Cães, rastreadores a laser, guardas armados. Klimt dorme com o vaso à noite como se ele fosse um urso de pelúcia. Estão nos esperando.

— Que bom — falou Gunther.

— É fácil para você dizer isso, não é?

— A polícia sabe de alguma coisa?

— Não. Tudo quieto por lá.

— Melhor ainda.

— É, mas precisamos agir rápido. Até os italianos vão acordar e sentir o cheiro de espresso em algum momento.

— Então quando...?

— Amanhã. Só espero que Antonio esteja disposto. Ele parece tão tranquilo com a coisa toda, mas se alguém o reconhecer naquele carro...

— Você vai ficar bem, Jeff.

Gunther desligou. Jeff desejou poder se sentir seguro. *Ainda pode desistir,* disse ele a si mesmo. *Não é tarde demais.*

Então ele pensou nos dois meninos romani. Era tarde demais para eles.

Vá para o inferno, Roberto Klimt. Amanhã é o dia.

— Amanhã é o dia.

— Tem certeza?

— Tenho certeza.

O chefe de polícia Luigi Valaperti tamborilava nervosamente sobre a mesa. Era bom que a fonte dele estivesse certa. Roberto Klimt não era um homem que Valaperti gostaria de desapontar. Seu predecessor tinha se aposentado três anos antes, e vivia em um apartamento do tamanho de um palácio em Veneza, comprado e quitado pelo negociante de artes. O chefe Valaperti já estava de olho em uma *villa* nas redondezas de Pisa. Ou, mais precisamente, a mulher dele estava. O chefe e a amante preferiam o ninho de amor de dois quartos que dava para o Coliseu, que valia cerca de 2 milhões de euros. *Klimt provavelmente tem contas mais caras na lavanderia.* Mas Luigi Valaperti não era ganancioso.

— Os capangas dele vão fazer todo o trabalho sujo — continuou a fonte. — Você pode pegá-los no ato, se tornar um herói e então prender Stevens no aeroporto depois. Ele vai tentar embarcar no voo das oito da noite da British Airways para Londres.

— Sem o vaso?

— Ele terá o vaso. Ou o que acredita ser o vaso. Sabemos qual é o local da entrega, então pode plantar uma peça falsa.

O chefe Valaperti franziu a testa.

— E *como*, exatamente, conseguiu essa informação? Como sei que podemos confiar...

A linha ficou muda.

ROBERTO KLIMT OLHOU pela janela com vidro fumê do carro blindado enquanto deixava a cidade. As colinas em volta de Roma, pontuadas com choupos e abetos e antigas *villas* cujos telhados de terracota se equilibravam precariamente sobre paredes de pedra aos pedaços, pouco haviam mudado desde o tempo do imperador Nero. Aninhando o vaso de ouro com carinho nas mãos, Klimt imaginou aquele homem lendário, insano e todo-poderoso fazendo aquela mesma jornada, deixando o estresse de Roma em troca da paz e do prazer do campo. Roberto Klimt sentiu uma ligação sublime com Nero naquele momento. O inestimável artefato de ouro lhe pertencia por um motivo. *Deveria* ser dele. O prazer e o orgulho que aquele vaso único lhe concedia eram imensos.

Ele imaginou quando, exatamente, "Anthony Duval" e seus cúmplices invadiriam o apartamento. Roberto Klimt imaginou a cena. Os alarmes soando pela Via Veneto, as grades de metal batendo, a polícia, já esperando em massa nas ruas e nos becos vizinhos, aproximando-se para atacar. Ele sorriu.

O chefe Valaperti era um homem estúpido, mas sabia de que lado deveria estar. Tinha sabiamente desviado recursos consideráveis para pegar aqueles ladrões desprezíveis, embora soubesse que o vaso estava em segurança. Roberto Klimt estava ansioso para conhecer o intrépido Jeff Stevens pessoalmente. Talvez no julgamento dele? Ou mais tarde, na privacidade da cela de Jeff. Aparentemente, Stevens levou a melhor sobre algumas das mais conceituadas galerias, joalherias e de alguns museus do mundo durante sua longa carreira criminosa, além de ter enganado um punhado de colecionadores particulares.

Ele encontrou em mim alguém à sua altura, pensou Roberto Klimt, com presunção.

— Falta pouco agora, senhor. — A voz do motorista ecoou pelo comunicador. Aquilo era irritante. Seu fiel motorista, Angelo, jamais teria sido tão impertinente a ponto de interromper os pensamentos do mestre com um comentário indesejado. Roberto Klimt se perguntou onde o chefe de segurança tinha encontrado aquela figura. — Demos sorte com o trânsito.

Naquele exato momento, dois carros de polícia, com as sirenes ligadas, se aproximaram por trás deles.

— Mas o que...?

Klimt se agarrou à porta do carro com todas as forças quando o motorista acelerou, tão subitamente que o vaso quase voou.

— Está doido? — rugiu o homem. — Encoste! É a polícia.

Ignorando-o, o motorista costurou loucamente entre duas pistas, o que disparou uma cacofonia de buzinas.

— Eu mandei encostar, seu imbecil!

Klimt viu a expressão de pânico no rosto do motorista quando o homem saiu repentinamente da autoestrada. Estavam indo tão rápido que, por um terrível momento, Roberto Klimt pensou que o carro iria capotar e que os dois iriam morrer. Em vez disso, um dos carros da polícia passou por eles e parou imediatamente à frente, obrigando o motorista a frear. Eles derraparam até parar no acostamento.

— O vaso! — gritou o motorista. Ele abriu a janela interna para o banco de trás e inclinou o corpo sobre ela de modo ameaçador. — Me dê o vaso.

— Nunca! — Klimt se encolheu no assento traseiro, cobrindo o vaso com o corpo como Gollum protegendo o precioso anel.

— Pelo amor de Deus. Me dá! Não temos muito tempo.

Um policial muito alto abriu a porta do motorista. Depois de uma luta rápida, o motorista foi atingido por um golpe preciso na nuca. Roberto Klimt soltou um gritinho assustado quando o homem inconsciente desabou sobre ele.

— Você está bem, Sr. Klimt?

Dois outros policiais surgiram à janela. Havia três no total.

Klimt assentiu.

— Desculpe assustá-lo dessa forma — falou o gigante. — Mas descobrimos no último minuto que Jeff Stevens mudou os planos. O nome verdadeiro do seu motorista é Antonio Maldini. É um vigarista, muito eficiente, na verdade. A Interpol está atrás dele há uma década.

— Mas minha equipe de segurança é a melhor da Itália... — disse Klimt, com a voz falhando. — Este homem foi muito bem investigado.

O policial deu de ombros.

— Como falei, Maldini é um profissional. Inventar um passado não é nada para esse cara. Nem força bruta. Antonio Maldini é um sádico conhecido. Teria espancado o senhor até que ficasse deformado e o deixaria à beira da morte antes de pegar o vaso.

Roberto Klimt estremeceu.

— Pegamos o cúmplice dele, Marco Rizzolio, hoje de manhã — falou o policial gigante.

— E Jeff Stevens?

O grandalhão olhou para os parceiros e franziu a testa.

— Ainda não o encontramos, senhor. Fizemos uma busca no hotel esta manhã, mas parece que ele estava um passo à nossa frente.

— Ele não vai muito longe, Sr. Klimt — acrescentou um dos policiais, observando a expressão do negociante de artes se fechar. — O chefe Valaperti montou barreiras nas estradas ao redor da cidade. E já alertamos a polícia no aeroporto.

Antonio Maldini soltou um gemido baixo, como um grunhido. Ele estava despertando. Um dos policiais o havia algemado e, com a ajuda dos colegas, o atirara na traseira de um dos carros de polícia.

— O chefe Valaperti pediu que escoltássemos o senhor de volta à cidade — falou o gigante. — Precisaremos que preste um depoimento. E, sinto muito, mas o artefato que a quadrilha queria deve ser apreendido como evidência.

— Não me importo com isso — resmungou Klimt. — Apenas pegue o desgraçado do Stevens.

— Ah, nós o pegaremos, senhor. Não se preocupe. O plano inteiro acaba de ir pelos ares bem na frente dele, Sr. Klimt. Ele não vai fugir agora.

A VIAGEM DE volta para Roma levou menos de quarenta minutos. Antonio Maldini, ainda algemado à porta, despertara e desmaiara de novo ao lado de Roberto Klimt enquanto eles encostavam em um comboio do lado de fora do prédio da polícia na Piazza di Spagna.

— Espere aqui, por favor, senhor. — Um dos policiais pegou cuidadosamente o vaso de ouro com a mão enluvada, colocando-o dentro de um saco plástico transparente de evidência. — O chefe Valaperti gostaria de escoltá-lo para dentro pessoalmente. Ele preparou uma sala de interrogatório particular.

— E quanto a ele? — Roberto Klimt gesticulou nervosamente para Maldini.

— Ele não pode feri-lo agora, Sr. Klimt. — O policial olhou com presunção para o homem algemado. — Mas, se preferir que um de meus homens espere também...

— Não, não. — Roberto Klimt era vaidoso demais para admitir que se sentia ameaçado, principalmente diante de um policial jovem e bonito. — Isso não será necessário. Apenas se apresse, sim? Eu quero acabar logo com isso.

— É claro.

Os três policiais entraram apressadamente no prédio, trancando o carro. Roberto Klimt ouviu o clique das portas. Ele olhava inquieto para o homem curvado ao seu lado. Algumas horas antes, Antonio Maldini havia planejado agredir e roubar Roberto, deixando-o à beira da morte. As palavras do policial grandalhão voltaram à mente de Klimt. *Ele é um vigarista. Muito eficiente, na verdade. Um sádico também.*

O nervosismo tomou conta novamente de Roberto Klimt. Antonio Maldini conseguira enganar sua equipe de segurança. Será que ele também era capaz de se livrar de um par de algemas? *Ele pode acordar e me render. Ele pode me levar como refém! É um homem desesperado, afinal.*

Cinco minutos se passaram. Então dez.

Nenhum sinal dos policiais, ou do chefe Valaperti. Estava ficando quente no carro. Maldini estava gemendo, murmurando algo sobre o vaso. Logo o homem estaria completamente desperto.

Isso é ridículo.

Roberto Klimt tentou abrir a porta, mas estava trancada por dentro e por fora. Ele puxou o botão para destravar. Nada aconteceu.

Sentindo o pânico aumentar, Roberto tentou passar para o assento da frente. Com os cabelos louros desgrenhados e a gravata torta, ele sabia que parecia ridículo com as costas enfiadas entre a traseira e a frente do carro, mas não se importava. Quando por fim desabou no assento do motorista, descobriu que aquela porta não abria também.

— Me tirem daqui! — Roberto esmurrou as janelas. A cena era cômica. — Estou preso! Pelo amor de Deus, me tirem daqui!

OS TRÊS POLICIAIS saíram casualmente pela porta lateral do prédio da polícia. Caminharam alguns quarteirões juntos antes de apertarem as mãos, despedindo-se e sumindo na cidade.

Os três sorrindo.

O CHEFE VALAPERTI ainda estava no carro, do lado de fora do apartamento de Roberto Klimt, na Via Veneto, quando recebeu a ligação.

— Ele está *o quê?* — A cor se esvaiu do rosto de Valaperti. — Não estou entendendo. Em um dos *nossos* carros? Isso não é possível.

— Era Klimt, com certeza, senhor. Ele ficou lá por mais de uma hora. Na frente do prédio, sim. Centenas de pessoas o viram, mas presumiram que fosse algum louco que prendemos. Quando o encontramos, ele estava delirando com insolação. Ficava falando alguma coisa sobre um vaso...

GUNTHER HARTOG ENXUGOU lágrimas de riso com um lenço de linho estampado.

— Então você simplesmente saiu andando pela rua, com o vaso de Nero enfiado debaixo do braço? Que sensacional.

— Marco e Antonio foram impecáveis no dia — falou Jeff. Ele estava sentado no sofá vermelho da Knoll, na casa de campo de Gunther, aproveitando uma merecida taça de clarete.

— Eu disse que eles eram bons.

— Mas me senti mal pelo coitado do motorista. Que profissional! Ele entendeu o que estava acontecendo imediatamente. Não reduziu a velocidade nem por um segundo quando tentamos jogá-lo no acostamento. Mesmo quando o tiramos da estrada, ele tentou fazer com que Klimt lhe entregasse o vaso para mantê-lo em segurança. Mas o tolo não o soltou.

— Achei genial que tenha deixado Klimt do lado de fora do prédio da *Polizia di Stato*. Um floreio teatral maravilhoso, se me permite dizer.

— Obrigado. — Jeff sorriu. — Também achei. Tracy teria adorado.

O nome dela saiu dos lábios de Jeff sem que ele percebesse. Pairou no ar como um fantasma, sugando toda a alegria em um segundo.

— Então, você não descobriu mais nada?

Gunther Hartog balançou a cabeça, com tristeza. Durante alguns segundos, um silêncio pesado recaiu sobre eles.

— Bem — falou Gunther, por fim. — Meu cliente, o colecionador húngaro, não poderia estar mais feliz com essa aquisição. Transferi a parte de nossos amigos italianos ontem à noite. E aqui, meu querido rapaz, está a sua.

Ele entregou um cheque a Jeff. Era do banco de investimentos privados Coutts, no nome dele, e tinha um número obscenamente grande escrito.

— Não, obrigado. — Jeff o devolveu.

Gunther pareceu perplexo.

— Como assim, "não, obrigado"? É seu. Você mereceu.

— Não preciso disso — falou Jeff.

— Não tenho certeza se entendo o que "precisar" tem a ver com isso.

— Tudo bem, então. Não quero. — Jeff parecia mais irritado do que pretendia. — Desculpe, Gunther. Mas dinheiro não me ajuda. Não significa nada. Não mais.

Gunther fez um gesto de compreensão.

— Você deveria doá-lo, então — disse ele. — Se isso não pode ajudar você, tenho certeza de que pode ajudar outra pessoa. Mas essa decisão é sua, Jeff. Não posso ficar com o dinheiro.

DUAS SEMANAS DEPOIS, um artigo foi publicado na edição romana do *Leggo*, sob a manchete: PEQUENA INSTITUIÇÃO DE CARIDADE RECEBE PRESENTE NOTÁVEL.

Roma Relief, uma organização sem fins lucrativos praticamente desconhecida e com o intuito de ajudar famílias ciganas de algumas das favelas mais pobres de Roma, recebeu uma doação anônima de mais de 500 mil euros.

O doador misterioso pediu que o dinheiro fosse usado para abrir um fundo em memória de Nico e Fabio Trattini, dois irmãos romani que morreram em uma queda acidental de um prédio condenado há dois anos.

"Estamos muito gratos", contou Nicola Gianotti, fundador da Roma Relief, em uma entrevista emocionante. "Extasiados, na verdade. Agradeço a Deus pela bondade de estranhos."

Capítulo 7

TRÊS MESES DEPOIS
STEAMBOAT SPRINGS, COLORADO

TRACY ESTAVA NA varanda de seu novo lar, olhando para as montanhas. Ela havia escolhido o lugar pela privacidade — ficava no fim de uma estrada particular nas colinas acima da rústica cidade de Steamboat Springs — e pela vista, que era de tirar o fôlego. As Montanhas Rochosas, ou Rockies, cobertas de neve, pairavam como gigantes protetores contra um amplo céu, limpo e azul, mesmo naquela fria manhã de outubro. Tracy podia sentir o odor de fumaça de madeira e pinheiro, e ouvir o relincho de cavalos nos campos.

É bem diferente da minha infância em Nova Orleans, pensou ela, acariciando a barriga inchada de modo protetor. O pai de Tracy fora mecânico, e a mãe dela, dona de casa, e ainda que Tracy tivesse sido muito feliz, os Whitneys jamais tiveram muito dinheiro. Quando menina, crescendo na cidade, Tracy sempre sonhou com campos e pôneis. Ou algum lugar exatamente como Steamboat Springs. *Você é uma menina de sorte, Amy. Vai crescer aqui e será perfeito.* Voltar para os Estados Unidos não foi uma decisão fácil. Tracy não pisava naquele país desde o dia em que zarpara no *Queen Elizabeth II* para começar uma nova vida na Europa. Libertada mais cedo da prisão, depois de passar anos na Penitenciária Meridional da Louisiana para Mulheres por um crime que não cometeu, Tracy tentara muito endireitar a vida. Mas ela rapidamente aprendeu que pouquíssimas pessoas estavam dispostas a dar uma segunda chance a uma ex-presidiária. Seu antigo empregador, no Trust and Fidelity Bank da Filadélfia, rira na cara de Tracy quando ela tentou voltar para o antigo emprego. Ela era uma especialista em informática genial, com ótima formação. Mas descobriu que, como ex-presidiária, era difícil conseguir qualquer emprego. Principalmente na área de serviços gerais. Quando qualquer coisa era roubada ou danificada, Tracy levava a culpa e era demitida. Sem ter como se sustentar, ela ficou amargurada e desesperada. Foi o desespero que a levou para o primeiro golpe como ladra de joias, roubando uma mulher detestável chamada Lois Bellamy.

Foi durante esse trabalho que Tracy conheceu Jeff Stevens. Ele aplicou um golpe em Tracy e levou as joias roubadas de Lois Bellamy. Furiosa, Tracy as roubou de volta. Então teve início uma rivalidade que se tornou uma atração, que depois se tornou amor. *O amor da minha vida.* Jeff Stevens tornava a vida de Tracy Whitney uma aventura, um passeio insano de montanha-russa, com adrenalina, agito e diversão.

Mas tudo que é bom dura pouco. Tracy confiara totalmente em Jeff, mas ele a traiu, destruindo essa confiança e, com ela, partindo seu coração. A imagem de Jeff no quarto com Rebecca não saía da mente de Tracy, era como um gado marcado.

Ela ainda o amava. Sempre o amaria. Mas sabia que jamais poderia voltar. Não para Jeff, não para Londres, não para nada daquilo. Dali em diante, seriam apenas ela e o bebê. *Meu bebê. Minha Amy.*

Como se ouvisse a deixa, a filha de Tracy chutou, e ela deu um sorriso. *Você está tentando fugir da prisão, não está, minha querida? Exatamente como a mamãe fez.*

Tracy tinha descoberto na ultrassonografia da vigésima semana que era uma menina, e ela ficou maravilhada, caindo em lágrimas, aliviada. Um menino poderia tê-la lembrado demais de Jeff. Tracy decidiu imediatamente chamar a filha de Amy, em homenagem a Amy Brannigan, a filha do diretor da Penitenciária Meridional da Louisiana para Mulheres que Tracy passara a amar como se fosse sua filha.

Amy Doris Schmidt.

Era um bom nome, uma mistura adequada do passado e do futuro. Doris era o nome da amada mãe de Tracy. Doris Whitney jamais conheceria a neta, mas a lembrança dela viveria em Amy. Schmidt era o sobrenome que Tracy escolhera para a nova identidade, uma homenagem ao velho e querido Otto Schmidt, parceiro de negócios de seu pai em Nova Orleans. Tracy adotara diversos nomes nos últimos dez anos, mas aquele era diferente. O nome que escolhera agora seria dela e de Amy pelo resto da vida. Tracy Whitney não existia mais. Nem Tracy Stevens. *Meu nome é Tracy Schmidt. Meu marido, Karl, um rico industriário alemão, morreu em um acidente de esqui em fevereiro, logo depois de Amy ter sido concebida. Vim para os Estados Unidos para começar uma nova vida com nossa filha. Karl sempre amou as montanhas. Tenho certeza de que teria amado Steamboat.*

Com a experiência de Tracy com computadores e uma longa carreira como vigarista, forjar uma nova identidade tinha sido fácil. Passaportes, cartões de crédito, registros médicos e cartões de seguridade social — todos podiam ser criados e alterados com o clique de um mouse. Um dia teria de contar a verdade a Amy — essa seria a parte difícil. Mas Tracy lidaria com isso quando chegasse a hora. Por enquanto, a Sra. Tracy Schmidt tinha trabalho de sobra: decorar o quarto do bebê — Tracy escolhera um tema divertido de Flores e Fadas — e frequentar aulas de ioga para grávidas e ir a consultas médicas na cidade. Entre isso e cuidar do rancho — o luxuoso chalé de madeira tinha mais de 400 mil metros quadrados — ela não tinha muito tempo para remoer o futuro. Ou o passado.

— Toc toc. Por acaso tem um café, dona?

Tracy se virou. Blake Carter, o gerente do rancho, tinha 50 e poucos anos, mas parecia mais velho, graças a incontáveis invernos difíceis e verões quentes passados ao ar livre nas montanhas. Blake era viúvo e muito bonito, de um jeito viril e rude. Ele também era tímido, trabalhador e incorrigivelmente das antigas. Tracy tentava, havia meses, mas nada impedia Blake de se dirigir a ela como "dona".

— Bom dia, Blake. — Tracy sorriu. Ela gostava de Blake Carter. Ele era calado e forte e a fazia se lembrar de seu pai. Tracy sabia que Blake não era o tipo de pessoa que faria perguntas sobre seu passado nem iria espalhar boatos sobre ela na cidade. Tracy sabia que podia confiar nele, ponto final. — Tem muito no bule. Pode se servir.

Ela caminhou de volta para a cozinha. "Se arrastou" talvez fosse mais adequado. Com mais de oito meses de gravidez, a barriga de Tracy estava enorme e, nas últimas duas semanas, os tornozelos dela tinham começado a inchar. Na verdade, todo o corpo dela parecia estar inchando. Os dedos pareciam cinco linguiças costuradas juntas e o rosto estava cheio e redondo como um queijo holandês. O efeito era pior pelo corte de cabelo supercurto que havia adotado para a nova personagem, Sra. Schmidt. Ela achou que parecia tão chique no salão, quando ainda estava magra e a barriga mal aparecia. Agora, fazia com que ela se sentisse uma agente penitenciária lésbica.

— Você está bem, dona?

Blake Carter observou com ansiedade conforme Tracy diminuía a velocidade, segurando a barriga.

— Sim, acho que sim. Amy está tentando sair daqui a manhã toda. Ela deu um belo chute agora. Eu... *ai!*

Curvando o corpo para a frente, Tracy se agarrou ao balcão da cozinha. Minutos depois, para sua profunda vergonha, a bolsa estourou, sujando o chão recém-ladrilhado.

— Ai, meu Deus!

— Levo você para o hospital — falou Blake. Ele não tinha filhos, mas fizera o parto de inúmeros bezerros e, ao contrário de Tracy, não estava nada envergonhado.

— Não, não — disse ela. — Vou fazer o parto em casa. Se não se importar em apenas ligar para minha *doula* e pedir que venha até aqui... O número está na porta da geladeira.

Blake Carter franziu a testa em reprovação.

— Com todo o respeito, dona, sua bolsa acabou de estourar. Devia estar em um hospital. Com um médico, não com uma Dolittle.

— Dou-*la*. — Tracy sorriu.

Ela estava determinada a ter um parto natural e a fazê-lo sozinha. Ser mãe era o único papel pelo qual Tracy esperara a vida inteira. Precisava ser boa nisso. Ser capaz disso. Estar no controle. Precisava provar para si mesma que podia dar conta sozinha.

— Eu me sentiria melhor se levasse a senhora para o hospital, dona. Como seu marido... sabe... não está aqui.

— Não tem problema, Blake, mesmo. — Tracy ficou comovida com a preocupação dele e grata por sua presença tranquila e forte. Mas tinha se preparado para aquilo. Estava pronta. — Apenas ligue para Mary. Ela vai saber o que fazer.

OS GRITOS ESTAVAM ficando mais altos.

Blake Carter estava do lado de fora do quarto de Tracy sentindo-se cada vez mais alarmado. Ele sabia que o primeiro parto de uma mulher podia levar um tempo. Mas também sabia que depois que a bolsa estourava, o bebê precisava sair. A Sra. Schmidt estava ali havia horas. E os barulhos que fazia não eram normais. Blake Carter conhecia Tracy Schmidt havia pouco tempo, mas era o bastante para ver que ela era forte, física e emocionalmente. Simplesmente não era normal que ela gritasse daquele jeito.

Quanto à do-lally, Mary, a menina parecia mal ter acabado o ensino médio.

Outro grito. Dessa vez com um pouco de medo. *Já chega.*

Blake Carter invadiu o quarto. Tracy estava deitada na cama. O lençol e o colchão estavam ensopados de sangue. A menina, Mary, estava debruçada sobre Tracy, com o rosto lívido e em pânico.

— Meu Deus! — exclamou Blake.

— Desculpe! — A *doula* tinha lágrimas nos olhos. — Eu... eu não sabia o que fazer. Sei que sangramento é normal, mas eu...

Blake Carter empurrou a menina para o lado, pegou Tracy nos braços e saiu cambaleando.

— Se ela morrer, ou se o bebê morrer, a culpa é sua.

TRACY ESTAVA DEITADA no chão do avião. Era um 747 da frota da Air France a caminho de Amsterdã que sacolejava mais que o normal. *Deve ser uma tempestade.* Ela deveria estar fazendo alguma coisa. *Roubar alguns diamantes? Embalar uma paleta de transporte?* Ela não se lembrava. Suor escorria dela. Então a dor voltou. Não dor, aflição, como se alguém estivesse cortando seus órgãos com uma faca de cozinha serrilhada. Tracy deu um grito em desespero.

No banco da frente da caminhonete, Blake Carter lutou contra as lágrimas.

— Está tudo bem, querida — disse ele. — Estamos quase lá.

TRACY ESTAVA EM uma sala branca. Ela ouviu vozes.

O médico da prisão em Louisiana.

— *Os cortes e os ferimentos são sérios, mas vão cicatrizar... ela perdeu o bebê.*

A mãe de Tracy, ao telefone, na noite em que morreu.

— *Amo você. Muito muito muito, Tracy.*

Jeff, no esconderijo em Amsterdã, gritando com ela.

— *Pelo amor de Deus, Tracy, abra os olhos! Há quanto tempo você está assim?*

— HÁ QUANTO tempo ela está assim? — gritou o jovem médico para Blake Carter.

— A bolsa estourou faz umas quatro horas.

— Quatro *horas*? — Por um momento, Blake achou que o médico estivesse prestes a bater nele. — Por que esperou tanto tempo?

— Não percebi o que estava acontecendo. Não foi... — As palavras ficaram presas na garganta do velho caubói. Tracy já estava sendo levada para a sala de cirurgia. Ela ainda gritava e delirava. Ficava chamando por um tal de Jeff. — Ela vai ficar bem?

O médico o encarou fixamente.

— Não sei. Ela perdeu uma grande quantidade de sangue. Há alguns sinais de eclampsia.

Os olhos de Blake Carter se arregalaram.

— Mas ela vai sobreviver, certo? E o bebê...?

— O bebê deve sobreviver — falou o médico. — Com licença.

A DOR ESTAVA lá, então parou.

Tracy não estava com medo. Estava pronta para morrer, pronta para ver a mãe mais uma vez. Ela se sentiu imersa em uma profunda sensação de paz.

Ouvira o médico. O bebê sobreviveria.

Era tudo o que importava no fim.

Amy.

O último pensamento de Tracy foi Jeff Stevens e o quanto ela o amava. Será que algum dia ele descobriria a verdade sobre a filha? Será que iria atrás dela?

Não depende de mim agora.

Hora de me desapegar.

BLAKE CARTER DESABOU nos braços do jovem médico.

— Eu não deveria ter sido tão duro com você mais cedo — falou o médico. — Não foi culpa sua.

— *Foi* culpa minha. Eu deveria ter insistido. Eu deveria ter trazido Tracy para cá imediatamente.

— Não havia como prever isso, Sr. Carter. A questão é que você a trouxe. Você salvou a vida dela.

Blake Carter se virou para olhar Tracy. Intensamente sedada depois da cesariana de emergência — Ela precisou de transfusão de sangue enquanto levava os pontos — somente agora ela começava a recobrar a consciência. O bebê tinha sido levado para a UTI para alguns exames, mas o médico garantiu que tudo ficaria bem.

— Meu bebê... — chamou Tracy, enfraquecida, os olhos ainda fechados.

— Seu bebê está bem, Sra. Schmidt — respondeu o médico. — Tente descansar mais um pouco.

— Onde ela está? — insistiu Tracy. — Quero ver minha filha.

O médico sorriu para Blake Carter.

— Quer contar a ela ou conto eu?

— Contar o quê? — Tracy se agitou, desperta agora, e em pânico. — O que aconteceu? Ela está bem? Onde Amy está?

— Talvez queira repensar o nome. — Blake Carter deu uma risada baixinha.

Nesse momento, uma enfermeira entrou, segurando o bebê embrulhado nos braços. Sorrindo, ela o entregou a Tracy.

— Parabéns, Sra. Schmidt. É um menino!

PARTE DOIS

Capítulo 8

PARIS

NOVE ANOS DEPOIS...

O inspetor da Interpol Jean Rizzo olhou fixamente para o rosto da garota morta.

Estava escuro e inchado, por causa do estrangulamento e das drogas. Heroína. Uma quantidade enorme. Marcas pontilhadas percorriam seus dois braços, um exército de pontinhos vermelhos, prenúncios da morte. A saia dela tinha sido puxada para cima, ao redor dos quadris, a calcinha fora tirada e as pernas estavam grotescamente abertas.

— Ele a posicionou depois da morte?

Não era uma pergunta, na verdade. O inspetor Jean Rizzo sabia como aquele assassino trabalhava. Mas a patologista assentiu mesmo assim.

— Estuprada?

— Difícil dizer. Muitas lesões vaginais, mas com o tipo de trabalho dela...

A garota era prostituta, como todas as outras. *Preciso parar de chamá-la de "a garota".* Jean Rizzo se repreendeu. Ele verificou as anotações. *Alissa. O nome dela era Alissa.*

— Nenhum vestígio de sêmen?

A patologista balançou a cabeça.

— Não, nada. Nenhuma impressão digital, nem saliva ou cabelo. As unhas dela foram cortadas. Vamos continuar procurando, mas...

Mas não vamos encontrar nada. Eu sei.

Essa era outra assinatura do assassino. Ele cortava as unhas das garotas depois de matá-las, possivelmente para remover quaisquer vestígios do próprio DNA caso elas tivessem lutado. Mas havia mais do que isso na história. O cara era um maluco por limpeza. Ele colocava as vítimas em posições sexuais degradantes, mas sempre escovava os cabelos delas, cortava as unhas e deixava as cenas dos crimes impecáveis. Era conhecido por arrumar as camas e tirar o lixo. E sempre deixava uma bíblia ao lado dos cadáveres.

Naquele dia, ele havia escolhido um versículo da Carta aos Romanos:

Porque do céu se manifesta a ira de Deus sobre toda a impiedade e injustiça dos homens, que detêm a verdade em injustiça.

Onze assassinatos, em dez cidades diferentes, ao longo de nove anos. Forças policiais de seis países diferentes gastaram milhões de dólares e milhares de horas de trabalho tentando encontrar esse desgraçado. E aonde isso os havia levado? A lugar nenhum.

Em algum lugar lá fora, um cristão entediado e doentio com uma rixa com prostitutas estava às gargalhadas. Jean Rizzo olhou pela janela. Era uma manhã chuvosa de abril, e a vista do apartamento pequeno e sombrio de Alissa era incansavelmente deprimente. Alissa vivia em uma HLM, uma versão francesa de um conjunto de habitações públicas, em Corbeil-Essonnes, uma perigosa comuna a sudeste de Paris. A taxa de desemprego naquele bairro estava bem acima dos cinquenta por cento, e a degradação causada pelo vício estava por toda parte. Abaixo da janela de Alissa havia um pátio coberto de lixo, as paredes cinzentas de concreto cobertas de pichações. Um grupo de rapazes entediados e com cara de poucos amigos se protegia em uma marquise, longe da chuva, fumando maconha. Em algumas horas, estariam usando algo mais forte, se pudessem pagar. Ou estariam no *métro*, armados com facas, aterrorizando os privilegiados vizinhos brancos para alimentar seus vícios.

Jean murmurou, sussurrando.

— *Amo Paris na primavera...*

A patologista terminou seu trabalho. Dois policiais uniformizados começaram a remover o corpo.

— Pode acreditar que existem homens que pagariam para dormir com isso? — perguntou um deles para o colega conforme fechavam o zíper da bolsa para cadáveres.

— Eu sei. É feia de doer. Seria melhor enfiar o pau em um moedor de carne.

O inspetor Jean Rizzo se virou para os dois, furioso.

— Como ousam? Tenham respeito. Ela é um ser humano. Era um ser humano. Estão olhando para a irmã de alguém. Para a filha de alguém.

— Senhor.

Os dois homens voltaram ao trabalho. Guardariam o erguer de sobrancelhas para depois, para quando os agentes da Interpol fossem embora. Desde quando era proibido um pouquinho de humor negro em uma cena de crime? E quem era esse inspetor Jean Rizzo mesmo?

O QUARTEL-GENERAL DA Interpol em Paris era pequeno e mobiliado com simplicidade, mas a vista era espetacular. Do escritório temporário de Jean Rizzo, ele conseguia ver a torre Eiffel pairando ao longe e o domo branco da Sacré-Coeur em Montmartre ao fundo. Era muito diferente do apartamento minguado e solitário de Alissa Armand.

Jean Rizzo passou as mãos pelo cabelo e tentou não deixar que a tristeza tomasse conta dele. Um homem de estatura baixa mas bonito, no início dos 40 anos, com cabelos castanhos ondulados, tinha a compleição atarracada de um boxeador e olhos cinzentos pálidos que brilhavam como pedras lunares quando ele estava irritado ou emotivo de alguma forma; Jean era bastante querido na Interpol. Viciado em trabalho, ele não era motivado pela ambição — poucas pessoas na agência estavam menos interessadas em subir na vida que Jean Rizzo — mas por um zelo sincero pela justiça, por corrigir os erros desse mundo cruel.

O vício destruíra a família Rizzo. Os pais de Jean eram alcoólatras, e a mãe dele morrera em decorrência da doença. Jean acreditava veementemente que o vício *era* uma doença, embora, quando novo, em Kerrisdale, um subúrbio abastado de Vancouver, ele tivesse encontrado poucas pessoas que compartilhavam desse ponto de vista. Jean se lembrava de famílias vizinhas que isolavam sua mãe. Céleste Rizzo provinha de uma antiga família franco-canadense, e fora extremamente bonita na juventude. Mas a bebida destruíra sua aparência, assim como destruía tudo. Quando o fim chegou, não havia ninguém para ajudá-la.

O pai de Jean tinha se recuperado, mas ele também morrera jovem, de ataque cardíaco, aos 50 anos. O único consolo de Jean era que Dennis Rizzo não vivera para ver a filha cair em uma espiral de vício em crack. Como a menina assassinada daquele dia, a irmã de Jean, Helene, tinha entrado para a prostituição nos últimos e desesperadores anos da vida. Como Jean odiava a palavra "prostituta". Era como se ela contivesse o somatório da vida de uma mulher: o valor dela, a personalidade, as lutas pessoais, as esperanças e os medos. Helene fora uma pessoa carinhosa e maravilhosa. Jean Rizzo escolhera acreditar que Alissa Armand, e que todas as vítimas daquele assassino, tinham sido pessoas carinhosas e maravilhosas também.

Os superiores de Jean em Lyon estavam relutantes em designá-lo para o caso do Assassino da Bíblia.

— É pessoal demais. — Henri Marceau, há muitos anos chefe e amigo de Jean, foi direto ao ponto. — Você vai acabar se torturando e não vai fazer um bom trabalho. Não sem objetividade.

— Eu tenho objetividade — insistira Jean. — E não conseguirei fazer um trabalho pior que o do cara anterior. Onze meninas mortas, Henri. Dez garotas! E ainda não temos nada.

Henri Marceau olhou para o amigo com severidade por um bom tempo.

— Sobre o que é isso, de verdade, Jean? Esse caso está mais morto que um cadáver de dez dias sob uma camada de gelo, e você sabe disso. Não vai solucioná-lo. E, mesmo que o solucione, ninguém vai se importar. Não é exatamente uma estratégia profissional genial.

Jean se moveu desconfortavelmente na cadeira.

— Quero um desafio. Preciso de algo que ocupe todo o meu tempo, que me distraia.

— De Sylvie, quer dizer?

Jean assentiu. A francesa Sylvie havia se divorciado de Jean fazia um ano, tranquilamente e sem discussões, depois de dez anos de casamento. Eles tinham dois filhos e ainda se amavam, mas Jean trabalhava incessantemente, sete dias por semana, e, por fim, a solidão se revelou demais para ela.

Jean odiava estar divorciado. Ele sentia muita falta da mulher e das crianças, embora não pudesse negar que mal os via, mesmo quando ainda era casado. Tanto que Sylvie disse a Jean, depois de ele devolver as crianças para ela em um fim de semana e reclamar que se sentia solitário:

— Mas, querido, você levou quatro meses para perceber que nós *estávamos* divorciados. A decisão final saiu em janeiro e você ligou em maio para perguntar o que aquilo queria dizer.

Jean deu de ombros.

— Foi uma primavera atribulada. Eu tinha muita coisa no trabalho.

Sylvie o beijou na bochecha.

— Eu sei, *chéri*.

— Não podemos simplesmente nos casar de novo? Você nem vai saber que estou aí.

— Boa noite, Jean.

O caso do Assassino da Bíblia era a terapia, a punição e a redenção de Jean Rizzo, tudo de uma só vez. Se ele conseguisse pegar aquele desgraçado; se pudesse fazer justiça para aquelas pobres garotas; se pudesse impedir que outra vida fosse tirada; de alguma forma, Jean acreditava que tudo estaria consertado. O divórcio, a morte de Helene... e tudo teria algum significado. Tudo teria acontecido por *algum* motivo.

Ai. Jean abriu os olhos e se recostou na cadeira, exausto.

O problema é que eu não o peguei.

Não salvei Alissa.

Assim como não salvei Helene.

Do lado de fora, a chuva tinha parado, e Paris, mais uma vez linda, brilhava como uma joia lustrosa sob o sol da primavera.

Jean Rizzo fez um juramento: *Não posso sair daqui até conseguir alguma coisa. Não posso voltar para Lyon de mãos vazias.*

Quatro dias depois, ele quebrou o juramento.

Sua filha, Clémence, fora levada às pressas para o hospital com fortes dores abdominais e havia sido submetida a uma apendicectomia de emergência.

— Ela está bem — assegurara Sylvie. — Mas está perguntando por você.

Jean dirigiu como um louco e chegou à Clinique Jeanne d'Arc, em Lyon, em três horas. Sylvie estava ao lado da cama da filha, parecendo cansada.

— Ela acabou de acordar — sussurrou a mulher para Jean.

— Papai!

Aos 6 anos, Clémence era a cópia perfeita da mãe, cheia de cachinhos dourados sedosos e olhos azuis arredondados. O filho mais novo, Luc, também herdara os traços de família de Sylvie, para irritação de Jean.

— É tão injusto. Eles não têm nada meu! — reclamava ele com Sylvie, que gargalhava e perguntava o que o marido esperava que ela fizesse a respeito.

— *Maman* disse que você estava em Paris.

— Isso mesmo, *chéri*.

— Pegou o bandido? — perguntou a filha.

Jean evitou o olhar de Sylvie.

— Ainda não.

— Mas voltou para me ver?

— É claro que voltei. Bem, mais para ver seu apêndice, na verdade — brincou Jean. — Eles o entregaram a você em um pote?

— Eeeca. Não! — Clémence riu, então fez uma careta de dor.

— Não a faça rir, seu bobo — falou Sylvie.

— Desculpe. Quando eu era criança, eles costumavam entregar em um pote para levar para casa.

— No Canadá?

— A-hã.

— Nos velhos tempos?

Sylvie riu.

— Como pode ver, ela está se recuperando bem rápido.

Depois de alguns minutos, uma enfermeira entrou e disse que a menina precisava ficar em repouso. Jean e Sylvie foram para o corredor.

— Obrigada por vir.

— É claro que eu tinha que vir — falou Jean. — Não precisa me agradecer. Ela é minha filha, eu a amo mais que tudo na vida.

— Eu sei que ama, querido. Não quis dizer isso. Como está indo o caso?

Jean resmungou.

— Nenhuma novidade. Paris estava horrível. Essa garota, o modo como ela vivia... Você devia ter visto.

Os olhos cinzentos de Jean brilharam de emoção. Sylvie tocou o braço dele.

— Não pode salvar todas elas, sabe disso — disse a mulher, de forma carinhosa.

— Pelo visto, não posso salvar nenhuma delas — falou Jean, amargurado. — Me ligue quando levar Clémence para casa.

DE VOLTA AO apartamento provisório ao lado da Secretaria Geral da Interpol, na Quai Charles de Gaulle, Jean Rizzo ligou o computador. Ele digitou o nome de usuário, a senha e um código criptografado, então observou enquanto uma cascata de janelas se abria, todas relacionadas aos crimes do Assassino da Bíblia.

Cada uma das vítimas tinha um número de série, sob o qual a polícia local arquivava as evidências. Ou melhor, se lamentavam pela falta de evidências antes de fecharem os casos. Um após o outro. Internamente, a Interpol listava as garotas simplesmente como AB1, AB2, e assim por diante. Quando Jean partiu para Paris, o arquivo terminava com AB10, uma ruiva espanhola chamada Izia Moreno. No dia seguinte, Jean Rizzo acrescentaria o nome e a foto de Alissa Armand. *AB11. É tudo o que ela é agora.*

Além dos arquivos oficiais, Jean criara o próprio registro, uma versão muito mais visual, que ele considerava um quadro branco computadorizado, como uma sala de inquérito on-line. Fotos das vítimas constituíam uma colagem no centro. Para Jean Rizzo, essas mulheres jamais seriam números. Desse conjunto de rostos, ideias se espraiavam como raios: linhas de investigação, testemunhas, fatos comuns, dados forenses, qualquer coisa que parecesse significativa ou interessante.

Ao abrir seu arquivo pessoal, Jean o encarou por um bom tempo.

Nada. Não tenho nada.

Uma frase que um de seus professores de faculdade costumava falar voltou à sua memória:

"No trabalho policial, o que você não sabe é tão valioso quanto o que você sabe."

Se ao menos fosse verdade, pensou Jean, revoltado.

A verdade era que ele não sabia muito. Mas as pistas deviam estar lá. Teriam de estar. Ninguém era tão inteligente assim o tempo todo. Ele precisava começar a olhar para as coisas de um modo diferente.

As cenas dos crimes estavam impecavelmente limpas. À exceção de um milagre, não pegariam aquele cara usando medicina forense. Mas devia haver outra coisa, alguma ligação entre os assassinatos. *Estou perdendo a visão panorâmica. Preciso tirar o zoom.*

O conceito de tirar o zoom imediatamente fez Jean pensar no Google Maps.

Mapas. Geografia.

Ele digitou o local dos assassinatos no campo de busca e abriu-os em um mapa. Madri, Lima, Londres, Chicago, Buenos Aires, Hong Kong, Nova York, Mumbai... Durante vinte minutos, Jean brincou, desenhando linhas entre os pontos do mapa, girando a forma, procurando um padrão. Nada chamou sua atenção.

Se não o lugar, talvez a hora...

Durante as duas horas seguintes, Jean analisou as datas, os dias e os horários de cada assassinato. Será que havia uma mensagem nos números? Ele cruzou as referências de cada versão das figuras com as passagens bíblicas deixadas em cada cena de crime. Será que o Gênesis, capítulo 2, versículo 18 tinha alguma coisa a ver com 18 de fevereiro, por exemplo?

É claro que não. Jean esfregou as têmporas, cansado. *Estou perdendo a cabeça.*

Ele se serviu de uísque e estava prestes a encerrar o trabalho daquela noite quando um pensamento lhe ocorreu.

Talvez nosso assassino não seja um gênio da matemática. *Talvez seja muito mais simples que isso.*

Ao entrar na base de dados central da Interpol, nada criativamente intitulada I-24/7 Network, Jean digitou a data de cada assassinato, então gerou uma lista de todos os crimes violentos que foram cometidos na *mesma* cidade, no *mesmo* dia.

Nada óbvio surgiu.

Jean ampliou o critério de busca para uma semana antes e uma semana depois das datas dos assassinatos.

Um punhado de outros homicídios não solucionados surgiu, com estupros e agressões sexuais graves. Mas não havia nada que parecesse um padrão. Nada que ligasse o trabalho do Assassino da Bíblia a qualquer ouro crime.

Por impulso, Jean deletou a palavra "violento" do campo de busca. Agora, procurava apenas "crime grave" uma semana antes ou depois dos assassinatos do AB, nas mesmas localidades.

Um a um, eles surgiram na tela.

Madri: ROUBO. Mais de 1 milhão. Arte. Galeria ANNTA.

Lima: ROUBO. Mais de 2 milhões. Arte. Galería Municipal de Arte Pancho Fierro.

Londres: ROUBO. Mais de 500 mil. Diamantes/outros. Residência particular (Reiss).

Nova York: ROUBO. Arte. Pissarro. Residência particular (McMenemy).

Chicago: ROUBO. Mais de 1 milhão. Joias. Comercial (Neil Lane).

Buenos Aires, Hong Kong, Mumbai.

ROUBO. ROUBO. ROUBO.

Jean Rizzo sentiu o coração começar a acelerar. Ele pegou o telefone.

— Benjamin?

— Rizzo? — Benjamin Jamet, o chefe do escritório da Interpol em Paris, parecia obviamente sonolento.

— Encontrei uma coisa. Grandes roubos. Obras de arte, diamantes, quase todos de sete dígitos. Um ou dois dias antes de *cada assassinato*. Alguma coisa suspeita aconteceu em Paris nos últimos dois dias?

— *Putain de merde* — grunhiu Benjamin Jamet. — Sabe que horas são?

— Seria algo grande. — Jean o ignorou. — Alguém invadiu a Cartier, uma embaixada ou... sei lá... o Louvre? Mais provavelmente arte, mas poderiam ser joias valiosas.

Uma longa pausa ocorreu do outro lado da linha.

— Na verdade, *houve* algo. A mulher do embaixador alemão teve uma valiosa coleção de miniaturas roubada do cofre.

— Quão valiosa?

— Mais de 1 milhão de euros.

— Quando?

— Na quarta-feira à noite. — Benjamin Jamet suspirou. — Mas olhe, Jean, isso não tem nada a ver com a sua prostituta morta. Estamos tratando o roubo como um incidente doméstico. Toda a equipe da embaixada está sendo interrogada. Não houve sinais de invasão e... Jean? Jean, está aí?

JEAN RIZZO CAMBALEOU para o trabalho às nove horas da manhã no dia seguinte parecendo não ter dormido há dias. Depois de ignorar os cumprimentos dos colegas e as piadas sobre a aparência desleixada, foi direto para sua sala e fechou a porta.

Depois de cinco minutos, a secretária de Jean, Marie, se aventurou na cova do leão.

— Café?

— Sim, por favor. Muito.

— Sua ex-mulher ligou. Disse que sua filha vai para casa hoje à tarde.

— Que bom — respondeu Jean. Ele não levantou o rosto.

Tinha uma pista. A primeira desde que assumira aquele caso infeliz. Nada mais importava.

Onze assassinatos, todos com as marcas registradas do mesmo assassino.

Onze roubos audaciosos, todos nas mesmas cidades dos assassinatos, dois dias antes de as garotas morrerem.

Nenhum dos crimes foi solucionado.

Havia uma ligação. Tinha de haver. Era simplesmente coincidência demais.

Mas a ligação não era simples. Jean não conseguia imaginar o que poderia ligar o assassinato de prostitutas com a pilhagem de obras de arte valiosas. Além disso, em pelo menos três dos roubos, o suspeito era uma mulher. Embora ainda não tivesse o DNA para comprovar, Jean Rizzo teria apostado as vidas dos filhos que o Assassino da Bíblia era um homem. Nenhuma mulher poderia ter infligido aqueles ferimentos sexuais cruéis a outra mulher.

O café chegou. Jean bebeu duas xícaras. Sem muita esperança de sucesso, fez uma busca inicial na base de dados pelos suspeitos dos roubos de obras de arte e joias, operando internacionalmente e na mais alta hierarquia do mercado. A lista tinha bem mais de quatrocentos nomes.

Ao selecionar *restringir a busca por gênero*, Jean clicou na caixa *feminino* e fez a busca.

Cinco arquivos surgiram na tela.

Cinco!

Uma estava morta.

Três estavam na cadeia.

Jean Rizzo abriu o quinto arquivo. O rosto de uma jovem surgiu na tela do computador. Era tão linda, com a pele de porcelana e os cabelos castanhos como avelã, e os olhos verde-musgo tão inteligentes, que Jean achou impossível desviar o olhar.

— Tracy Whitney — murmurou ele para si mesmo.

— É um prazer conhecê-la.

Capítulo 9

— Sentem-se, por favor, Sra. Schmidt. Sra. Carson.

O diretor Barry Jones, da escola de ensino fundamental de Steamboat Springs, olhou para as duas mães sentadas diante dele e para os respectivos filhos. Tracy Schmidt era deslumbrante. Com a silhueta esguia, os cabelos castanhos reluzentes e os olhos verdes exóticos, ela parecia muito mais jovem que seus 37 anos. Todos sabiam que a Sra. Schmidt era viúva e rica, mas isso era praticamente tudo o que sabiam dela. Morando lá no alto do rancho com o velho Blake Carter, a mulher era reservada e vivia assim desde que se mudara para a cidade, havia quase uma década. É claro que, considerando sua beleza, havia sempre boatos. Alguns diziam que Tracy e Blake estavam juntos. O diretor Jones achava difícil acreditar nisso. Outros sugeriam que ela poderia ser homossexual. De onde o diretor Jones estava sentado, ela estava mais para Ellen Barkin que Ellen DeGeneres.

O filho de Tracy, Nicholas, estava sentado ao lado dela. Tinha a pele um pouco mais morena, mas era igualmente bonito. Infelizmente, também era a praga do terceiro ano, sempre envolvido em várias confusões.

Do outro lado da mesa do diretor, com os braços gordos entrelaçados como linguiças brancas gigantes, estavam sentados Emmeline Carson e o filho, Ryan. O menino era um jogador de hóquei promissor, popular entre os amigos e um valentão. Tinha a cabeça parcialmente quadrada e os olhos próximos, o que o fazia parecer mais estúpido do que na verdade era. Ele não era pouca coisa. O apelido dele era "Rock", uma menção à rocha, que lhe cabia em diversos níveis. Ryan também herdara os traços da mãe. Emmeline Carson tinha um daqueles rostos que parecem estranhamente achatados, embora a testa dela se projetasse para fora, de forma nada atraente, acima das feições. Como se um rolo compressor tivesse iniciado a tarefa de atropelar a cabeça dela, e então tivesse pensado duas vezes e dado marcha a ré.

Como o diretor Jones desejava que estivessem ali para reprimir Rock Carson, e não Nicholas Schmidt! Ele certamente sabia qual das mães preferiria agradar.

— Vai expulsá-lo dessa vez? — A Sra. Carson começou a conversa com o charme habitual. — Meu Ryan sabe o que viu. O menino colou.

— Não é verdade, mãe. — Nicholas ergueu o rosto para Tracy e fez cara de inocente. — Tenho certeza de que Rock, Ryan, acha mesmo que me viu fazendo isso. Mas ele deve estar enganado.

Ele é tão lindo, pensou Tracy, com adoração. *E tão bom mentiroso.*

Ela voltou o sorriso mais agradável para o diretor Jones.

— Talvez possa me contar o que aconteceu.

— Creio que diversas crianças tenham testemunhado o incidente. Ryan foi o que denunciou, mas aconteceu durante o recreio. Nicholas foi flagrado à mesa da Sra. Waklowski fotografando as respostas para o teste de matemática de amanhã com o celular. Aparentemente, ele ofereceu vender as respostas para os colegas de classe, inclusive para Ryan, aqui presente.

— Isso mesmo — intrometeu-se Ryan. — Ele queria dez pratas. Como se eu fosse dar a *ele* dez pratas por umas respostas idiotas de matemática!

— Claro, por que precisaria delas? — falou Nicholas.

— Você é tão inteligente, Rock, teria tirado dez na prova de qualquer jeito, não é?

— É. — Os olhos do valentão se semicerraram. Rock suspeitava que Nicholas estava debochando dele, mas não entendia muito bem de que forma. — De qualquer forma, a questão é que ele colou.

— Como falei, Sra. Schmidt, não é a palavra de uma criança contra a de outra. Metade do terceiro ano confirmou a versão do Ryan.

Tracy assentiu, de forma compreensiva. Ela olhou para o filho, sem saber como, exatamente, deveria ajudá-lo, quando viu uma faísca brilhar nos olhos de Nicholas.

— Olhe o meu celular.

— Como é? — falou o diretor Jones.

Nicholas levou a mão ao bolso. Um momento depois, ele empurrou o celular sobre a mesa do diretor.

— Olhe. Veja se as fotos estão aí.

— Isso me parece racional — disse Tracy.

— Muito bem.

O diretor ligou o dispositivo e mexeu nele, atrapalhado.

— Como, hã... onde eu encontraria as fotos aqui?

— Vou mostrar — disse Nicholas alegremente.

— Não. *Eu* vou mostrar. — O imenso braço branco da Sra. Carson disparou sobre a mesa e pegou o celular.

— Ele provavelmente vai tentar apagá-las.

Observar os dedos gordos daquela mulher deslizando sobre a tela era como observar Lennie, de *Ratos e homens*, acariciar um rato.

— Aqui está. — Ela abriu os arquivos de fotos de forma triunfante, mas a expressão de arrogância e satisfação sumiu rapidamente de seu rosto. — Ei, o que é isso?

— Posso ver as fotos? — perguntou Tracy — Bem, então, até onde posso ver, não há nada que se pareça com questões de matemática aqui. — Ela entregou o telefone para o diretor Jones.

— Ele já apagou. É um mentiroso! — A Sra. Carson estava gritando. — Metade da turma viu as fotos.

— Qualquer arquivo apagado durante a última hora ainda estaria na pasta de mídias deletadas. Tenho certeza de que o Sr. Farley ficaria feliz em verificar — sugeriu Nicholas, de forma prestativa. Alisdair Farley era o chefe do departamento de TI da escola. — Mas ele não vai encontrar foto nenhuma porque eu não tirei nenhuma. Essa é a verdade. Eu estava jogando Angry Birds. Acho que era porque eu estava perto da mesa da professora que o Rock pensou...

Olhe para esses cílios batendo!, pensou Tracy, levantando-se da cadeira.

— Isso é tudo, Sr. Jones?

Olhe para esse corpo!, pensou o diretor Jones.

— Acho que é tudo, Sra. Schmidt. Deve ter sido um mal-entendido. Obrigado por ter vindo.

Do LADO DE fora do corredor, Nicholas deu um beijo de despedida na mãe.

— Vejo você depois da escola. Que bom que a gente resolveu essa doideira.

— A-hã — falou Tracy. — Vejo você depois da escola. Ah, Nicky?

— Sim?

— Não se esqueça de trazer aquele outro chip na sua mochila.

— Que outro chip?

Tracy sorriu.

— Aquele com as fotos do teste, querido.

Nicholas Schmidt observou a mãe caminhar em direção às portas duplas. Ela estava tentando se conter, mas o menino percebeu que os ombros de Tracy balançavam com as risadas.

Ele sentiu tanto amor por ela naquele momento que podia ter explodido.

ENQUANTO DIRIGIA PARA casa pelas familiares ruas de Steamboat Springs, Tracy riu durante muito tempo.

Nicky podia parecer com ela, mas a personalidade era toda do pai. Encantador, bonito, engraçado e ocasionalmente ardiloso, aos 8 anos, Nicholas Schmidt era uma miniatura de Jeff Stevens em todos os aspectos. Algumas das coisas que fazia eram bastante ousadas. Tracy fazia o máximo que podia para reprová-las. Era a mãe dele, afinal, e o motivo pelo qual se mudara para o Colorado era para dar ao filho uma vida diferente daquela que ela e Jeff levaram. Uma vida melhor, mais feliz, mais honesta. Nicholas jamais poderia saber a verdade sobre as origens dele, ou sobre o passado da mãe. No entanto, Tracy não podia deixar de amar o espírito travesso do menino.

Preciso direcioná-lo, é isso. Me certificar de que ele use seus dons para o bem.

Quando Nicholas tinha 3 anos, ele convenceu uma menininha da pré-escola a dar a ele o dinheiro da merenda durante cinco dias seguidos. Na sexta-feira, os pais da menina tinham percebido (ela chegava em casa faminta toda tarde), e a história toda veio à tona.

— Como fez para que ela te desse o dinheiro? — perguntara Tracy ao filho, carinhosamente.

— Eu disse que compraria um ursinho de pelúcia para ela. Um especial. Um que só eu sabia como conseguir.

— Entendo — respondeu Tracy. — Por que fez isso, querido?

Nicholas lançou um olhar para a mãe que parecia indagar: *Essa é uma pergunta capciosa?*

— Por que disse a Nora que compraria algo para ela se isso não era verdade? — insistiu Tracy.

— Para *eu* ter o dinheiro — respondeu Nicholas.

A mãe realmente não estava muito esperta naquele dia, era o que parecia a Nicholas. Será que ela não tinha dormido direito?

— Mas isso é desonesto, querido — explicou Tracy, pacientemente. — Você entende isso, não? O dinheiro é da Nora.

— Não é mais! — Nicholas sorriu. — De qualquer forma, ela é má.

— É?

— De verdade. Ela chamou Jules de "gorducho" e disse que o lanche dele tinha cheiro de cocô. *Tinha* um pouco de cheiro de cocô — acrescentou Nicholas, pensativo. — Mas Jules estava chorando por causa dela. Eu dei metade do dinheiro pra ele.

Bem, pensou Tracy. *Isso lança uma luz diferente à questão.*

Infelizmente, o diretor da pré-escola Sunshine Smile de Steamboat Springs via as coisas de modo diferente. Nicholas passou o ano seguinte fazendo pintura a dedo em casa.

Nem todas as travessuras eram tão altruístas.

Houve a vez, no primeiro ano, em que Nicholas tirou os ratos da turma, Baunilha e Chocolate, da gaiola e os colocou dentro da bolsa da professora para "ver o que aconteceria". (O que aconteceu foi que a coitada da Srta. Roderick quase bateu com o carro em uma extensão coberta de gelo da autoestrada I-90, e os gritos dela podiam ser ouvidos na cidade de Boulder.)

Ou no ano anterior, quando Nick tinha apenas 7 anos e matou aula para ir a um jogo de hóquei sozinho. Ao ver uma grande família com pelo menos seis filhos no estádio, Nicholas se infiltrou no meio das crianças e conseguiu passar pela roleta. O jogo estava quase no fim quando um segurança reparou que o menino estava, na verdade, sozinho, e chamou a polícia.

— Você sabe o quanto ficamos preocupados? — ralhava uma Tracy desesperada com o filho depois. — A escola chamou a polícia. Eles acharam que você tinha sido sequestrado. E eu também!

— Porque eu fui a um jogo de hóquei? Isso é meio que exagero, não é?

— Você deveria estar na escola! — gritou Tracy.

— Hóquei é educativo.

— Como hóquei é educativo, Nick?

— É parte do currículo escolar.

— Jogar hóquei, não assistir ao jogo. *Você* estava matando aula, não jogando hóquei. — Tracy parecia exasperada. — Mas essa não é a questão. A questão é que você estava por aí, sozinho. Você só tem 7 anos!

— Eu sei. — Nicholas deu um sorriso encantador. — Sabe qual é nossa palavra da semana? "Iniciativa." Não acha que tenho muita iniciativa pra minha idade?

Criar Nicky era um trabalho de tempo integral. Quanto mais velho ele ficava, mais ele parecia exigir controle de danos, e o menino só tinha 8 anos, pelo amor de Deus! Mas o filho era a vida de Tracy agora, e ela não o trocaria por nada. Nicholas era o mundo de Tracy, a lua, as estrelas e o sol dela. E ela sabia que significava o mesmo para o menino.

Ironicamente, ter um filho havia feito Tracy se sentir realizada de todas as formas que Jeff prometera, tantos anos antes, em Londres. Tinha preenchido o vazio deixado pela antiga vida de Tracy. E tinha ajudado a superar *Jeff*.

As cicatrizes do casamento e a traição do marido jamais curariam por completo. Mas depois de nove anos, tinham desbotado, como as outras diversas cicatrizes em sua vida, da morte da mãe à desgraça da cadeia e aos velhos amigos que tinha sido obrigada a deixar pelo caminho.

Minha vida é boa agora, pensou Tracy, ao virar na estrada montanhosa e sinuosa que levava ao rancho. Era abril, e embora ainda houvesse neve no chão, derretia rápido. A "temporada de lama", como a primavera era chamada naquela região, estava quase chegando. Tracy não se importava. Ela amava as montanhas em todas as estações do ano.

Estava feliz por ser a Sra. Tracy Schmidt. Não era mais um papel para ela. Tinha se tornado sua realidade.

Fora Gunther Hartog quem lhe ensinara isso; para ser bem-sucedida como vigarista, era preciso mergulhar por completo na identidade adotada em cada trabalho.

— Não basta fingir ser a condessa da Terra do Nunca, ou o que quer que seja. Precisa *acreditar* que é essa pessoa. Precisa se tornar essa pessoa. Poucas pessoas conseguem fazer isso, Tracy. Mas você é uma delas.

Querido Gunther. Tracy sentia falta dele.

A mãe dela costumava fazer um elogio semelhante quando Tracy era menina, embora por motivos bem diferentes.

— Sinceramente, menina — dizia Doris Whitney —, às vezes não te reconheço. Você tem todas as cores do vento.

Ser um camaleão era tanto uma bênção quanto uma maldição. Mas Tracy se sentia agradecida por isso atualmente. Sem essa habilidade, ela jamais conseguiria chegar até ali, em Steamboat, ter uma vida segura e feliz com o filho amado.

Por fim, depois de tanto tempo, Tracy estava em casa.

TRACY ESTAVA LAVANDO a louça do jantar daquela noite quando Blake Carter bateu à porta.

— Blake. O que ainda está fazendo aqui? São quase onze horas.

— Podamos muitas árvores hoje à tarde. Estava dando uma olhada pela propriedade para ver se os rapazes tinham feito um bom trabalho.

— No meio da noite?

— Ainda não era noite quando comecei — falou Blake.

— Além disso, tenho uma lanterna. — Ele apontou para o bolso.

— Bem, deveria ir para casa dormir — falou Tracy, secando as mãos em um pano de prato. — Ou quer alguma coisa?

Blake virou o rosto subitamente, desconcertado.

— Não, na verdade não. Soube que Nicholas se meteu numa confusão na escola de novo, só isso.

Tracy franziu a testa.

— As notícias correm rápido aqui.

Ela não estava irritada com Blake Carter. Ao longo dos anos, Blake tinha desenvolvido um relacionamento próximo com Nicholas. O menino precisava de um exemplo masculino honrado, e Tracy não poderia ter pedido por um melhor que o gerente do rancho e amigo. Mas uma das desvantagens da vida em uma cidade pequena era a fofoca de cidade pequena.

— O que aconteceu? — perguntou Blake.

Tracy contou a ele.

— Devia ter visto a cara da outra mãe! — Ela deu uma gargalhada. — Foi impagável. Ela sabia que tinha sido enganada, mas não sabia como. Eles *não* são uma família legal — acrescentou Tracy, quebrando um quadrado de chocolate da barra sobre o balcão e oferecendo um pedaço a Blake.

— Então qual é o castigo dele?

— Castigo? — Tracy pareceu confusa.

— Ele tentou colar no teste e mentiu para você sobre isso — falou Blake, com severidade. — Não acha que deveria puni-lo por isso?

— Eu... bem... não tinha, na verdade... nós conversamos sobre o assunto — gaguejou Tracy.

A sobrancelha erguida de Blake Carter dizia tudo.

— Ah, por favor — falou Tracy. — Nenhum mal foi feito, afinal. E aquele Rock Carson é um menino tão cruel.

— Essa não é a questão — disse Blake —, e você sabe disso. Você não cobra o suficiente dele, Tracy. Se continuar assim, ele vai estar fora de controle aos 13 anos.

DEPOIS QUE BLAKE saiu, Tracy entrou furtivamente no quarto do filho.

Em um sono profundo, com os cachos castanhos esparramados no travesseiro e os braços abertos sobre a cama, o menino tinha uma aparência angelical.

Blake está certo, pensou Tracy. *Sou boa demais com ele. Mas como posso não ser? Ele é tão... perfeito.*

Tracy tentou não pensar em Jeff Stevens, mas esse era outro impulso que estava além de seu controle. Será que Jeff estava dormindo em algum lugar naquele instante também? Será que estava bem e feliz? Casado com outra pessoa? Será que estava vivo?

Se tivesse se empenhado, Tracy provavelmente poderia ter encontrado a resposta para todas essas perguntas. Mas ao longo dos anos ela havia se policiado para não fazer isso. Jeff Stevens existia apenas em seu coração e em suas lembranças. Ela pensou no último trabalho que os dois realizaram juntos. Um roubo de diamantes na Holanda, antes de se casarem. Uma imagem surgiu em sua mente: Daniel Cooper, o estranho investigador de seguros que os seguiu obstinadamente pela Europa. Mas ele jamais conseguiu ligar o casal a nenhum crime. Ele estava na cola de Tracy no dia em que ela saiu de Amsterdã. Ela chegou a vê-lo, o desapontamento arrasador na expressão dele. Tracy se lembrou de ter sentido pena do homem.

Onde *ele* estava agora?

Onde estavam todos os personagens daqueles dias tão distantes?

Para Tracy, e para Jeff, os golpes, os roubos e as trapaças tinham se tornado um jogo. Mas para Daniel Cooper obviamente eram mais que isso. *Será que dificultamos a vida de pessoas inocentes naquela época com as coisas que fizemos?,* pensou Tracy. Ela jamais se arrependeu da antiga vida, mas será que deveria? Enquanto olhava com carinho para o filho adormecido, ocorreu a Tracy que talvez a bússola moral dela estivesse fora do eixo. Blake Carter certamente representava bondade, decência e honestidade de uma forma que a encantava, mas que não reconhecia em si mesma, na verdade. Nem em Nicky.

Preciso melhorar.

Preciso ser uma mãe melhor, pelo bem do meu filho.

Tracy deu um beijo de boa-noite nele e foi dormir.

Capítulo 10

LISA LIM OLHOU para o homem que subia o zíper da calça social e fechava as abotoaduras ao lado da cama. Como acompanhante de luxo, cuja clientela era a elite de Cingapura, Lisa estava acostumada a todo tipo de cliente. Gordos ou magricelas, velhos ou jovens, certinhos ou pervertidos, casados ou solteiros, ousados ou tímidos. Contanto que pudessem pagar o cachê de 500 dólares por hora e concordassem em usar camisinha, Lisa Lim não discriminava na hora de escolher seus clientes. Ela fazia o trabalho por dinheiro, nada mais. Mesmo assim, era uma surpresa agradável encontrar um cliente que não apenas achava atraente, mas de quem, na verdade, gostava. Thomas Bowers atendia aos dois requisitos.

— Você tem como chegar em casa? — perguntou ele, colocando o cachê com uma boa gorjeta dentro de um envelope do hotel. Ele estava hospedado no Mandarin Oriental, na suíte Oriental, e abordara Lisa no saguão. — Quer que eu chame um táxi para você?

— Não precisa, obrigada. Tenho como voltar para casa. — Ela pegou o dinheiro. — Eu me diverti esta noite.

— Eu também.

Thomas Bowers abraçou Lisa e a beijou. Ela podia sentir o cheiro de colônia cara, e a barba por fazer tinha uma sensação maravilhosamente masculina e áspera contra a pele macia dela. Beijava do mesmo jeito que transava. De forma apaixonada. Carinhosa. Confiante. Thomas Bowers era um homem raríssimo, um cliente que gostava mesmo de mulheres.

— Se quiser me ver de novo enquanto estiver na cidade, posso reservar uma hora para você.

— Eu adoraria. Mas, infelizmente, vou embora amanhã. — Bowers acompanhou Lisa até a porta. — Vou pegar o Expresso do Oriente até Bangcoc. Estou bastante ansioso por isso.

— Que maravilha. — Lisa sorriu. — Ouvi dizer que é uma viagem deslumbrante pela selva da Malásia. A viagem é a negócios ou por prazer?

Thomas Bowers pensou a respeito, então deu um largo sorriso.

— Um pouco de cada, imagino. Vou encontrar um amigo. Mas digamos que pretendo me divertir.

THOMAS BOWERS, TAMBÉM conhecido como Jeff Stevens, aceitara imediatamente o trabalho em Cingapura por três motivos.

Primeiro, porque ele amava a Ásia. A comida era deliciosa, o clima era quente e as mulheres eram incrivelmente desinibidas na cama. Segundo, porque sempre quis conhecer o E&O, a versão Cingapura-Bangcoc do famoso Expresso do Oriente da Europa. Havia, na opinião de Jeff, certo romantismo em uma antiquada viagem de trem que nem mesmo o jato particular mais luxuoso poderia superar. Terceiro, e mais importante, porque o objeto que fora até lá roubar era uma das peças mais raras e mais intrigantes que jamais perseguira, uma estátua do início da civilização suméria do rei Entemena, em perfeitas condições.

Gunther Hartog dissera a Jeff:

— A estátua está atualmente em posse do general Alan McPhee.

— O herói de guerra norte-americano?

— Exatamente. O general vai estar no Expresso Leste e Oriental (E&O) que parte de Cingapura no dia 24 de abril, às três horas da tarde. Ele planeja entregar o objeto ao comprador em Bangcoc, no dia 28. Seu trabalho é se certificar de que ele não o entregue.

Jeff chegara a Cingapura quatro dias antes, para que tivesse tempo de se recuperar da viagem de avião. Ele se divertira na cidade, principalmente na última noite com Lisa. Nos últimos tempos, Jeff só dormia com prostitutas. Eram boas no que faziam, sinceras com relação aos motivos e não esperavam nada dele, além de dinheiro, algo que ele tinha bastante. Não sentia mais falta de Tracy com a dor pura e visceral que sentira durante o primeiro ano depois que ela o deixou. Mas sabia que jamais amaria de novo. Não daquele jeito. Encontros casuais, como aquele com Lisa, satisfaziam Jeff sexualmente e o protegiam emocionalmente. Ultimamente, ele reservava todos os sentimentos mais profundos para o trabalho. Havia se especializado em antiguidades raras, e os únicos objetos que roubava eram aqueles que realmente o fascinavam.

— Não preciso do dinheiro — disse Jeff a Gunther Hartog. — Se eu aceitar um trabalho, será por amor, nada mais. Pense em mim como um artista.

— Ah, mas eu penso, caro rapaz. Eu penso.

— Preciso me sentir inspirado.

Cingapura tinha sido divertido, mas profundamente sem inspiração. Jeff pedira ostras no Luke's, na Club Street, e se deliciara com alguns coquetéis fortes servidos por lindas garçonetes no Tippling Club, em Dempsey Hill. Mas, no todo, a cidade o lembrava de nada além de uma Genebra asiática: limpa, agradável e, depois de alguns dias, incrivelmente entediante.

Thomas Bowers estava pronto para embarcar naquele trem.

Que comece a batalha.

A VOZ DO GENERAL Alan McPhee ecoou pelo vagão de jantar reservado como a de um ator de teatro vociferando um solilóquio.

— É claro que o Iraque é um país lindo. Levar liberdade àquele povo é provavelmente a coisa de que mais me orgulho na vida. Mas não sei se algum dia voltarei lá. São muitas lembranças dolorosas...

Era a segunda noite a bordo do Expresso do Oriente e o general tinha todas as atenções para ele, exatamente como na primeira noite. Jeff Stevens, ou Thomas Bowers, observava o modo como as pessoas ao redor do homem ouviam bastante concentradas. As mulheres, em especial, pareciam impressionadas com ele. Havia quatro delas à mesa do general naquela noite, com dois homens. As mais velhas eram duas senhoras japonesas, sentadas com os maridos, que faziam parte de um grupo maior de turistas orientais que tinham embarcado no trem na Woodlands Station, em Cingapura. A eles se juntavam uma elegante francesa, viajando sozinha, e uma deusa americana com cabelos ruivos até a cintura, com um corpo de arrasar e olhos cor de âmbar, que atendia pelo nome Tiffany Joy. Thomas Bowers conhecera a Srta. Joy na noite anterior. Algumas perguntas discretas haviam confirmado as suspeitas de que ela era amante do general, viajando como secretária dele em uma cabine adjacente.

— Incrível, não é, Sr. Bowers, estarmos viajando junto a um verdadeiro herói.

— Certamente.

Jeff sorriu para a Sra. Marjorie Graham, uma viúva inglesa por volta dos 60 anos, que acompanhava a irmã. A gerência do E&O, e em especial Helmut Krantz, o chefe careta dos comissários do trem, encorajava os clientes a se "enturmar" durante as refeições e a compartilhar mesas. Na noite anterior, Jeff enfrentara o pato ao molho de laranja esturricado na companhia de um casal sueco absurdamente maçante de Malmö. Naquela noite, ele estava com as irmãs Miss Marple. Com saias de tweed, conjuntinho de cardigã de tricô e pérolas, Marjorie Graham e a irmã, Audrey, pareciam ter saído diretamente das páginas de um livro da Agatha Christie.

— A gente ouve falar de celebridades nessas viagens — continuou Marjorie Graham. — Eu esperava alguma estrela de cinema insuportável. Mas o general McPhee, bem, é outra história.

— Não poderia concordar mais — falou Jeff. — Acredite em mim, ninguém está mais animado do que eu por ter o general a bordo.

— Por ser americano, quer dizer?

— Pode ser — assentiu, distraidamente. Tiffany Joy tinha se levantado da mesa, provavelmente para ir ao toalete no vagão seguinte. Quando ela passou, sorriu para Jeff, que sorriu de volta e tocou-a levemente no braço, trocando um ou outro gracejo. Pelo canto do olho, Jeff pôde ver o general observando os dois e percebeu o amargor enciumado da expressão dele.

Ao fim da refeição, outro prato deprimentemente simples — colocar um alemão no comando já era ruim o bastante, mas Jeff suspeitava que haviam contratado um dos conterrâneos de Helmut como cozinheiro principal também, o que era imperdoável. Jeff então seguiu para o piano bar. Quando ele passou pela mesa do general, um solavanco forte do trem o impulsionou na direção da bela Srta. Joy de novo.

— Sinto muito. — Jeff sorriu, não parecendo nem um pouco arrependido. — Esses trilhos são infernais, não são?

— Ah, são terríveis. — A ruiva sorriu. — Eu estava chacoalhando como uma moeda em um pote ontem à noite na cabine. Deveria ver meus hematomas.

— Mostro os meus se me mostrar os seus — provocou Jeff.

— Creio que ainda não nos conhecemos. — O general McPhee olhou para Jeff com todo o calor de um inverno nuclear.

— Creio que não. Thomas Bowers. — Jeff estendeu a mão.

— O Sr. Bowers é especialista em antiquarias — falou Tiffany.

— Antiguidades — corrigiu Jeff. — E não diria que sou um especialista, exatamente. Sou vendedor.

— É mesmo? — A expressão do general mudou. — Bem, Sr. Bowers, deveríamos tomar um drinque mais tarde. Tenho algo na cabine que acho que pode interessá-lo bastante.

Jeff permitiu que os olhos se detivessem no decote espetacular de Tiffany Joy.

— Tenho certeza que sim, general.

— Não está à venda — disparou o general. — Não que você pudesse pagar, mesmo que estivesse. É inestimável.

— Ah, eu acredito no senhor. — Os olhos de Jeff ainda estavam fixos nos de Tiffany, e os dela nos seus.

Thomas Bowers era mesmo desconfortavelmente lindo. Tiffany sabia que não deveria flertar com ele. Isso deixaria Alan furioso. Casado ou não, o general Alan McPhee era um homem maravilhoso, nobre, bravo e corajoso. Foram a força e a integridade dele que haviam atraído Tiffany, acima de tudo. Bem, isso e o poder, para falar a verdade. Mas Tiffany não podia decepcionar o general só porque um estranho charmoso lhe dera atenção. Tiffany corou, com vergonha de si mesma.

— Aceito esse drinque amanhã, general, se não tiver problema — dizia Thomas Bowers, de modo alegre. —

Infelizmente, preciso colocar o trabalho em dia esta noite. Desculpe pela intromissão, Srta. Joy.

Ele assentiu de modo galanteador e saiu.

Tiffany Joy ficou ainda mais corada.

— Sr. Bowers.

Bem, pensou Jeff, sorrindo, enquanto voltava para sua cabine. *Agora, a raposa está no galinheiro. Primeiro passo completo.*

A CABINE DE Jeff era charmosa mas minúscula. Tracy certa vez realizara um roubo de joias espetacular a bordo do Expresso do Oriente Simplon, viajando de Londres para Veneza, e comparara o quarto dela ao "interior de uma caixa de doces".

Aquele quarto era praticamente a mesma coisa, uma profusão de veludo vermelho e brocados, com uma única poltrona, uma mesa minúscula e uma cama dobrável que Jeff suspeitava ter sido enviada diretamente de Guantánamo, de tão torturante que era tentar dormir nela. A decoração era certamente nostálgica, e tinha um glamour *art déco*. Mas o entusiasmo de Jeff pelo romance do vagão Pullman estava se dissipando quase tão rápido quanto seu apetite. Chegue logo, Bangcoc.

Depois de tentar tomar banho em um boxe tão apertado que Houdini teria pensado duas vezes antes de entrar nele, Jeff estava deitado na cama, lendo o arquivo criptografado de Gunther sobre o general Alan McPhee.

Em 2007, o general estava no comando das forças dos EUA na cidade sagrada de Nippur, cerca de 160 quilômetros a sudeste de Bagdá, entre os rios Eufrates e Tigre. Desde 2003, forças da Coalizão tinham sido encarregadas de evitar o saque de sítios arqueológicos como Nippur, um tesouro de artefatos pré-sargônicos, acadianos e babilônicos. Uma estátua do rei Entemena, um monarca da Mesopotâmia de cerca de 2400 a.C., semelhante àquela roubada do Museu Nacional do Iraque, em 2003, e de valor equivalente, foi descoberta em uma tumba em Nippur por uma tropa terrestre francesa. Ela sumiu de um esconderijo "seguro" da Coalizão seis semanas depois, antes do dia da transferência para o Louvre. Buscas locais exaustivas não deram resultados, embora muitas evidências circunstanciais apontassem para um homem local, um ladrão de galinhas chamado Aahil Hafeez. Ele foi preso, mas antes que pudesse ser julgado, foi sequestrado e enforcado por uma multidão revoltada. Ele sempre alegou inocência. A estátua nunca mais foi vista.

Fontes confiáveis agora sugerem que o próprio general McPhee encomendou o roubo. O general altamente condecorado, na verdade, há anos comanda um mercado paralelo lucrativo de tesouros saqueados e espólios de guerra, embora nada tão espetacular quanto isso. Depois de pagar os cúmplices locais, o general sabiamente esperara alguns anos para encontrar um comprador adequado para a estátua de Entemena. Ele concordou em vendê-la por 2 milhões de dólares americanos para um chefe do tráfico tailandês chamado Chao-tak Chao. Chao é um indivíduo excepcionalmente corrupto e desumano, responsável por inúmeros sequestros, assassinatos e incidentes de tortura. Analfabeto e sem educação formal, ele é, ainda assim, colecionador de estátuas de todas as formas.

O general vai viajar de barco e de trem para evitar as buscas mais invasivas da alfândega que ocorrem em todos os aeroportos asiáticos. Ele também é obviamente muito protegido pelo status, tanto nos Estados Unidos quanto no exterior, como herói militar condecorado pela coragem e admirado pelas ações de caridade.

Todos amam esse cara, pensou Jeff. *Quase tanto quanto ele se ama. Mas ele não passa de uma fraude. Pior que isso, é um assassino.*

Jeff fechou os olhos e tentou imaginar o terror do jovem iraquiano conforme era arrastado para uma forca improvisada pelo próprio povo. Erguido como um animal e enforcado até a morte por um crime do qual nada sabia. O general McPhee poderia ter interferido para salvá-lo. Ele não *precisava* de um bode expiatório. O crime poderia ter permanecido não solucionado, como tantos outros logo após o caótico fim da guerra. Mas, para salvar a própria pele, aquele homem tinha permitido que um inocente tivesse uma morte terrível.

Foi quando Jeff mudou de ideia.

Roubar a estátua não basta.

Esse desgraçado merece sentir o gosto do próprio remédio.

NÃO LEVOU MUITO tempo para que Thomas Bowers engendrasse o próximo encontro com a Srta. Tiffany Joy.

Ele percebeu que o general sempre tomava café da manhã antes da "secretária", e sozinho. Depois que o general saía, a Srta. Joy voltava para a própria cabine, certificando-se de que parecesse que as duas camas tinham sido usadas; lá, ela tomava banho e se vestia, então se juntava ao chefe depois de um intervalo apropriado. Foi a coisa mais fácil do mundo esbarrar com a moça quando ela saiu de sua cabine.

— Srta. Joy. Está linda esta manhã, como sempre. Como estão os hematomas?

— Sr. Bowers!

Tiffany corou sem querer. Ela desejava não gostar tanto daqueles encontros com o comerciante de antiquarias, ou o que quer que ele fosse. Mas Thomas Bowers era tão *jovem*, e lindo, e Alan, que Deus o abençoasse, era tão *velho*. Ele mesmo era uma antiguidade, pensando bem!

— Aconteceu alguma coisa engraçada? Sabe que fica encantadoramente linda quando sorri.

— E você flerta muito mal.

— Estou arrasado. Aqui estava eu, pensando que era bom nisso.

Tiffany riu.

— É sério. Alan... O general McPhee... ele não ficou muito feliz ontem à noite. Disse que você esbarrou em mim de propósito.

— Ele estava certo. — Jeff se aproximou. O corredor do trem era tão estreito que o nariz dele estava quase tocando o de Tiffany. — Não que eu ache que isso seja da conta dele. Não existe uma Sra. McPhee em algum lugar? Mantendo as lareiras da casa acesas e tudo isso.

— Bem... sim — admitiu Tiffany. — Só não tenho certeza se ela também mantém o fogo do general aceso.

— E quanto ao *seu* fogo, Srta. Joy? — As mãos de Jeff envolveram a cintura dela, então desceram pelo bumbum deliciosamente durinho.

— Ah, Sr. Bowers!

— Thomas.

— Thomas. Eu quero, mas eu... não podemos. Ele é meu chefe.

— Sabe o que dizem sobre trabalhar, trabalhar e não se divertir...

O casal sueco entediante saiu da cabine deles. Relutantemente, Jeff soltou a secretária do general — "sub" secretária — e permitiu que eles passassem.

— Seu chefe estava se vangloriando ontem à noite por ter algo inestimável na cabine — falou Jeff, causalmente, depois que ficaram sozinhos de novo. — Ele não estava falando *só* de você, estava?

— Não. Mas não posso falar sobre isso — disse Tiffany, de forma recatada.

— Por que não? — Aproximando-se dela, Jeff a beijou súbita e apaixonadamente na boca.

— Thomas!

— Ele obviamente queria que eu soubesse o que era. Vamos, não vou contar a ninguém. O que ele tem escondido aí? O maior frasco de Viagra do mundo?

— Não seja tão maldoso.

— Uma peruca feita com fios de platina pura?

— Pare! — Tiffany deu um risinho. — Se quer saber, é uma estátua. Cá entre nós, é bem feia. Foi um presente de um senhor iraquiano. Uma forma de agradecer pela libertação. Aparentemente, é muito antiga e rara.

— Exatamente como a ereção dele. — Jeff não conseguiu resistir. — Olhe, hoje à tarde vamos fazer um passeio de barco pelo rio Kwai.

— Eu sei. — Tiffany suspirou. — O general é especialista em Segunda Guerra Mundial. Só fala disso desde Cingapura. Ele é realmente muito versado e respeitado...

— Não vá. Diga que não está se sentindo bem.

— Mas ele sabe que eu...

— Invente alguma coisa. *Vamos*, Srta. Joy. Viva um pouco! Vou me certificar de que seu chefe e eu estejamos em barcos diferentes. Então vou sair furtivamente mais cedo para vir olhar o tesouro inestimável do general.

— Presumo que esteja falando da estátua, Sr. Bowers? — Tiffany jogou os cabelos para trás de maneira sensual.

— Você vai ver do que estou falando esta tarde, Srta. Joy. Aproveite o café da manhã.

ESTAVA FAZENDO 37 graus e a umidade era de cem por cento no rio Kwai. Usando calça cáqui e uma camisa de linho, além de uma pequena mochila, o general Alan McPhee estava suando como um porco.

— Você deve estar acostumado com essas condições, general. Qual é o seu segredo?

O general McPhee fez uma careta. Ele não gostava de Thomas Bowers. O homem era no mínimo bonito demais, elegante demais, presunçoso demais. Bowers parecia impecável como nunca naquele dia, com uma camisa branca e bermuda. E, se estava sentindo calor, não o demonstrava. *Desgraçado.*

— Segredo nenhum, Sr. Bowers. Apenas perseverança.

— Muito admirável. Percebi que sua secretária não está com a gente. História militar não é do agrado dela?

— A Srta. Joy não está se sentindo muito bem. Creio que esteja descansando na cabine.

Os passageiros do E&O foram divididos em dois grupos e levados para botes diferentes. Os asiáticos foram direcionados para a embarcação com um guia que falava japonês, e os europeus para uma com um antigo militar australiano que dava explicações.

Jeff foi até o bote japonês. Ele foi imediatamente abordado pelo comissário-chefe do trem, com um olhar de pânico no rosto.

— Não, não, Sr. Bowers. Para um passeio em inglês, deve se juntar à outra fila.

— Obrigado, Helmut. Mas prefiro este.

Jeff seguiu em frente.

— Por favor, Sr. Bowers, é muito importante. Pedimos que todos os nossos visitantes europeus embarquem no outro bote.

— Tenho certeza que sim. — Jeff sorriu. — Mas vou pegar este.

Ao reparar no pequeno drama que se passava atrás dele, o general McPhee se aproximou.

— Qual é o problema, Bowers?

Jeff sussurrou ao ouvido do general.

— Ouvi dizer que dão versões muito diferentes do passeio no bote dos japoneses. Parece que contam a eles como os soldados japoneses foram corajosos e nobres, e como os maus-tratos aos prisioneiros de guerra foi exagerado. Estou curioso para ouvir.

— Isso é um ultraje! Quem contou isso a você?

— Um passarinho. — Jeff deu de ombros. — A narração é em japonês, mas a Minami concordou em traduzir para mim. — Ele indicou com a cabeça uma mulher japonesa alguns metros adiante.

— Também vou neste bote — anunciou o general, em voz alta.

— Senhor! Devo insistir. — O pobre comissário-chefe parecia prestes a entrar em combustão espontânea. — Sinceramente, temos um sistema...

— Aposto que sim. — O general seguiu Jeff e foi para o outro bote, deixando o homenzinho indefeso à margem do rio.

O TEMPERAMENTO DO general piorou conforme desceram o rio. Bowers estava certo. As porcarias que contavam aos turistas japoneses não tinham qualquer semelhança com a verdade. Ah, o general ia reclamar com a gerência usando argumentos muito veementes! Ele tentou se concentrar em tudo que a tradutora japonesa estava dizendo. Mas a mulher era tão baixa, e falava tão baixinho, que era impossível ouvir de vez em quando, com o barulho do motor. Entre aguçar a audição, ficar desconfortavelmente agachado e tentar afastar mosquitos do tamanho de pequenos morcegos, a viagem foi completamente desagradável. A umidade também estava terrível, como se respirasse sopa quente. Depois de tirar a mochila e abrir os botões da camisa, o general ficou aliviado ao ver que Bowers tinha sido forçado a fazer o mesmo.

DE VOLTA AO trem, o general McPhee seguiu direto para a cabine. Assim que tirasse as roupas molhadas, pretendia ditar uma carta furiosa de reclamação para as autoridades relevantes. No entanto, ele foi parado no corredor por Helmut, que beirava a histeria.

— Sinto muitíssimo, general. Sinceramente, não faço ideia de como isso aconteceu. Mas creio que você não possa retornar à sua cabine.

— O que quer dizer com não posso retornar à minha cabine? Posso fazer o que bem entender.

— Parece que houve um roubo. — O alemão parecia prestes a desmaiar. — A sua cabine e a da Srta. Joy foram os alvos. A moça parece ter sido sedada. A polícia está a caminho.

AS INVASÕES NAS cabines do general e de sua linda e jovem secretária foram o assunto do trem pelo resto da viagem. Depois de um atraso de seis horas, a polícia da Malásia permitiu que continuassem e cruzassem a fronteira com a Tailândia. Além de algumas bijuterias baratas e poucos pertences do general, nada mais foi levado.

Tiffany, irritada, se aproximou de Jeff na plataforma aberta aquela noite.

— O que aconteceu, Thomas? Onde você estava?

— Desculpe. Fiquei preso no mesmo bote que seu chefe. Não consegui escapar.

— Bem, alguém escapou. Quem quer que tenha sido, estava obviamente atrás daquela estátua idiota.

— Imagino que sim. Pobrezinha. Você deve ter ficado assustada. — Jeff colocou o braço no ombro de Tiffany. Inconscientemente, a moça se recostou nele.

— Na verdade, eu não vi nada. A polícia acha que quem quer que tenha sido deve ter me sedado com gás pelo buraco da fechadura. Só me lembro de acordar e o quarto parecer ter sido atingido por uma bomba. De qualquer forma, não encontraram o que queriam.

— Foi o que ouvi dizer — falou Jeff. — Como ele conseguiu escondê-la tão bem em um espaço tão minúsculo? É isso que não entendo.

— Já contei. — Tiffany deu de ombros. — O general é um homem brilhante. É mais esperto do que parece.

— Deve ser — falou Jeff.

COMPARADO AO CONFINAMENTO do trem, o hotel Peninsula de Bangcoc era a última palavra em luxo. A comida era incrível, o serviço, impecável e as camas, tão macias e espaçosas que o general Alan McPhee poderia ter chorado de alívio. Livre dos olhos curiosos dos outros passageiros do trem, o general decidiu dispensar o subterfúgio e instalar a Srta. Tiffany Joy na suíte do tamanho de um palácio. Afinal, a mulher dele não ia aparecer e flagrar os dois. Com apenas alguns dias restantes de viagem, o general estava ansioso para passar um tempo explorando corpo delicioso da jovem secretária, longe das distrações do irritante Sr. Thomas Bowers.

Deitada à beira da piscina espetacular do Peninsula, com vista para o porto, usando um biquíni dourado minúsculo que deixava pouco espaço para a imaginação, a Srta. Joy parecia especialmente deslumbrante naquela manhã.

É uma pena precisar deixá-la, pensou o general. *Por outro lado, na hora do jantar esta noite, estarei 2 milhões de dólares mais rico. Podemos comemorar juntos.*

— Tenho negócios para resolver. — Ao inclinar o corpo sobre a espreguiçadeira dela, o general beijou o alto da cabeça de Tiffany. — Voltarei antes de anoitecer.

— Boa sorte. — Tiffany suspirou, deitando-se de bruços.

Ao observar o general partir, com seu distinto andar militar, ficou feliz por não ter dormido com Thomas Bowers, afinal. Ele era encantador, é claro, e atraente. Mas homens como Thomas vinham aos montes. Alan era diferente. Ele era um herói de guerra, um homem de verdadeiro intelecto e honra. Um pouco presunçoso, talvez, mas um homem de bom coração.

Fiz a escolha certa.

COMO AS PESSOAS vivem aqui?

O general Alan McPhee contraiu os lábios, enojado, conforme multidões de tailandeses suados passavam por ele como vermes.

Tinha entrado no Skytrain em direção a Bang Chak, escolhendo o anonimato do famoso bonde de Bangcoc a um táxi, no qual corria o risco de ser reconhecido pelo motorista. Dali, ele seguiu o caminho a pé pelo mercado, segurando com firmeza a preciosa mochila enquanto percorria barraquinhas que vendiam de tudo, desde tecidos e eletrônicos a ícones religiosos baratos e talismãs de ervas repulsivos, feitos de pés de galinhas e afins.

Em cada esquina, viam-se drogados deitados no chão como os cadáveres que em breve se tornariam. *Os clientes de Chao-tak.* O general McPhee não sentia compaixão por eles. A miséria em que viviam era culpa deles mesmos.

O general ouvira falar das histórias aterrorizantes sobre as câmaras de tortura de Chao-tak e sentira calafrios ao descobrir os castigos que ele aparentemente infligia aos potenciais rivais, inimigos ou delinquentes em dívida. Não ficara impressionado. Chefes do tráfico e líderes de gangues pensavam em si mesmos como guerreiros. *Patético! Se estivessem todos em uma zona de guerra, não durariam um dia.* A maioria deles era de brutamontes analfabetos que tinham chegado ao topo como lodo em um pote cheio de água. Entregar a preciosa estátua de Entemena a alguém tão medíocre causava uma pontada de dor no general, de certa forma. Mas negócios eram negócios. Dois milhões de dólares pagariam pela aposentadoria luxuosa que o general Alan McPhee merecia.

Um criado saiu de um beco e caminhou ao lado do general como um rato.

— McPhee?

O general assentiu.

— Por aqui.

O escritório de Chao-tak ficava numa sala com pouca mobília em um prédio simples. Não era exatamente um condomínio de baixa renda, mas, mesmo assim, estava em condições extremamente precárias, com ar-condicionado em péssimo estado, papel de parede descascado e carpetes que nunca haviam sido lavados. No México, os traficantes viviam como imperadores. Obviamente, Chao-tak tinha outra utilidade para o dinheiro.

— Está com a estátua?

O general McPhee colocou a mochila sobre a mesa com cuidado.

— Está com o dinheiro?

Outro criado entregou a ele uma pasta.

— Você se importa se eu contar?

Chao-tak não estava ouvindo. Como uma criança gananciosa na manhã de Natal, ele estava atacando a mochila do general, rasgando o plástico bolha que protegia a estátua de Entemena.

— Cuidado com isso! — O general não conseguiu se segurar. — Tem mais de 2 mil anos de história nessa mochila.

Aquele tailandês atarracado virou a estátua nas mãos, como um macaco examinando uma noz estragada. *Camponês ignorante.*

Subitamente, algo aconteceu. O rosto de Chao-tak ficou sombrio. Ele sacudiu a estátua com força, como um bebê com um chocalho, então começou a gritar algo em tailandês. Dois dos homens do traficante correram para a frente. Cada um deles examinou a base da estátua. Então os três olharam com raiva para o general McPhee.

— Você tenta me enganar! — disparou Chao-tak.

— Não seja ridículo.

— Ridículo? *Você* ridículo. Estátua de 2 mil anos, acha que sou burro? — Ao arrancar a estátua de Entemena das mãos dos capatazes, Chao-tak a atirou ao general, que a pegou bem a tempo.

— Pelo amor de Deus, o que está fazendo?

— Olhe embaixo. Olhe a base! — ordenou Chao-tak.

O rosto do general ficou lívido.

— Eles tinham número de série 2 mil anos atrás? Tinham código de barras?

— Eu... eu não entendo — gaguejou o general. — Isso é um erro. Alguém deve ter trocado as estátuas de alguma maneira. — Ele pensou no roubo no trem, mas isso não fazia sentido. *Não podia ser. Eu estava com a estátua no Kwai. Ela não tinha ficado dentro do quarto.*

— Olhe, vou consertar isso. Pode ficar com o seu dinheiro. — Ele fechou a mala e a empurrou de volta sobre a mesa. — Não sei como isso aconteceu, mas...

Quatro mãos agarraram os braços do general por trás. Antes que ele pudesse reagir, alguém acertou um pé de cabra nos joelhos dele. O homem gritou e desabou no chão.

— Você tenta me enganar.

O herói de guerra americano educado em Harvard fitou o traficante tailandês e analfabeto nos olhos e viu o próprio coração escuro e impiedoso encarando-o de volta.

Lágrimas se acumularam em seus olhos.

Ele sabia que não teria como escapar.

TIFFANY JOY ESTAVA esperando à mesa havia mais de quarenta minutos quando o champanhe e o bilhete chegaram.

Ela sorriu. *Finalmente.*

Tiffany esperou até que o garçom abrisse a garrafa, servisse uma taça e saísse para que ela pudesse desdobrar o bilhete. Quando leu, o sorriso nos lábios da secretária se dissipou.

O general está morto. Paguei sua conta. Saia de Bangcoc agora ou vão matar você também. Não faça as malas. Seu amigo. T.B.

T.B.

Thomas Bowers.

Tiffany se levantou e começou a correr.

Jeff Stevens estava no portão de embarque, prestes a tomar o voo 22 8419 da Qantas para Londres, com conexão em Dubai, quando um oficial de polícia tailandês o abordou.

— Algum problema?

O oficial não disse nada. Ao puxar a mala de mão de Jeff, ele a abriu e tirou de dentro uma embalagem em plástico bolha.

As palmas das mãos de Jeff começaram a suar.

— O que é isso?

— É uma estátua — respondeu o vigarista. — Um presente para um amigo.

— É mesmo? — O guarda fez um gesto, fazendo três outros guardas se aproximarem. Além das armas, cada um tinha um pastor-alemão preso a uma coleira de couro. Os cachorros ficaram ensandecidos quando se aproximaram de Jeff, latindo desesperadamente com os dentes à mostra.

— Passaporte! — disparou o primeiro policial.

Jeff o entregou. O que estava acontecendo?

— Conhece as leis antidrogas deste país, Sr. Bowers?

— É claro que sim — falou Jeff. Ele mal conseguia se ouvir por cima dos cães. Escutara histórias de viajantes inocentes nos quais pacotes de heroína foram plantados, é claro, mas ele tinha sido tão cuidadoso. Por motivos óbvios, sua mochila jamais ficou fora de vista, nem por um segundo. A não ser que alguém na segurança...

O policial rasgou o plástico bolha e ergueu a estátua de Entemena acima da cabeça.

— Talvez o presente para seu amigo esteja *dentro* dela, hein?

O coração de Jeff parou de bater. *Ele vai quebrá-la! Ele vai despedaçar 2 mil anos de história.*

— NÃO!

Sem pensar, ele disparou para a estátua. Instantaneamente três pistolas foram erguidas e apontadas para a cabeça dele. Jeff fechou os olhos e esperou pelo barulho de pedra se estilhaçando. Em vez disso, ouviu um homem gritando em agonia. Ao abrir os olhos, viu que um dos cães tinha pulado em cima do homem que estava de pé ao lado dele e enterrara os dentes na virilha do coitado. Uma confusão se seguiu, com muitos latidos e gritos e armas empunhadas. Por fim, uma bolsa de plástico contendo uma pequena quantidade de pó branco surgiu de algum lugar dentro da calça do homem.

O policial entregou a estátua para Jeff tranquilamente.

— Desculpe, senhor. Erro nosso. Espero que tenha gostado da estada na Tailândia.

VINTE MINUTOS DEPOIS, Jeff finalmente conseguiu respirar quando o Airbus A380 rugiu e estremeceu para o céu.

Ao baixar o braço, ele levou a mão até a mochila, aos seus pés, e tocou a estátua com carinho.

Essa foi por pouco. Por muito pouco.

Ele pensou em Francine, a francesa no E&O. Fora ela quem tentara roubar a estátua de Entemena enquanto Jeff e o general estavam no Kwai. Jeff reconheceu a mulher de um trabalho que tinha tentado fazer com Tracy anos antes, em Paris. Ele tinha certeza de que ela estava no trem com a mesma intenção. Ela passara a perna neles na

França — conseguiu um lindo quadro de natureza-morta holandês, como Jeff bem se lembrava. Mas não dessa vez. Enquanto o general ouvia as palavras da querida e doce Minami no bote dos japoneses, sua revolta com o que ela dissera o distraiu. Fora absurdamente fácil trocar a mochila do homem pela que Jeff levava consigo, contendo uma estátua falsa e sem valor, como as vendidas em lojas de suvenires em museus por toda a Europa.

Ele pensou em Tiffany Joy e se ela havia seguido o conselho dele. Jeff esperava que sim. Chao-tak não costumava deixar pontas soltas, e a Srta. Joy não merecia o mesmo destino que seu amante desalmado.

Jeff pensou no general Alan McPhee, em Aahil Hafeez, e no colecionador na Suíça que esperava ansiosamente a chegada do tesouro.

Ele pensou em Tracy, e em como nada era tão divertido sem ela.

Então Jeff caiu em um sono profundo e sem sonhos.

Capítulo 11

— Ai, meu Deus! É o Zayn Malik!

Os olhos de Nicholas estavam petrificados. Ele jamais tinha ido a Los Angeles, ou a qualquer outra cidade grande que não fosse Denver, e apenas para uma viagem de um dia. A mãe o havia levado para almoçar no Cecconi's, em Melrose, o paraíso para um admirador de celebridades.

— Quem é Zayn Malik? — perguntou Tracy.

— Zayn Malik? One Direction?

Tracy pareceu confusa. Nicholas lançou a ela um olhar que era metade pena e metade desprezo.

— Ah, deixa pra lá. Posso tomar outro sundae?

Era julho e fazia 32 graus do lado de fora. Enquanto os moradores de Los Angeles sabiamente iam para a praia, ou se trancavam dentro dos carros e escritórios com ar-condicionado, Tracy e Nicholas tinham passado a manhã passeando, correndo de uma atração turística para a outra. Nos anos anteriores, Tracy mandara o filho para um acampamento de verão no Colorado chamado

Beaver Creek. Nick passava as férias nadando e pescando, remando em caiaques e acampando, e sempre se divertia muito. Mas naquele ano Tracy decidiu que estava na hora de o menino ver um pouco mais do mundo.

Blake Carter foi contra a ideia.

— Não vejo o que Los Angeles tem a oferecer que Steamboat não tenha.

Tracy ergueu uma sobrancelha.

— Variedade?

— Está falando daquelas aberrações em Venice Beach?

— Por favor, Blake. Sei que você não gosta de cidade grande. Mas tem Hollywood e toda a magia do cinema. Há museus e parques temáticos. Vou levá-lo ao Universal Studios e talvez a um jogo dos Lakers. Ele fica fechado demais aqui.

— As crianças devem ser protegidas — resmungou Blake. — Talvez se ele já fosse adolescente. Mas é jovem demais, Tracy. Pode acreditar no que estou dizendo. Ele não vai gostar.

Nicholas amou.

Tudo a respeito de Los Angeles o animava, desde a comida e o calor infernal até as ruas cheias de Lamborghinis, Ferraris, Bugattis, Teslas e as aberrações de Venice Beach que Blake Carter tanto desprezava: mímicos com o corpo inteiro pintado de prata, encantadores de cobras, travestis em pernas de pau e videntes com os rostos cobertos de tatuagens exóticas.

— Este lugar é incrível! — dizia o menino a Tracy toda noite na suíte deles, no Hotel Bel-Air. — Podemos mudar pra cá, mãe? Por favor?

O sundae chegou, o segundo de Nicholas. Ele atacou a montanha de chantili e calda com o mesmo entusiasmo que mostrara ao anterior. Tracy estava bebericando o café, contente em apenas observar o menino, quando um grupo entrou e chamou sua atenção.

A primeira coisa que Tracy viu foi o colar. *Uma vez ladra de joias, sempre ladra de joias.* Embora, sinceramente, aquele fosse difícil de ignorar: uma fileira de rubis, todos do tamanho do punho de um bebê, pendurados ao redor do pescoço fino de uma mulher de meia-idade e pouco atraente. Era a joia mais deslumbrante e chamativa que Tracy já vira. E ela já tinha visto muitas.

A mulher estava com o marido, um homem baixinho, com feições de sapo e olhos esbugalhados que Tracy tinha certeza que reconhecia, mas não conseguia se lembrar de onde. Outra mulher, mais jovem, completava o grupo. Pelas costas, Tracy conseguia ver que a segunda mulher era alta, magra e elegante. Então ela se virou.

Tracy engasgou, gotas escaldantes de café quentes queimaram sua garganta e fizeram seus olhos se encherem d'água.

— Você está bem, mãe?

— Estou, querido. — Tracy secou os olhos com o guardanapo, usando-o, ao mesmo tempo, para esconder o rosto. — Termine a sobremesa.

Não podia ser.

Não podia ser.

Mas era.

Rebecca Mortimer! A estagiária do Museu Britânico. A garota que Tracy tinha surpreendido no quarto com

Jeff, tantos anos antes. A garota que, sozinha, destruíra seu casamento estava ali, não apenas em Los Angeles, mas naquele mesmo restaurante, sentada a menos de 3 metros dela!

É claro que a jovem estava diferente. Fazia quase uma década, afinal. Os longos cabelos ruivos estavam agora louros platinados e curtos, quase num corte masculino. Mas não havia nada remotamente masculino em seu corpo, principalmente quando estava embalado a vácuo em um vestido curto Hervé Léger, como naquele dia. Nem no modo afetado como ela jogava a cabeça quando ria das piadas do homem gordo.

Eu sei quem ele é, pensou Tracy. *É claro. Ele é Alan Brookstein, o diretor de cinema. O que significa que aqueles devem ser os famosos rubis iranianos.*

Ela não conseguia se lembrar da história inteira. Mas envolvia uma amante do antigo xá do Irã sendo torturada e estrangulada por causa do colar, ou algo igualmente terrível. A *Vanity Fair* tinha publicado uma matéria sobre ele, e ninguém saiu bem. Liz Taylor tentara, sem sucesso, comprar o colar antes de morrer, e depois a peça voltou para a obscuridade. Brookstein então a comprara para a esposa no ano anterior em um negócio secreto e possivelmente ilegal, por uma quantia não revelada. E lá estava ele, pendendo do pescoço da mulher em um almoço casual, como uma medalha de honra!

Tracy chamou o maître.

— Aquele é Alan Brookstein com a esposa, não é? — perguntou ela, discretamente.

— Sim, senhora. Almoçam aqui com frequência.

— Por acaso sabe quem é a jovem que está com eles? O maître não costumava parar para fofocar com clientes. Mas a bela Sra. Schmidt estava obviamente longe de ser um dos habituais turistas. Ela definitivamente irradiava elegância.

— Acredito que o nome dela seja Liza Cunningham. Já a vi aqui antes com Sheila... a Sra. Brookstein. É inglesa. Uma atriz.

É isso mesmo, pensou Tracy. *Uma atriz muito boa.*

Tracy observou o modo como "Liza" dividia sua atenção entre o diretor e a esposa, elogiando sabiamente os dois. Na antiga encarnação como "Rebecca", uma inocente estudante de arqueologia, interpretara o papel de mocinha ingênua e perfeitinha igualmente bem.

Foi quando a verdade atingiu Tracy, como um raio entre os olhos.

Ela não é uma atriz, ou estudante. É uma vigarista, como Jeff e eu!

Ela é uma de nós.

Estava tão óbvio agora que Tracy não podia imaginar por que não percebera aquilo antes. Em Londres. Quando aquilo poderia ter feito alguma diferença.

Ela é uma vigarista e está aqui para roubar aquele colar de rubi.

— Mãe? Você parece estranha. Tem certeza de que está bem?

— Sim, querido. — Tracy quase se esquecera de que Nicholas estava ali. As bochechas dela estavam coradas, os olhos brilhavam e o coração tinha começado a acelerar, pulsando em um ritmo familiar, há muito esquecido.

Vou entrar no jogo dela.

E desta vez vou vencer.

Quando Tracy pagou a conta, a decisão já estava tomada.

Tracy roubaria os rubis de Sheila Brookstein.

FOI DIFÍCIL DIZER quem aproveitou mais a semana seguinte — Tracy ou Nicholas. Enquanto brincava de ser mãe e levava o filho para todos os pontos turísticos de Los Angeles, Tracy se preparou para o trabalho. Roubar o colar de rubis mais famoso do mundo da esposa de um poderoso diretor de Hollywood não era exatamente "voltar aos poucos à ativa". Longos dias passeando pela cidade com o filho eram seguidos de igualmente longas noites pesquisando todas as informações disponíveis sobre Alan e Sheila Brookstein e os lendários rubis iranianos.

Em dois dias, Tracy tinha um plano.

Era difícil, audacioso e altamente arriscado. Pior, ela só teria dez dias para colocá-lo em prática.

TRACY E NICHOLAS estavam no letreiro de Hollywood. O telefone dela tocou.

— Alô?

— Então é você mesma! — O homem do outro lado da linha deu uma risada rouca. — Minha nossa. Achei que estivesse morta!

— Obrigada, Billy. Bom saber. — Tracy sorriu. — Ainda está no negócio de joias?

— Os padres ainda estão transando com menininhos? O que você tem para mim, querida?

— Nada ainda. Pode me encontrar no Bel-Air mais tarde?

Tracy odiava montanhas-russas. De alguma forma, Nicholas tinha convencido a mãe a ir na Apocalypse Ride, no Six Flags Magic Mountain. Tinham acabado de apertar os cintos e Tracy estava concentrada em manter o almoço no estômago quando recebeu um e-mail pelo iPhone.

É quem eu penso que é?

Tracy respondeu:

De jeito nenhum.

Uma pena. A pessoa em quem eu estava pensando tinha seios incríveis. Imagino se ainda tem.

Preciso de um contato de uma agência em seguros de Beverly Hills. Conhece alguma?

Talvez. Tem uma foto recente de seus seios para me mandar?

Tracy deu uma gargalhada.

— Está vendo? — Nicholas sorriu por cima do ombro enquanto os dois foram lançados para a frente. — Eu *disse*. A Apocalypse é divertida.

Alan e Sheila Brookstein moravam em uma casa muito grande e feia, atrás de portões muito grandes e feios, ao norte da Sunset Boulevard, em Beverly Hills. A mansão de estilo Tudor era cercada por flores cafonas em uma variedade de cores destoantes, e na entrada da garagem havia centenas de gnomos de cerâmica horrorosos.

— Gostou dos gnomos, hein? Minha esposa coleciona. Manda trazer do mundo inteiro. Japão, França, Rússia, até do Iraque. Você nunca iria pensar que os iraquianos gostam de estátuas de jardim, não é? Mas vou dizer, Srta. Lane...

— Por favor, me chame de Theresa.

— Theresa. — Alan Brookstein deu um largo sorriso. — O mundo no qual vivemos é engraçado.

A jovem e bela agente de seguros sorriu e assentiu em concordância. Alan Brookstein raramente participava de reuniões como aquela. "Seguro de imóveis" normalmente era tarefa para a assistente pessoal dele, Helen. Mas por acaso Alan esbarrara com a deslumbrante Srta. Theresa no dia anterior, na primeira vez que ela apareceu. Ao perceber aquela silhueta esguia, aquele rosto lindo e inteligente, a cascata de cabelos cor de avelã, e aqueles olhos verdes, exóticos e ágeis, a agenda de Alan Brookstein se abriu mais rápido que as pernas de uma Kardashian no quarto de hotel de um jogador da NBA.

— Sua esposa tem um gosto excelente. Aquele colar é a joia mais deslumbrante que eu já vi.

— Ah, bem, aquilo foi obra do *meu* gosto — vangloriou-se Alan Brookstein. — Fui eu quem escolhi para ela. Quer ver o cofre?

Tracy deu um sorriso amável.

— É para isso que estou aqui.

Nicholas estava em um acampamento de surfe naquele dia, em Malibu. Tracy só iria buscá-lo em algumas horas, mas ainda estava ansiosa para acabar com aquilo e sair dali o mais rápido possível. Tinha pesadelo. Sonhava que um verdadeiro agente de seguros representante da Christie's ligasse ou que fizesse uma visita sem avisar e estragasse o disfarce dela de modo espetacular. Isso não vai acontecer, disse Tracy a si mesma, com determinação. Mas as glândulas suprarrenais dela não pareciam prestar atenção. O risco era muito alto.

— Por aqui, Theresa. Cuidado onde pisa.

Alan Brookstein a guiou por uma série de corredores espantosos, todos entulhados com um carpete bege espesso, como cobertura de marzipã. Pinturas impressionistas melodramáticas em tons de rosa, azul e verde pendiam das paredes cobertas com papel de parede apinhado de flores que teria feito Liberace estremecer. Duas empregadas uniformizadas colaram o corpo contra a parede quando o diretor passou. Tracy percebeu medo no olhar delas. Evidentemente, os boatos que ouvira sobre as provocações e o desprezo dos Brooksteins para com os empregados eram verdadeiros.

O cofre — ou melhor, os cofres — ficava na suíte principal, atrás de um biombo, no closet de Sheila.

— Você tem três?

— Quatro. — O peito de Alan Brookstein se estufou com orgulho, fazendo-o parecer ainda mais com um sapo. — Esses três são todos falsos. Coloco algumas peças menos valiosas em cada um, só o bastante para fazer um ladrão achar que tirou a sorte grande. O terceiro tem uma réplica perfeita da joia iraniana. Rubis verdadeiros, produzidos artificialmente. Não dá para perceber a diferença a olho nu. Quer ver?

Depois de destrancar o cofre, Alan pegou o colar que Tracy vira no Cecconi's. As pedras eram pesadas e brilhavam como brasas de carvão entre os dedos.

— Este é falso?

— Este é falso.

— Impressionante.

— Obrigado, Theresa. — Os olhos de Alan Brookstein pareciam ter desenvolvido uma atração magnética pelos seios de Tracy.

— Sua esposa usa este na rua?

— Às vezes. — Brookstein colocou o colar de volta no cofre. — Ela usa os dois. O falso e o verdadeiro. Se vamos a um evento grandioso, como o baile de gala do LACMA, no sábado à noite, ela usa o verdadeiro. Serei homenageado com um prêmio pelo conjunto da minha obra — acrescentou o diretor, incapaz de resistir.

— Parabéns! Sua esposa deve estar muito feliz por você.

Alan Brookstein franziu a testa.

— Não sei. Ela fica muito feliz com a chance de exibir aqueles rubis, de fazer com que todas as amigas se sintam uma porcaria, entende o que quero dizer, não é? — Ele sorriu sem alegria. — A verdade é que Sheila não vê a diferença, assim como elas também não. Se é grande, vermelho e brilha, ela gosta. É como os gnomos.

Tracy seguiu o diretor até o closet. Um biombo falso nos fundos de um armário correu, revelando o quarto cofre.

— O código é trocado todo dia.

— Para todos os cofres, ou somente para este?

— Para todos.

— Quem troca os códigos?

— Eu. Apenas eu. Ninguém sabe qual é o código do dia, nem a Sheila. Agradeço a preocupação da sua empresa, Theresa, mas com isso, nossos seguranças e o sistema de alarme, realmente acho que não poderíamos estar mais protegidos.

Tracy assentiu.

— Você se importa se eu der uma olhada?

— Fique à vontade.

Ao tirar os sapatos, Tracy caminhou de um quarto até o outro. Ela entrou nos closets e começou a escalar prateleiras, percorrendo os ternos, as camisas, os vestidos e os sapatos dos Brooksteins. Da grande bolsa Prada, Tracy tirou uma variedade de equipamentos, muitos dos quais pareciam monitores eletrônicos de algum tipo, que faziam um estalo ameaçador quando passavam pelas bordas dos espelhos.

— Tudo bem. — Do alto de uma escada de madeira, de onde estaria examinando o cofre em busca de um painel no teto, Tracy subitamente se virou.

De pé à base da escada, Alan Brookstein, que estava perto de conseguir ver a calcinha dela, se sobressaltou.

— O quê? Algum problema?

— Felizmente não. — Tracy sorriu. — Nenhuma câmera ou qualquer tipo de dispositivo. Concordo que está protegido. Mas eu *teria* cuidado com os empregados que têm acesso a este quarto. Tivemos casos de empregadas que instalaram câmeras perto de cofres para registrar os códigos de segurança e entregá-los aos namorados, que então roubavam a casa em questão.

— Não as nossas empregadas — disse Alan Brookstein.
— Confie em mim, aquelas mexicanas não têm um neurônio inteiro no cérebro. Um macaco seria mais inteligente. *Mesmo assim*, pensou o diretor, *era uma boa observação. O último babaca da agência de seguros jamais me deu um conselho útil como esse.*

— Você é uma mulher inteligente, Theresa. Minuciosa também. Gosto disso. Tem alguma outra dica para mim?

Tracy parou um segundo, então, devagar, abriu um sorriso.

— Na verdade, Alan, tenho.

ELIZABETH KENNEDY NÃO tinha tempo para mulheres ricas e estúpidas. Infelizmente, em sua área de trabalho, ela lidava com uma boa quantidade delas. Embora bem poucas fossem tão estúpidas quanto Sheila Brookstein.

— Sinceramente não acho que aguento mais — disse Elizabeth ao parceiro. — A mulher é uma idiota de carteirinha.

— Concentre-se no dinheiro — lembrou o parceiro de Elizabeth, bruscamente.

— Estou tentando.

Elizabeth Kennedy não costumava ter problemas em manter a atenção voltada para as vantagens — nesse caso, os rubis —, de ser obrigada a passar tanto tempo com mulheres ricas e estúpidas como Sheila Brookstein. Ela teve uma infância pobre e não tinha nenhuma intenção de um dia voltar àquela miséria. Mas bancar a atriz britânica Liza Cunningham, a nova melhor amiga de Sheila, estava realmente começando a irritá-la. Era como jogar conversa fora com um repolho.

— QUAL DELES, Liza? O Alaïa ou o Balenciaga?

"Liza" estava no closet de Sheila Brookstein, ajudando a amiga a se vestir para a cerimônia daquela noite no LACMA. Alan Brookstein, o gordo e prepotente marido de Sheila, receberia algum prêmio.

— Tente o Balenciaga primeiro — gritou Liza.

Enquanto Sheila cobria o corpo ossudo com camadas complexas de seda preta, Elizabeth tirou o colar falso que o parceiro havia mandado fazer de dentro da bolsa. Levou praticamente um segundo trocá-lo pelo verdadeiro, o qual Alan retirara do cofre do closet dele mais cedo e colocara, prestativamente, na penteadeira da esposa.

— Levo o colar para você?

— Faria isso? Você é um anjo, Liza — disse Sheila, de forma melosa.

Elizabeth prendeu os rubis falsos ao redor do pescoço esquelético de Sheila Brookstein. Ela sentiu um segundo de ansiedade quando a mulher mais velha franziu a testa diante do espelho. *Ela não pode ter percebido a diferença, pode?* Mas a expressão confusa foi logo substituída pelo habitual sorriso vazio, presunçoso e vaidoso de Sheila.

— Como estou?

Como um peru velho e enrugado com uma fileira de pedras vermelhas sem valor ao redor do pescoço.

— Deslumbrante. Alan vai morrer de orgulho.

— E as esposas de todos os outros diretores vão se matar de inveja. Vadias. — Sheila deu uma gargalhada ridícula.

Levou quase mais uma hora até que Sheila finalmente entrasse no Bentley Continental dirigido pelo chofer. Durante esse tempo, "Liza" penteou os ralos cabelos da socialite e colocou laquê neles arrumando-os de três maneiras diferentes. Depois ajudou a maquiadora a aplicar as espessas camadas de base que Sheila achava que a deixavam mais jovem, mas que, na verdade, faziam com que a pele dela parecesse argila endurecida. E durante esse tempo todo, Sheila só falou.

— Como eu sobrevivia antes de conhecer você, Liza?

— Você é como uma irmã para mim.

— Não é incrível como temos tanto em comum? Tipo, nós duas somos ótimas *ouvintes*. Alan nunca me escuta. Ele acha que sou burra. Juro por Deus, aquele desgraçado...

Nunca mais, pensou Elizabeth, disparando em direção ao condomínio Century City para se encontrar com o parceiro, o colar de rubis inestimável guardado em segurança na bolsa. *A esta hora amanhã estarei em um iate no Caribe.*

Adeus, Sheila! Adeus, Liza Cunningham!

E já vai tarde.

— Você é uma idiota. Foi enganada.

Elizabeth Kennedy sentiu as bochechas ficarem coradas. Não por vergonha. Por ódio. Como o parceiro ousava tratá-la daquela forma? Depois dos meses que passou fingindo ser amiga dos Brooksteins! As horas entediantes e intermináveis na companhia de Sheila. Flertando com o repulsivo Alan.

— Meu trabalho era trocar o colar. Foi o que eu fiz. E qual foi a *sua* contribuição?

— Seu trabalho era conseguir os rubis iranianos. Esses não são os rubis iranianos. — O parceiro de Elizabeth ergueu o rosto da lupa. — Você trocou um falso por outro falso.

A mente de Elizabeth começou a acelerar. Era impossível que Sheila a tivesse enganado de propósito. Primeiro, ela não tinha motivo para isso. Segundo, a socialite não era inteligente o bastante para perceber qualquer coisa. Alan Brookstein devia ter trocado os colares e colocado o falso sem contar à esposa. Mas por que ele...?

Subitamente, uma ideia desagradável lhe ocorreu.

— E se ele jamais comprou os rubis verdadeiros? E se *ele* foi enganado?

— Não seja idiota — falou o parceiro dela, de forma grosseira.

— É possível.

— Não, não é. Você não acha que verifiquei isso há meses? Ao contrário de você, quando faço um trabalho, faço direito. E com precisão. Brookstein tem o colar. Ainda deve estar no cofre. Você precisa voltar lá e pegá-lo.

Elizabeth hesitou. Ela queria dizer ao parceiro que fosse tomar naquele lugar. Que não estava ali para receber ordens. Mas então pensou em todo o trabalho e o esforço que dedicara àquele golpe. E na casa vazia dos Brooksteins...

— Me dá a porcaria do código.

ELIZABETH PENSOU RÁPIDO, a mente ágil avaliando todos os possíveis riscos e as estratégias. O baile de gala duraria pelo menos algumas horas, provavelmente mais, então havia poucas chances de um dos Brooksteins voltar para casa cedo. Conchita, a empregada deles, também teria ido embora àquela altura, então a casa estaria vazia, mas com o alarme ativado. Isso não era problema. Elizabeth tinha uma chave e memorizara o código.

O maior problema eram os dois seguranças, Eduardo e Nico, que patrulhavam a propriedade à noite. Os dois conheciam "Liza" de vista, o que dava a ela a opção de chegar na cara de pau, entrar pela porta da frente e explicar que tinha esquecido alguma coisa lá. Mas isso definitivamente deixaria Liza Cunningham encrencada quando o roubo fosse descoberto, o que poderia acontecer tão rapidamente quanto o fim daquela noite. Isso significava que os policiais e o FBI procurariam por ela, usando fotos para reconhecimento facial eletrônico e todo tipo de transtorno e complicação que Elizabeth preferia evitar.

Ao pesar as opções, decidiu que seria mais fácil simplesmente invadir a casa — cobrir o rosto e entrar por uma janela. Ela teria quarenta segundos para desativar o alarme, tempo mais que suficiente. E Eduardo e Nico dificilmente se comparavam à CIA. Elizabeth apenas esperaria até que os dois estivessem distraídos, conversando em um dos cantos da propriedade, e silenciosamente entraria por outro lugar.

Quando Elizabeth encostou o carro no beco atrás da mansão e desligou o motor e os faróis, as batidas do coração dela mal estavam aceleradas. Pegar o colar errado tinha causado um transtorno. Mas era fácil de consertar, e valeria muito o esforço.

Depois de cobrir o rosto com um gorro de seda preta (era extremamente importante trabalhar com conforto; a confiável máscara de Elizabeth era como uma segunda pele), ela estava prestes a abrir a porta quando subitamente congelou.

A janela da suíte principal se abriu. Elizabeth ouviu o familiar e baixo farfalhar de uma corda sendo jogada pela janela. Segundos depois, uma pequena figura vestida de preto surgiu, descendo pela parede traseira da propriedade com a graça silenciosa de uma aranha escorregando pela linha da própria teia. Era bonito de se ver, como um balé. A figura aterrissou em um pequeno telhado plano, a uns 4 metros do chão. Dali ela parou, pareceu avaliar a distância, então deu um salto felino para o muro do limite da propriedade, a cerca de 9 metros de onde Elizabeth tinha estacionado.

Quando se deu conta, Elizabeth começou a ficar com raiva. A saída do ladrão tinha sido tão perfeita que ela fora momentaneamente cegada pela admiração. Mas agora sentia uma emoção diferente, mais forte.

Não acredito. Depois de todo o esforço, alguém chegou primeiro. Aquele desgraçado pegou o meu colar!

Naquele exato momento, a figura no alto do muro se virou e olhou diretamente para o carro de Elizabeth. Depois de tirar algo da mochila, ele levantou a joia com os rubis e a mostrou para Elizabeth, agitando o colar de forma escarnecedora.

Mas o que...

Elizabeth se virou e acendeu as lanternas. Mesmo daquela distância, podia ver o brilho vermelho das pedras provocando-a. Então a figura vestida de preto removeu a balaclava. Uma cascata de cabelos avelã se desenrolou. *Uma mulher!* Um rosto que Elizabeth Kennedy achou que jamais veria de novo sorriu para ela, com um olhar de puro triunfo nos olhos verdes.

Depois de entrar em seu carro, Tracy Whitney mandou um beijo para a rival antes de disparar noite afora.

ELIZABETH KENNEDY FICOU sentada no carro durante cinco minutos inteiros antes de fazer a ligação.

— Conseguiu?

A voz de seu parceiro era fria, breve, exigente. Elizabeth tinha passado a odiá-la ao longo dos anos.

— Não — respondeu ela, sem pedir desculpas. — Tarde demais.

— Como assim "tarde demais"? O baile de gala está apenas na metade.

— Quando cheguei aqui, outra pessoa tinha roubado o colar. Eu a vi saindo agora mesmo.

Um longo silêncio do outro lado da linha.

Elizabeth falou:

— Nunca vai adivinhar quem foi.

Mais silêncio. O parceiro de Elizabeth não gostava de brincar de adivinhações. Ou de brincar de qualquer coisa, na verdade.

— Tracy Whitney.

Quando ele falou de novo, Elizabeth podia jurar que detectou um traço de emoção.

— Isso é impossível. Tracy Whitney não está mais na ativa. Provavelmente está morta. Ninguém a vê há...

— ... quase dez anos. Eu sei. Eu estava lá, lembra? Mas estou dizendo, foi Tracy Whitney. Eu a reconheci imediatamente. E tenho quase certeza de que ela também me reconheceu.

TRACY PAGOU A babá do hotel e deu a ela uma gorjeta generosa.

— Uau, isso é tão legal de sua parte. Obrigada. Como foi o filme?

— Emocionante. Amei cada minuto.

A babá saiu. Tracy entrou no quarto de Nicholas e ficou olhando para o filho adormecido. Ela havia se arriscado demais naquela noite, deixando aquela garota — Rebecca, como Tracy sempre pensaria nela — ver seu rosto. Mas tinha valido a pena. *Eu queria que ela soubesse que fui eu quem passei a perna nela.*

No dia seguinte, Tracy levaria o colar de rubis para o contato de venda e deixaria Los Angeles sete dígitos mais rica do que quando chegara. Mas não era o dinheiro que fazia a adrenalina percorrer seu corpo, ou as agradáveis substâncias químicas tomarem seu cérebro. Não era sequer ter levado a melhor sobre sua rival — ou não só isso. Era a alegria de um pianista virtuoso ao reencontrar seu instrumento musical depois de anos no exílio. Era o prazer de um cirurgião experiente ao recuperar o uso das mãos depois de um acidente. Era como voltar à vida, quando não se tinha percebido que estava morto.

Tracy Schmidt é quem eu sou agora, disse Tracy a si mesma, determinada. *Esta noite foi um trabalho único.*

DE VOLTA AO condomínio Century City, o parceiro de Elizabeth Kennedy desligou o telefone e se sentou na cama, trêmulo.

Tracy Whitney está viva?

Será mesmo possível, depois de tantos anos?

Elizabeth parecia convencida. Apesar de toda a distração, dificilmente cometeria um erro com relação a algo tão importante quanto aquilo. Além disso, a lógica dizia que as conclusões de Elizabeth estavam certas. Ao contrário de emoções humanas inconstantes, a lógica era confiável. Jamais estava errada. Fora Tracy quem roubara o colar. Fora Tracy quem enganara os dois, de alguma forma, e não os Brooksteins idiotas. Tracy Whitney era genial, uma virtuosa na própria arte. No quesito golpe perfeito, ela ensinara ao parceiro de Elizabeth Kennedy tudo o que ele sabia. Ele jamais estaria naquele ramo se não fosse por Tracy. Como a vida podia ser irônica às vezes!

O parceiro de Elizabeth não pensava mais no colar. Aquilo já não importava. Nada mais importava, exceto aquele único, simples, incrível e inebriante fato:

Tracy Whitney estava de volta.

Capítulo 12

SANDRA WHITMORE ESPERAVA na esquina da Western com a Florence, em Hollywood, subindo a saia e olhando esperançosa para o trânsito.

As coisas estavam tranquilas naquela noite, o que era bom e ruim. Na maior parte ruim. Pelo menos não estava desesperada por uma dose. Não como Monique.

Sandra se sentia mal por Monique. Foi o crack que levou as duas para as ruas. Elas e todas as outras meninas que circulavam por aqueles quarteirões. Mas enquanto Sandra tinha largado o vício, estava sóbria havia 16 semanas, Monique ainda dependia da droga. Sandra olhou para os olhos fundos da amiga e para os ossos protuberantes dela com um misto de pena e vergonha. A vergonha era pelo próprio passado, pelo que tinha feito o filho, Tyler, passar.

Mas isso não duraria muito tempo.

Sandra estava trabalhando naquela noite para pagar a última dívida de drogas. Logo, estaria livre das ruas de vez. Ela se sentia mal por Monique e pelas outras, mas sabia que jamais poderia olhar para trás.

Um Mitsubishi Shogun velho diminuiu a velocidade quando se aproximou delas.

— Posso pegar esse? — Monique saltitou de um pé para outro como uma criança que precisa fazer xixi e passou a língua sobre a gengiva de um lado para o outro quando falou. O maxilar dela ficava permanentemente projetado para a frente, de modo que seus dentes pareciam expostos, como os de um cão. Seu corpo inteiro vibrava em desespero. — Sei que é sua vez...

— Claro. Sem problemas.

Sandra observou a amiga entrar no carro. O homem do lado de dentro era grande e truculento. Parecia ser mau. Sandra reparou que ele não ajudou Monique quando ela teve dificuldades para fechar a porta do carona. Os braços dela eram tão frágeis que ela precisava dos dois apenas para mover a porta. Teria sido a coisa mais fácil do mundo o cara estender o braço e fechar para ela. Mas ele simplesmente ficou sentado ali, como se Monique fosse invisível. Como se ela não fosse nada.

Um calafrio percorreu o corpo de Sandra quando ela observou o carro partir.

Espero que ela fique bem.

Alguns minutos depois, um Lincoln sedã prateado encostou.

— Quer uma carona?

Ele parecia ser asseado, era atraente, usava um terno e estampava um sorriso. Quando Sandra assentiu, o homem inclinou o corpo e abriu a porta para ela. O carro recendia a couro e a purificador de ar. Isso era melhor.

Sandra tirou um livro do banco para poder se sentar. Ela leu a lombada. *Novas interpretações do Evangelho.*

— É cristão?

— Às vezes. — Ele colocou a mão manicurada sobre a perna dela. — Estou trabalhando nisso.

Se todos clientes fossem assim, talvez eu nem me aposentasse, pensou Sandra

Ela imaginou a pobre Monique, com o gordo babaca, e sentiu uma nova pontada de culpa. Mas então tentou não pensar mais nisso.

Talvez houvesse um motivo para que garotas como Monique sempre levassem a pior.

Coisas boas acontecem quando se começa a fazer o bem, Sandra. Começa aqui, neste carro chique. Mas acaba em um lugar muito, muito melhor.

Sandra Whitmore e o filho estavam prestes a ter uma vida melhor.

Capítulo 13

UMA CONFERÊNCIA ESTAVA sendo realizada no número 11000 da Wilshire Boulevard, sala 1700, o quartel--general do FBI em Los Angeles. Acontecia no escritório do diretor-assistente John Marsden, mas o homem no comando era o agente Milton Buck. Ele estava no início dos 30 anos e era bonito de um jeito jovial. Poderia ser considerado atraente, não fosse por duas deficiências: a personalidade insistente e arrogante e sua altura. Com 1,60 metro, Milton Buck era certamente o homem de estatura mais baixa da sala.

Os outros presentes eram o diretor-assistente Marsden, os agentes do FBI Susan Greene e Thomas Barton e o inspetor Jean Rizzo, da Interpol.

O agente Buck falou:

— Não há ligação. Sinto muito, mas não há.

Jean Rizzo conteve sua irritação. Conhecera centenas de Milton Bucks na Interpol, pequenos megalomaníacos ambiciosos e arrogantes com nada na cabeça além da intenção de favorecer a própria carreira. Infelizmente, eles sempre pareciam chegar ao topo. Como merda boiando na água.

— Você nem leu o arquivo.

— Não preciso. Com todo o respeito, Sr. Rizzo...

— Inspetor Rizzo — falou Jean. *Por que as pessoas sempre começavam as frases mais insultantes dizendo "com todo o respeito"?*

— Minha equipe e eu estamos investigando uma série de roubos complexos e habilidosos envolvendo joias e obras de arte que valem muitos milhões de dólares. O que você tem são algumas prostitutas viciadas mortas.

— Doze. Doze vítimas. Se tivesse lido os arquivos teria...

— Não preciso ler os arquivos para entender que *não há ligação possível* entre nossos respectivos casos.

— Está errado. — Jean pegou uma pilha de fotografias da pasta e a distribuiu aos presentes.

— *Há* uma ligação. Está olhando para ela. O nome dela é Tracy Whitney.

— Tracy Whitney? — Pela primeira vez os ouvidos do diretor-assistente John Marsden ficaram atentos. Vinte anos mais velho que Milton Buck, Marsden era uma figura muito mais impressionante para Jean Rizzo. Comedido e pensativo, não era um completo idiota. — Por que esse nome não me é estranho?

Jean Rizzo abriu a boca para falar, mas o agente Buck o interrompeu.

— Caso morto, não resolvido, senhor. Praticamente enterrado a sete palmos. É quase certo que Tracy

Whitney esteja morta. Ela foi presa em Louisiana por assalto à mão armada.

— Não foi ela que cometeu aquele crime — interrompeu Jean. — Evidências posteriores mostraram...

— Ela conseguiu uma libertação antecipada — falou Milton Buck por cima da voz do inspetor. — Depois disso, o nome dela foi ligado a diversos golpes e roubos internacionais. A Interpol fez um estardalhaço durante um tempo, mas nada jamais foi comprovado. Oito ou nove anos atrás ela saiu totalmente do radar.

— E como você sabe disso? — perguntou o assistente-diretor Marsden.

— Nós a investigamos depois do roubo do McMenemy Pissarro em Nova York, e de novo depois do golpe do diamante Neil Lane em Chicago. Nenhuma ligação. — Buck olhou com determinação para Jean Rizzo. — Tracy Whitney é notícia velha.

Susan Greene, uma jovem humilde que fazia parte da equipe de Buck, se virou para Jean Rizzo.

— Você obviamente acredita que há uma ligação entre a Sra. Whitney e a morte dessa jovem. Qual era mesmo o nome dela?

A agente Greene pegou a foto do cadáver grotescamente mutilado que Rizzo mostrara mais cedo.

— O nome dela é Sandra Whitmore.

— A prostituta viciada em crack.

Jean lançou um olhar para ele que poderia ter derretido pedra.

— Sandra estava limpa havia quase quatro meses. Era mãe solteira e tinha um emprego diurno na Costco.

— E todos nós sabemos qual era o trabalho noturno dela — falou Buck com escárnio.

— Ela foi assassinada nas 48 horas seguintes ao roubo do colar de rubis iranianos de Sheila Brookstein. Pelo mesmo indivíduo que matou todas as outras garotas. Em cada um desses casos, o homicídio acontece imediatamente após um "roubo complexo e habilidoso" na mesma cidade. — Rizzo enfatizou cada palavra, usando a frase do próprio agente Buck contra ele. — Em muitos desses roubos, a polícia local tem motivos para crer que o suspeito principal seja do sexo feminino. Como tenho certeza de que todos vocês sabem, não há muitos possíveis suspeitos do sexo feminino com um histórico para esse tipo de crime chamativo e audacioso.

O diretor-assistente Marsden perguntou:

— Foi Tracy Whitney quem aplicou o golpe no Prado, não foi? Ela não roubou um Goya?

Jean Rizzo sorriu.

— *O Puerto*. Isso mesmo. Você tem uma memória excelente.

— Tracy tinha um parceiro. Um homem.

— Jeff Stevens — assentiu Rizzo.

Milton Buck ficou irritado.

— Olhem. Nada jamais ficou provado contra Tracy Whitney. Ou Stevens, na verdade. E *O Puerto* não foi roubado. O museu o vendeu em um negócio particular.

— Depois que Whitney os convenceu de que era falso. Ela ganhou uma fortuna com aquele golpe.

— A questão é que seja lá o que tenha acontecido naquela época, é história antiga. Tracy Whitney não é uma suspeita no caso Brookstein.

— Vocês *têm* um suspeito? — perguntou Jean Rizzo, diretamente.

— Na verdade, temos sim.

— É uma mulher?

Milton Buck hesitou. Ele queria muito que aquele canadense irritante da Interpol enfiasse suas teorias loucas de perseguição em um lugar muito inapropriado, mas por algum motivo o DA parecia gostar do cara. Relutante, Buck mandou que um dos agentes mais jovem buscasse o arquivo Brookstein.

Alguns minutos depois, ele entregou uma fotografia a Jean.

— O nome dela é Elizabeth Kennedy. É um dos nomes dela, na verdade. Ela também atende por Liza Cunningham, Rebecca Mortimer e uma infinidade de outros nomes falsos. É uma golpista muito boa. Temos motivos para crer que ela conhecia Sheila Brookstein. É suspeita no caso de Chicago também.

Jean olhou com atenção para a linda jovem com os cabelos louro-claros, a boca grande e sensual e as maçãs do rosto altas, como as de uma boneca. Era difícil imaginar que ligação ela poderia ter com Sandra Whitmore, ou com qualquer uma das outras garotas assassinadas e mutiladas. Por outro lado, o mesmo era verdade para Tracy Whitney.

A vantagem que a Srta. Kennedy tinha sobre a Srta. Whitney era que estava definitivamente viva. Como regra, Jean preferia suspeitos vivos a mortos. Mesmo assim, ele não estava pronto para desistir da ligação com Whitney ainda.

— Sabe onde ela está? Essa Elizabeth.

Pela primeira vez, Buck pareceu desconfortável.

— No momento, não. Estamos trabalhando nisso.

Como falei, ela usa diversos nomes falsos.

— Posso ficar com essa foto?

Milton Buck suspirou intensamente.

— Se quiser. Mas não vai ajudar. Olhe, Rizzo, você sabe tanto quanto eu que prostitutas são assassinadas em cidades grandes pelo mundo inteiro, todo dia. Não há ligação entre a sua garota morta e os rubis da Sra. Brookstein. Está procurando uma agulha em um palheiro, cara. Agora, se me der licença, tenho trabalho a fazer.

DE VOLTA AO quarto de hotel no Standard, em Hollywood, Jean tentou se desligar. Ainda era hora do almoço, mas aquela reunião inútil com o FBI o havia exaurido, física e emocionalmente. Rizzo odiava Los Angeles. Mais que qualquer outra cidade no mundo. Aquele lugar deixava-o com saudades de casa. Havia algo de solitário e desolador sob o brilho e o glamour. Todos forçavam muito a barra para serem notados. O cheiro de esperanças queimadas pairando no ar dificultava a respiração.

Jean ligou para os filhos na França, desesperado para ouvir suas vozes. Clémence tinha ido dormir na casa de uma amiga. Luc estava assistindo ao desenho do Ursinho Pooh e se recusou a sair da frente da TV.

— Não fique triste — falou Sylvie, com gentileza. — Ele está cansado, só isso.

— Eu sei. Sinto falta dele. Sinto falta de todos vocês.

Houve um momento de silêncio.

— Não comece com isso, Jean. Também estou cansada.

O divórcio era uma droga.

Depois de desligar, Jean pegou as fotos do corpo mutilado de Sandra Whitmore e as espalhou sobre a cama. O trabalho era a única coisa que poderia consolar seu coração partido, e ele se voltou para isso, assim como fizera tantas vezes antes.

O quarto em que Sandra fora assassinada estava primorosamente limpo, exatamente como os demais. A Bíblia estava lá, com o texto destacado. As unhas da vítima tinham sido cortadas e seus cabelos, escovados. Sandra tinha sido posicionada com as pernas bem abertas. Jean fechou os olhos e imaginou o assassino montando a cena, "arrumando" o corpo da vítima como se ela fosse um manequim de loja. Ele sentiu uma onda de ódio tão grande que quase o fez vomitar.

Por que o FBI não o apoiava?

Por que Milton Buck nem sequer considerava a possibilidade de que Tracy Whitney ou essa menina, Elizabeth Kennedy, pudessem estar envolvidas nos assassinatos? Que pudesse haver uma ligação entre as golpistas e as prostitutas? O diretor-assistente Marsden mencionara o nome de Jeff Stevens. Jean não sabia muita coisa sobre Stevens, além do nome. Talvez fosse hora de investigar.

Um passo de cada vez. Vamos procurar Tracy Whitney primeiro.

Jean ficaria três dias em Los Angeles e depois voltaria para casa, em Lyon. A polícia de Los Angeles contava com um efetivo pequeno e o FBI obviamente não tinha intenção de ajudá-lo. Teria de trabalhar sozinho.

Jean pegou o telefone.

AFASTADO DA PACIFIC Coast Highway, com vista espetacular para o mar, o Nobu Malibu era um dos lugares favoritos para o jantar da sexta à noite da elite de Hollywood. Mesmo uma celebridade como Alan Brookstein precisara pedir que lhe retribuíssem um favor para conseguir a cobiçada mesa 19 na varanda. Colocado entre Will e Jada Smith de um lado e um empresário bilionário da internet do outro, Alan Brookstein esperava que o jantar daquela noite ajudasse a animar Sheila. Até então não estava funcionando. Desde o roubo do colar de rubis, ela estava tão divertida quanto um tratamento de canal sem anestesia.

Ao olhar para ela agora, fazendo cara feia para o sushi, a boca pequena e maldosa contraída, Alan Brookstein pensou: *Não amo você. Nem mesmo gosto de você. Queria nunca ter comprado aquela porcaria de colar.*

— Com licença, Sr. e Sra. Brookstein? Importam-se se eu me sentar?

Depois da pergunta aparentemente retórica, o homenzinho atarracado com sotaque canadense já havia puxado uma cadeira e se colocado entre o diretor e sua esposa.

— Não vai levar muito tempo. Estou investigando um homicídio aqui em Los Angeles. Uma jovem foi assassinada em Hollywood no último domingo à noite, logo depois do roubo em sua propriedade. — Jean Rizzo colocou o cartão da Interpol sobre a mesa.

— Assassinada? Que horror! — exclamou Sheila Brookstein. O policial era muito bonito. Uma investigação de assassinato pelo menos daria a ela algo sobre o que fofocar com as amigas. — Conhecemos a jovem?

— Duvido — falou Jean. — Ela era prostituta.

A expressão animada sumiu do rosto de Sheila e foi substituída por um olhar de acusação, direcionado para o marido.

— Cruzes. Não olhe para mim. Não conheço nenhuma prostituta!

— Imagino, senhor, que esta mulher seja familiar. O que o senhor me diz?

Jean pegou a foto de Tracy Whitney.

— *Ela* é a prostituta? — Sheila Brookstein ainda estava olhando com ódio para o marido, que estudava a imagem com atenção.

— Não — respondeu Jean. — Mas pode estar ligada ao caso. Sr. Brookstein, reconhece a mulher da foto?

— Não sei. Talvez.

— Como assim "talvez"? — A voz esganiçada de Sheila Brookstein soava como unhas raspando um quadro-negro. — Ou você conhece ou não conhece.

— Pelo amor de Deus, Sheila, pode ficar quieta por cinco segundos? — Alan Brookstein olhou para a foto de novo. — O cabelo dela está diferente agora. E ela está um pouco mais velha. Mas acho que pode ser a moça da companhia de seguros.

— Você conheceu esta mulher? — Jean tentou controlar a empolgação.

— Sim.

— Recentemente?

— Ela foi até a minha casa na semana passada. Me avisou sobre essas câmeras escondidas, e parece que foi exatamente o que os ladrões usaram para descobrir o código de meu cofre. Acho que deveria ter levado a moça mais a sério.

— Obrigado, Sr. Brookstein. Sra. Brookstein, vocês foram de grande ajuda.

— Essa mulher teve algo a ver com o roubo? E quanto ao meu colar? — Sheila Brookstein quis saber.

Jean Rizzo já havia levantado.

NA MANHÃ SEGUINTE, às seis horas, Jean Rizzo já estava dirigindo. Em sua época áurea, Tracy Whitney só se hospedava nos melhores hotéis. Armado com a foto dela, Jean começou sua busca no centro e seguiu para o oeste, entrando nos hotéis mais luxuosos de Los Angeles. Às dez horas, não havia conseguido nada em cinco dos sete hotéis da lista: o Ritz-Carlton, o Four Seasons, o Peninsula, o Roosevelt e o SLS. Ele começou a duvidar de si mesmo. *Será que ela alugou uma mansão? Talvez tenha ficado com um amigo ou um amante. Ou tenha perdido todo o dinheiro de alguma maneira e esteja entocada em um motel? Talvez Alan Brookstein tenha se enganado e ela jamais tenha estado em Los Angeles. Será?* Jean Rizzo não seria a primeira pessoa que acabava perseguindo sombras quando se tratava de Tracy Whitney.

O gerente do hotel Shutters on the Beach, em Santa Monica, foi educado mas insistente.

— Reconheço *todos* os nossos hóspedes, inspetor. Tenho absoluta certeza de que essa jovem jamais se hospedou aqui.

Só restava o Hotel Bel-Air. Sem muita esperança de qualquer resposta positiva, Jean mostrou ao gerente a foto de Tracy.

— Ah, sim, a Sra. Schmidt. Bangalô seis. Ela saiu faz quatro dias.

— É mesmo? — Jean ficou tão feliz que mal conseguia acreditar na sua sorte. — Ela deixou um endereço para contato?

— Hmm... — O gerente digitou algo no computador. — Não. Creio que não. Mas tenho um endereço de cobrança do cartão de crédito. Ajuda?

Jean assentiu, animado.

— Moça encantadora — falou o gerente ao imprimir o recibo. — Se ao menos todos os nossos hóspedes fossem tão gentis e tivessem tanta consideração. Ela deixou uma gorjeta *bem* generosa e era a educação em pessoa.

— Aham. — Jean não estava ouvindo.

— O filho dela era encantador também.

O gerente entregou o endereço a Jean.

— *Filho?*

— Nicholas. Menino encantador. Incrivelmente bonito também, mas não seria para menos, não é? Com aquela genética. — O gerente sorriu, então franziu a testa subitamente como se algo tivesse acabado de lhe ocorrer.

— Ela não se meteu em nenhuma encrenca, não é?

— Não, não — disse Jean. — Nada disso.

No carro, ele leu o endereço que o gerente lhe deu.

Steamboat Springs, Colorado.

Jean Rizzo não tinha certeza de como seria a vida de Tracy Whitney, presumindo que ela estivesse, de fato, viva. Mas achava difícil imaginar a golpista mais bem-sucedida de todos os tempos vivendo tranquilamente com o filho em uma cidadezinha nas montanhas. Por um momento, ele pensou em ligar para Milton Buck e contar a ele o que havia descoberto. Seria divertido arrancar o sorriso presunçoso daquele rosto arrogante. Mas depois pensou novamente. Buck só estava interessado em resolver os roubos e encontrar as joias e as obras de arte. Jean Rizzo precisava encontrar uma assassina. Além disso, aquela informação era *dele*. *O FBI não está me ajudando. Por que eu deveria ajudá-lo?*

O voo de volta para a França precisaria esperar.

Estava na hora de fazer uma visita à Sra. Tracy Schmidt.

Capítulo 14

— Xeque.

— O quê? Como isso é xeque? — Tracy olhou para o tabuleiro, e depois para Nicholas. Os olhos dela se semicerraram. — Você moveu a minha rainha enquanto eu estava colocando a pizza no forno?

— Você é tão desconfiada, mãe! Por que é assim?

— Você moveu a rainha?

Nicholas fez a expressão mais inocente que podia e arregalou os olhos.

— Você sabe que a primeira regra do xadrez é nunca tirar os olhos do tabuleiro. Não deveria fazer essa pergunta.

— Já pensou em seguir carreira política? — perguntou Tracy, divertindo-se. — Você se sairia muito bem.

— Obrigado. — Nicholas sorriu. — Sua vez.

Tracy moveu seu último bispo, que Nicholas imediatamente eliminou com o peão. Quatro movimentos depois, xeque-mate.

Eu preciso mesmo ter uma conversa com ele sobre trapacear, pensou ela, depois que Nicholas levantou para procurar Blake Carter. Blake teria subido pelas paredes se testemunhasse aquela pequena manobra com a rainha. Mas Nicky era tão charmoso, pelo menos aos olhos de Tracy, que ela não tinha coragem de bancar a malvada. Desde que haviam voltado de Los Angeles, ela se sentia ainda mais protetora do que o normal em relação ao filho. Roubar aquele colar e mostrar o rosto para a rival fora algo estúpido. A culpa atingira Tracy tardiamente, mas com força.

Uma batida à porta no momento em que Tracy estava tirando a pizza do forno interrompeu seus pensamentos. A habilidade de Blake Carter em sentir o aroma de uma pizza de pepperoni com borda fina a alguns quilômetros de distância era algo incrível. Sorrindo, Tracy abriu a porta e deu de cara com um belo estranho.

— Posso ajudá-lo?

Moreno e corpulento, com olhos cinzentos e um rosto gentil, parcialmente torto, o homem a encarava com uma estranha intensidade. Então ele disse três palavras que esmagaram o coração dela como chumbo.

— Oi, Srta. Whitney.

TRACY LEVOU ALGUNS segundos para recuperar o fôlego, sem falar da compostura. Jean Rizzo observava o sangue se esvair do rosto dela, então correr de volta para as bochechas. Tracy era mais bonita pessoalmente do que ele esperava. Mais jovial e com aparência mais natural.

— Sinto muito. Deve ter me confundido com outra pessoa.

Ela começou a fechar a porta. Jean estendeu a mão para impedi-la. Ele rapidamente exibiu a identificação da Interpol.

— É o seguinte. Vamos fazer um acordo. Você não desperdiça meu tempo e eu não desperdiço o seu. Sei que pegou o colar de rubis de Brookstein.

— Sinceramente, não faço ideia do que...

— Eu não dou a mínima para o colar.

Por uma fração de segundo, Tracy congelou, então falou:

— Que colar?

Jean Rizzo suspirou.

— Não quero prendê-la, Srta. Whitney. Mas o farei se precisar. Estou aqui porque preciso da sua ajuda. Posso entrar?

A mente ágil de Tracy começou a trabalhar de forma acelerada. Seu primeiro pensamento foi Nicholas. Ele estava nos estábulos com Blake, mas certamente voltaria logo.

— Você tem dez minutos — disse ela a Jean, bruscamente.

O inspetor a seguiu para dentro de uma enorme cozinha de estilo rústico, quente e aconchegante e mais do que espetacular. Peças de xadrez e revistas infantis estavam espalhadas na mesa de fazenda, e trabalhos de arte infantis tinham sido emoldurados e pendurados por toda parte, juntos a inúmeras fotografias de um lindo menino de cabelos escuros em diversas fases da vida. O menino parecia vagamente familiar.

— Seu filho?

— O que deseja inspetor Rizzo? — O tom de Tracy estava longe de ser acolhedor.

Jean respondeu à altura.

— Pode deixar de lado essa atitude, Srta. Whitney. Como falei, sei que roubou o colar de rubis de Sheila Brookstein em Los Angeles na semana passada. Eu poderia prendê-la agora mesmo e nós teríamos essa conversa na delegacia, se preferir.

— Vá em frente. — Tracy estendeu os braços, com desdém. — Pode me prender.

Quando Jean hesitou, ela deu uma gargalhada alta.

— Você não tem prova de nada, inspetor. Se *pudesse* me prender, prenderia. Então sugiro que *você* deixe de lado essa atitude, ou saia da minha casa.

Jean tirou o casaco e sentou-se à mesa.

— Você está muito confiante, Srta. Whitney. Como sabe que não tenho provas?

Tracy olhou para ele com tranquilidade. *Naquele* jogo de xadrez, ela não tinha intenção de tirar os olhos do tabuleiro, nem por um segundo.

— Porque eu não roubei colar de rubis nenhum.

Agora foi a vez de Jean de soltar uma risada. Aquela mulher era uma figura.

— E, aliás, meu nome é Tracy Schmidt.

— É? E o meu é Rip Van Winkle.

— Que triste para você, inspetor Van Winkle. — Os olhos verdes dela pareciam dançar.

— Culpo minha mãe. — Jean entrou no jogo.

— Por quê? Certamente era o sobrenome do seu pai, não?

— É verdade. Mas mamãe não precisava ter escolhido "Rip".

Tracy sorriu.

Jean falou:

— Vamos fazer o seguinte. Que tal eu chamar você de "Tracy" e você me chama de "Jean"?

Ele estendeu a mão.

— Tudo bem, Jean. — Tracy gostou dele instintivamente, mas se manteve alerta. Aquele homem era policial. Não era seu amigo. — Como posso ajudá-lo?

— Estou investigando uma série de assassinatos.

Um olhar de surpresa passou pelo rosto dela. Jean deu a Tracy um resumo rápido dos casos do Assassino da Bíblia. Ela ouviu com atenção e ficou horrorizada com as cenas que Jean descrevia, mas também estava ansiosa para tirá-lo de sua casa antes que Nicholas voltasse.

— A última jovem foi morta há uma semana, em Hollywood. Um dia depois de você ter rou... No dia seguinte ao roubo do colar de rubis de Sheila Brookstein. O nome da vítima era Sandra Whitmore. Tinha um filho mais ou menos da idade do seu.

— Sinto muito — falou Tracy. — Sinto mesmo. Tem muita gente ruim por aí. Mas creio que não possa ajudá-lo. Não sei nada sobre Sandra Whitmore, ou sobre qualquer uma dessas mulheres.

— É mais complicado que isso — continuou Jean. — Tenho uma teoria... Preciso repassar cada um dos casos com você, um a um, em detalhes. Vai levar tempo.

Tracy se levantou. Nicholas e Blake voltariam a qualquer minuto.

— Sinto muito. Não tenho *tempo*. Você precisa ir agora.

— Só vou embora quando você responder as minhas perguntas — falou Jean, com raiva.

Ele se levantou e olhou pela janela. Um menino estava caminhando em direção à casa, de mãos dadas com um homem mais velho.

O gerente do Hotel Bel-Air estava certo. O garoto era muito bonito. De repente, Jean percebeu onde o vira antes.

— Você tem um menino muito bonito.

— Obrigada.

— Aquele homem com ele é o pai?

Tracy congelou.

— Não.

Ela olhou por cima do ombro de Jean. Nicholas e Blake estavam se aproximando. Ela sentiu o medo tomar conta dela. Se aquele homem dissesse qualquer coisa diante deles, diante de Nicky...

— Por favor. Você precisa ir.

— Onde *está* o pai dele?

— O pai dele morreu.

— Interessante — falou Jean Rizzo. — Porque, pelo que ouvi dizer, o Sr. Stevens está bem vivo. De acordo com o FBI, ele segue uma linha de trabalho muito interessante nos últimos tempos. No ramo de tesouros históricos.

Tracy se agarrou ao balcão. O chão parecia ceder sob seus pés.

Ela se voltou para Jean, incapaz de falar ou de esconder o turbilhão de emoções que se revirava dentro dela. Como ele sabia sobre Jeff? Tracy não queria saber de Jeff. Nunca mais. E certamente não queria mais ver o homenzinho estranho e agressivo que de alguma forma sabia quem ela era e estava ali falando sobre assassinatos, sobre estupros e crimes que não tinham nada a ver com ela.

— Me ajude a resolver esses assassinatos — pediu Jean.

— Não posso. Você precisa acreditar em mim. Sua teoria está errada. Não tenho nada a ver com isso!

— Me ajude ou conto a verdade ao menino.

A porta da cozinha se abriu.

Nicholas ergueu o rosto curioso para o homem estranho com sua mãe.

— Oi.

— Oi. — Jean sorriu.

— Quem é você?

O menino pareceu surpreso, mas de maneira nenhuma perturbado por encontrar um desconhecido na cozinha. Ao contrário do caubói rude que entrou com ele, que olhava para Jean com ódio e óbvia desconfiança. O cara parecia ter saído de um filme antigo de Clint Eastwood. *Namorado?*, imaginou Jean.

Tracy parecia ter perdido a habilidade de falar. Toda a confiança anterior tinha evaporado. Parecia que ela ia desmaiar. Por fim, gaguejou:

— E-este é, hã... este é...

— Meu nome é Jean. Sou um velho amigo da sua mãe.

— Da Europa? — perguntou Nicholas. — De antes de eu nascer?

Jean Rizzo olhou para Tracy. Ela assentiu imperceptivelmente.

— Isso mesmo. Esperava que sua mãe pudesse jantar comigo esta noite. Para relembrar os velhos tempos. Estou hospedado na cidade.

— Hoje ela não pode. Temos planos.

A voz de Blake Carter ecoou, tão equilibrada, sólida e reconfortante quanto o soar de um velho sino de igreja.

— Certo, Tracy?

Só de olhar para ela Blake sabia que Jean não era nenhum "velho amigo". *Ela está assustada. Tracy nunca se assusta*, pensou Blake.

— Amanhã, então? — perguntou Jean.

O velho caubói passou um braço protetor ao redor do ombro de Tracy em um gesto que poderia ter sido paternal ou romântico. Jean imaginou que tipo de relacionamento os dois tinham, e o que aquele homem mais velho sabia — se é que sabia alguma coisa — sobre o passado de Tracy. Ou sobre o presente, na verdade.

— Tudo bem — respondeu Tracy, para óbvia surpresa de Blake Carter. — Amanhã.

Ela nunca mais queria ver o rosto de Jean Rizzo. Mas que escolha tinha?

A partida de xadrez estava em andamento, e era a vez de Tracy mover uma peça.

O GIANNI'S, UM aconchegante restaurante italiano na área urbana da montanha, bem ao pé das colinas de esqui, era popular entre moradores da região e turistas. Todos os funcionários conheciam Tracy de vista, embora a Sra. Schmidt raramente comesse fora. Todos se questionaram quem era o homem bonito que jantava com a viúva mais rica de Steamboat. Mas ninguém perguntou isso a ela.

Jean foi direto ao assunto. Ele entregou a Tracy uma pilha de fotos, na maior parte fotografias de família das 12 vítimas. Izia Moreno, na formatura do ensino médio em Madri. Alissa Armand rindo com a irmã em um acampamento nos arredores de Paris. Sandra Whitmore com o filho bebê nos braços.

— Todas eram prostitutas. Foram assassinadas durante um período de nove anos, em cidades diferentes ao redor do mundo.

— Mas você acha que foi o mesmo assassino quem matou todas?

— *É* o mesmo assassino. Não há muitas certezas nessa investigação, mas essa é uma delas.

Jean contou a Tracy sobre a obsessão do assassino com limpeza e com passagens bíblicas.

— Ele está familiarizado com procedimentos policiais, ou pelo menos com as formas pelas quais evidências de DNA são coletadas. Ele limpa as cenas do crime para se proteger, e vai além disso. Ele arruma os corpos. É como se fosse a cena de uma peça teatral.

Tracy ouviu, mas não disse nada. Ela pediu o *linguine vongole* para os dois, uma especialidade da casa, mas mal tocou no prato quando a comida chegou.

— Ainda não entendo onde eu entro.

— Todos os assassinatos aconteceram entre 24 e 48 horas depois de um grande roubo na mesma cidade. Nenhum desses roubos foi solucionado. Todos foram complexos, meticulosamente planejados e executados.

Mais da metade envolveu uma mulher. Não há muitas mulheres no seu ramo de negócios, como sabe.

— Que ramo seria esse, inspetor?

Jean ergueu uma sobrancelha.

— Por favor, Srta. Whitney.

— Me chame de Tracy. E fale baixo.

— Desculpe. A questão é que há pouquíssimas mulheres com esse padrão. Estamos falando de recompensas de sete dígitos aqui. Trabalhos altamente sofisticados.

Tracy assentiu.

— Continue.

— Comecei a pesquisar os assaltos procurando por suspeitos do sexo feminino. Seu nome surgiu no banco de dados da Interpol. A primeira coisa que notei foi que ninguém tinha visto ou ouvido falar de você em nove anos, quando desapareceu de Londres.

— E daí?

— A primeira vítima, Karen Harle, foi morta há nove anos. Em Londres. Naquela mesma época. Na mesma cidade. Você desapareceu e esses assassinatos começaram.

Jean bebeu um gole de vinho e olhou para Tracy com expectativa.

Ela o encarou de volta. Se aquele homem não estivesse ameaçando expor a identidade dela e destruir sua vida e a de seu filho, ela teria achado graça.

— É isso? Essa é a sua ligação? Há nove anos em Londres?

Jean endireitou a postura.

— É uma ligação.

— Não! É uma coincidência! E eu não desapareci. Fui embora. Precisava recomeçar a vida em outro lugar e consegui.

— Uma coincidência? — perguntou Jean. — Sério? Vamos andar um pouco no tempo, sim? Nova York, três anos depois. Um Pissarro foi roubado de uma residência na Quinta Avenida, em plena luz do dia, por uma mulher que se passou por uma funcionária do Metropolitan Museum of Art. Isso não parece um dos seus trabalhos?

— Parece audacioso — admitiu Tracy. — Impressionante ter sido à luz do dia. Mas eu não estava nem perto de Nova York nessa época.

Jean continuou.

— Tudo bem. Chicago. Uma pulseira de diamantes e dois pares de brincos são roubados de uma loja Neil Lane. Não apenas as câmeras e os alarmes foram desativados *e depois reativados*, como também aconteceu três semanas antes de o sumiço das pedras ser descoberto. As réplicas utilizadas para substituir as joias eram reproduções de um especialista.

— De novo, impressionante a atenção aos detalhes.

— Mas não lhe parece familiar?

Tracy bebeu um gole do vinho.

— Nem um pouco.

— Mumbai, há dois anos. Um inescrupuloso incorporador cai em um golpe e compra um título falso de um pedaço de terra do tamanho de um lenço de uma linda jovem americana que o faz acreditar estar apaixonada por ele.

— O homem era casado?

— Ele era, na verdade. Por que pergunta?

Tracy deu de ombros.

— Bem feito, então, não acha?

— Vou dizer o que *eu* acho. — Jean Rizzo se inclinou sobre a mesa. — Eu diria que cada um desses trabalhos tem a sua assinatura.

— Exceto por um *minúsculo* detalhe: eu não estava em Nova York ou em Chicago nas datas em questão! E quanto a Mumbai, nunca estive na Índia. E Hong Kong e Lima e... todos esses... — Ela empurrou a pilha de arquivos que Jean havia colocado no centro da mesa de volta para o inspetor. — Não saio dos Estados Unidos há nove anos, inspetor. Pergunte a qualquer mãe da escola do Nicky, se não acredita em mim. Estive aqui, em Steamboat Springs. A cidade inteira é meu álibi.

Uma garçonete se aproximou e retirou os *vongoles*, intocados. Jean Rizzo pediu cafés e um prato de *cantuccini*. Todo aquele vinho de estômago vazio estava começando a fazer efeito.

Tracy falou:

— Eu gostaria de ajudar, inspetor. De verdade. Acho terríveis esses assassinatos e espero que pegue o responsável por eles. Mas você veio até aqui procurando Tracy Whitney, e a verdade é que Tracy Whitney está morta. Ela morreu há nove anos.

— Hmm — disse Jean de novo.

— O quê? O que quer dizer com "hmm"?

— Só estava pensando que, para uma garota morta, ela fez um trabalho muito bom em Los Angeles há dez dias. Tracy Whitney deve ter sido uma dama e tanto.

Ela deu uma gargalhada.

— Creio que sim.

— Aqueles rubis devem valer o quê? Dois, 3 milhões? Talvez mais, levando em conta um colecionador particular.

— Sinto muito, mas não tenho ideia do que está falando. — Tracy deu um sorriso gentil. — Ah, ótimo. O café chegou.

Ao observá-la beber o líquido espesso e preto, Jean Rizzo conseguia entender por que tantos homens ficavam obcecados por Tracy Whitney. Ela era linda, é claro, mas havia muito mais além disso. Era inteligente e divertida, e obviamente sentia prazer em ludibriar os adversários, dos dois lados da lei. Jean decidiu mudar de tática.

— Então o seu filho não sabe de nada. Sobre seu passado, sobre o pai dele.

Tracy colocou a xícara na mesa devagar, e encarou Jean com ódio. Não havia mais provocação agora. As linhas de batalha tinham sido traçadas.

— Não, ele não sabe. E jamais saberá.

— Jeff Stevens sabe que tem um filho?

— Jeff Stevens não tem um filho! — disparou Tracy de volta, irritada. — Pelo menos não comigo. Nicky é meu. Só meu. Eu o criei. Sou tudo de que ele precisa.

Ciente de que tinha levantado a voz, Tracy tentou se recompor. Jean Rizzo pensou nos próprios filhos e na falta que sentia deles. Jean sentiu pena de Jeff Stevens.

Como se lesse a mente dele, Tracy falou:

— Você não entende, inspetor.

— Jean.

— Jean — corrigiu-se Tracy. — Não conhece Jeff como eu.

— Eu não o odeio como você, quer dizer.

— Odiá-lo? — Tracy pareceu genuinamente surpresa. — Não odeio Jeff. Apenas amo Nicky. São coisas muito diferentes. Precisa acreditar em mim quando digo que ele teria sido um péssimo pai. Ah, ele é carinhoso, encantador e adorável. Mas não se pode confiar nele. Jeff teria partido o coração do Nicky. Exatamente como partiu o meu.

— O que aconteceu entre vocês? Se não se importa que eu pergunte.

Ela se importava? Jean Rizzo era um completo estranho. Pior: era policial. Mas, por algum motivo, Tracy estava lhe contando a história toda. Ela contou que perdeu o primeiro bebê deles, falou sobre as dificuldades de se ajustar à vida de casada, sobre o dia em que flagrou Jeff e Rebecca Mortimer se beijando no quarto, em Eaton Square, sobre a dor terrível e lancinante da traição. Por fim, contou que viu Rebecca novamente, do nada, em Los Angeles no mês anterior, jantando com Sheila Brookstein.

— Fui para Los Angeles de férias com meu filho. Essa é a verdade. Não tinha intenção de — Tracy buscou a palavra certa — sair da aposentadoria. Mas assim que a vi, sabia que ela estava atrás do colar. Tive a chance de retribuir o que ela fez comigo, e então aproveitei.

— Entendo — comentou Jean.

Os olhos de Tracy se semicerraram.

— Entende?

— É claro. Você fica feliz em saber que sua amiga "Rebecca" é a suspeita principal do FBI no caso Brookstein?

O nome verdadeiro dela é Elizabeth Kennedy, aliás. — Jean tirou de dentro de uma pasta a foto que Milton Buck dera a ele e a entregou para Tracy.

Tracy a estudou com atenção.

Elizabeth.

Era um nome bonzinho demais, muito inofensivo. Não parecia certo.

Tracy ficou em silêncio por um bom tempo, perdida nos próprios pensamentos. Por fim, Jean Rizzo falou:

— Eles estão atrás dela por outros trabalhos nos Estados Unidos também. O roubo do Pissarro em Nova York e os diamantes em Chicago.

Tracy absorveu a informação.

— E quanto aos outros roubos? — perguntou ela. — Aqueles na Europa e na Ásia, onde as meninas foram assassinadas depois?

— Os agentes federais não acreditam que haja uma ligação entre qualquer um dos roubos e os homicídios do Assassino da Bíblia — falou Jean, com amargura. — Além disso, você sabe como é. O FBI não dá a mínima para nada fora da jurisdição deles. Poderiam passar as informações para nós, mas não o fazem. Nem mesmo com a CIA. É um jogo político patético, e, enquanto isso, essas meninas estão lá fora, sendo abatidas. — Jean inteirou Tracy sobre a reunião inútil com o agente Milton Buck em Los Angeles.

— Tudo bem. Mas agora *você* sabe sobre "Elizabeth" — assegurou Tracy. O nome ainda parecia estranho a ela. — Certamente pode divulgar pela Interpol? Não precisa do FBI.

— Hmm — disse Jean de novo.

Tracy esperou pacientemente até que sua fala estivesse sincronizada com seus pensamentos. Estava acostumada com policiais que falavam primeiro e depois pensavam na resposta. Policiais arrogantes, impulsivos e desastrados tinham ajudado Tracy a ganhar uma fortuna. Jean Rizzo era diferente.

Gosto dele, pensou ela. *Preciso tomar cuidado com isso.*

Quando Jean finalmente falou, foi devagar, como se estivesse pensando em voz alta, montando as peças do quebra-cabeça conforme prosseguia.

— O problema é que eu não acreditava que *tinha sido* Elizabeth. Achei que tivesse sido você.

— Você achou que *eu* saí por aí matando prostitutas?

— Não, não, não. É claro que não. Nosso assassino é um homem.

— Tudo bem, bom. Que bom que esclarecemos isso.

— Mas achei que você fosse a ligação entre os assaltos e os assassinatos.

— Pelo que aconteceu há nove anos?

— Por causa dos nove anos. Por causa de Londres. Porque você é mulher. Porque os roubos pareciam ser executados de acordo com seu antigo *modus operandi*... eram inteligentes, mas simples, bem planejados, geograficamente distribuídos, e o lucro sempre valia a pena.

Tracy sorriu.

— Está me deixando com saudades.

— Porque *foi* você quem executou o trabalho dos Brooksteins — continuou ele, contando os motivos nos dedos. — Porque não acredito em coincidências. Pelo menos não em 12 seguidas. E porque não havia outro suspeito plausível.

— Até agora — falou Tracy.

Jean assentiu.

— Até agora. Acho.

— Como assim, você acha? Agora tem Elizabeth Kennedy. Certo?

— Hmm.

— Sério? Voltamos para "hmm"?

Jean ergueu o olhar para ela.

— Ainda acho que você é a ligação.

Tracy apoiou a cabeça nas mãos.

— Pense — disse Jean. — Esses trabalhos são *exatamente* como os seus.

— Há algumas semelhanças, bem superficiais — admitiu Tracy. — Mas eu não estava *lá*, Jean.

— São mais do que semelhanças. Se você mesma não executou os roubos...

— Sem "se". Eu não executei nada. Posso provar.

— Então quem quer que tenha feito está copiando suas técnicas. Isso significa que essa pessoa conhece você. Intimamente. Sabe como você trabalhava.

Ninguém sabe como eu trabalhava, pensou Tracy. *Ninguém exceto Jeff. E Gunther. Mas acho difícil que Gunther esteja percorrendo o mundo roubando joias.*

Em voz alta, ela perguntou a Jean:

— Acha que alguém está tentando me incriminar?

— É uma possibilidade. Você tem algum inimigo conhecido?

Tracy deu uma gargalhada.

— Centenas!

— Estou falando sério.

— Eu também! Vamos raciocinar. Tem um homem chamado Maximilian Pierpont que provavelmente não gosta muito de mim. Louis Bellamy, Gregory Halston, Alberto Fornati... — Ela listou mais algumas das antigas vítimas conhecidas. — Um número grande de pessoas no Museu do Prado, em Madri... Por sorte, a maioria delas acha que estou morta. Exatamente como seus amigos do FBI. Se não faz diferença para você, eu gostaria que eles continuassem pensando assim.

— É claro, talvez não estejamos procurando um inimigo — falou Jean. — Pode haver outros motivos em jogo. Possivelmente essa pessoa admirava seu trabalho e quer seguir seus passos.

— Como um fã, quer dizer? Seria uma espécie de tributo? — perguntou Tracy, com desdém.

— Isso é tão improvável?

— Improvável? Da minha perspectiva, é completamente ridículo. Olhe, seu único suspeito plausível de ter executado esses roubos é Elizabeth Kennedy. É uma mulher, está na ativa e opera nesse nível. Tenho certeza de que estava trabalhando com Sheila Brookstein havia meses. Mas eu garanto que a mulher não é minha fã. Ela seduziu meu marido, inspetor. Destruiu a minha vida. E não foi por dinheiro. Foi por diversão. — A voz de Tracy ficou mais áspera. — Eu a odeio. E tenho quase certeza de que o sentimento é recíproco.

— Sim, mas você não consegue enxergar? — perguntou Jean. — Isso ainda faz de você a ligação. Elizabeth

Kennedy surge como uma nova suspeita, completamente desconhecida da Interpol até agora... e até mesmo *ela* tem uma ligação com você.

— O que isso significa?

Jean resmungou.

— Eu não sei. Não sei o que isso significa.

Ele tinha perdido a linha de raciocínio, se é que tinha alguma, para início de conversa. Estava faminto e exausto. Tentar se concentrar em um único pensamento era como nadar em melaço.

— Esqueça de mim por um momento — disse Tracy. — Vamos presumir que exista uma ligação entre os roubos e os assassinatos. Vamos também presumir que Elizabeth *estava* envolvida em todos os roubos. Considerando que sabemos que eu não estava.

Jean assentiu.

— Tudo bem.

— Seu próximo passo não deveria ser encontrar Elizabeth? Quaisquer que sejam suas dúvidas, Jean, do modo como vejo, ela é tudo o que você tem.

— Você pode estar certa. Mas não é tão fácil encontrar Elizabeth Kennedy. A mocinha é profissional: escapou do FBI pelo menos três vezes, até onde eu sei. Evaporou de Los Angeles depois do trabalho dos Brooksteins, mais rápido que você.

— E foi mais bem-sucedida, evidentemente — acrescentou Tracy, deprimida. — Então, o que *você* sabe sobre ela?

— Não muito. — Jean contou resumidamente a história de Elizabeth fornecida pelo FBI. Que ela cresceu na

Inglaterra, sobre seu histórico criminal na juventude, a lista de crimes nos quais tinha sido identificada como "pessoa de interesse" e alguns dos nomes falsos conhecidos. — Os agentes federais estão convencidos de que Elizabeth tem um parceiro. Um homem. Exatamente como você tinha Jeff Stevens.

— Duvido.

Jean pareceu surpreso.

— Por quê?

— Por que dividir o dinheiro se não precisa? Jeff e eu éramos diferentes. Uma exceção à regra, se prefere chamar assim. Apenas um homem acreditaria que uma mulher como Elizabeth precisa de alguém por trás dela, fazendo as coisas acontecerem.

Jean gesticulou para pedir a conta.

— Obrigado por jantar comigo esta noite, Tracy.

— Não tive muita escolha, tive? — respondeu ela.

— Olhe, gosto de você — falou Jean. — Estou falando sério. Posso ver que construiu uma vida digna aqui. Não quero causar problemas para você ou para o seu filho.

— Então não cause. — Apesar de ela não querer, os olhos de Tracy começaram a encher de lágrimas. — Contei tudo o que sei. Mesmo. Por favor, nos deixe em paz agora.

— Não posso — respondeu Jean. — Ainda não.

— Como assim não pode? É claro que pode!

Jean balançou a cabeça.

— Tenho que resolver este caso, Tracy. Preciso pegar esse desgraçado antes que ele mate outra pessoa. Se o FBI pegar Elizabeth Kennedy antes de mim, vai acusá-la dos roubos e mandá-la para a cadeia, então perderemos nossa única ligação com esse psicopata, quem quer que ele seja. O que acabou de dizer está certo. Precisamos encontrar Elizabeth.

— Não falei "precisamos". Eu disse "você" precisa — disparou Tracy de volta, com raiva. — *Você* precisa encontrá-la, Jean.

— Precisamos encontrá-la e deixar que ela nos leve até *ele*.

— Se é que *existe* um ele.

— Preciso da sua ajuda, Tracy.

— Pelo amor de Deus, eu não *conheço* essa mulher — disse Tracy. — Como posso ajudar você? Já falei, esbarrei com ela em Los Angeles por acaso. Antes disso, eu não a via fazia anos. Quase uma década! Nem mesmo sabia o nome verdadeiro dela até hoje.

— A questão é que ela conhece *você* — falou Jean.

— Ela pensa como você. Trabalha como você. Você está dentro da cabeça dela, Tracy, querendo ou não, você precisa me ajudar a encontrar Elizabeth antes que Milton Buck a encontre.

— E se eu me recusar? — Os olhos dela brilharam de modo desafiador.

— Vou expor sua verdadeira identidade. Contarei a verdade a seu filho. Sinto muito, Tracy — suspirou Jean —, mas não tenho escolha.

Alguns momentos de silêncio se passaram, então Tracy falou:

— Depois que a encontrarmos, você jura que vai me deixar em paz? Nunca mais vai tentar entrar em contato comigo de novo?

— Tem a minha palavra.

Jean ofereceu a mão a Tracy e ela a apertou. Ele tinha um aperto firme, e a palma da mão de Jean pareceu quente e seca contra a dela.

Tracy pensou:

Confio nele.

Que Deus me ajude.

Jean pagou a conta e os dois saíram. O ar frio da noite pareceu reavivar os dois conforme caminharam até o carro de Jean.

— Então — falou Jean —, você é Elizabeth Kennedy. Passou os últimos seis meses planejando roubar o colar de rubis dos Brooksteins e sua arquirrival chegou primeiro no último segundo. Qual é o seu próximo passo?

Tracy pensou por um momento.

— Me recompor. Quando um trabalho dá errado, você precisa de tempo para se recuperar. Você o analisa, tenta aprender com os erros.

— Tudo bem. Onde? Se fosse você, aonde iria para fazer isso?

— Se fosse eu? — Tracy parou, então sorriu. — Para casa. Se fosse eu, iria para casa.

Capítulo 15

LONDRES
TRÊS MESES DEPOIS...

EDWIN GREAVES OBSERVAVA a chuva escorrer pela janela da cozinha e pensava: *Por que vim até aqui mesmo?* O apartamento grande e confortável de Edwin Greaves tinha vista para Cadogan Gardens. As quadras de tênis estavam encharcadas e desertas, e acima delas pairavam as árvores destituídas de folhas pela chuva forte e pelos ventos fustigantes do outono.

Eu costumava jogar tênis. Mas Charlie sempre ganhava. Mesmo quando era menino.

Onde está Charlie?

Charlie Greaves, o filho de Edwin, costumava visitá-lo às terças-feiras para ajudá-lo com a correspondência e com as compras na Harrods. Edwin Greaves sempre fazia compras na Harrods. Era preciso manter alguns padrões, mesmo aos 90 anos.

Por que Charlie ainda não tinha chegado? Será que não era terça-feira? Embora Edwin pudesse ter jurado que era.

— Posso ajudá-lo com o chá, Sr. Greaves?

A voz de uma jovem invadiu o escritório.

Ah, era isso. Chá. Estou fazendo chá para mim e para a moça da casa de leilões Bonhams.

A jovem deu um sorriso agradável quando o senhor finalmente voltou para a sala. Depois de apoiar a bandeja na mesa com as mãos trêmulas, ele entregou a ela o chá em uma antiga caneca de porcelana chinesa Doulton. Estava gelado.

— Obrigada. — A jovem bebeu o chá assim mesmo, fingindo não notar. — Assinei a papelada e anexei o cheque. Mas talvez devêssemos esperar pelo seu filho, o senhor não acha?

— Por quê? O quadro não é dele.

— Bem, não. Mas...

— Não estou morto. — Edwin Greaves deu uma risada. Os pulmões dele fizeram um chiado horrível, como um acordeão quebrado. — Embora, ao ouvir a mulher de Charlie falar, alguém poderia achar que tudo o que tenho já é deles. Parasitas. — O rosto do homem ficou subitamente sombrio.

A jovem lidava com muitos idosos ricos, sabia exatamente como os humores deles podiam oscilar em um piscar de olhos, como nuvens em um céu tempestuoso.

— Além disso — continuou Edwin —, não é como se fosse um Turner genuíno. Todos sabem que é falso.

— Isso é verdade — disse a jovem, de forma agradável.

— Mas ainda é valioso. Gresham Knight foi um dos

falsificadores mais brilhantes de sua geração. É por isso que meu cliente está disposto a fazer uma oferta tão generosa.

— Posso? — Os dedos tortos de Edwin Greaves se estenderam até o cheque. Ele o segurou perto do rosto, avaliando diversas vezes o número com os olhos velhos e leitosos. — Cinquenta mil libras? — Edwin olhou para a mulher da Bonham, espantado. — É dinheiro demais! Deus do céu, minha querida, não posso aceitar isso.

Ela sorriu.

— Como eu falei, não é um Turner, mas isso não quer dizer que seja completamente sem valor. Meu conselho é que você faça a venda. Mas, é claro, se prefere esperar pelo seu filho...

— Não, não, não — falou Edwin Greaves, irritado. — Charlie vem na terça-feira. O quadro não é dele mesmo. Vamos verificar minha correspondência.

A jovem entregou uma caneta ao velho. Edwin Greaves assinou os papéis.

— Nós íamos jogar tênis, mas então essa chuva infernal caiu.

— Que pena. Posso levar o quadro agora?

— Charlie vem às terças-feiras.

Ela colocou o quadro dentro da bolsa acolchoada para telas que tinha levado para aquele propósito.

— Aqui está o cheque, Sr. Greaves, sobre a mesa de centro. Quer que eu o coloque em algum lugar seguro para o senhor?

— Essa porcaria de chá esfriou. — Edwin Greaves franziu a testa para a xícara, confuso. — Ele é muito bom no tênis, Charlie. Sempre vence.

O idoso ainda estava resmungando quando a mulher saiu, fechando a porta do apartamento.

Elizabeth Kennedy sorriu no íntimo conforme o táxi preto disparava pelo Embankment em direção à cidade.

Velho idiota.

Depois de abrir a bolsa para telas, Elizabeth olhou admirada para o quadro, uma pintura a óleo primorosamente executada de uma cena pastoral clássica de Turner. Tudo o que contara a Edwin Greaves era verdade. O quadro não era um Turner. Era uma réplica, uma das melhores de Gresham Knight. E era valiosa. Valia pelo menos dez vezes mais que as 50 mil libras que Elizabeth tinha acabado de pagar. O cheque que ela dera a Edwin não era falso, embora a conta não pudesse levar ninguém até ela. Greaves receberia algo pela estupidez, mais do que ele merecia. Quem sabe pudesse comprar para o filho sovina e ávido pela herança uma nova raquete de tênis?

Londres estava cinzenta e triste na chuva. O Tâmisa serpenteava ao lado da rua, cheio e lamacento. As pessoas corriam para as estações de metrô como ratos descendo por um ralo, curvados e trêmulos sob os guarda-chuvas e vestidos em suas capas de chuva. Mas Elizabeth sentia-se feliz por estar em casa. Aquecida e segura no banco traseiro do táxi, com a última aquisição aninhada de forma triunfante no colo, ela sentiu a confiança retornar devagar.

Los Angeles tinha sido um desastre. Meses de trabalho "paparicando" os Brooksteins terminaram em fracasso e humilhação nas mãos de ninguém menos que Tracy Whitney. Elizabeth odiava Tracy. Em parte porque as pessoas no ramo ainda falavam dela, como se ela fosse algum tipo de deusa cujos recordes como vigarista jamais pudessem ser batidos. Pela conta de Elizabeth, ela mesma já havia superado Tracy Whitney em tudo. Fizera mais trabalhos, por mais dinheiro que Tracy jamais sonhara em ganhar, mesmo no auge da carreira. Mas a razão do ódio de Elizabeth por Tracy não era inveja profissional, e sim ciúme.

Jeff Stevens amava Tracy Whitney.

Elizabeth não podia perdoar Tracy por isso.

Nem conseguia entender como aquilo era possível.

Sou mais bonita que aquela vadia, e sou infinitamente melhor na cama. Por que Jeff a escolheria quando poderia ter a mim?

Elizabeth não tivera a intenção de se apaixonar por Jeff. Na verdade, de todas as incontáveis conquistas, Jeff Stevens fora o *único* pelo qual ela sentira algo mais que um simples desejo sexual. Talvez fosse o fato de que ela nunca foi para a cama com Jeff. Eles apenas se beijaram. E, mesmo assim, *houve* intimidade ali, emocionalmente. Jeff trouxe à tona algo que estava enterrado em Elizabeth, algo que nenhum outro homem havia despertado.

Ele é a minha cara-metade. Minha alma gêmea. Ele é parte de mim.

Ao longo dos anos, Elizabeth pesquisara a vida e o passado de Jeff exaustivamente. Quanto mais descobria, mais ela achava que os dois se completavam. Eles tinham sido abandonados pelos pais quando jovens, e ambos foram de alguma forma "adotados". Tinham aprendido a tirar proveito de sua esperteza desde a adolescência e a usar a boa aparência e a malandragem para despistar os gananciosos e conquistar seu lugar no mundo. Ambos entraram no negócio em que estavam pela emoção, tanto quanto pelo dinheiro. E porque eram os melhores no que faziam. Os melhores entre os melhores. Acrescentando isso à forte química sexual entre os dois, estava claro para Elizabeth que ela e Jeff Stevens estavam destinados a ficar juntos.

Havia apenas uma pedra no sapato dela. Jeff Stevens odiava Elizabeth Kennedy. Os caminhos dos dois haviam se cruzado uma ou duas vezes na última década — estavam no mesmo ramo, afinal —, mas Jeff a ignorava.

As últimas palavras dele para Elizabeth tinham sido ditas em Hong Kong, três anos antes. Ela estava trabalhando em um golpe na época, um roubo de diamante muito ousado no aeroporto — que se revelou um ponto alto na carreira dela. Jeff estava atrás de algumas relíquias chinesas antigas, destinadas a um colecionador no Peru. Certa noite, quando chegou ao seu quarto de hotel encontrou Elizabeth nua e esperando por ele na cama.

— Admita — ronronou ela, esticando as pernas macias cor de caramelo e arqueando as costas perfeitas de dançarina. — Você me deseja. Me deseja tanto quanto eu desejo você. Como sempre desejei.

O volume na calça de Jeff pareceu confirmar as suspeitas dela. Mas o olhar de repulsa no rosto dele dizia o contrário.

— Eu não dormiria com você nem que fosse a última mulher do planeta.

— É claro que dormiria — falou Elizabeth. — Você se lembra do quanto me desejava em Londres? Antes da sua mulher entrar naquele quarto e estragar tudo.

— Saia daqui.

Ele pegou as roupas de Elizabeth, atirou-as nela e abriu a porta.

— Eu perdi a única mulher que amei por sua culpa.

A humilhação por Jeff ter se recusado a transar com ela havia passado, mas a lembrança das palavras dele ainda a machucava. *A única mulher que amei...*

Tracy Whitney não era a alma gêmea de Jeff Stevens.

Elizabeth Kennedy sim.

Algum dia, de alguma forma, ela o obrigaria a abrir os olhos.

— Aqui estamos, querida.

O táxi parou. Haviam chegado a Canary Wharf. Elizabeth pagou a corrida e entrou apressada no prédio, um monólito de vidro e aço com vista panorâmica de Londres. O apartamento dela era deslumbrante, uma cobertura de 460 metros quadrados abarrotada de arte e mobília moderna e exótica. Por ter crescido em uma casa minúscula e entulhada em Wolverhampton, ela prezava espaço e simplicidade. Boa parte da decoração tinha tema asiático, e o imóvel tinha pé-direito alto e era espaçoso. Um biombo de bambu separava a enorme cama, feita sob medida e coberta com lençóis de seda vermelhos, de uma sala de estar que parecia mais uma galeria de arte que uma residência. Depois de tirar os sapatos e colocar a pintura a óleo de Gresham Knight com cuidado sobre a mesa de jantar envernizada com laca vermelha, ela se serviu de um copo de Chatêau d'Yquem na temperatura perfeita e afundou no sofá.

Agitada demais para ver televisão, Elizabeth tocou o iPad com um dos dedos muito bem-cuidados e fechou os olhos, permitindo que o som tranquilizante de Verdi preenchesse seus sentidos. Como faziam com certa frequência, os pensamentos dela se voltaram para Jeff Stevens.

Querido Jeff, imagino onde está agora.

Elizabeth tinha ouvido rumores de que ele estava planejando um trabalho grande em Nova York no período do Natal. Ela não sabia o que era ainda, embora, conhecendo Jeff, ela soubesse que certamente envolveria algum manuscrito medieval obscuro ou uma peça de cerâmica etrusca. Elizabeth não compartilhava da afeição dele por relíquias velhas e empoeiradas de civilizações passadas. Por que limitar o mercado da revenda se não era necessário? Elizabeth quase nunca aceitava trabalhos por comissão, preferia leiloar os espólios no mercado negro.

Ela passou os dedos pelos cabelos — estava deixando crescer, depois de ter cortado bem curto em Los Angeles. Agora estava com os fios castanhos na altura dos ombros — e considerou retornar aos Estados Unidos. Não havia desistido de Jeff Stevens. Nova York seria a melhor oportunidade de seduzi-lo desde Hong Kong. Dessa vez, ela faria uma abordagem menos direta. Tentaria impressionar Jeff profissionalmente antes de usar artilharia pesada. Se fizesse algo espetacular e genial, poderia pelo menos conquistar o respeito dele. Isso seria um começo.

Várias possibilidades se apresentaram. Muitos estúpidos endinheirados iam para Nova York no Natal. Era apenas uma questão de escolher qual gazela desgarrada e suculenta ela iria devorar. Também teria de convencer o parceiro de negócios a deixá-la ir, para início de conversa.

— É cedo demais — dissera ele quando Elizabeth apresentou sua sugestão ao telefone. — Não faremos mais nada nos Estados Unidos durante um ano, no mínimo.

— Isso é ridículo.

O fracasso com os rubis iranianos havia abalado a confiança de Elizabeth, mas parecia ter acabado de vez com o equilíbrio de seu parceiro. Desde o trabalho fracassado com os Brooksteins, ele estava assustado e tinha ficado neurótico, se preocupando com tudo.

— O FBI está na nossa cola.

— Na minha cola, quer dizer — corrigiu Elizabeth. — E o que isso tem a ver? Desde quando corremos assustados daquele bando de idiotas? Quero ir para Nova York.

— Não.

— Tem um baile de gala de caridade n...

— Eu disse não.

A linha ficou muda.

Elizabeth Kennedy estava ficando cada vez mais cansada do parceiro. Quanto mais trabalhavam juntos, mais estranho e controlador ele se tornava. No início, ela ficara feliz em ser a coadjuvante, a pupila para o mentor experiente que ele era. Principalmente porque o homem estava disposto a dividir os lucros com ela meio a meio. Mas agora, a cada novo trabalho, ela se questionava se precisava mesmo dele. Formavam uma grande equipe e conseguiram uma quantia fenomenal de dinheiro juntos. Mas todas as grandes parcerias um dia chegam ao fim.

Quem sabe, talvez quando Jeff finalmente se tocar, nós dois possamos começar a trabalhar juntos. Nova York pode ser o início de um novo capítulo.

Elizabeth Kennedy bebeu o vinho e se permitiu sonhar.

JEAN RIZZO BOCEJOU enquanto o vagão do metrô chacoalhava pela Paddington Station. Ele mal dormira na noite anterior, e parecia um zumbi, mas não havia chance de conseguir um assento. O vagão estava lotado e imundo. Um mau cheiro horrível de respiração e odor corporal misturado com os perfumes e as loções pós-barba incompatíveis dos viajantes fazia o estômago dele se revirar.

A esta hora, amanhã, estarei no Eurostar, a caminho de casa.

Jean Rizzo mal podia esperar. Ele sentia saudade das crianças, do apartamento, de sua vida. Mas se sentia arrasado. Tinha chegado a Londres duas semanas antes animado e cheio de esperança. A suspeita de Tracy sobre Elizabeth Kennedy estava certa. Elizabeth *tinha* voltado para Londres depois do fracasso em Los Angeles para se recompor e planejar o passo seguinte. Depois de uma longa investigação, Jean tinha conseguido rastrear Elizabeth e a seguiu durante uma semana. Jean acompanhou o golpe que ela armou contra Edwin Greaves, o filantropo e colecionador de arte multimilionário. Genial em sua época, Greaves tinha sido cruelmente afetado pelo mal de Alzheimer na velhice, o que fazia dele um alvo vulnerável. Como um tubarão que sente o cheiro de sangue, Elizabeth Kennedy explorou a fraqueza do homem, conseguindo um quadro que valia milhões.

Ela não tem escrúpulos. Venderia o próprio filho se pagassem bem, pensou Jean Rizzo.

Mas ele não estava lá para pegar a Srta. Kennedy aplicando aquele golpe, ou para recuperar o quadro roubado. Estava lá para pegar um assassino. Não ocorreram outros assassinatos desde Sandra Whitmore, no último verão. Desde que Elizabeth saíra de Cadogan Gardens com o quadro, Jean Rizzo não a perdera de vista, mas Elizabeth não se encontrara com cúmplice algum ou dera qualquer passo repentino ou incomum. E o que era mais importante: nenhum assassinato se seguira ao roubo da obra de arte. Quatro dias tinham se passado agora. O Assassino da Bíblia sempre atacava em dois dias. A pista estava esfriando tanto quanto os dedos dos pés de Jean naquelas meias encharcadas pela chuva.

Tracy ligou do Colorado.

— Talvez ela trabalhe sem um parceiro. É perfeitamente possível, Jean.

— Pode ser.

— Ou talvez os assassinatos só aconteçam depois de trabalhos maiores, de alto nível. Pode ser alguma coisa ligada à adrenalina. Se for, esse golpe no Sr. Greaves pode ter sido pequeno demais.

— Hmm.

Tracy cumprira com a palavra e ajudara muito na investigação de Jean. As reflexões dela sobre o funcionamento da mente de um vigarista haviam sido inestimáveis. Mesmo assim, Jean Rizzo não se livrava da sensação de que estava deixando alguma coisa passar, algo esmagadoramente óbvio.

Talvez eu esteja indo pelo caminho errado. Talvez Milton Buck estivesse certo, afinal. Talvez não haja uma ligação. Jean conseguira ligar Elizabeth Kennedy a algumas das cidades nas épocas dos assassinatos, mas não a todas elas. Será que estava procurando algo que não existia? Será que o fato de ter encontrado primeiro Tracy e depois Elizabeth tinha deixado Jean complacente — um rei admirando um tecido delicado e dourado que ninguém mais consegue enxergar? Um tecido feito dos fios do próprio desespero de Jean?

— Chegamos a Paddington Station. Paddington é a próxima parada. Por favor, desembarque aqui para pegar os trens para Oxford, Didcot, Birmingham New Street e Reading.

O aviso, com voz metálica e estridente, o trouxe de volta à realidade com um sobressalto. Jean decidira visitar Gunther Hartog, o antigo mentor e parceiro de crime de Tracy Whitney. Não tanto com a expectativa de uma descoberta, mas porque não conseguia pensar em mais nada para fazer. De acordo com Tracy, a casa de campo de Hartog era um tesouro recheado de obras de arte, apesar de a maior parte ter sido roubada ou, no mínimo, obtida de forma dúbia.

— É a oitava maravilha do mundo — disse ela. — E Gunther é único. Não pode ir embora de Londres sem conhecê-lo.

GUNTHER HARTOG ESTAVA deitado em uma espreguiçadeira, um cobertor de caxemira sobre a frágil silhueta caía como um manto. Um tanque de oxigênio estava pendurado ao seu lado em uma estrutura feia de metal que parecia completamente deslocada em uma sala tão bonita. A descrição de Tracy sobre o lugar não fez jus à realidade. Assim que o táxi de Jean Rizzo chegou ao portão da mansão no estilo século XVII, ele percebeu que iria se divertir. O jardim era impecável. Se o exterior era agradável, o interior era uma verdadeira caverna de tesouros. Paredes com painéis de carvalho exibiam a mais sofisticada arte assim como uma velha drag queen de Las Vegas ostentava seus diamantes. Tapeçaria antiga persa, vidros de Murano, cada friso era original, cada pedaço de mobília tinha sido recolhido de uma grande propriedade europeia ou de grandes palácios da Ásia. Gunther Hartog era um homem de enorme riqueza e gosto impecável. Pela experiência de Jean Rizzo, as duas qualidades raramente andavam juntas.

Gunther Hartog estava nos últimos dias. A pátina cinzenta da morte pairava sobre seus olhos fundos e sua estrutura esquelética como uma névoa ao alvorecer. Os braços e as pernas do homem eram como gravetos, a pele seca e frágil parecia pergaminho antigo. Gunther dispensou a enfermeira e convidou Jean para se sentar ao seu lado.

— Obrigado por me receber — falou o inspetor.

— De nada. Tenho uma relação conflituosa com a maioria dos seus colegas de trabalho, inspetor, como você deve saber. Mas quando mencionou o nome da querida Tracy, bem... a curiosidade falou mais alto. — A voz de Gunther era fraca, mas sua mente estava aguçada como nunca. O brilho malicioso no olhar também não havia diminuído. — Você a viu?

— Sim.

— Ela está bem?

— Está — respondeu Jean, com cautela. — E mandou lembranças.

Gunther suspirou.

— Imagino que não possa me dizer onde ela está ou o que tem feito esse tempo todo, não?

Jean fez um gesto negativo com a cabeça.

— Mesmo que eu esteja morrendo e vá carregar esse segredo para o túmulo?

— Desculpe — falou Jean.

— Ah, não peça desculpas — disse Gunther, com a voz falhando. — Tenho a impressão que você e ela chegaram a algum acordo. E acredito que ela tenha motivos para permanecer afastada. Mas sinto falta dela.

Gunther desviou o olhar pálido. Jean pôde ver que o idoso havia voltado ao passado, aos dias de glória, quando ele, Tracy e Jeff costumavam enganar as autoridades do mundo todo. Tinham se ajudado a enriquecer, mas Jean conseguia ver que o laço entre o grupo envolvia muito mais que isso.

— Então Tracy está ajudando você na investigação, não é? — perguntou Gunther.

— Sim.

— E que crime cruel é esse que está investigando, inspetor?

— Assassinato.

O sorriso brincalhão nos lábios de Gunther sumiu.

Jean Rizzo falou sobre as vítimas do Assassino da Bíblia, e a ligação que ele havia descoberto entre os homicídios e uma série de roubos. Explicou como havia encontrado Tracy, ao suspeitar que ela poderia ser o elo perdido que o levaria ao assassino. Tracy ajudou Jean a encontrar Elizabeth Kennedy, mas foi aí que o rastro sumiu.

Ao ouvir o nome de Elizabeth, o velho ficou bastante animado.

— Que mulher ruim. Então ela ainda está na ativa, é? Imagino que não seja de surpreender, embora eu esperasse que ela estivesse apodrecendo em uma cadeia peruana a esta altura.

— Não é fã dela?

— Ah, não me entenda mal, inspetor. Os trabalhos dela são de alto nível, ela é muito boa no que faz. Mas é o retrato da geração mais jovem.

— Como assim?

— É insensível e gananciosa. Completamente destituída de princípios, que dirá romance.

— Romance? — Jean franziu o cenho.

— Ah, sim! — gritou Gunther. — Havia muito romance envolvido em nosso trabalho antigamente, inspetor. Tracy e Jeff não eram ladrões, eram artistas. Cada trabalho era um espetáculo, um balé perfeitamente coreografado, se prefere chamar assim.

É um jogo para ele. Para todos eles. Mas ninguém contou as regras a Sandra Whitmore, ou a Alissa Armand, ou a qualquer uma daquelas garotas. De alguma forma, elas foram levadas por essa dança e pagaram com as próprias vidas. Não havia romance em suas vidas, ou mortes, que Deus as tenha, pensou Jean.

Gunther ainda estava falando.

— Tracy e Jeff só tiravam dos que não mereciam. Não roubavam velhinhas. Não como a Srta. Kennedy. Dinheiro é a única coisa que a motiva, e nada vai impedi-la de conseguir mais. Elizabeth destruiu o casamento de Jeff e Tracy, sabia? Pelo que descobri na época, ela foi paga para fazer isso. Alguém com uma rixa contra um dos dois a contratou para acabar com o relacionamento deles. Pode imaginar uma coisa dessas? No meu tempo, esse comportamento era considerado ultrajante.

Ele se recostou novamente na espreguiçadeira, exausto pelo esforço de uma diatribe tão longa.

Depois que Gunther recuperou o fôlego, Jean perguntou:

— Ouviu falar de Elizabeth trabalhando com um parceiro? Um homem?

— Há alguns anos. Mas não acompanhei exatamente a carreira da mocinha. Por quê?

Jean deu de ombros.

— O Assassino da Bíblia é um homem. Estou procurando alguém ligado a Elizabeth Kennedy ou a Tracy Whitney. Ou a ambas. É claro que há uma pessoa que se encaixa perfeitamente nessa descrição.

Gunther franziu a testa.

— Não está falando de Jeff, está?

— Jeff Stevens esteve envolvido com as duas mulheres. E também está na ativa, viajando pelo mundo saqueando antiguidades.

— Seja lá o que Jeff estiver fazendo, não é *saque* — protestou Gunther.

— A questão é que ele está por aí usando uma lista de codinomes. Poderia estar em qualquer uma das cidades em questão na época dos assassinatos.

Gunther balançou a cabeça.

— Jeff não teve nada com isso. Aposto a minha vida.

— De acordo com este arquivo do FBI, ele sai com prostitutas regularmente. Sabia disso?

— Não — disse Gunther, sendo sincero. — Não sabia. O que sei é que Jeff não mataria uma mosca, muito menos uma mulher.

— As pessoas mudam — falou Jean. — Talvez a separação o tenha levado ao limite. Ele pode ter tido algum tipo de surto psicótico. Acontece. — Então Jean acrescentou, ao ver a expressão cética de Gunther: — Quando viu Jeff Stevens pela última vez?

— Há algum tempo — respondeu Gunther, com cautela. — Não me lembro exatamente.

— Meses? Anos? — incitou Jean.

— Anos. Infelizmente.

— Tem alguma ideia de onde ele está agora?

— Não — respondeu Gunther. — Mas não contaria se soubesse.

Ele tocou um sino de latão antigo para chamar a enfermeira. A atitude de Gunther em relação a Jean tinha obviamente mudado para pior.

— Foi para isso que veio me ver, inspetor? Para tentar me fazer trair um dos meus amigos mais antigos?

— De maneira alguma. Vim vê-lo porque Tracy me disse que você era o homem com as melhores ligações na Inglaterra. E que se houvesse rumores por aí sobre Elizabeth Kennedy, ou sobre o parceiro dela, ou qualquer outra coisa que pudesse me ajudar a resolver esse caso, você saberia.

— Hmm. — Gunther pareceu lisonjeado, mas não cedeu. — Tracy sabe que você suspeita que Jeff tenha alguma ligação com esses assassinatos?

— Não suspeito dele — falou Jean. — Não suspeito de ninguém ainda. Em grande parte porque não tenho prova alguma. Mas não posso eliminar Jeff da lista para poupar Tracy, ou você. Ele pode não saber nada sobre isso, ou pode saber alguma coisa. Não sei. O que eu sei é que gostaria de falar com ele. Minha única obrigação é com as mulheres que foram mortas, e com aquelas que ainda podem estar correndo perigo. Preciso pegar esse homem, Sr. Hartog. É só com isso que *eu* me importo.

A enfermeira voltou. Uma mulher filipina de estatura muito baixa com um inglês limitado compensava o que lhe faltava em altura com um instinto protetor implacável. Ao sentir imediatamente a hostilidade do paciente em relação à visita, a mulher se colocou entre os dois como um buldogue, cruzando os braços e olhando para Jean com ódio.

— Senhor muito cansado agora — disse a mulher. — Você sai.

Jean olhou para ela, então para Gunther Hartog.

— Se souber de alguma coisa, *qualquer coisa*, e não me contar... e outra garota morrer... a culpa é sua. Isso não é mais um jogo, Sr. Hartog.

Jean se levantou e caminhou para a saída. Quando chegou à porta, Gunther gritou.

— Estou ouvindo muitos rumores sobre Nova York. Cidade maravilhosa para ladrões, Nova York. Arte refinada, joias valiosas, museus requintados e galerias inspiradoras. Principalmente no Natal. — Ele suspirou. — Só de pensar nisso quase me sinto jovem de novo.

— Nova York? — perguntou Jean.

— Nova York. Dizem que o Baile de Inverno no Jardim Botânico é especialmente mágico, acredito. Todo mundo que interessa vai estar lá.

"Pode ver com os próprios olhos, inspetor."

Capítulo 16

ELA ABRIU A caixa devagar, se deliciando com a maciez do laço de seda nas pontas dos dedos.

— Espero que goste.

Jeff Stevens observou a expressão dela mudar de ansiedade para surpresa, até ficar muito feliz quando a mulher tirou o relógio de ouro branco com diamantes de dentro da caixa. Com feições eslavas, maçãs do rosto altas, lábios carnudos e pele perfeita, alva como alabastro, Veronica sempre parecera mais uma duquesa que uma prostituta. Mas a altivez forjada a abandonou naquele momento. Jogando os braços ao redor do pescoço de Jeff, ela chorou de felicidade.

— Ai, meu Deus! Ai, meu Deus, ai, meu Deus, ai, meu DEUS! Não acredito que você fez isso! Deve ter custado uma fortuna.

— Não mais do que você merece. — Jeff sorriu, feliz por tê-la agradado. — Feliz Natal, V.

Eles estavam no apartamento de Veronica, no West Village. Embora não fosse espalhafatoso, o lugar era luxuoso e elegante, exatamente como a proprietária. Veronica era uma prostituta de luxo e tinha uma lista de clientes pequena, porém de alto nível, que ela escolhia cuidadosamente, e sem a assistência de um cafetão. Antes de trabalhar como prostituta, tinha sido modelo e, ocasionalmente, atriz, mas os dois empregos a deixaram entediada. A verdade era que Veronica gostava do que fazia. Gostava de sexo, e os homens que pagavam para dormir com ela eram interessantes, bem-sucedidos, inteligentes. Poucos eram tão generosos quanto Jeff Stevens. Mas, por outro lado, Jeff era único.

Ele jamais falava de trabalho, embora ela soubesse que Jeff estava na cidade para trabalhar. Ele ia para Nova York umas duas vezes por ano e sempre a procurava. Talvez isso parecesse esquisito, mas Veronica considerava Jeff um amigo.

— Ouça — disse ela. — Daqui a alguns dias é Natal. Você provavelmente tem planos, mas, se por acaso ficar sozinho, será muito bem-vindo aqui. Minha irmã vem com o namorado. Vou fazer uma torta de nozes incrível.

— É muita gentileza sua me convidar. — Jeff a beijou na bochecha. — Mas já tenho planos.

Ele pegou o relógio da mesa de cabeceira e fechou as abotoaduras enquanto Veronica retocava a maquiagem no banheiro. Ao se lembrar de que havia deixado a gravata no balcão, Jeff entrou e a encontrou cheirando uma carreira recém-preparada de cocaína na borda da banheira. Ele congelou, franzindo a testa.

Veronica ergueu o rosto. Interpretando mal a expressão dele, ela disse:

— Desculpe, querido, queria um pouco? Eu deveria ter perguntado.

Jeff balançou a cabeça.

— Preciso ir. Ligo para você, está bem?

— Tudo bem. E muito obrigada pelo presente. Amei!

DO LADO DE fora, a cidade parecia um conto de fadas. Uma grande quantidade de neve havia caído durante a noite, cobrindo o Central Park como glacê de bolo de casamento. Um brilho branco tomava ruas, carros e prédios. Em todas as lojas tocavam músicas de Natal, e as vitrines brilhavam e reluziam com luzes coloridas, brinquedos e doces, fazendo com que Jeff desejasse ter 8 anos de novo.

Jeff abotoou o sobretudo para se proteger do frio e da própria raiva.

Por que uma garota linda como Veronica usaria aquilo?

O fato de ela vender o corpo não o incomodava. Na visão de mundo de Jeff, havia uma grande honestidade em relação à prostituição: uma simples transação entre homem e mulher em busca de prazer. Mas droga? Aquilo era outra coisa. Ele vira o que a droga podia fazer com as pessoas. Sabia como aquilo podia reduzir pessoas a seres imorais, a ínfimos escravos, capazes de fazer qualquer coisa e trair qualquer um em nome do mestre.

Repulsivo.

Tracy nunca usara drogas. E não foi por falta de oportunidade. Os lugares que ela e Jeff costumavam frequentar eram extremamente decadentes. Mas, como Jeff, Tracy jamais se interessou. Se ele fechasse os olhos agora, ainda conseguia ouvir a voz dela.

Por que eu precisaria de ecstasy, querido, quando tenho você?

Por que mesmo?

Jeff sentia mais falta de Tracy na época do Natal.

Mas não era hora de bancar o sentimental. Jeff adorava visitar Nova York, principalmente quando a viagem combinava negócios e prazer. Ele estava hospedado no Gramercy Park, sob o nome de Randall Bruckmeyer, um antiquado magnata do petróleo do Texas, e um dos nomes preferidos de Jeff. Randy era um belo de um mulherengo, e ajudara Jeff em diversos trabalhos nos quais precisou seduzir uma ou mais mulheres. Nesse caso, o alvo era uma linda socialite russa, Svetlana Drakhova, que estava em Nova York para participar do famoso Baile de Inverno no Jardim Botânico com o namorado. Além da carreira atribulada como festeira/vadia profissional, Svetlana também era, por acaso, a mais recente e jovem amante de Oleg Grinski, um oligarca russo com uma queda por sexo anal, tortura e tesouros bizantinos — não necessariamente nessa ordem. Revoltantemente, Oleg dera de presente à ardilosa Svetlana uma coleção inestimável de moedas cunhadas durante o reinado do imperador Heráclio, em 620. Depois de se aproximar de Svetlana, Jeff, ou Randy Bruckmeyer, estava convencido de que era apenas questão de tempo até ela derreter aquele tesouro ou transformá-lo em um par de brincos da moda. Pouco familiarizada tanto com o bom gosto quanto com a decência, Svetlana era tão feia por dentro quanto linda por fora, o que não era pouco. Jeff não gostava de dormir com ela, por isso fora à casa de Veronica naquele dia. Mas ele estava ansioso para roubar Svetlana, e para entregar as moedas ao encantador colecionador espanhol que as havia encomendado. Eles acertaram uma comissão de 1 milhão de dólares, uma fração do valor das moedas, mas o suficiente para fazer o trabalho valer a pena para Jeff. O mais importante era que as moedas estariam em segurança novamente, seriam valorizadas e apreciadas como mereciam. Ultimamente, Jeff Stevens sentia uma ligação mais forte com objetos antigos do que com pessoas. Ao contrário destas, os objetos jamais o desapontavam.

Depois de pegar um táxi para a Lexington, Jeff saltou um quarteirão antes do hotel. Randall Bruckmeyer III sempre se hospedava no Gramercy Park. O Ritz podia ter quartos mais luxuosos, mas aquele era o único lugar da cidade com acesso ao próprio parque particular e com Warhols e Basquiats legítimos pendurados nas paredes. O cliente recebia aquilo que pagava no Gramercy: glamour, luxo e exclusividade.

Jeff entrava no personagem com facilidade, era como vestir um velho suéter.

— Boa tarde, senhoras. — Ele ofereceu o braço para duas mulheres excessivamente maquiadas, com casaco de marta na altura dos tornozelos, conforme elas se aproximavam das portas do salão. — Na cidade para o Baile de Inverno?

— Isso mesmo. — A primeira mulher ergueu o rosto, empertigada, para o lindo texano, quase cegando-o com os diamantes que oscilavam ao redor do pescoço, como se fossem bolas de golfe. — Como sabia?

— Foi só um palpite. Também fui convidado, na verdade.

Randall Bruckmeyer *havia sido* convidado para o evento anual do Jardim Botânico, mas ele não iria. Tinha um compromisso muito mais importante aquela noite. Svetlana Drakhova, por outro lado, *estaria lá*, com o repulsivo homem que a bancava, Oleg, e Jeff esperava que o casal permanecesse no baile por tempo suficiente para que ele pudesse fazer o que fosse preciso. O baile fornecia o disfarce perfeito, principalmente porque todos os policiais, agentes federais e funcionários de empresas de segurança particular estariam no evento como abelhas ao redor de um pote de mel. Depois dos roubos espetaculares do ano anterior — não um, mas dois roubos multimilionários de joias tinham acontecido, um deles envolvendo uma atriz de Hollywood muito famosa e uma pulseira de safira que pertencera a Grace Kelly — ninguém iria arriscar. Apesar disso, ou talvez por causa disso, corriam boatos de que outro trabalho grande estava sendo planejado. Todo vigarista do Ocidente que se prezasse estava em Manhattan naquele momento, imaginando se tentaria a sorte ou não.

Exceto por mim, pensou Jeff. Ele apertou as cinturas das moças vestidas em casacos de pele conforme elas deslizavam para dentro do grandioso Rose Bar do Gramercy.

— Meu nome é Randy — disse ele, com sotaque do sul.

— Randy Bruckmeyer. Posso pagar uma bebida para vocês?

JEAN RIZZO VIA distraidamente os cintos na seção de roupas da marca Ermenegildo Zegna, na Barneys, imaginando quem pagaria quase mil dólares por uma mera faixa de couro quando percebeu que seu alvo estava em movimento. Hora de ir.

Jean estava seguindo Elizabeth Kennedy. Com o nome de Martha Langbourne, ela pegara um voo de Londres para Nova York três semanas antes e se hospedara no Morgans Hotel, em Midtown. Jean Rizzo fez o mesmo. Depois do encontro com Gunther Hartog, tinha esperanças de encontrar Jeff Stevens em Manhattan também. Investigara cuidadosamente, mas, até agora, não tivera qualquer sinal do misterioso ex de Tracy Whitney.

Se isso o desapontava, Elizabeth Kennedy o deixava ainda mais desanimado. Durante os últimos vinte dias, "Martha" dera a boa impressão de ser uma turista rica, como várias outras. Jean a seguira pacientemente a duas peças na Broadway, a diversos jantares em restaurantes caros (sempre sozinha) e a uma série de visitas entediantes a museus, galerias de arte e a cada atração turística concebível, desde o rinque de patinação no gelo do Rockefeller Center até o Empire State.

Em Lyon, o chefe de Jean não estava muito satisfeito.

— Não somos a CIA — falou Henri Marceau, irritado. — Não temos orçamento para esse tipo de coisa.

— Elizabeth Kennedy é minha única pista viva.

— Ela não é uma pista. É um palpite. Você não tem nada contra ela, Jean. Não no que diz respeito ao Assassino da Bíblia.

— É por isso que preciso continuar aqui. Pelo menos até o fim da semana que vem. Ela está planejando alguma coisa para o Baile de Inverno no Jardim Botânico, tenho certeza. Cedo ou tarde, ela vai fazer contato com o parceiro. Ele é o nosso suspeito, Henri. É o nosso suspeito.

Henri Marceau conhecia Jean Rizzo havia muito tempo. Era um bom detetive, com instintos aguçados, mas o coração falava mais alto naquele caso. Estava dando voltas pelo mundo à caça de sombras e ouvindo os conselhos falsos de Gunther Hartog, um vigarista moribundo e ressentido. E pelo quê? Por uma série de prostitutas mortas. Havia outros casos, operações de tráfico humano e de drogas e redes de pedofilia que precisavam desesperadamente de recursos para ser investigados.

— Não tem como justificar isso, Jean. Desculpe. A partir de amanhã, você está por sua conta.

Sylvie, sua ex-mulher, também não estava nada impressionada.

— É Natal. Você está fora há um mês. E quanto às crianças?

— Vou levar algo incrível da FAO Schwarz para elas.

— Algo incrível? Mesmo? Como o quê? Um pai que cumpre as promessas?

Jean se sentia péssimo por Clémence e Luc. Mas não podia ir para casa, não até fazer algum progresso. Se outra jovem fosse morta em Nova York e ele não tivesse feito nada para impedir, jamais se perdoaria.

Finalmente, no dia anterior, algo aconteceu. Elizabeth Kennedy ainda não tinha se encontrado com o parceiro misterioso, mas *havia* começado a seguir Bianca Berkeley.

Atriz de televisão, cientologista e casada com o magnata do ramo imobiliário Butch Berkeley, Bianca era linda, rica e *esquisita*. Os colunistas de fofocas a adoravam pelos chiliques hipocondríacos típicos de Howard Hughes. Ela tinha, diversas vezes, sido notícias por dormir com um "capacete de oxigênio", beber a própria urina diariamente e contratar uma astróloga para definir sua dieta, tudo na esperança de fortalecer a imunidade contra inúmeras doenças imaginárias. Butch continuava casado com ela porque era linda e famosa e porque ela não se importava se ele dormisse com a assistente ou com a *personal trainer*, contanto que lhe desse as joias e jatinhos particulares.

Os Berkeleys tinham confirmado presença no Baile de Inverno daquele dia. No dia anterior, "Martha Langbourne" deixara o hotel cedo, depois de tomar café da manhã e seguira Bianca Berkeley, primeiro para a aula de Pilates, depois para o consultório do psiquiatra, e, por fim, à Tiffany, onde passou uma hora trancada em reunião com o gerente da loja, Lucio Tivoli. Naquele dia, a Sra. B. estava na Barneys comprando botas Louboutin e "lembrancinhas" para a equipe, as quais incluíam (até então) um relógio Patek Philippe no valor de sete dígitos e uma pulseira de cristal que alegava "neutralizar íons" no corpo.

Martha estava logo atrás dela. Não havia dúvida agora. Bianca Berkeley era o próximo alvo de Elizabeth Kennedy.

Jean observou enquanto as duas mulheres se moviam entre casacos de peles e acessórios, e depois para as peças de roupas. A Sra. Berkeley não comprou mais nada, mas "Martha Langbourne" se presenteou com luvas de 300 dólares, forradas com caxemira e com borda de seda dourada, pagas com um AmEx ilimitado no mesmo nome, exatamente como no hotel. Jean Rizzo havia verificado os recibos uma semana antes. ML era obviamente uma identidade que Elizabeth usara antes, nos Estados Unidos, embora os cartões não fossem usados havia mais de um ano. O truque fracassado em Los Angeles tinha sido pago com outra fonte de renda. A Srta. Kennedy e o parceiro eram muito cuidadosos.

Jean observou enquanto Bianca Berkeley deixou a loja pela saída principal, na Madison Avenue. Ele estava prestes a seguir as duas quando um pressentimento o deteve. Como esperado, Elizabeth Kennedy foi atrás do alvo. Mas, dessa vez, Jean reparou dois rapazes caminhando atrás dela. Usavam jeans e suéteres. Um deles tinha um sobretudo de lã pendurado no braço. Jean não conseguia ver os rostos dos homens, mas algo no modo como eles se moviam, a leve inclinação das cabeças de um para o outro, lhe disseram subitamente que eles estavam trabalhando juntos.

Será que Elizabeth poderia ter mais de um cúmplice? Será que fazia parte de alguma gangue?

Tranquilamente, Jean pegou o celular e começou a tirar fotos, fazendo o possível para parecer concentrado na incrível vitrine de Natal da Barney's, e não nos dois homens. Para sua infelicidade, momentos depois, uma multidão de clientes saiu do estabelecimento, levando os dois homens para fora da loja, na direção da Madison Avenue, apenas alguns metros atrás de Elizabeth.

Jean não sabia se tinha gravado os rostos deles ou não. Seus pensamentos acelerados. *Gente demais. Quando eu conseguir chegar à rua, podem ter sumido.* Aquele poderia ser o contato pelo qual estava esperando, e estava a segundos de perdê-lo!

Depois de empurrar uma mulher gorda e seu filho ainda mais gordo, Jean correu para a janela do térreo mais próxima, atrás de uma vitrine que expunha cadernos Smythson. Quando pressionou o rosto no vidro, viu Bianca Berkeley entrar na limusine que a esperava e sair em disparada. Jean não conseguiu ver Elizabeth ou os dois homens.

— Droga! — disse ele, alto, o que atraiu mais de um olhar assustado dos clientes próximos. Mas, de repente, um dos homens surgiu diante da vitrine, a poucos centímetros de onde Jean estava. Instintivamente ele se encolheu. O homem agora vestia um casaco. Era baixinho, com cabelos escuros, mas ainda estava de costas. *Vire, droga*. Em certo momento, o homem se recostou de modo que o casaco de lã tocou o vidro. Então ele se inclinou para a frente, aparentemente acenando para alguém do outro lado da rua. Jean não conseguia ver quem era. Segundos depois, o homem fez um sinal com a mão e um táxi amarelo parou.

— Não! — Jean correu como um louco, aos tropeços, para a saída da loja.

— Cuidado, imbecil!

Do lado de fora, o ar frio de dezembro acertou seu rosto como se fosse um soco. Os clientes tomavam as calçadas como formigas, ávidos pelas compras de Natal. Dos dois lados da Madison Avenue, uma fileira de táxis amarelos se estendia pelos quarteirões, como tijolos na estrada para Oz. O coração de Jean ficou pesado. Ele tinha perdido um dos homens e duvidava que conseguisse reconhecer o outro, mesmo que o tivesse visto. Estava prestes a voltar para o hotel de Elizabeth, sem muita esperança de que os três pudessem se encontrar lá, quando, de repente, ele a viu. Ela caminhava para o metrô.

Jean Rizzo a seguiu. Nenhum dos homens estava por perto, mas ele estava determinado a não perder Elizabeth de vista novamente. Então entrou em um trem que seguiu para a parte nobre da cidade. Sem perder Elizabeth de vista, e permanecendo perto o bastante das portas para poder sair correndo atrás dela a qualquer momento, Jean verificou as fotos no celular. O pessoal do departamento de tecnologia da Interpol fazia maravilhas com imagens, mas até mesmo Jean sabia que aquelas não pareciam promissoras. Duas figuras distantes em um mar de gente. *Droga. Como pude desperdiçar essa chance?*

Elizabeth desembarcou no Central Park West. Não parecia estar com pressa, caminhava como se fosse turista. Jean a seguiu pelo parque a uma distância discreta. Eram quatro da tarde. O sol estava se pondo e as multidões nas ruas começavam a diminuir. A neve começou a cair de novo. Flocos espessos e pesados como penas de ganso ficaram presos nos cabelos de Jean e no casaco dele. *Aonde ela vai?*

De repente, Elizabeth parou. Ela olhou em volta rapidamente, talvez para verificar se estava sendo seguida, então se sentou em um banco, tirando a neve recém-caída de sua roupa. Jean continuou andando. Ao chegar ao alto de uma colina, ele se escondeu atrás de um pequeno aglomerado de árvores. Era o esconderijo perfeito, perto o suficiente e de onde ninguém o via. Ele pegou o celular e esperou.

Não precisou esperar muito. Um cavalheiro alto, usando chapéu de caubói, caminhou determinado até o banco. Não parecia uma situação armada, não havia nenhuma tentativa de discrição. Quando o homem chegou até Elizabeth, ficou de pé e deu um grande sorriso, estendendo os braços. Então ele tirou o chapéu, e Jean pôde ver seu rosto claramente. Era a primeira vez que Jean via aquelas feições bonitas ao vivo, mas ele as teria reconhecido em qualquer lugar.

Ora, ora, quem diria.

Jean pegou o telefone e começou a tirar fotos. *Clique, clique, clique.*

TRACY ESTAVA NO alto de uma escada, ajeitando um anjo amassado no topo da árvore de Natal quando o telefone tocou.

— Pode atender, querido? — pediu a Nicholas.

Os dois tinham passado uma tarde agradável decorando a casa, e Blake Carter ajudou a montar o enorme pinheiro norueguês. Tracy adorava o Natal. Aquela casa tinha sido feita para essa época do ano, com o pé-direito alto, as lareiras abertas crepitantes e o charme do chalé de madeira. Blake costumava achar a decoração exagerada. Ela havia comprado cachorros que cantavam músicas de Natal e um Papai Noel de plástico, em tamanho real, com botas chamativas e chapéu, que dizia: "Ho! Ho! Ho!" quando alguém esfregava a barriga dele.

— Parece que um elfo vomitou na sua sala. — Mas Tracy suspeitava que Blake no fundo amava aquela decoração tanto quanto ela. Principalmente quando o homem via a alegria nos olhos de Nicholas.

— Ah, oi, Jean. — A voz alegre do menino disparou calafrios pelo corpo de Tracy. — Como você está? Quer falar com a mamãe?

Tracy desceu a escada com um sorriso estampado no rosto. Nicholas entregou o telefone a ela.

— É seu amigo Jean — disse o menino, voltando para a árvore e para a enorme caixa de papelão com artigos de decoração.

Tracy foi para a cozinha, onde teria mais privacidade.

— Achei que tivéssemos combinado que você não ligaria para o meu telefone fixo — disse ela, baixinho. — Não até depois de ele ir dormir.

— Isso não podia esperar. Acabei de ver Jeff Stevens no Central Park.

O estômago de Tracy se revirou.

— Ele estava com Elizabeth Kennedy. Pareciam próximos, Tracy.

Foi como se ela estivesse desabando em um elevador. Tracy sentiu os joelhos começarem a ceder. Ela se apoiou na mesa para se equilibrar.

— Mandei fotos para o seu celular. Eles conversaram durante meia hora, depois foram para o hotel dele. Elizabeth está planejando aplicar um golpe em Bianca Berkeley. Parece que Jeff está envolvido. Pode abrir as fotos?

Silêncio.

— Tracy? Você está aí?

— Sim. — A voz dela saiu esganiçada e embargada.
— Estou aqui, pode falar.

Jean contou tudo o que tinha descoberto aquela tarde. Falou sobre os dois homens na Barneys, que achava que Bianca Berkeley era o alvo e que o golpe aconteceria no Baile de Inverno, exatamente como Gunther Hartog previra. E que Jeff Stevens era um dos suspeitos.

— Ela ficou com ele no hotel durante uma hora e saiu primeiro, logo depois foi a vez dele. Eu o segui.

— Aonde ele foi? — perguntou Tracy, calma.

— Ele foi para o Meatpacking District e contratou uma prostituta.

O coração de Tracy desabou. Era como se ela estivesse fora do próprio corpo. Tracy olhou para o filho, que pendurava enfeites de renas na árvore de Natal. Uma canção vinha da sala ao lado. A voz de Jean Rizzo não pertencia àquela cena. Nem Jeff.

Vim para cá para fugir dele, para fugir daquela vida.

O ódio tomou conta dela. Um ódio selvagem e irracional.

Como Jeff ousa trabalhar com Elizabeth! Como ousa transar com prostitutas! Como ainda consegue me machucar, depois de tantos anos!

No entanto, outra parte dela se sentia protetora em relação a Jeff, e furiosa com Jean Rizzo.

Por que Jean estava contando aquelas coisas a ela? Por que estava tentando envenenar a sua vida?

— O que você quer, Jean? — A voz dela era fria. — Por que ligou para mim?

— Quero que venha para Nova York.

Tracy riu com amargura.

— Não seja ridículo. É Natal.

— Preciso de você. Conhece Jeff Stevens melhor que ninguém.

— Não mais.

— Você não está prestando atenção no que estou falando? — A voz de Jean se elevou, frustrada. — Está acontecendo alguma coisa aqui, Tracy! O Baile de Inverno é em menos de uma semana. Elizabeth e Jeff estão planejando um golpe juntos, algo grande. Pode haver outras pessoas envolvidas, uma gangue, não sei. Jeff está saindo com prostitutas. Ele está ficando animado. Está com a adrenalina alta... Numa hora dessas, na semana que vem, se não fizermos alguma coisa, outra garota pode estar morta.

— Espere um pouco. — Tracy baixou a voz até que ela se tornasse um sussurro. — Estou ouvindo direito? Você acha que *Jeff* é o Assassino da Bíblia?

— Acho que há uma grande possibilidade.

Tracy balançou a cabeça. *Será que isso é um pesadelo? Essa conversa é real ou vou acordar em um minuto e rir disso tudo?*

— Você está louco.

— Então venha para Nova York e me ajude. Ajude Jeff. Prove que estou errado.

— Você está surdo? Não vou para Nova York. Isso não faz parte do nosso acordo.

— Tracy, pegue o primeiro voo! — Jean estava gritando. — Está me ouvindo? Pegue o primeiro voo ou vou contar a verdade ao seu filho.

Tracy desligou. Ela tirou o telefone da tomada. No balcão, o celular estava piscando.

As fotos de Jean.
Jeff e Elizabeth.
Juntos.

Tracy desligou. As mãos dela tremiam como se ela estivesse desarmando uma bomba.

— Mãe? — A voz de Nicholas veio da sala. — Terminou? Venha me ajudar.

Lágrimas arderam no fundo dos olhos de Tracy.

— Já vou, querido.

ERA MEIA-NOITE, MAS Jean Rizzo estava agitado demais para dormir. Ele estava bem alerta quando o telefone tocou.

— Acredita mesmo que Jeff está envolvido nesses assassinatos?

Tracy parecia tão cansada quanto ele.

— Não sei. Acredita mesmo que ele não está?

Tracy não respondeu. A verdade era que ela não sabia no que acreditar. Só queria que aquele pesadelo acabasse.

— Tem um voo saindo de Denver amanhã ao meio-dia. Pode pegar a passagem no balcão da American Airlines.

— E você pode ir para o inferno. Já falei. Fico feliz por ajudar e dar conselhos, mas tenho uma vida aqui. Não vou para Nova York.

— Hmm-hmm — falou Jean.

— É Natal!

— É o que todos me dizem.

— É sério, Rizzo. Vou pagar para ver. Não vou para Nova York.

Capítulo 17

— BEM-VINDA A NOVA York!

Jean Rizzo encontrou Tracy no JFK com um sorriso brilhante.

— Fico muito feliz por ter decidido vir.

— Não "decidi vir". Você me chantageou.

— Ah, por favor. Não vamos brigar. — Jean a cutucou nas costelas, brincando. — Vai fazer bem a você sair de Steamboat. A vida na cidade pequena às vezes é bem maçante, não acha?

— Acho que você sabe tudo sobre ser maçante. Por ser canadense e tudo o mais. — Tracy deu um sorriso sarcástico.

Eles tomaram café em uma lanchonete do aeroporto.

— Vamos estipular algumas regras — falou Tracy.

Jean não conseguia parar de sorrir. Ele ainda não conseguia acreditar que ela estava ali.

— Não vou ajudar você a pegar Jeff Stevens.

— O que quer dizer com isso?

— É sério. Você me perguntou ontem à noite se eu tinha certeza de que Jeff não tinha nada a ver com esses assassinatos. Bem, quer saber? Tenho.

— Mas, Tracy...

— Nada de "mas". Me deixe terminar. Vi as fotos que você me mandou. Concordo que Jeff esteja envolvido nisso de alguma forma.

— Obrigado.

— Mas ele não é assassino, Jean. Sei que não é.

Jean Rizzo olhou para ela por um momento e então disse:

— Tudo bem. Mas alguém está matando essas garotas.

— Sim.

— Sempre que Elizabeth Kennedy faz algum trabalho grande.

— Sim.

— O que ela está prestes a fazer, com a ajuda de Jeff Stevens.

— Possivelmente.

— A não ser que nós os peguemos em flagrante.

— Peguemos *Elizabeth* em flagrante — corrigiu Tracy. — Vou ajudar você a pegar Elizabeth. Mas não vou ajudar a pegar Jeff. Esse é o acordo, Jean. É pegar ou largar. Não é negociável. Jeff sai livre dessa.

Meu Deus. Ela ainda o ama, pensou Jean Rizzo.

— Tudo bem — concordou ele. — Vamos nos concentrar em Elizabeth. Por onde começamos?

— Com o alvo. — Tracy terminou o café e se levantou. — Vou para o hotel tomar um banho e ligar para o meu filho. Mande tudo o que tem sobre Bianca Berkeley e sobre esse Baile de Inverno.

— Não seria mais fácil se nós conversássemos sobre isso? Podemos ver os arquivos juntos, discutir algumas ideias. Eu gostaria que você...

— Não — respondeu Tracy. — Trabalho melhor sozinha. Me encontre para jantar no Great Jones Café, na Prince Street, às oito. Terei um plano para você até lá.

O JONES ERA como uma charmosa reentrância na parede, à luz de velas, enfiado entre dois restaurantes mais famosos no coração do SoHo. Servia comida americana clássica, costelas, milho, purê de batatas, cheeseburgers e sanduíches de peru. Tudo era delicioso.

Tracy usava um suéter cinza com gola rulê e calça de lã de boca larga. Suas bochechas estavam vermelhas devido ao frio, e seus olhos verdes brilhavam como dois pedaços de kryptonita. Tracy ainda estava com raiva de Jean, mas, nas poucas horas que estavam juntos desde que o inspetor a encontrara no aeroporto, alguma coisa obviamente a animara. Quando Tracy falou, pareceu enérgica. Não demorou muito até que Jean percebesse por quê.

— Sei o que Elizabeth vai roubar.

— Sabe?

Tracy assentiu.

— Bianca Berkeley não vai usar nenhuma de suas joias no Jardim Botânico. Ela vai pegar emprestado uma gargantilha de esmeraldas Tiffany que vale 2,5 milhões de dólares, mas o seguro vale 3 milhões.

Os olhos de Jean se arregalaram.

— Como você sabe disso?

— Entrei na loja e perguntei. Acho que o atendente gostou de mim.

Aposto que sim, pensou Jean.

— A gargantilha será entregue na residência dos Berkeleys às três da tarde no dia do baile — continuou Tracy. — Será levada em uma van blindada, com dois guardas e um motorista. Um funcionário da seguradora estará na casa para que alguém assine a papelada. E deve ser devolvida às dez horas da manhã seguinte. A mesma van irá buscá-la.

Jean assentiu, mudo.

— Entre três e quatro da tarde, quando o motorista dos Berkeleys estiver indo para o Brooklyn, aquela casa provavelmente vai estar um caos. Haverá um assistente pessoal lá, um estilista, um maquiador, um cabeleireiro. E os mentores em cientologia da Bianca.

— Os o quê?

— Os mentores. Butch é um grande benfeitor da igreja. Não sabia? — Tracy franziu o cenho.

— Nunca soube disso — falou Jean.

— Deveria. Acredite, tudo o que estou dizendo agora Elizabeth Kennedy já sabe. "Martha Langbourne" é cientologista, aliás.

Jean pareceu surpreso.

— Está no passaporte dela, em religião. — Tracy respondeu à pergunta não pronunciada. — De qualquer forma, a questão é que a gargantilha provavelmente será movida de cômodo a cômodo e passará em diversas mãos. Essa é uma oportunidade óbvia. Principalmente se "Martha" trabalhou com cientologia e tem acesso à propriedade.

— Então está dizendo que acha que Elizabeth vai tentar roubar as esmeraldas da casa dos Berkeleys, entre três e seis da tarde?

— Não. — Tracy acenou para um garçom e pediu outra taça de Cabernet. — Estou dizendo que essa é uma possibilidade. Há várias.

— Como?

— Na loja. No trânsito. No próprio baile. Na manhã seguinte. Quando a joia estiver sendo devolvida.

Jean resmungou.

— Tudo bem — disse ele, por fim. — Como faria isso se o trabalho fosse seu?

— Eu a pegaria no trânsito.

— Por quê?

— Porque é mais simples. Mais limpo. Envolve menos testemunhas, menos digitais. É mais anônimo. Mas alguém precisa ajudá-la do lado de dentro. Uma equipe.

— Ela tem isso — falou Jean.

— Sim. — Tracy bebeu um gole do vinho, pensativa.

— Estou sentindo que há um "mas".

Tracy sorriu.

Ela está se divertindo, pensou Jean. *Não quer admitir, mas está. Está gostando do desafio.*

— É preciso uma ou duas coisas para ser um ladrão bem-sucedido. Cérebro e colhões.

— Não tenho certeza se entendi.

Tracy explicou.

— O maior roubo de joias de todos os tempos, dos tempos recentes, pelo menos, aconteceu há alguns anos no Festival de Cinema de Cannes. Diamantes que valiam 80 milhões de dólares foram levados numa noite, por um homem, em um evento lotado, cheio de celebridades e seguranças.

— Lembro-me vagamente de ler sobre isso — falou Jean. — Como ele conseguiu mesmo?

— Ele é um gênio do crime. — Tracy sorriu. — Subiu por uma janela aberta em plena luz do dia, colocou todas as joias que conseguiria carregar em uma mala enquanto segurava uma arma de brinquedo, então saltou de volta pela janela e fugiu a pé. Ele deixou cair uns 20 milhões de dólares em diamantes conforme corria. Mas 80 *milhões* de dólares em diamantes jamais foram recuperados. Colhões.

— E isso tem a ver com Elizabeth Kennedy... como?

— A questão não é como *eu* faria. É como *ela* faria — disse Tracy. — Elizabeth é inteligente. Mas se está por trás de todos esses trabalhos dos quais falou, aqueles que aconteceram antes dos assassinatos, então eu diria que os colhões dela são, no mínimo, tão grandes quanto o cérebro. — Tracy se recostou na cadeira com um olhar triunfante no rosto. — Acho que ela vai fazer isso no baile. Acho que vai roubar aquela gargantilha à noite, diante de milhares de convidados e Deus sabe quantos policiais. E acho que ela vai sair andando numa boa de lá.

A segurança de Tracy era contagiante.

Jean Rizzo fez a pergunta óbvia.

— E como, exatamente, ela vai fazer isso? Arrancar a joia do pescoço da Bianca Berkeley?

Tracy deu uma gargalhada.

— É claro que não. Eu fiz um trabalho parecido uma vez, no Prado, em Madri, antes de Jeff me enganar. É bem simples, na verdade.

Jean ergueu uma sobrancelha de modo questionador.

— Bianca vai dar a gargantilha a Elizabeth.

O BAILE DE Inverno do País das Maravilhas no famoso Jardim Botânico de Nova York era considerado a festa do ano pela elite de Manhattan. Glamoroso o bastante para instigar os ícones da moda da cidade e investidores milionários a viajarem até o Bronx, o evento também atraía uma multidão internacional de clientes superabastados. Aqueles que iam para ver pessoas interessantes e para serem vistos saíam em bandos de todos os lugares do mundo até o prédio icônico de vidro e metal, com um domo de palmeiras de tirar o fôlego, iluminado por milhares de velas brancas simples. Do lado de fora, a neve branca e o céu de inverno completamente negro salpicado de estrelas forneciam o cenário perfeito para os deslumbrantes vestidos de alta-costura e as ricas joias das convidadas conforme elas chegavam.

Hollywood compareceu em peso aquele ano, tanto a velha guarda quanto as celebridades mais novas. Sharon Stone desfilava em um Giambattista Valli branco e as irmãs Fanning estavam umas gracinhas em minivestidos Chanel com babados rosa-shocking. Elas socializavam com figurões de Washington — o vice-presidente e a esposa dele estavam lá, assim como o novo secretário de Estado e Harvey Golden, chefe de gabinete da Casa Branca. Havia supermodelos e designers, bilionários e generais, escritores, artistas e magnatas do petróleo. O propósito oficial do baile era angariar fundos para as crianças carentes de Nova York. Na verdade, aquilo era mais uma oportunidade para que as crianças super-privilegiadas da cidade se entupissem de comida em um banquete espalhafatoso. O ar tinha aroma de flores tropicais e perfume caro, e o aroma de trufas brancas vinha da cozinha. Mas, no fim, o aroma mais sobrepujante era de dinheiro.

Jean Rizzo mal conseguia respirar. Enquanto abria caminho entre os fotógrafos da *Vogue* e jornalistas reunidos do lado de fora, ele pegou uma taça de champanhe e se misturou à multidão. Bianca Berkeley e o marido, Butch, já estavam ali, cercados por bajuladores. Butch Berkeley conversava animadamente com Warren Gantz, um figurão de Wall Street, sobre as vantagens de diversos aviões particulares (Warren preferia o Dassault Falcon 900, uma pechincha de 33 milhões de dólares, enquanto Butch permanecia fiel ao Embraer Legacy 650). Jean Rizzo pensou no antigo Volvo 760 que dirigia desde os 20 anos, enferrujando do lado de fora do apartamento em Lyon, e sorriu. Pessoas como Gantz e Berkeley não tinham a menor noção da realidade.

Embora, talvez, Bianca Berkeley tivesse menos ainda. De pé alguns metros atrás do marido, acompanhada por um cientologista de cada lado, chamados de "relações--públicas" e "assistente", ela estava com o olhar perdido, como se fosse cega. Ali estava a famosa gargantilha de esmeraldas, envolta no pescoço elegante de Bianca. *Não fica bem nela*, pensou Jean. Incrível como aquela peça conseguia parecer, ao mesmo tempo, absurdamente cara e espantosamente feia.

De qualquer forma, Bianca a estava usando, o que significava que o plano de Elizabeth ainda tinha de ser executado. Ponto para a teoria de Tracy.

Os cabelos escuros de Bianca estavam presos em um coque rude, e ela usava um vestido longo simples, sem dúvida na intenção de ostentar as esmeraldas Tiffany. Mas aquilo só fazia com que uma mulher linda parecesse tão rígida e desconfortável quanto um manequim de loja.

Mas não havia sinal de Elizabeth. Jean dera três voltas completas no conservatório do Jardim Botânico, passando de um aglomerado de festeiros ricos para outro. Mas nem "Martha Langbourne" nem "Randall Bruckmeyer", o atrevido alter ego texano de Jeff Stevens, tinham chegado, apesar de serem presenças confirmadas desde aquela manhã.

Pela primeira vez desde o jantar com Tracy, Jean Rizzo começou a duvidar. E se as esmeraldas de Bianca Berkeley nem *sequer* fossem o alvo, afinal, mas apenas uma artimanha para despistar Jean? Arrogantemente, Jean presumira que Elizabeth Kennedy permanecia alheia à vigilância dele. Mas a mulher era profissional e estava no auge da carreira. E se soubesse que Jean estava atrás dela desde o início? Mas eles gostavam desse jogo. Elizabeth, Jeff Stevens, até mesmo Tracy, que alegava ter deixado a vida de golpes e truques para trás pelo bem do filho, mas o quanto Jean sabia de verdade? Aquela mulher costumava enganar outras pessoas para ganhar a vida, afinal.

As indesejadas palavras do chefe de Jean vieram à sua mente.

Elizabeth não é uma pista, dissera Henri Marceau. *É um palpite. Você está correndo por aí em uma caçada desenfreada com base no "conselho" de dois ex-vigaristas! Está errado nessa, Jean. Volte para casa.*

Jean terminou o champanhe e pegou outra taça. Seu olhar treinado já havia registrado um verdadeiro exército de policiais disfarçados, agentes federais e seguranças particulares perambulando entre os convidados. Talvez Elizabeth tivesse percebido que era simplesmente arriscado demais tentar algo ali e tivesse ficado com medo no último segundo. Ou os colhões da moça não fossem tão grandes quanto Tracy imaginara, afinal.

A hesitação de Jean Rizzo aumentava.

Onde será que ela está?

A AGENTE DO FBI ajustou a alça do vestido prateado. Em outras circunstâncias, numa festa como aquela ela teria deixado os cabelos soltos. Mas não naquela noite. Estava ali para trabalhar.

Bianca Berkeley era o alvo, ou, mais especificamente, o aglomerado de pedras verdes extravagantes no pescoço dela. Espremida entre os mentores da igreja como carne em um sanduíche, a atriz e esposa de Butch Berkeley não fazia ideia do perigo que corria. Será que aqueles panacas a faziam se sentir segura de verdade? A agente do FBI balançou a cabeça. *Engraçado como é fácil confiar nas pessoas erradas.*

Sua cabeça coçava por causa da peruca preta e desconfortável que ela usava. A mulher não queria colocá-la, mas havia possibilidade de um dos convidados a reconhecer de outro trabalho. O mundo dos super-ricos e dos supercorruptos era menor do que se podia imaginar, era uma espécie de cidade do crime. Ela reconheceu vários outros policiais e agentes que perambulavam pelas pessoas, tentando se misturar à multidão. O homenzinho canadense engraçado da Interpol tinha aparecido também, aquele que ninguém levava a sério. Os boatos diziam que até o pessoal dele na França tinha cortado relações com o cara.

A agente olhou para o relógio. Eram oito e quinze da noite.

Ela precisava fazer contato com Bianca logo, ou seria tarde demais.

Svetlana Drakhova jogou a cabeça para trás e riu de uma das piadas de Oleg Grinski.

Idiota. Svetlana bebeu um gole do Burgundy *vintage. Porco gordo e feio. Não sou sua esposa. Vá encher o saco de outra pessoa com suas histórias entediantes.*

Svetlana estava de mau humor. Tinha desperdiçado os últimos seis meses com o repulsivo Grinski, tendo tirado muito pouco proveito disso. Seu aniversário de 22 anos fora no mês anterior, e o que aquele porco dera a ela? Umas moedas velhas idiotas! Svetlana esperava que aquela viagem a Nova York pelo menos envolvesse alguns passeios pela Graaf ou pela Cartier. Mas o filho da puta sovina mantivera a carteira guardada. Exceto por um relógio e algumas míseras bolsas Balenciaga, ele não comprara nada para ela. Nada!

O único ponto positivo da viagem tinha sido Randy. Randall Bruckmeyer era bom de cama e generoso. Certamente o valor líquido dele era uma fração do de Grinski. Mas Randall já havia prometido a Svetlana o par de brincos de diamantes da Neil Lane que ela queria. O único problema agora era como cair fora sem despertar a ira de Oleg. A última amante que o largou acabou levando um copo de ácido no rosto.

Randy deveria estar lá naquela noite. Svetlana colocara seu vestido mais sexy para ele, um Cavalli vermelho colado ao corpo que não deixava espaço para imaginação. Mas até agora ele não tinha aparecido, o que piorava ainda mais o humor dela.

— Ai, meu Deus! Cuidado!

Uma mulher atrapalhada de cabelos pretos esbarrou em Svetlana por trás com tanta força que ela quase caiu. A taça escapuliu de sua mão, encharcando o homem na frente dela de vinho tinto.

A mulher de cabelos escuros se adiantou. Depois de tirar um lenço do bolso, Svetlana começou a secar inutilmente a enorme mancha roxa na camisa do homem.

Ele a afastou, irritado.

— Tudo bem. Vou limpar no banheiro.

— O que aconteceu? — Bianca Berkeley se virou. O homem com a camisa manchada era o relações-públicas dela.

Ele gesticulou para Svetlana.

— Essa garota derramou uma taça de vinho tinto em mim!

— Que grosseria! Não foi minha culpa.

Vozes começaram a se erguer. Butch Berkeley se juntou à discussão, questionando um dos mentores cientologistas enquanto o outro estava aos berros com Svetlana. A antena de Jean Rizzo entrou em alerta. *É isso! Alguma coisa está acontecendo.* Ele caminhou até o grupo, mas Oleg Grinski se colocou diante dele, envolvendo a amante em um abraço e temporariamente obstruindo a visão de Jean.

Quando Jean passou pelo russo, Bianca Berkeley não estava mais à vista.

ACONTECERA TÃO RÁPIDO que, no primeiro instante, Bianca achou que tivesse ouvido errado. Mas a mulher de cabelos pretos repetiu, falando no ouvido de Bianca.

— FBI. Você corre um grande perigo, Sra. Berkeley. Por favor, venha comigo.

Uma corrente de medo, misturada com adrenalina, percorreu o corpo dela. Butch zombava dela, dizia que ela era cheia de teorias da conspiração. Mas Bianca sempre soube que havia forças sombrias lá fora tentando lhe fazer mal. Ali, por fim, estava a prova.

Ela seguiu a mulher até um dos banheiros e trancou a porta.

JEAN RIZZO CORREU para a escada de incêndio.

Nenhum sinal.

O coração dele começou a acelerar. Estava acontecendo agora, em algum lugar daquele prédio, e ele perderia aquilo. De alguma forma, Kennedy e Stevens tinham passado a perna nele. Mas eles nem mesmo estavam ali! Aquilo não fazia sentido.

De volta ao conservatório, Jean abordou um garçom.

— Estou procurando Bianca Berkeley. Sabe quem é?

— Não, senhor. Sinto muito.

— Ela está de vestido preto longo e os cabelos estão presos.

— Desculpe, senhor. Há muitas de vestido preto.

— Ela está com um colar de esmeraldas enorme.

— Ah! Sim. — O rosto do homem se abriu em um sorriso. — Conheço a moça. Ela passou por aqui faz um tempinho com a amiga.

O coração de Jean se contraiu.

— Acho que estavam indo para o banheiro. Fica bem...

Jean já estava correndo.

— Entendeu, Sra. Berkeley?

Bianca assentiu, os olhos arregalados de medo. O entusiasmo se fora havia tempo. Aquilo não era drama de televisão. Era real.

— A ambulância está a caminho? Tem certeza?

— Meus colegas já chamaram. Você ficará bem, senhora. Ainda há tempo.

— Ai, Deus! — Bianca começou a soluçar. — Já posso sentir. Minha pele! Está queimando!

A agente do FBI segurou a mão dela e a apertou.

— A ajuda está a caminho. Tente ficar calma. Entende que preciso ir agora?

— É claro. Vá. VÁ!

Jean Rizzo esmurrou a porta trancada.

— Sra. Berkeley! Sra. Berkeley, está aí?

Ele ouviu uma voz embargada.

— Eles já chegaram?

— Quem já chegou?

— A ambulância.

— Senhora, é a polícia. Por favor, abra a porta.

— Não posso! Estou envenenada com radiação. Você pode ser contaminado!

Jean respirou fundo. Ele sabia que Bianca Berkeley era doida, mas aquilo era um exagero.

— Abra a porta, senhora.

Devagar, a porta se abriu. Bianca Berkeley se atirou nos braços de Jean, chorando histericamente.

— Onde eles estão? — gritou ela. — Ela falou que eles estavam chegando! Não me resta muito tempo.

A mulher estava agarrada ao pescoço dele.

A gargantilha de esmeraldas tinha sumido.

Elizabeth Kennedy caminhou devagar, mas com determinação, para fora do prédio. A peruca preta ainda fazia sua cabeça coçar, mas ela não se importava mais. Enquanto rodopiava a bolsa de festa, sentiu o peso da gargantilha Tiffany lá dentro e sorriu.

Jeff disse que não seria possível. Mas eu fiz.

Agora ele terá de admitir que eu sou a melhor.

Ela conseguia ver a estação Metro-North a apenas poucos metros.

BIANCA BERKELEY ESTAVA tão histérica que Jean precisou de alguns minutos para conseguir a descrição de que precisava. *Vestido prateado, cabelo preto. Uma bolsa de festa verde e grande.*

— Era onde ela guardava o dispositivo. O verificador de radiação. É inteligência russa, entende. Eles já usaram essa técnica antes, porque não pode ser rastreada.

Jean correu para a rua.

A ESTAÇÃO METRO-NORTH estava fechada.

Elizabeth perguntou ao policial do lado de fora:

— O que está acontecendo?

— Ameaça de bomba. Acham que é falsa, mas nenhum trem vai funcionar mais esta noite. É melhor pegar um táxi.

FOI PURO ACASO ele ter visto Elizabeth. Um lampejo prata chamou sua atenção a quase 50 metros. Ela estava atravessando a rua em frente à estação de trem, aparentemente procurando um táxi.

Sem piloto de fuga. Nenhum parceiro veio para encontrá-la. Ela simplesmente sai caminhando tranquilamente.

Tracy estava certa. A moça tinha colhões.

Jean baixou o rosto e apressou o passo. Elizabeth estava a quase 40 metros agora.

Trinta.

Dez.

Um táxi amarelo parou. Ela se abaixou para falar com o motorista. Jean correu para a frente. No mesmo instante, outra figura do sexo masculino disparou para o táxi do lado oposto da rua. O homem vestia um sobretudo e um suéter com gola rulê, e Jean o reconheceu pelo modo como corria como um dos caras da Barneys. Uma fração de segundo depois, o segundo homem surgiu das sombras — também da Barneys. Também correndo.

Dessa vez, Jean Rizzo soube onde os vira antes.

Elizabeth abriu a porta do táxi e colocou uma das pernas para dentro quando Jean a segurou.

— O que está fazendo? Me solte!

Ao mesmo tempo, a porta do outro lado se abriu.

Por uma fração de segundo, o inspetor da Interpol Jean Rizzo e o agente do FBI Milton Buck se olharam com raiva.

Os dois disseram, ao mesmo tempo:

— Você está presa.

Capítulo 18

— INTERROGATÓRIO RETOMADO, 21 de dezembro, quatro e quinze da manhã. Srta. Kennedy, em seu depoimento, a Sra. Berkeley disse que você fingiu ser uma agente do FBI. Isso é verdade?

Elizabeth Kennedy lançou um olhar de desdém desencorajador para Milton Buck, mas não respondeu. Exatamente como não havia respondido a nenhuma pergunta de Buck durante as últimas cinco horas.

— Você disse a Sra. Berkeley que as esmeraldas na gargantilha que ela usava estavam contaminadas por radiação. Além disso, convenceu a mulher de que a vida dela estava em perigo devido àquilo, um golpe que sustentou usando diversos aparelhos simples, como estes aqui.

Milton Buck colocou um pedaço de plástico em formato oval na mesa. Não muito diferente de um daqueles aparelhos que as pessoas usavam para monitorar bebês. Funcionava a bateria, emitia uma luz vermelha e fazia um ruído de estalo quando se pressionava um botão na parte traseira.

Elizabeth deu um risinho.

— Foi isso o que aconteceu, Srta. Kennedy?

Silêncio.

— O dispositivo foi encontrado em sua bolsa, com a gargantilha de esmeraldas. Pode dar outra explicação para que esses itens tenham sido encontrados em sua bolsa, Srta. Kennedy?

Elizabeth bocejou e virou o rosto.

Milton Buck finalmente perdeu a paciência, batendo o punho na mesa.

— Você parece não estar entendendo o tamanho do problema no qual se meteu, Srta. Kennedy. O crime desta noite, por si só, garante mais de uma década na cadeia. Sabia disso?

Silêncio.

— Além disso, você entrou nos Estados Unidos com um passaporte falso. Fez uso ilegal de cartões de crédito e cometeu o crime de falsidade ideológica. Fingiu ser uma agente do FBI. Isso são vinte anos, antes de sequer começarmos a falar dos trabalhos que você e seu parceiro executaram em Chicago, Los Angeles e Atlanta. — Os olhos de Buck se arregalaram furiosamente. — Você me ajuda, Elizabeth, e eu ajudo você. Mas continue assim e vou pessoalmente me certificar de que apodreça na prisão pelo resto da vida. Entendeu?

Elizabeth lançou um olhar crítico sobre as unhas pintadas em estilo francesinha. Milton Buck contou até dez.

— Sabemos que participou de pelo menos outros três roubos envolvendo milhões de dólares em solo americano. Também sabemos que trabalha com um parceiro.

— Você parece saber tanta coisa, agente Buck. — Eram as primeiras palavras que ela falara. Ele pareceu realmente surpreso. — É tão inteligente! Fico surpresa por precisar me perguntar qualquer coisa.

O tom de voz dela era de escárnio.

— Quero o nome do seu parceiro, Srta. Kennedy.

— Que parceiro, agente Buck?

— É Jeff Stevens?

Elizabeth jogou a cabeça para trás e irrompeu em gargalhadas. Milton Buck sentiu o ódio retornar.

— Ah, Deus. — Elizabeth limpou as lágrimas de desdém. — É o melhor que consegue fazer? Acho que vou voltar a exercer meu direito de permanecer calada, se não se importa.

Milton Buck se levantou, trêmulo de ódio.

— Interrogatório suspenso.

Ele disparou para fora.

No CORREDOR, o agente precisou de alguns minutos para se recompor.

Aquilo não estava saindo de acordo com o planejado. O que deveria ter sido uma noite de comemoração, a maior vitória da carreira dele até então, estava se transformando em um fiasco.

Milton Buck culpava Jean Rizzo.

O canadense irritante e certinho tinha sido uma pedra no sapato dele desde que aparecera em Los Angeles naquele último verão falando de todas aquelas teorias absurdas sobre prostitutas e homicídios e a vadia da Tracy Whitney. Agora, depois de meses de trabalho na busca por Elizabeth Kennedy, Rizzo aparecera subitamente, escarnecendo da prisão de Elizabeth e recusando-se terminantemente a aceitar a falta de jurisdição, ou a autoridade de Milton Buck. Os dois homens discutiram sobre isso no táxi, diante da suspeita, o que era vergonhoso, e Rizzo insistira em interrogar Elizabeth, recusando-se a entregar a custódia dela a não ser que Buck permitisse que ele tivesse acesso à prisioneira.

— Pode esperar sentado — disse Milton Buck quando Jean pegou um café na máquina do escritório do FBI no 23º andar do edifício número 26 da Federal Plaza. — Só vai falar com ela quando eu terminar. Não antes.

— E quanto tempo isso vai levar?

— Quanto tempo for preciso. Dias, provavelmente. Pode muito bem ir para casa e dormir.

— Não vou a lugar nenhum.

Jean Rizzo cumprira com a palavra. Milton Buck olhou pelo vidro, para a sala de espera, e viu Jean dividindo uma pizza da Domino's com um grupo de agentes mais velhos. Ninguém pedia pizza, a não ser que fosse ficar muito tempo.

— Como está, Buck? Não parece muito feliz.

O chefe do escritório de campo, o agente especial Barry Soltan, se materializou ao lado de Milton. Soltan era apenas alguns anos mais velho que ele. Milton ressentia-se da posição superior do homem.

— Ela não fala nada, senhor.

— O cara da Interpol ainda está aqui.

— Rizzo. Sim, senhor. Pedi que ele fosse embora, mas...

— Vocês dois, venham ao meu escritório.

— Não tem necessidade nenhuma disso, senhor. A Interpol não tem jurisdição aqui. Em momento algum os convidamos a...

— Agente Buck — interrompeu Barry Soltan. — Acaba de me dizer que sua testemunha não fala nada. Agora, eu gostaria de dormir esta noite, mesmo que você não queira. Vamos ouvir o que o inspetor Rizzo tem a dizer.

Jean Rizzo tinha muito a dizer, para irritação do agente Buck. O agente especial Barry Soltan ouviu, então permitiu que ele tivesse vinte minutos para tentar fazer Elizabeth falar.

— Se entendi direito, vocês dois querem a mesma coisa. Que a mocinha diga o nome do cúmplice, certo?

O agente Buck assentiu, relutante.

— Nesse caso, não vejo que mal faria deixar o inspetor Rizzo tentar.

Jean Rizzo disse:

— Se ela não falar, há muitas chances de outra jovem ser morta por esse maníaco. Ele sempre comete um assassinato dias depois de Elizabeth finalizar um trabalho.

— Mas ela não finalizou este trabalho — lembrou o agente especial Soltan. — Ela foi presa.

— Até onde sabemos, isso pode deixá-lo ainda mais desesperado.

— Até onde sabemos, pode não haver qualquer ligação entre os dois casos! — O agente Buck não conseguiu esconder a raiva. — Com todo o respeito, senhor, o inspetor Rizzo está fazendo você desperdiçar o seu tempo.

— Chega, agente Buck. — O agente especial Soltan ergueu a mão, exausto. — Ele vai entrar.

MILTON BUCK NÃO precisava ter se preocupado. Jean Rizzo não foi mais bem-sucedido em fazer Elizabeth Kennedy falar. Depois de meia hora, Barry Soltan convocou uma reunião com Buck, Rizzo e alguns agentes superiores.

— Tenho uma ideia. — Jean Rizzo se dirigiu ao grupo. — Vamos trazer Tracy Whitney aqui. Ela talvez consiga fazer Elizabeth abrir a boca.

Milton Buck ergueu as mãos, frustrado.

— Meu *Deus*. Tracy Whitney? Ainda está nessa?

— Da última vez que nos falamos, agente Buck, se não se lembra, você me assegurou de que a Srta. Whitney estava morta, ou que era impossível rastreá-la. Bem, adivinhe só. Ela está bem viva, e eu a encontrei 48 horas depois da nossa conversa.

Milton Buck resmungou.

— E daí? Ela não é relevante para este caso.

Jean queria contar àquele cara que fora Tracy quem roubara os rubis dos Brooksteins. Não apenas ela era relevante para o caso dele, ela *era* o caso dele. Mas Jean segurou a língua, pelo bem de Tracy, e dele também. *Que Buck continue correndo atrás do próprio rabo.*

O agente especial Soltan ergueu a mão.

— Espere um segundo. Estamos falando da Tracy Whitney? A moça que acabou com Joe Romano?

— Presume-se que sim — falou Jean.

— A vigarista?

— Ela agora tem uma vida pacata no Colorado. Concordou em me ajudar na investigação, mas eu tive de prometer a ela imunidade.

Milton Buck explodiu.

— Meu Deus! Que arrogância! Em que mundo um agente da Interpol pode prometer imunidade a uma cidadã dos Estados Unidos em solo americano?

— Relaxe, Buck. A Srta. Whitney foi útil em sua investigação, inspetor Rizzo?

— Como consultora, ela foi inestimável. Entende a mente de uma ladra de joias profissional. Além disso, tem uma rixa pessoal com Elizabeth Kennedy, de muitos anos. As duas se envolveram com Jeff Stevens.

— Ele não é um dos seus suspeitos? — perguntou Soltan a Milton Buck, cujo rosto estava agora lívido de ódio, ou de vergonha, ou ambos.

Jean Rizzo respondeu.

— Stevens é uma pessoa de interesse em minha investigação e na do agente Buck. Tracy Whitney está convencida de que ele não tem nada a ver com os assassinatos. Ele está aqui em Nova York e fez contato com Elizabeth Kennedy nas últimas 24 horas.

Um silêncio desconfortável recaiu sobre eles.

— Ela ainda está gostosa? — perguntou um dos agentes mais velhos. — Tracy Whitney, quero dizer.

— Ela é atraente — admitiu Jean.

— Está solteira?

Barry Soltan franziu o cenho.

— Pare com isso, Frank. Estamos falando de coisa séria. — Ele se voltou para Jean. — Onde está a Srta. Whitney agora?

— Está aqui. Em Nova York.

— Onde exatamente? — exigiu Milton Buck.

— Em um lugar seguro.

Barry Soltan falou:

— Pode fazê-la vir até aqui?

— Posso tentar. Você precisaria garantir que ela não será presa.

— Não vamos garantir nada! — disse Milton Buck.

— É claro que vamos. Por enquanto — disse o agente especial Soltan, passando por cima da autoridade de Buck. — O principal é fazer com que a Srta. Kennedy coopere. Traga-a aqui, inspetor Rizzo.

O CORAÇÃO DE Tracy batia mais rápido conforme ela se aproximava da sala de interrogatórios. Ela se arrumou cuidadosamente. Usava uma blusa de caxemira preta com gola rulê, calça de veludo cotelê justa verde-garrafa para dentro de botas sem salto. Esperava que o traje transmitisse confiança, mas os olhares de desejo dos agentes do FBI quando ela entrou no prédio fizeram com que Tracy duvidasse de si mesma.

Por que estou tão nervosa? É ela quem vai para a cadeia, não eu. Tenho todos os trunfos na manga.

A última vez que Tracy vira Elizabeth fora em Los Angeles, no beco atrás da mansão dos Brooksteins. Fora um momento triunfante. Aquele também deveria ser. Então por que suas mãos estavam suando?

É claro que poderia ter algo a ver com o local. O quartel-general do FBI em Nova York não era exatamente um de seus lugares favoritos.

— Você está completamente segura — disse Jean Rizzo. — Estarei do outro lado do vidro, com os agentes Buck e Soltan.

— Estou cercada pelo FBI. Isso é muito reconfortante — brincou Tracy. — Preciso do meu advogado, Jean?

— Não, a senhora não precisa se preocupar.

O agente especial Soltan assentiu em concordância.

— Agradecemos por estar aqui, Srta. Whitney. Fale o que for necessário lá dentro para fazer Kennedy abrir o bico. Tem imunidade total, nada que disser a incriminará.

Tracy olhou para o agente baixinho e bonito ao lado de Jean. Ele parecia ter acabado de engolir um punhado de pimentas jalapeño.

Jean Rizzo deu um tapinha encorajador no ombro de Tracy.

— Boa sorte.

ELIZABETH LEVANTOU O rosto quando a porta se abriu, uma expressão de tédio profundo estampada nele. Então viu quem era e abriu um grande sorriso.

— Tracy! — Ela se recostou na cadeira. Se estava nervosa, fazia um excelente trabalho em esconder isso. — Ora, ora, ora. Jogando no outro time agora, é? Confesso que estou surpresa. Principalmente depois do nosso último encontro. Por curiosidade, quanto conseguiu pelos rubis de Sheila Brookstein?

— Um milhão e setecentos mil — falou Tracy, com frieza. — É tão educado perguntar isso.

Do outro lado do espelho, Milton Buck estava boquiaberto.

— Tracy Whitney roubou os Brooksteins?

— Shhh. — Jean Rizzo gesticulou para que ele se calasse, os olhos colados nas duas mulheres.

— Doei o dinheiro para caridade. — disse Tracy.

— É claro que doou. — O lábio superior de Elizabeth se contraiu levemente. — Você sempre foi uma santa.

— Ah, não garanto. — Tracy sorriu. — Por outro lado, tudo é relativo.

Milton Buck falou ao ouvido de Jean Rizzo.

— Você sabia disso! Sabia que Tracy tinha roubado os Brooksteins! Por que não disse nada?

— E comprometer minha fonte? Por que deveria? — respondeu Jean. — Além disso, você não estava exatamente se desdobrando para ajudar na *minha* investigação. Lembra?

— Quietos, os dois — disparou o agente especial Soltan.

Tracy estava sentada agora, cara a cara com Elizabeth.

— Esse não foi o seu ano, não é? — provocou ela, em tom de escárnio. — Primeiro, o trabalho dos Brooksteins foi um fracasso, e agora você foi presa não por uma, mas por duas instituições na mesma noite. Não é impressionante? Principalmente quando até um macaco poderia ter enganado Bianca Berkeley.

— Bianca mordeu a isca, praticamente a devorou — disse Elizabeth de volta. — Executei o trabalho perfeitamente.

— Hmm. Deve ser por isso que está aqui.

Tracy estava ficando mais confiante e começava a se divertir. Elizabeth irradiava a mesma beleza fria de que

Tracy se lembrava. As feições dela eram perfeitas, mas a mulher estava morta por dentro, como uma estátua de mármore. Depois de reparar na silhueta esguia de Elizabeth, Tracy falou:

— Elas vão amar você na cadeia. Acredite em mim. Já estive lá.

Elizabeth olhou para ela com curiosidade.

— Por que leva tudo para o lado pessoal?

— Provavelmente porque sou uma pessoa, e não um robô como você.

— Um robô? — Elizabeth sorriu, agora recomposta. — Por favor, isso não é justo. Somos iguais, Tracy, você e eu.

Os olhos de Tracy se semicerraram.

— Iguais? Acho que não.

— Por que não? Você é uma ladra. Eu sou uma ladra.

— Eu só roubava dos gananciosos, de pessoas que mereciam.

— Mereciam por quê? Você determina isso? — Elizabeth riu com escárnio. — Quem fez de você a dona da razão?

Do lado de fora, Milton Buck murmurava:

— Exatamente. — Ele não conseguia entender como Rizzo e os outros suportavam ouvir aquela baboseira.

— Você se aproveita dos velhos e dos fracos — falou Tracy.

Elizabeth deu de ombros.

— Às vezes velhos e fracos podem ser gananciosos também, sabia?

— Você só se importa com dinheiro.

— De novo, isso não é verdade. Eu me importo com Jeff. Essa é outra coisa que temos em comum.

Tracy saltou da cadeira como se tivesse levado um choque. A atmosfera dentro da sala ficou subitamente agitada.

— Onde está seu senso de camaradagem, Tracy? — provocou Elizabeth. — Admito que no início eram apenas negócios. Seduzir Jeff era parte de um trabalho. Mas a química sexual entre nós era tão forte que logo se tornou mais que um trabalho. Para nós dois — acrescentou ela, como um escorpião dando uma ferroada.

Sob a mesa, Tracy cravou as unhas nas palmas das mãos com tanta força que tirou sangue.

Não chore. Não mostre emoção. Não para ela.

— E que trabalho foi esse? — A voz de Tracy era calma e comedida. — Estou curiosa.

— Fui contratada para separar vocês dois.

— Por quê? Quem contratou você?

Elizabeth sorriu.

— Não sou dedo-duro. Digamos apenas que nem todos lá fora estão tão convencidos de seu status de santa quanto você parece estar. Algumas pessoas veem você apenas como uma vagabunda ardilosa e ladra que merece receber o troco. E você recebeu, Tracy! — Elizabeth deu uma risada cruel.

Tracy manteve a calma.

— Quanto recebeu?

— Duzentos e cinquenta mil — respondeu Elizabeth.

— É claro que eu não sairia da cama para isso hoje. Mas aquilo *foi* há uma década. E só precisei ir para a cama, a cama de Jeff. O que não foi exatamente um sacrifício.

Jean Rizzo se encolheu. Ele sabia o quanto aquela conversa devia estar magoando Tracy, mas torceu para que ela continuasse seguindo aquela linha. Elizabeth estava ficando emotiva, entregando muito mais do que pretendia. Se Tracy conseguisse apertar o botão correto, pensou ele, Elizabeth falaria.

— Eles acham que Jeff está envolvido nisso.

— Ah, eu sei. — Elizabeth deu uma gargalhada. — O agente Buck pensa que Jeff arquitetou minha carreira inteira, e aquele canadense esquisito acha que ele está matando prostitutas. Ou que eu estou fazendo isso, não entendi muito bem. Ele me mostrou umas fotos horríveis. Não foi muito gentil da parte dele.

— Então você não trabalha com Jeff? — insistiu Tracy.

Isso aí, menina, pensou Jean Rizzo.

— Não, não trabalho. E não sei nada sobre esses assassinatos também. Não teria estômago para esse tipo de coisa.

— Se você não está trabalhando com Jeff, o que estava fazendo no hotel dele na semana passada? Vocês foram vistos juntos no parque e depois no Gramercy.

— É mesmo? — Elizabeth deu um risinho.

— O que vocês estavam fazendo? — perguntou Tracy novamente.

— O que acha que estávamos fazendo? Jogando Scrabble? Ai, ai, pobre Tracy. Faz mesmo tanto tempo assim? — Elizabeth sorriu. — Não sou freira, e Jeff certamente não é um monge. Estávamos nos divertindo. Você nos interrompeu em Londres há tantos anos. Então, digamos que recuperamos o tempo perdido. Não estou trabalhando com ele. Nosso relacionamento se baseia puramente em prazer.

A dor queimou Tracy como um atiçador quente. Não foi apenas Jeff, embora Deus soubesse que pensar nele com aquela mulher fria, calculista e horrível doesse demais. Foi a humilhação. A vergonha. A verdade era que *fazia* muito tempo. Depois da traição de Jeff, Nicholas preenchera o vazio que ficou em seu coração. Mas sua vida sexual, os dias românticos e apaixonados que significaram tanto para ela? Isso tinha acabado. Elizabeth Kennedy tirara aquilo dela. *Isso* Tracy não podia perdoar. Era *isso* que tornava aquele dia uma vitória para Elizabeth, não para Tracy. Elizabeth podia ir para a cadeia, mas era Tracy quem estava cumprindo a sentença de prisão perpétua sem condicional.

Com uma força de vontade absurda, ela conseguiu controlar a emoção.

— Você fala que se importa com Jeff. Se isso é verdade, deveria querer ajudar a limpar o nome dele.

Elizabeth franziu o cenho.

— Não estou entendendo.

— Todos sabem que você trabalha com um parceiro.

— Todos quem?

— É comigo que você está falando — disse Tracy. — Pelo menos três dos trabalhos que realizou não poderiam, de jeito algum, ter sido executados só por você. Tenho certeza.

— E quais seriam eles? Hipoteticamente, é claro. Seus amigos do outro lado daquele vidro não têm nada contra mim, a não ser o que descobriram hoje. — Elizabeth indicou, de forma desdenhosa, o espelho. — Não vamos insultar a inteligência uma da outra fingindo o contrário.

Tracy falou diretamente:

— Hong Kong, Chicago e Lima.

Elizabeth assentiu, mas não disse nada.

— E se Rizzo estiver certo e seu parceiro estiver matando essas garotas?

— Ele não está certo.

— Tem certeza? Porque alguém está por trás desses assassinatos, Elizabeth. E eles acontecem depois de cada trabalho seu. Até onde sabemos, ele pode estar lá fora agora mesmo procurando a próxima garota.

Elizabeth pareceu pensativa. Houve uma longa pausa. Jean Rizzo segurou o fôlego.

Então ela falou:

— Digamos que eu tenha um parceiro. E digamos que eu dê o nome dele a você. O que recebo em troca?

— Nada — disse Tracy. — A não ser livrar Jeff das suspeitas e quem sabe salvar a vida de outra mulher.

Elizabeth balançou a cabeça.

— Sem acordo. Quero meu advogado aqui e exijo um acordo por escrito. Não vou cumprir uma pena maior que um ano pelo roubo desta noite. Desculpe. Tentativa de roubo. — Ela fez uma reverência dramática para a plateia atrás do espelho. — Nenhuma outra acusação será feita contra mim.

Tracy irrompeu em gargalhada.

— Está maluca! Eles jamais vão concordar com isso.

— Então não conseguirão o nome.

A porta se abriu. Jean Rizzo pediu que Tracy saísse.

Na antessala, Tracy disse aos agentes reunidos:

— Você a ouviu. Tentei, mas sem um acordo ela não vai falar. Pelo menos não agora.

Milton Buck olhou para o chefe.

— Acho que deveríamos fazer um acordo com ela.

Os olhos de Tracy se arregalaram.

— O quê? Não! Está maluco? Você deixaria que ela saísse impune dessa?

— Ela é o peão, eu quero o arquiteto.

— Concordo. — A voz de Jean Rizzo saiu baixa, mas firme. — Desculpe, Tracy, mas Buck está certo. Elizabeth Kennedy não matou ninguém. É o parceiro dela que queremos.

Desesperada, Tracy se voltou para o agente especial Soltan.

— Pode ter as duas coisas. Ela vai falar o nome se você continuar pressionando. Talvez pudesse trocar por uma sentença mais curta... Mas um ano? E retirar todas as acusações? Fazer isso é se dar por vencido. Ela está enganando você! Só precisamos de um pouco de tempo.

— Não temos tempo — falou Jean. — E se ele estiver em Nova York neste exato minuto? Poderia matar de novo em horas.

O agente especial Soltan falou:

— Ligue para o advogado dela.

Depois disso, tudo aconteceu tão rápido que Tracy sentiu que estava sonhando. O advogado de Elizabeth chegou em 15 minutos. O acordo foi redigido e assinado antes mesmo que um dos agentes mais jovens preparasse um café.

— Quero o nome — exigiu o agente Buck.

Ele estava sentado diante de Elizabeth e do advogado dela na sala de interrogatório, mostrando que estava novamente no comando. Jean Rizzo estava de pé no canto da sala, a alguns metros de Tracy. O rosto dela estava impassível, como pedra. Ela não conseguia olhar para Jean.

Ele prometeu que Elizabeth iria para a cadeia. Ele me prometeu isso, se eu o ajudasse a encontrá-la, ele disse que a prenderia. Eu confiei nele, e ele mentiu para mim.

Milton Buck continuou.

— Quero cada detalhe que você tiver sobre ele. Quero datas, horas, tudo. Sobre cada trabalho. E quero saber onde ele está agora.

— Posso dar o nome e os detalhes, mas não sei onde ele está agora.

O agente Buck congelou.

— Está falando sério?

— Não o vejo há quase três anos.

— Você está mentindo!

Elizabeth deu de ombros.

— Às vezes precisamos mentir, agente Buck. Mas desta vez estou falando a verdade. Nós nos falamos por e-mail e, às vezes, por telefone. São negócios. Não somos *amigos*. Se fôssemos, eu não estaria falando com você. Sou leal, independentemente do que a santinha da Srta. Whitney pense.

Tracy virou o rosto.

— De qualquer forma, essa é minha oferta. É pegar ou largar.

Jean Rizzo estava ficando ansioso.

— Pelo amor de Deus, Buck. Não temos tempo para isso.

— Tudo bem — grunhiu Milton Buck. — Quem é ele?

Elizabeth olhou para o advogado, que assentiu.

— Meu parceiro, na verdade, é um velho conhecido de Tracy. Engraçado como as nossas vidas estão entrelaçadas, não?

Inconscientemente, Tracy ergueu o rosto.

— O nome dele — Elizabeth fez uma pausa de efeito — é Daniel Cooper.

PARTE TRÊS

Capítulo 19

DANIEL COOPER ESPEROU pacientemente que o comandante desligasse o aviso de cintos de segurança. Então empurrou o assento da classe econômica para trás o máximo que conseguiu e comeu um único quadradinho de chocolate Lindt em comemoração, fechando os olhos e saboreando a doçura do chocolate que derretia em sua língua.

Todo prazer era pecado, é claro. Ao longo dos anos, Daniel Cooper aprendera a controlar a maioria dos desejos humanos. *Sou um receptáculo da justiça, um mero servo do Senhor.* E, no entanto, Daniel sabia que ainda não era digno. Pelo menos por enquanto. Quando fosse considerado digno, quando se redimisse de vez seus pecados, o Senhor entregaria Tracy Whitney a ele. Daniel tinha certeza de que aquele dia estava cada vez mais próximo. Tracy — a Tracy *dele*, sua alma gêmea — iria até ele por fim. Todos aqueles anos em que Daniel pensou que ela estivesse morta! Ou, se não morta, então desaparecida, sumida, perdida para sempre. Mas Daniel estava errado. O Senhor dera a ele outra chance, que pretendia agarrar com unhas e dentes.

Sob o abrigo do cobertor da companhia aérea, Daniel Cooper começou a se masturbar.

Ele ouvira o chamado de Deus para caçar criminosos e levá-los à justiça, mas a sociedade tinha outros planos. Quando Daniel tentou se juntar à força policial de Nova York, foi rejeitado. Oficialmente, foi considerado baixo demais, mas na verdade sabia que os avaliadores simplesmente não tinham gostado dele. Eles o achavam esquisito. Quando o FBI também o rejeitou, aceitando candidatos muito menos qualificados da turma dele, ele invadiu a rede e roubou a própria avaliação psiquiátrica. *Altamente inteligente. Falta de empatia. Ardiloso.* Alguém acrescentara uma observação à mão: *possivelmente psicótico?*

Com o exercício da lei fechado para ele, Daniel Cooper passou a trabalhar como investigador particular e, mais tarde, em uma companhia de seguros que localizava suspeitos de fraude. Foi nesse último emprego que seu caminho cruzou com o de Tracy Whitney pela primeira vez.

Ele acreditava que podia salvar Tracy Whitney. Deus dissera isso a ele em vários sonhos, mesmo enquanto o demônio o tentava com pensamentos impuros sobre o corpo de Tracy. Daniel tomou para si a missão de capturá-la e de levá-la à justiça. Mas no decorrer da longa carreira de Tracy como vigarista, ela o enganara diversas vezes. Primeiro sozinha, e depois com o deplorável Jeff Stevens, Tracy escarnecia de todos os seus potenciais captores. Arrogantes, as forças policiais do mundo todo subestimavam Tracy Whitney. Daniel Cooper tentou avisá-los — em Madri, Londres, Nova York e Amsterdã. Mas como os fariseus, os policiais permaneciam cegos pelo orgulho. Então os maus triunfavam.

Foi em Amsterdã que tudo mudou.

Tracy e Jeff tinham roubado o diamante Lucullan, contrabandeando-o para fora da cidade por pombo--correio. Semanas de vigilância e planejamento de Daniel Cooper tinham sido em vão. Fora o imbecil do inspetor Van Duren que deixara Whitney escapar do radar de Cooper. Daniel jamais se esqueceria da cena em que Tracy, parada no portão de embarque no aeroporto de Schiphol, se virou e acenou para ele. *Acenou.* Tracy Whitney olhara Daniel diretamente nos olhos e vira todos os seus segredos. Foi naquele momento que o laço entre os dois foi cimentado.

O que Deus uniu, nenhum homem poderá separar.

Ele olhara para Tracy naquele dia fatídico e vira algo nos olhos dela que não poderia perdoar ou esquecer: pena. Tracy Whitney — ladra, deusa, vagabunda — *ousara* sentir pena *dele.*

Aquela era uma afronta que ele não perdoaria.

Deus enviara uma mensagem a Daniel naquele dia. Obviamente, ele não havia se redimido completamente de seus pecados. Não pagara um preço alto o bastante. Tracy deveria ser a salvação de Daniel, e ele a dela, mas ele ainda não a merecia. Havia trabalho a fazer.

Daniel Cooper pediu demissão da companhia de seguros no dia seguinte. Ele começaria humilhando a polícia e as autoridades que haviam permitido que Tracy escapasse tantas vezes devido à arrogância e ao orgulho. *O orgulhoso será humilhado, e o humilde será exaltado.* Por todos os anos que passou perseguindo Tracy pela Europa, Daniel Cooper sabia melhor do que ninguém como era fácil burlar a lei. Quanto à Interpol, a organização inteira era uma piada! Exatamente como o FBI, a Federação da Burrice e Incompetência. Daniel se divertiria enganando-os, exatamente como Tracy havia feito. Mas os golpes dele seriam ainda maiores, mais grandiosos, até mais bem-executados do que os de Tracy.

Tracy Whitney e Jeff Stevens tinham ensinado Daniel Cooper o quanto uma mulher podia ser útil como isca em golpes, desarmando homens fracos e suscetíveis aos desejos da carne. Preferindo trabalhar nas sombras, ele começou a procurar uma parceira do sexo feminino adequada.

Encontrou Elizabeth Kennedy por acaso, por meio de um contato em Londres. Ela era muito jovem, talvez 19 anos, bastante atraente e altamente imoral. Perfeita, em teoria. Mas quando conheceu Elizabeth pessoalmente, em um café em Shoreditch, descobriu que ela não possuía sentimentos, ou pelo menos aquela fragilidade feminina. Recém-saída do reformatório juvenil, para o qual fora enviada por fraude de cartão de crédito — um caso bastante genial, na opinião de Daniel Cooper, no qual ela tivera o azar de ser pega —, Elizabeth era madura, inteligente e focada. Ela estava disposta a aceitar a autoridade de Daniel Cooper em troca de uma série de trabalhos nos quais ficaria com metade dos lucros.

Durante os dois primeiros anos, a parceria funcionou de forma impecável. Daniel e Elizabeth planejaram e executaram uma série de roubos de joias e obras de arte pelo mundo, seguindo de perto o bem-sucedido modelo Whitney-Stevens. Mas eram melhores que eles. Trabalhavam com mais empenho, tinham objetivos mais ambiciosos e ganhavam mais dinheiro. Foi espantosa a rapidez com que ficaram ricos. Elizabeth comprou diamantes, carros, fez várias viagens e investiu em imóveis. Daniel Cooper guardou cada centavo em inúmeras contas bancárias na Suíça impossíveis de serem rastreadas. Ele não precisava de conforto material, nem sentia que os merecia, preferia viver de maneira simples. Além disso, o dinheiro era para ele e Tracy. Um dia, depois que a outra parte do trabalho do Senhor estivesse completa e sua alma tivesse sido lavada do sangue de sua mãe, os dois iriam se casar. Daniel Cooper trataria Tracy Whitney como uma rainha, e ela o adoraria e o veneraria, e viveria para agradá-lo, e diria a ele todos os dias o quanto era melhor na cama do que aquele insignificante e arrogante do Jeff Stevens.

Foi o ódio de Daniel Cooper por Jeff Stevens que o levou a cometer o primeiro erro: usar Elizabeth como "isca" para acabar com o casamento dos dois. O plano tinha funcionado. Todos os planos de Daniel Cooper funcionavam. Ele era um gênio. Mas o sucesso tinha um custo. A primeira e trágica consequência foi que Tracy Whitney sumiu, desapareceu do mapa. Nem mesmo Daniel Cooper conseguiu encontrá-la. Durante nove longos anos, ele acreditou que Tracy estava morta. Só de pensar naquilo sentia calafrios.

A segunda consequência foi o efeito do trabalho em Elizabeth. Para sua grande surpresa, enfim, a fria Srta. Kennedy tinha sentimentos. Ela havia se apaixonado por Stevens e caíra no feitiço dele, exatamente como Tracy. Daniel e Elizabeth continuaram a executar golpes espetaculares juntos ao redor do mundo. Mas depois de ter feito Elizabeth de isca e após o desaparecimento de Tracy, a dinâmica entre os dois jamais foi a mesma. Elizabeth começou a ficar inquieta e a se mostrar cansada das exigências do parceiro. Inevitavelmente, os padrões dela começaram a cair.

As coisas pioraram no último verão, em Los Angeles, quando Elizabeth estragou o trabalho dos Brooksteins. Mas, como Daniel agora sabia, tudo tinha sido parte do plano de Deus. Pois foi em Los Angeles, milagrosamente, que o Senhor levou Tracy Whitney de volta para ele. De volta dos mortos.

Mais uma vez, Deus enviara uma mensagem para Daniel, e Ele usara Tracy como a mensageira.

Estou satisfeito com você, Meu filho, dizia Deus. *Por meio de seus sacrifícios, aplacou a Minha ira e se redimiu de seus pecados. Agora, terá sua noiva, e chegará à redenção eterna.*

A prisão de Elizabeth Kennedy em Nova York tinha sido uma surpresa para Daniel Cooper, mas não um problema. Ela já não era mais útil, já não era mais responsabilidade dele. O plano de Deus para ele tinha passado para uma nova e definitiva fase.

Tudo girava em torno de Tracy agora.

Sob o cobertor, Daniel Cooper estava prestes a chegar ao orgasmo. Levando a mão mais para baixo, ele segurou o saco e cravou as unhas na própria carne com tanta força que tirou sangue. Lágrimas de agonia escorreram pelo seu rosto. Mordeu a língua para impedir um grito quando sua ereção murchou na mão.

— Desculpe, Senhor — choramingou ele. — Sinto muito, mesmo!

O avião subiu noite adentro.

O RESTAURANTE RÚSTICO e de estilo europeu ficava do lado mais afastado da Bleecker. As mesas eram forradas com toalhas xadrez e as velhas cadeiras de vime tinham almofadas florais. Mas a porcelana não combinava. Músicas de Natal tocavam baixinho. Sob outras circunstâncias, teria sido romântico. Na verdade, Tracy e Jean Rizzo estavam, ambos, exaustos.

Fazia três dias desde a prisão de Elizabeth Kennedy e do avanço na investigação de Jean. Três dias de incansável coleta de informações sobre Daniel Cooper, sob as sombras de uma ansiedade corrosiva: o Assassino da Bíblia *não* havia atacado novamente, pelo menos não no espaço de tempo esperado. Se *fosse* Cooper, ele estava mudando o *modus operandi*, talvez em resposta à prisão de Elizabeth. Ou talvez, como o arrogante Milton Buck repetidamente lembrava tanto a Jean quanto a Tracy, Daniel Cooper tivesse coisas melhores a fazer que desperdiçar o tempo matando prostitutas. Talvez a teoria de Jean Rizzo de que havia uma ligação entre os assassinatos e os roubos não passasse de uma fantasia.

Jean pediu uma garrafa de Bordeaux e serviu uma dose generosa para Tracy.

— Ainda estou com raiva de você. Sabia? — comentou Tracy.

— Eu sei.

— Você me prometeu que Elizabeth ficaria presa.

— E ela será. Só não ficará na cadeia por tanto tempo quanto gostaríamos.

— Um ano! Isso é uma piada, Jean, e você sabe disso. Entende que talvez jamais encontre Cooper? Você e Buck tinham Elizabeth e a trocaram pelo quê? Um nome. Uma sombra.

Jean Rizzo bebeu um grande gole de vinho.

— Nós o encontraremos. Precisamos encontrá-lo.

Ele não pareceu muito convincente, nem mesmo confiante.

Tracy encarou os olhos cinzentos de pálpebras pesadas de Jean e reparou em seus parcos cabelos grisalhos, que um dia foram pretos, e pensou: *Ele parece cansado. Derrotado.* Embora não admitisse, nem para si mesma, Tracy começara a gostar do inspetor. Ela esperava, pelo bem dele, tanto quanto pelo bem das garotas assassinadas, que Daniel Cooper fosse o homem que estavam procurando. Bem no fundo, Tracy ainda achava difícil acreditar que o Daniel Cooper do qual se lembrava era o assassino implacável e sádico que eles procuravam.

— Você o conhecia — disse Jean, depois que as entradas foram servidas, duas saladas Caesar com anchovas extra. Eles tinham gostos incrivelmente semelhantes. —

Eu sei que estamos interrogando Elizabeth há dias. Mas quais foram suas conclusões?

Tracy esfregou os olhos. Ela também estava cansada.

— Eu na verdade não o conheci. Era uma sombra para mim. Estava sempre um ou dois passos atrás. Nunca foi realmente uma ameaça. Acho que pensei que ele era meio...

— O quê?

Tracy tentou encontrar a palavra certa.

— Patético? Não sei. Ele era inteligente. Jeff achava que Daniel estava apaixonado por mim — acrescentou ela, rindo.

— E ele estava?

— Ele jamais me deu motivo para pensar isso. Na verdade, passou anos fazendo o possível para me mandar de volta para a cadeia, então eu diria que não! Jeff o achava perigoso.

— E você não?

— Na verdade, não. O que é estranho, porque eu tive muito mais motivos para odiá-lo do que Jeff jamais teve.

Rizzo ergueu uma sobrancelha.

— Como assim?

— Daniel Cooper sabia que eu era inocente, que fui presa injustamente. Ele, na verdade, foi me visitar naquele inferno na Louisiana e me falou isso pessoalmente.

— Cooper foi até a penitenciária?

Tracy assentiu, um calafrio percorreu seu corpo. Ela jamais falava do tempo que passou na prisão. Nunca. Foram os dias mais sombrios de sua vida. Ela levara décadas para parar de sonhar com Big Bertha, Ernestine Littlechap, Lola e Paulita. As surras. O terror. O desespero.

— A companhia de seguros o mandou. Ele se sentou na minha frente e me disse que poderia provar que eu nunca tinha pegado o Renoir. Que Joe Romano tinha me incriminado para ganhar o dinheiro da seguradora. Mas, quando pedi que me ajudasse, ele se recusou e me deixou apodrecer naquela prisão imunda.

Jean absorveu aquela informação.

— Por que acha que ele fez isso?

Tracy pensou.

— Não sei. Era como se... — Ela se esforçou para colocar em palavras o que pensava. — Tenho a sensação de que não era pessoal. Ele era um robô. Acho que ele e Elizabeth têm muito em comum nesse sentido. Sinceramente, não acho que ocorreu a ele que *deveria* ter me tirado de lá.

— É muito digno da sua parte dizer isso — observou Jean.

Tracy deu de ombros.

— Você perguntou o que eu achava dele. Estou sendo sincera. Quando saí da cadeia, havia uma longa lista de pessoas das quais precisava me vingar. Joe Romano, Anthony Orsatti, Perry Pope, aquele juiz desgraçado, Lawrence. Eram corruptos, inescrupulosos, e se achavam intocáveis. — Os olhos verdes de Tracy brilharam de ódio quando ela se lembrou. Jean Rizzo já tinha percebido que ela ficava mais bonita quando estava com raiva. — Daniel Cooper era muitas coisas, mas não corrupto. Na verdade, era o oposto disso. Ele era meio fanático.

— E, mesmo assim, ele passou a última década roubando obras de arte e joias caríssimas — falou Jean. — Isso não é corrupção?

— Depende do ponto de vista — falou Tracy. — Duvido que ele pense dessa forma.

— Então não está surpresa que ele tenha entrado no mundo do crime?

— Para ser sincera, não pensei em Daniel Cooper nos últimos dez anos.

— Acha que ele matou aquelas garotas?

A pergunta foi tão direta que Tracy ficou sem reação.

— Não sei.

Ela observou o rosto de Jean se contrair, como um saco de papel amassado.

— Eu sei que não é essa a resposta que você quer. Você espera que eu tenha um instinto em relação a isso, mas a verdade é que simplesmente não sei. Parte de mim sempre sentiu um pouco de pena de Daniel. Agora que sei tudo que está nos arquivos do FBI, sobre a mãe dele ter sido assassinada quando ele era criança e sobre ele ter encontrado o corpo... — Tracy parou de falar. — Não sei. Parece que ele teve uma vida triste e solitária, só isso.

— Como muitos assassinos — falou Jean Rizzo, sombriamente.

O telefone dele tocou. Tracy o observou atender. Então ela percebeu o sangue se esvair do rosto de Jean e soube o que havia acontecido na mesma hora.

— Aconteceu de novo, não foi? Eles encontraram outra garota.

Jean Rizzo assentiu sombriamente.

— Vamos embora daqui.

OITO HORAS DEPOIS, Tracy estava no hotel, fazendo as malas, quando Jean Rizzo bateu à porta de seu quarto.

Ele passara a noite toda na cena do crime e ainda vestia a mesma camisa que usava quando foram jantar. Parecia prestes a desabar.

— Você precisa dormir — disse Tracy.

— É nosso assassino, não há dúvidas. — Jean desabou em uma cadeira. — O nome da garota era Lori Hansen e ela já estava morta há pelo menos trinta horas quando alguém a encontrou. Foi estuprada, torturada, estrangulada. O apartamento estava impecável, o cadáver também. E a porcaria da Bíblia...

Tracy tocou o ombro dele.

— Não havia nada que você pudesse ter feito.

— É claro que havia — explodiu Jean. — Eu poderia ter impedido! Eu poderia tê-lo encontrado e impedido o assassinato a tempo. É Daniel Cooper, só pode ser. Elizabeth contou a Buck que ele estava sempre falando sobre religião.

— Admito que *está* começando a parecer mais plausível. — Tracy fechou a mala.

— Ela também contou que Cooper era obcecado com você e Stevens. Que ele se baseou no método de vocês para planejar os trabalhos dos dois. Foi Cooper quem pagou Elizabeth para seduzir Jeff e destruir o seu casamento.

Tracy pegou uma foto de Nicholas na carteira e olhou para ela como se fosse um talismã, tentando bloquear Rizzo. O menino representava paz, bondade e sanidade. Ela queria muito voltar para ele, sentir o corpo pequeno e forte do filho nos braços, sentir o cheiro bom e suave das bochechas dele. Não queria mais saber de Daniel Cooper, ou do cretino de Jeff Stevens. Naquela manhã, durante o café, Tracy vira uma notícia no jornal sobre o furto de uma coleção de moedas bizantinas — uma garota russa tinha sido roubada enquanto estava no Baile de Inverno do País das Maravilhas. Tracy sabia que Jeff a roubara, e aquela notícia fizera com que ela se sentisse momentaneamente próxima dele. Tracy precisava sair dali, daquela cidade, sair de perto de Jeff e de toda a loucura da qual tentara, com tanto afinco, escapar.

Jean Rizzo falou:

— Acho que Jeff Stevens acertou na mosca. Daniel Cooper *estava* apaixonado por você.

Tracy tirou a mala da cama.

— Acho que ele ainda está apaixonado por você.

— Isso é ridículo.

Tracy caminhou para a porta, mas Jean ergueu a mão para impedi-la.

— Não, não é. Não é ridículo. Eu sabia que você estava no centro de tudo isso, Tracy. Eu sabia e estava certo sobre isso. Ele virá atrás de você, em algum momento.

— Preciso ir embora.

— Ir embora? Não. Não pode ir embora — disse Jean.

— Você precisa ficar, agora mais do que nunca. Estamos tão perto! Por favor, fique em Nova York, pelo menos por mais alguns dias. Cooper ainda pode estar por perto.

— Ele também pode estar em qualquer outro lugar do mundo.

— Tracy, por favor. Com a sua ajuda, temos a chance de...

— Jean — disse Tracy com carinho, mas de forma determinada. — Eu não vou ficar. Nem mais um dia, nem mais um minuto. Pode ameaçar contar a Nicholas o quanto quiser. Quem sabe, talvez você até faça isso mesmo. É Natal e eu vou para casa, vou voltar para o meu filho. — Empurrando-o, Tracy abriu a porta. — Tem o meu número se precisar.

Jean Rizzo a observou ir embora. Ele se sentiu desolado, e não apenas por causa da investigação. Com Tracy, ele se sentia esperançoso, energizado, forte. Sem ela, todo o desespero e o vazio voltaram rapidamente. Como Jeff Stevens deixara uma mulher como aquela escapar entre os dedos?

— Você não deveria voltar para casa também? — Tracy parou à porta. — Não tem filhos?

Jean pensou em Luc e Clémence. Ele percebeu, sentindo-se culpado, que não pensava nos filhos havia dias.

— Ligo para você — falou Tracy.

Ela foi embora.

BLAKE CARTER ENXUGAVA a louça devagar e com cuidado. Era desse jeito que ele fazia tudo na vida, exatamente como o pai o ensinara. O pai de Blake gostava de um ditado. "Deus inventou o tempo, mas o homem inventou a pressa." William Carter fora um bom homem, o melhor. Blake costumava se perguntar o que ele pensaria de Tracy Schmidt. Teria entendido o amor de

Blake por ela, pelo carinho, pela bondade e pela beleza de Tracy, os segredos, a tristeza e a dor dela? *Provavelmente não.* William Carter vivera em um mundo de absolutos morais, de certo e errado, sem meias palavras. Mas Blake não sabia muito sobre a patroa, a mulher que amara silenciosa e fielmente nos últimos dez anos. Mas ele sabia que o mundo do qual Tracy viera antes de ele a conhecer era um mundo de cinzas. Nada era às claras com Tracy. Nada era o que parecia.

Jean Rizzo viera daquele mundo. Desde que Tracy levou Nicholas para Los Angeles, no verão, Blake vivia o passado voltar para assombrá-la. Mas, quando Rizzo apareceu, as coisas ficaram bem piores. Blake notou que Tracy andava tensa e ansiosa, sobressaltando-se sempre que o telefone tocava. Ela voltara da "viagem de compras de Natal" a Nova York parecendo exaurida e magra — e sem as compras. Blake sabia que precisava falar alguma coisa. Ele só não sabia o que, ou quando falar, ou como.

Eram nove da noite do dia de Natal, e Tracy estava enroscada no sofá da sala de estar com Nicholas, assistindo a *O expresso polar* pela milésima vez. *Esse é outro paradoxo dela*, refletiu Blake. *É prática e forte, mas também é profundamente sentimental.* A mãe de Blake Carter morreu quando ele era jovem. E talvez aquilo fosse uma das razões pelas quais ele nunca se casou, e aprendera a não depender de ninguém para viver. O lado maternal de Tracy atraía muito Blake. *A quem estou enganando? Cada fio de cabelo dela me atrai.* Blake Carter nunca havia se apaixonado antes, e não estava gostando da experiência.

— Está tudo bem aí? — perguntou Tracy.

— Sim, estou quase terminando.

Tracy deixou Nicholas embrulhado em um cobertor de pele sintética e foi até a cozinha.

— Não precisa fazer isso tudo, sabia?

— Claro que preciso. — Blake sorriu. — Você certamente não vai fazer.

— É verdade. Mas Linda estará aqui amanhã.

— Nunca deixe para amanhã o que pode fazer hoje — disse Blake. — Pode fechar aquela porta?

Ele enxugou a última louça. Tracy fechou a porta da sala de estar e abriu uma caixa de chocolates.

— Quer um?

— Não, obrigado. Tracy, tem uma coisa que eu quero falar com você há um tempo.

Tracy reparou que as mãos dele tremiam. Ele sempre estava tão calmo. Ela começou a ficar nervosa também.

— Você não está doente, está?

— Doente? — Blake franziu o cenho. — Não, não estou doente. Estou... bem, a verdade é que... estou apaixonado por você.

Tracy o encarou, espantada.

— Gostaria que considerasse a possibilidade de se tornar minha esposa.

Durante um bom tempo, Tracy não disse nada. Depois que ela conseguiu digerir aquilo, falou:

— Eu... Uau.

— Sim, sei que sou mais velho. Velho demais para você, na verdade — continuou Blake com seu jeito calmo, reconfortante e carinhoso. — Mas acho que nos damos muito bem. E amo seu filho como se ele fosse meu.

— Eu sei que você o ama — falou Tracy. — Nicky também ama você. E eu também.

O coração de Blake disparou.

— Mas não posso ser sua esposa, Blake.

O velho caubói respirou fundo duas vezes.

— Você tem outra pessoa?

Ela hesitou.

— Não da forma que você imagina. Mas em meu coração, sim. Há.

— É o pai do Nick?

Tracy se sentiu péssima naquele momento. Porque a resposta para aquela pergunta, a resposta que ela jamais poderia admitir, era "sim".

Tracy dissera a Jean Rizzo em Nova York que precisava ver o filho, e isso era verdade. Mas até certo ponto. Havia outra necessidade, igualmente forte, outra força que a impulsionava a pegar o primeiro avião para casa e nunca mais olhar para trás. Quando estava em Nova York, com Elizabeth, quando leu sobre o roubo das moedas bizantinas, Tracy fora forçada a encarar a verdade. Ela ainda estava apaixonada por Jeff Stevens. Nunca deixou de amá--lo, e jamais deixaria. Tracy se odiava por isso. Chorava, gritava e xingava. Mas os sentimentos ainda estavam lá, tão profundos e verdadeiros quanto no dia em que eles se casaram naquela minúscula igreja no Brasil, anos antes.

Blake viu o sofrimento nos olhos dela. A compaixão dele superou o desapontamento. Blake pegou a mão de Tracy.

— O pai do Nick não está morto, está?

— Não.

— Pode se abrir comigo. Sei que não é quem diz ser. Sei que teve um passado sombrio. Não sou bobo, Tracy.

— Nunca achei que fosse — disse ela.

— É aquele tal de Jean Rizzo, não é? — Havia uma amargura na voz de Blake que Tracy jamais tinha notado antes. — Foi ele quem trouxe tudo de volta. Tudo o que você queria esquecer.

— Jean Rizzo é um homem bom — disse Tracy. — Pode não parecer, mas ele é. Está fazendo o que precisa ser feito.

— E quanto a você? — perguntou Blake. — O que precisa fazer? Pelo amor de Deus, Tracy. O que aquele homem sabe sobre você?

Tracy não disse nada. Um silêncio tenso pairou no ar.

Quando Blake finalmente abriu a boca, recuperou a compostura, encarou Tracy com determinação e falou:

— Não preciso saber quem você era antes, Tracy. Não se não quiser me contar. Estou apaixonado por quem você é agora. Estou apaixonado por Tracy Schmidt. Quero Tracy Schmidt de volta.

— Eu também. — Ela começou a chorar. Lágrimas quentes escorriam pelas suas bochechas e caíam na caixa de chocolate. — Mas não é tão simples assim, Blake.

— Não? Case comigo, Tracy. Escolha *esta* vida, a *nossa* vida, não a sua antiga vida. Você é feliz aqui comigo. E com o Nicholas.

Tracy pensou:

Ele está certo. Estou feliz aqui. Bom, pelo menos estava.

Será que algum dia serei feliz de novo?

— Não diga que não — falou Blake —, pense a respeito. Pense em como quer que seja o resto de sua vida. A sua e a de seu filho.

Blake se retirou. O filme terminou e Nicholas foi para a cama.

Tracy também foi se deitar, mas não conseguia dormir. Ela pensou em Jeff Stevens, em Daniel Cooper, em Jean Rizzo e em Blake Carter. Os quatro entravam e saíam de seus pensamentos como dançarinos ao redor de um mastro, com suas fitas se enroscando e se emaranhando conforme a música tocava.

Capítulo 20

O PROFESSOR DOMINGO MUÑOZ virou a moeda bizantina na mão. O ouro reluziu como se a peça tivesse sido cunhada um dia antes. O entalhador era muito talentoso. — Lindo! — Muñoz sorriu para Jeff Stevens. — De fato, muito lindo. Não sei como agradecer. — Por favor. Foi um trabalho que fiz por amor. Essas moedas estão onde sempre deveriam estar. — Jeff ergueu uma taça de Tempranillo *vintage* em saudação ao idoso professor. — Não que meio milhão de dólares não tenha sido útil — acrescentou ele, com um sorriso.

— Bem, você mereceu, meu rapaz.

Era março, três meses depois de Jeff deixar Nova York com as moedas da dinastia heracliana embaladas em segurança em plástico bolha na mala. Ele ficou na Inglaterra por um mês, organizando os negócios e passando um tempo com Gunther Hartog, que não tinha muitos dias de vida. Era difícil ver Gunther piorar cada vez mais fisicamente, mas foi a deterioração de sua mente, que um dia fora tão aguçada, que partiu o coração de

Jeff. Ele falava muito sobre Tracy. Gunther achava que ela estava vivendo nas montanhas e trabalhando com o FBI. Jeff cedia a suas invenções, assentindo e sorrindo no momento certo, sempre.

— Você deveria procurá-la, sabia? — murmurava Gunther durante os momentos de lucidez. — Ela sempre amou você.

Cada palavra era como uma punhalada no coração. Ele mudava de assunto sempre que podia. Gunther ainda adorava ouvir sobre os golpes. Ficara animado com suas histórias sobre Nova York, e sobre o roubo da inestimável coleção de moedas do oligarca russo durante o Baile de Inverno.

— Conte mais sobre suas noites com a vadia da Svetlana. Quanto tempo levou para que ela caísse nas graças de Randy Bruckmeyer? Sabe que sempre gostei daquele texano. Um de seus melhores personagens.

Pelos olhos de Gunther, tudo parecia divertido, como um jogo do qual todos participavam. *Costumava ser assim para mim. Mas não é mais*, pensou Jeff. Ele decidiu não contar a Gunther sobre o encontro com Elizabeth Kennedy. Aquilo só faria o velho falar de Tracy de novo, e Jeff não conseguia mais suportar aquilo.

Misteriosamente, Elizabeth tinha descoberto que Jeff estava na cidade e fora visitá-lo no hotel, supostamente para terminar o que começou tantos anos antes. Na verdade, Elizabeth tinha planejado roubar uma joia e queria que ele a ajudasse. Havia sido estranho encontrá-la novamente. Jeff esperava sentir aquela raiva de novo, mas, na verdade, não havia nada, nenhum sentimento.

Elizabeth tentou seduzi-lo, mas Jeff não sentiu nada. Foi uma decepção e um alívio ao mesmo tempo, o que não fazia muito sentido. Eles se despediram educadamente. Somente depois de Jeff deixar Nova York ele descobriu que Elizabeth tinha sido presa pela tentativa de aplicar um golpe em Bianca Berkeley. *Graças a Deus que não me envolvi nisso.*

Jeff se sentiu culpado por admitir, mas era um alívio deixar Gunther e fugir para a Espanha.

O professor Domingo Muñoz era cliente de Jeff. Fora ele quem encomendara o roubo das moedas bizantinas. Mas também era seu amigo e um admirador de antiguidades. Muñoz tinha convidado Jeff para ficar na "mansão" dele, uma casa de campo idílica e enorme localizada em La Campina, um vale fértil que cercava o rio Guadalquivir, no sul da Espanha. A cerca de 30 quilômetros de Sevilha, a casa tinha uma vista deslumbrante do campo de Sierra Morena, com as colinas suaves densamente cobertas por carvalhos e pelo retalho de campos de trigos e oliveiras. A combinação da hospitalidade de Muñoz, os arredores idílicos, as histórias, a arte e a arquitetura eram um convite impossível de se recusar.

Uma empregada levou outra enorme travessa de *paella* para a mesa. Estavam comendo no jardim, sob uma pérgula coberta de louros, observando o sol vermelho--sangue desaparecer no horizonte.

Jeff falou:

— Preciso ir embora logo. Deixar você em paz.

— Bobagem. Fique o tempo que quiser. A Espanha faz bem para a alma.

— Mas não ajuda a diminuir a barriga. — Jeff deu tapinhas sobre o estômago, que reclamava. — Mais alguns jantares como este e vou precisar mudar de profissão. Talvez vire cantor de ópera. Ninguém quer contratar um gatuno gordo.

— Você não tem nada de gatuno — corrigiu Muñoz, enchendo a taça de novo. — É um artista.

— E um ladrão.

— Um ladrão cavalheiro. Como falou, as moedas estão onde deveriam estar. Não poderíamos deixá-las nas mãos daquela mulher interesseira e vulgar, não é?

Jeff concordou.

— Então, o que vai fazer agora? — perguntou Muñoz, os dedos ossudos curvados ao redor do suporte da taça de vinho como uma cobra esganando a presa. — Não que eu esteja tentando me livrar de você.

— Não faço ideia. — Jeff se sentou na cadeira. — Esta é, na verdade, a primeira vez em anos que não tenho vários trabalhos. Talvez tire férias. Viaje pela Europa, visite novamente alguns dos meus museus preferidos.

— Você viu o Sudário em Sevilha, presumo?

O Santo Sudário de Turim estava em exposição no Antiquário de Sevilha, um museu abrigado sob a cidade, em uma antiga cripta romana, durante 12 semanas. Era a primeira vez que haviam permitido que aquela relíquia saísse da Itália em muitos anos, então o evento atraíra o mundo todo. Milhares de católicos acreditavam que fosse de fato a mortalha com a qual o corpo de Jesus foi coberto depois da crucificação — e a maioria dos historiadores pregava que aquilo era uma farsa —, o Santo Sudário era quase certamente o artefato religioso mais celebrado e reverenciado do mundo. Para muitos, inclusive para Jeff Stevens, a beleza e a serenidade do rosto do homem tão perfeitamente capturadas no tecido desbotado significavam mais que todas as insanas teorias da conspiração sobre sua origem. Se era ou não o rosto de Jesus, para Jeff não importava. O Sudário tinha uma beleza sublime, era mágico, uma imagem do sofrimento humano e da bondade que transcendia a religião e a ciência e até o tempo. A ideia de vê-lo de perto fazia Jeff se arrepiar de animação, como uma criança pequena prestes a ver o Papai Noel pela primeira vez.

— Ainda não — disse ele a Muñoz. — Estava guardando para o final.

— Bem, não espere muito. — O professor terminou o Rioja e se serviu de outra taça. — Dizem que há um plano em andamento. Que alguém pretende roubá-lo.

Jeff deu uma gargalhada.

— Isso é ridículo.

— É mesmo? Por quê?

— Porque é impossível. E inútil. Confie em mim, eu sei disso. Por que alguém iria querer roubar o Sudário de Turim? Não se pode vendê-lo. Deve ser a relíquia mais famosa do mundo. Seria como tentar repassar a Mona Lisa!

Muñoz deu de ombros.

— Só estou comentando. Mas ouvi isso de diversas fontes. Além disso, você costumava me dizer que nada é impossível — acrescentou o professor, com um sorriso sarcástico nos lábios finos.

— É, bem, eu falei demais. — Jeff riu, mas não pareceu se divertir. — Que fontes?

Muñoz lançou um olhar que obviamente dizia: *Você sabe que não posso contar.*

— O que ouviu, exatamente?

— Nada "exatamente". Apenas boatos, alguns conflitantes. Mas parece que há um fundamentalista por aí, um iraniano, muito rico. Parece que quer o Sudário para destruí-lo. "Para queimar as relíquias dos hereges", esse tipo de coisa. Tenho certeza de que conhece o tipo.

Jeff estremeceu. Ele se sentiu mal.

Muñoz continuou.

— De toda forma, parece que esse aspirante a aiatolá contratou um americano brilhante para elaborar um plano para roubar o sudário de Sevilha. Soube que lhe foi oferecida uma quantia monstruosa em dinheiro.

— Quanto seria essa quantia monstruosa?

— O número que ouvi foi 10 milhões de euros. Por quê? Está pensando em entrar na competição? — perguntou Muñoz, provocando-o.

— Eu não roubaria o Sudário de Turim por 100 milhões — falou Jeff, irritado. — Principalmente para um cara que quer queimá-lo. Isso é repulsivo! É um crime desumano, e qualquer pessoa que esteja envolvida em algo assim merece levar um tiro.

— Meu Deus, acalme-se. Eu só estava brincando.

— Alguém informou as autoridades?

— Se alguém ligou para a polícia, quer dizer? É claro que não. São boatos, Jeff, nada mais. Sabe como as notícias correm em nosso submundo. Provavelmente é tudo bobagem. Afinal, você mesmo disse que roubar o Sudário é impossível.

— Sim.

— Bem, então beba outra dose.

Jeff se serviu, mas não conseguia relaxar. A imagem de um iraniano barbudo e lunático, vestindo uma túnica e embebendo o Santo Sudário em gasolina se recusava a sair de sua mente. Por fim, perguntou a Muñoz:

— Ouviu pelo menos um nome? Entre todas aquelas suas fontes? Alguém sabe quem é o "americano brilhante"?

Domingo Muñoz respondeu:

— Na verdade, ouvi. Não que tenha significado algo para mim. — Ele encarou Jeff e perguntou, inocentemente: — Já ouviu falar de Daniel Cooper?

— JÁ OUVIU falar de Daniel Cooper?

Dessa vez era Jeff falando. Ele estava em outro jantar, também na Espanha, 14 anos antes. *Fazia mesmo tanto tempo?*

Madri. Jeff e Tracy estavam na cidade para roubar *O Puerto* de Goya do Museu do Prado, embora nenhum dos dois admitisse isso ao outro. Jeff havia reservado uma mesa no Jockey, um restaurante elegante no Amador de los Ríos. Tracy aceitara seu convite para jantar. Jeff ainda podia vê-la, sentada diante dele, radiante como sempre. Ele não conseguia se lembrar do que Tracy vestia, mas recordava o brilho desafiador nos olhos verdes dela. Estavam competindo. A dança havia começado.

Eu a amo, pensou Jeff.

Vou conseguir aquele quadro antes dela.

E então vamos nos casar.

— Quem? — perguntou Tracy.

— Daniel Cooper, um investigador de seguros, muito inteligente.

— O que tem ele?

— Cuidado com ele, é perigoso. Eu não iria querer que nada de ruim acontecesse a você.

— Não se preocupe.

Jeff colocou a mão sobre a dela.

— Mas ando preocupado. Você é muito especial. A vida é mais interessante com você por perto, meu amor.

Madri tinha sido o início de tudo. Jeff e Tracy tinham se apaixonado lá. E Daniel Cooper pairava sobre eles como uma sombra ao fundo. Na viagem para Segóvia, Cooper os seguira em um Renault. Naquela noite, Jeff levara Tracy para a bodega na qual tinham assistido a uma apresentação de dança flamenca, os movimentos frenéticos expressavam os desejos dos dois, inegáveis agora.

Cooper estava lá também. Cabisbaixo. Esperando.

Jeff passou a perna em Tracy, roubando o quadro debaixo do nariz dela depois que a vigarista fez todo o trabalho, pobrezinha. Levou anos até que ela o perdoasse.

Mas Tracy não foi a única derrotada. Depois de Madri, Daniel Cooper seguiu o casal pela Europa, sempre um passo atrás deles. Jeff desconfiava cada vez mais dele, mas Tracy jamais o levou a sério.

Cooper foi o terceiro elemento em nosso relacionamento desde o início. Ele era a sombra de Tracy, pensou Jeff.

— JEFF? — A VOZ DE DOMINGO Muñoz trouxe Jeff de volta ao presente. — Tudo bem?

— Hmm. Ah, sim. Estou bem.

— Você se distraiu por um momento. Então acho que *conhece* Daniel Cooper, não?

— De certa forma — respondeu ele. — Embora quando o conheci ele não fosse um bandido. Pelo contrário, na verdade. Ele está aqui, em Sevilha?

— Foi o que ouvi falar.

Jeff franziu o cenho.

Muñoz continuou:

— Você parece preocupado. Acha que ele pode realmente tentar algo assim?

— Não sei o que ele pode tentar — respondeu Jeff, sendo sincero.

— Acha que ele tem chances?

Jeff pensou por um momento.

— Não. É impossível. Daniel Cooper é muito inteligente, mas ninguém conseguiria roubar o Sudário.

NAQUELA NOITE, NA cama, Jeff tomou uma decisão.

Vou para Sevilha amanhã. Ficarei lá por alguns dias e verificarei o Antiquário eu mesmo. Apenas para me certificar.

Ele não levava os "boatos" de Muñoz muito a sério. Era tudo muito exagerado. Mas se o Sudário de Turim fosse roubado, e destruído, e ele não tivesse feito nada para impedir que aquilo acontecesse, Jeff Stevens jamais se perdoaria.

Capítulo 21

Localizado sob o ultramoderno edifício Metropol Parasol na famosa Plaza de la Encarnación de Sevilha, o Antiquário é um labirinto de ruínas romanas, datadas do século I d.C. Jeff Stevens se encantou com a imagem em mosaico de Baco e com os pilares perfeitamente preservados de uma mansão antiga enquanto esperava na fila para comprar o ingresso para a exposição "Sábana Santa", o termo espanhol para o Santo Sudário.

Jeff esperava numa fila enorme que se estendia pelo quarteirão. Afinal, aquela era a primeira vez em quase meio século que a relíquia deixava seu lar de temperatura cuidadosamente controlada na capela real da Catedral de São João Batista, em Turim, uma cidade industrial no norte da Itália. Mas talvez porque fosse março, baixa temporada, e também durante a semana, inúmeras pessoas tinham aparecido para ver o tecido de linho que estampava a imagem de um homem que podia ou não ser Jesus Cristo.

— Gostaria do tour com áudio?

A garota sorriu para Jeff, falando com ele em um inglês perfeito.

— Obrigado. Sim.

Ele colocou os fones de ouvido e seguiu para a primeira sala da exposição. Já conhecia a maior parte da história do Sudário e o intenso debate científico e teológico que o acompanhavam. Mas era sempre bom aprender mais, e os fones de ouvido deram a ele a chance de se mover devagar pelo museu, atentamente, prestando atenção em todos os arranjos de segurança, nos alarmes, nas saídas de incêndio e tudo isso com um olhar experiente. Ele percebeu que não havia segurança extra na entrada do museu, além dos habituais vigias desarmados. Mas havia uma patrulha permanente na praça ao longo da extensão da exposição. Além disso, o fato de o Antiquário ser basicamente uma cripta significava que havia apenas dois caminhos até o nível superior — a entrada e um único lance de escadas que dava no Metropol Parasol. Quanto ao próprio Sudário, ele estava no fim da exposição, no centro de uma grande espiral de salas "falsas", como o círculo central de um alvo de dardos no fim de um labirinto vitoriano. Qualquer pessoa que tentasse removê-lo não teria escolha a não ser refazer o caminho até a parte mais externa do círculo e escolher uma saída próxima. Todas as salas tinham alarme e eram monitoradas por um sistema de alta tecnologia de raios infravermelhos, sem falar das câmeras; Jeff se sentiu seguro de que qualquer tentativa de roubar o objeto certamente fracassaria.

De sala em sala, Jeff começou a se concentrar menos no ambiente e mais no áudio que ouvia. Era fascinante.

— *A imagem no tecido, destacada em relevo como um negativo fotográfico, mostra um homem que sofreu um trauma físico, consistente com crucificação e tortura. Embora a datação por radiocarbono localize as origens do tecido no período medieval, entre 1260 e 1390, estudos científicos mais recentes questionam essas descobertas. Testes químicos sugerem que pelo menos algumas partes do Sudário podem ser bem mais antigas.*

Jeff foi de sala em sala ouvindo a gravação que tratava de argumentos científicos. Imagens nunca antes vistas do Sudário captadas por sofisticados satélites da Nasa eram exibidas ao lado de obras de arte cristã antigas e esculturas relacionadas ao culto da Sábana. Apesar de datações por carbono aparentemente definitivas e outros testes efetuados nos anos 1970 e, novamente, em 1988, especialistas ainda ficavam admirados com a natureza da imagem e com *como*, exatamente, ela estava fixada no tecido. Nenhuma tinta tinha sido usada. Sangue humano tinha sido descoberto e o DNA fora testado, mas a imagem fotográfica negativa não fazia sentido. Uma teoria escabrosa e amplamente aceita era a de que uma pobre alma tinha sido deliberadamente torturada e crucificada na Idade Média para falsificar o Sudário de Jesus. Mas isso ainda não explicava como uma imagem tão perfeita tinha sido gravada, para sempre, no tecido.

Quando Jeff entrou na última sala e ficou diante do Sudário, ele estava tão concentrado nos mistérios da origem do objeto que quase se esqueceu do motivo pelo qual tinha ido até lá. Mas ele despertou quando se viu encarando um rosto de um passado distante. E tudo voltou, com uma descarga de emoção tão violenta que ele mal conseguiu respirar.

Aquele rosto! Tão cheio de sofrimento, e, no entanto, tão tranquilo na morte. Os ferimentos pelo corpo eram horríveis — de pregos perfurando os pulsos até a flagelação, ossos quebrados, cortes, aos montes, golpe após golpe. *A questão não é Deus e o homem*, pensou Jeff. *É crueldade e perdão, vida e morte. A questão é humanidade, em toda sua glória e em toda a imundície, a beleza e a feiura.*

Naquele momento, ele percebeu que ficaria feliz em lutar até a morte para proteger aquela relíquia: aquele retalho de tecido, aquele milagre, aquela fraude.

Se Cooper *estava* em Sevilha... se havia um louco lá fora disposto a pagar milhões para que o Sudário fosse roubado e destruído... ele devia ser impedido.

Jeff Stevens não podia deixar que isso acontecesse.

O POLICIAL à paisana com um casaco verde observou Jeff Stevens deixar o museu. Ele tinha cabelos pretos e um nariz aquilino e pontiagudo que lhe dava uma aparência quase romana. A garota no balcão da entrada reparou quando o homem mostrou a identificação e pensou: *Ele se encaixa aqui, lá embaixo, entre as ruínas.* Ela quase esperava que o homem começasse a falar latim, ou pelo menos italiano.

Em vez disso, ele perguntou, em espanhol perfeito:

— O homem que acabou de sair. Ele pagou pelo ingresso em dinheiro ou no cartão?

— Dinheiro.

— Ele fez alguma coisa estranha ou disse algo fora do comum quando entrou?

— Não. Não que eu tenha reparado. Estava sorrindo. Parecia tranquilo.

O homem de casaco verde se virou e foi embora.

O HOTEL ALFONSO era o maior da cidade, um marco de 1929 construído ao estilo da Andaluzia e com vestígios mouros opulentos. O saguão e os bares tinham pilares de mármore e pisos de mosaico, tetos altos, ornamentados, entalhados, e paredes das quais pendiam obras de arte bastante ecléticas, iluminadas por milhares de lâmpadas douradas, como a ampla caverna do Aladim. Havia 151 quartos de hóspedes, cujo acesso se dava por elevadores antigos dos anos 1930 com grades douradas, ou por uma escadaria grandiosa e deslumbrante que serpenteava um pátio central cheio de flores.

O quarto de Jeff tinha uma cama antiga de nogueira com dossel e uma banheira grande o bastante para que uma família de cinco pessoas morasse nela. Ele pensou que se fosse deixar o conforto da fazenda do professor Domingo Muñoz, deveria ser por um lugar espetacular. E o Alfonso certamente era.

O ruim era que havia muitos turistas americanos, o que Jeff descobriu quando desceu para o bar.

— Não poderíamos ter nos encontrado em um lugar mais reservado? — O contato com que Jeff se encontrava olhava furtivamente ao redor da sala revestida com painéis de madeira. Eles estavam sentados a uma mesa de canto, bebendo grappa. — Me sinto como um macaco em um zoológico.

— Não sei por quê — observou Jeff, rispidamente. — Ninguém está olhando para nós. Estão todos de férias se embebedando.

Como se aquilo fosse uma deixa, um grupo de executivos americanos que estava no bar riu alto, cumprimentando um dos colegas com algum tipo de piada interna.

— O que tem para mim?

O homem pegou algumas fotos do casaco e as deslizou pela mesa. As duas primeiras mostravam um homem com um nariz romano e cabelos pretos crespos em uma conversa séria com um típico árabe. Eles pareciam estar em um saguão de hotel. *Não aqui, no entanto*, pensou Jeff. Havia árabes demais ao fundo para que a foto tivesse sido tirada ali em Sevilha. O hotel parecia grandioso e opulento. *Talvez em Dubai?*

— Você os conhece? — perguntou o contato de Jeff.

— Não. Presumo que o cara de túnica seja esse iraniano que Muñoz mencionou.

— Sharif Ebrahim Rahbar. O sexto homem mais rico do mundo. Recluso. Implacável. E nada divertido. Bebedeira, sexo, qualquer tipo de liberdade é proibitiva para esse cara. E ele não é o maior fã dos direitos das mulheres também.

— Odeia mulheres? — Jeff pareceu curioso.

— Eu não diria isso. Ele tem pelo menos 11 concubinas em um harém no Catar. De toda forma, é no outro cara que você está interessado, certo?

— Estava — falou Jeff. — Mas não tenho mais certeza se importa. — Ele avaliou o homem na foto. — Esse não é Daniel Cooper. As fontes de Muñoz devem ter se enganado.

— É possível. Mas vou dizer uma coisa. Quem quer que seja, está interessado na Sábana Santa. E está interessado em você, meu amigo.

Jeff olhou as outras fotos. Eram do mesmo homem, mas dessa vez ele estava em Sevilha. Em algumas fotos, ele entrava no museu onde estava o Sudário. Em outras, estava caminhando pelos arredores, às vezes tirando fotos ou parado conversando ao telefone. Na maioria delas, ele estava de casaco verde.

— Ele visitou o Antiquário 14 vezes nos últimos cinco dias. Diz ser Luís Colomar, um detetive do Cuerpo Nacional de Policía.

Jeff assentiu. O CNP era a polícia nacional espanhola.

— O problema é que ninguém jamais ouviu falar dele. Nem em Sevilha, nem em Madri, nem em lugar nenhum, até onde sei. Ele poderia ser do serviço secreto.

— CNI, Centro Nacional de Inteligencia?

— É possível. Ou mesmo da CIA. O espanhol dele é impecável, mas muitos americanos falam espanhol bem. *Ou* ele pode estar lá para roubar o Sudário a mando de Rahbar. Talvez esteja trabalhando com esse tal Cooper.

— Duvido — falou Jeff. — Cooper não é muito de trabalhar em equipe. Por outro lado, não vejo como ele poderia sequer tentar executar um trabalho desses sem ajuda. E ele parece gostar de ficar nas sombras. Será que esse Colomar é o homem de fachada?

— Talvez. De qualquer forma, ele esteve na exposição hoje de novo, seguindo você. Fez um monte de perguntas depois que você saiu. Talvez ache que *você* está aqui para roubar o Sudário.

Jeff balançou a cabeça.

— Por que pensaria isso?

— Porque aparentemente alguém planeja roubá-lo. Você *é* um vigarista, Jeff, o melhor, e um especialista em antiguidades. E você está aqui, na cidade, andando pela exposição. Se esse cara está metido com alguma agência — o homem apontou para as fotos com um indicador gordinho —, é melhor você tomar cuidado.

— Ele não está metido com agência alguma — falou Jeff, olhando atentamente para as fotos, uma após a outra.

— Ele é um ladrão. Consigo sentir isso. Está trabalhando para esse Sharif Rahbar. Provavelmente com a ajuda de Daniel Cooper.

— Também acho. Então, e agora o que fazemos?

Jeff pensou.

— Se ele tem o dinheiro de Rahbar e o conhecimento de Cooper por trás, é perigoso. Podem, de fato, fazer isso. Podem mesmo roubar e destruir o Sudário.

Jeff pegou um maço de dinheiro e o entregou ao outro homem, que rapidamente o enfiou no bolso.

— Obrigado por isso. Foi de grande ajuda.

— O que vai fazer? — perguntou o homem.

— Acho que vou contrariar o hábito de uma vida inteira. Vou ligar para a polícia.

O comissário Alessandro Dmitri estava no escritório no novo quartel-general da polícia de Sevilha, na avenida Emilio Lemos, quando o telefone tocou. Conhecido como "o grego" por causa do sobrenome e do nariz estranhamente grande, o comissário Dmitri era um homem baixinho, arrogante e vaidoso, com um ego enorme.

— *Sí?* — disse ele ao telefone.

— Vai haver um roubo. Alguém vai roubar a Sábana Santa.

O comissário Dmitri deu uma gargalhada.

— É mesmo?

— Sim. Vai acontecer nos próximos dias, a não ser que você aja agora.

A voz do outro lado da linha era de um homem americano e extremamente confiante. O comissário Alessandro Dmitri não gostou do dono da voz.

— Quem é você?

— Meu nome não importa. Você precisa anotar isso. Um dos homens envolvidos tem estatura baixa, cerca de 1,70 metro, cabelos pretos crespos e um nariz aquilino.

— Ninguém vai roubar o Sudário.

— Ele costuma vestir uma parca verde e a equipe do museu acha que ele é um policial.

Alessandro Dmitri estava começando a perder a paciência.

— Não tenho tempo para isso. A não ser que me diga seu nome, eu...

— Você também deveria procurar o Sr. Daniel Cooper. Ele tem praticamente a mesma altura, olhos castanhos e uma boca pequena, e parece um pouco afeminado. Cooper é perigoso e muito inteligente. Você *precisa* melhorar sua segurança, *comisario.*

— Quem passou você para o meu escritório? — Dmitri estava espumando de raiva. — Sou um homem ocupado, não tenho tempo para teorias da conspiração. A segurança da exposição Sábana Santa é excelente.

— Não, não é. É boa, mas nada que Cooper não consiga burlar. Ora, *eu* conseguiria burlar.

— Sinceramente, aconselho o senhor a não tentar — falou Dmitri, em tom gélido. — Qualquer um que tentar roubar o Sudário será preso imediatamente. E estaria prestes a passar vinte anos em uma cadeia espanhola, Sr...?

— Por favor. Apenas escute...

Dmitri desligou.

— *Señora* Prieto?

— Sim?

Magdalena Prieto respondeu em inglês. Uma longa carreira como curadora de museu dera a ela um bom ouvido para sotaques. Magdalena percebeu que quem estava do outro lado da linha era americano, então abandonou o espanhol sem pensar.

— Alguém está planejando roubar a Sábana Santa.

Ótimo. Um trote. É tudo de que preciso.

A curadora da exposição mais prestigiada de Sevilha tivera um dia longo e exaustivo. O mundo de belas-artes e antiguidades na Espanha ainda era quase exclusivamente gerenciado por homens, e a *señora* Prieto lutava contra o machismo e o preconceito diariamente. Muitos torceram o nariz quando ela foi escolhida para ser a curadora da primeira exibição da Sábana Santa fora da Itália. Todo dia era uma luta.

— Um homem que está se passando por policial pode estar envolvido — continuou a voz. — Ele está usando o nome Luís Colomar, e já é conhecido da sua equipe. Outro homem, Daniel Cooper, pode estar trabalhando com ele. Cooper é um antigo investigador de seguros. É muito inteligente e...

— *Señor*. Se suspeita mesmo que alguém está tentando roubar a Sábana, sugiro que ligue para a polícia.

— Já liguei. Eles não me levaram a sério.

— Não consigo imaginar por quê — comentou Magdalena Prieto com sarcasmo. — Posso garantir que a nossa segurança é de primeira.

— Conheço seus sistemas de segurança — falou o homem, ligeiramente ansioso. — São bons, mas Daniel Cooper é melhor. Por favor, diga à sua equipe que fique bem atenta.

— Minha equipe está sempre atenta. Tem alguma prova desse suposto complô?

O homem hesitou.

— Nada concreto.

— Então sugiro que pare de desperdiçar o meu tempo, senhor.

Pela segunda vez em uma hora, Jeff Stevens ouviu o clique de um telefone sendo desligado.

Droga!

— NÃO É de surpreender.

O professor Domingo Muñoz estava sentado na frente de Jeff durante o jantar no Alfonso.

— Não diz seu nome, liga fazendo acusações malucas e não oferece prova. Por que *deveriam* acreditar em você?

— Dmitri é um cretino — resmungou Jeff. — O clássico peixe grande em um lago pequeno. Acho que ele não ouve a opinião de ninguém sobre qualquer assunto desde 1976. Babaca arrogante.

— A *señora* Prieto deve ser muito boa. Detalhista e segura. É preciso ser assim para conseguir chegar até onde ela chegou, principalmente sendo mulher na Espanha.

— Bem, ela não é detalhista o suficiente. Não sei quanto a esse outro cara, mas Cooper é uma máquina. Não sabe o que é detalhista até vê-lo trabalhar.

— *Você* o derrotou, não foi? Você e Tracy? Durante anos. Ele não deve ser *tão* bom assim.

Jeff se recostou na cadeira. Um olhar de contemplação percorreu seu rosto. O professor Domingo Muñoz podia praticamente ver a mente de Jeff trabalhando.

— O que foi? — perguntou ele, nervoso. — No que está pensando, Jeff?

— Se a polícia e as autoridades do museu não querem salvar o Sudário das garras de Daniel Cooper, então talvez precisemos de um plano B. Como você disse, eu já derrotei Cooper antes.

Muñoz franziu as sobrancelhas.

— Você não vai tentar roubá-lo, não é?

Jeff ergueu o rosto e sorriu.

— *Señora* Prieto. Graças a Deus chegou. Precisa ver isso.

Magdalena Prieto tinha acabado de chegar ao trabalho. O copo quente de café ainda estava em sua mão, e o cabelo preto dela ainda estava meio úmido pela chuva da primavera que caía naquela manhã. O olhar de seu suplente disse imediatamente a Magdalena que o que ela "precisava ver" não era bom.

— O que é, Miguel?

— A Sábana Santa. Houve uma falha de segurança.

O sangue de Magdalena Prieto congelou. Ela pensou imediatamente na ligação misteriosa que tinha recebido dois dias antes.

— *Alguém está planejando roubar a Sábana Santa. Por que não levei a sério?*

Se alguma coisa acontecesse ao Sudário no comando de Magdalena Prieto, a carreira dela estaria acabada e sua reputação, destruída. Seguindo o suplente em disparada em direção à sala central na qual o Sudário estava, ela se lembrou da voz do americano ao telefone.

— *Conheço seus sistemas de segurança...*

— *São bons, mas Daniel Cooper é melhor.*

Magdalena se sentiu mal. Quando virou no corredor, seus joelhos praticamente cederam de alívio. *Ainda está aqui. Graças a Deus!*

O Sudário estava em uma caixa reforçada, com vidro à prova de balas, sobre um suporte de alumínio, reproduzindo as condições nas quais era mantido em Turim. Alarmes infravermelhos protegiam a relíquia, tanto dentro quanto fora da caixa, que só podia ser aberta com uma série complexa de códigos. No interior do vidro, a temperatura era cuidadosamente controlada para proteger o delicado e inestimável tecido. Magdalena verificou os botões do painel de controle. Tudo parecia normal. Nenhum alarme tinha sido disparado. A temperatura e a umidade permaneciam nos níveis ideais, assim como os níveis de argônio e oxigênio (99,5 e 0,5; respectivamente). Se alguém tivesse aberto a caixa, as medidas teriam mudado.

Magdalena Prieto se virou para o suplente.

— Não entendo. Qual é o problema?

Ele apontou. Ali, na base do suporte de alumínio, apoiado casualmente como um cartão de Natal entregue em mãos, estava um envelope branco, endereçado simplesmente a *Señora Prieto*.

A voz de Magdalena era um sussurro.

— Ligue para a polícia.

— Isso É UM desastre.

Felipe Agosto, o prefeito de Sevilha, caminhava pela sala, nervoso.

— Se o Sudário fosse roubado em Sevilha, ou se fosse danificado de alguma forma, isso traria vergonha para nossa cidade inteira. Para a Espanha inteira!

— Sim, mas nada aconteceu com o Sudário. — Magdalena Prieto falou com uma calma que não sentia. Estava com o prefeito Felipe Agosto e o comissário Dmitri no escritório do policial para discutir a falha de segurança na exposição da Sábana Santa. — A carta foi um aviso. Um aviso amigável. Não estou dizendo que não deveríamos levar a sério, mas...

— Não há nada "amigável" em invadir o museu e colocar em risco uma relíquia inestimável, *señora* — interrompeu-a grosseiramente o comissário Dmitri. — A pessoa que fez isso é um criminoso, e deve ser presa.

Dmitri falava com aspereza para esconder o próprio nervosismo. A *señora* Prieto admitiu ter recebido uma ligação alertando sobre o sudário dois dias antes, mas Dmitri negara qualquer conhecimento sobre o americano misterioso.

— Isso é estranho — comentou Magdalena. — Ele me disse que já havia ligado para a polícia, mas ninguém lhe deu atenção.

— Mas criminosos mentem, *señora*.

O prefeito Felipe Agosto falou:

— Deixe eu ver o bilhete de novo.

No envelope havia uma única folha de papel branco, dobrada duas vezes, que dizia simplesmente: *Se eu consigo, Daniel Cooper também consegue.*

— Sabemos se esse Daniel Cooper sequer existe?

— Provavelmente não. — Dmitri descartou a possibilidade. — Estou mais preocupado com uma invasão de fato do que com um superladrão imaginário que supostamente está escondido na cidade. Esse homem provavelmente o inventou para nos despistar.

Magdalena Prieto falou:

— Duvido. O outro homem que ele mencionou, aquele que ele disse que está se passando por policial, foi mesmo visto pela minha equipe. Deveríamos ao menos investigar esse tal Cooper. Já falou com a Interpol, *comisario*?

Alessandro Dmitri olhou para a diretora do museu com um desprezo desencorajador. A última coisa que ele queria era um bando de enxeridos no território dele. *Praga de mulher. Como ela conseguiu a diretoria do Antiquário, afinal? Deveria estar em casa, cozinhando, não causando problemas, ensinando a homens profissionais, como eu, como fazer nosso trabalho.*

— Não preciso da ajuda da Interpol, *señora*. Se o Sr. Cooper existe, e se ele está em Sevilha, meus homens e eu o encontraremos. *Você* já contatou as autoridades em Turim para avisá-los o que aconteceu no museu durante seu comando?

Magdalena ficou lívida.

— Não. Como falei, nada foi danificado ou roubado. Não há nada a contar.

— Bem, espero que as coisas continuem assim. — O prefeito apontou um dedo acusatório para o chefe de polícia e depois para a diretora do museu. — Por enquanto, isso fica só entre nós. Mas quero que a presença da polícia seja reforçada no museu e nos arredores, e quero equipes trabalhando na exposição *24 horas*. Estamos entendidos?

— Entendido — falou Magdalena Prieto.

— Entendido — disse o comissário Dmitri. — Contanto que a prefeitura esteja pronta para pagar por isso.

DIAS SE PASSARAM. Nada aconteceu.

Jeff Stevens começou a ficar nervoso.

Será que Daniel Cooper não estava em Sevilha, afinal? Nenhum dos contatos de Jeff tinha conseguido encontrá-lo, e aparentemente nem a polícia. Será que o cara de aparência romana que se passava por policial não era o cúmplice de Cooper e estava agindo sozinho, a mando do obscuro xeque iraniano? Desde o truquezinho de Jeff com a carta (uma simples questão de desligar ou ligar o fusível principal tinha desarmado todos os alarmes, enquanto deixou os controles de temperatura intactos), a polícia montando guarda na Plaza de la Encarnación como moscas sobre o mel. Será que o romano pensou melhor e deixou a cidade? Jeff esperava que sim, mas não estava convencido.

Era perigoso demais voltar à exposição. Jeff poderia se passar pelo eletricista que foi fazer a "manutenção" no dia da falha na segurança. Ele realmente precisava deixar Sevilha, mas até ter certeza de que o Sudário estava seguro, não podia ir embora. Em vez disso, ficava entocado na luxuosa suíte no Alfonso, saía para passear e fazer compras e tentava — sem sucesso — relaxar.

Depois de seis dias que mandara a carta, ele mesmo recebeu um bilhete. Foi entregue em mãos por um garçom durante o café da manhã no Alfonso. Ao abri-lo, ele quase engasgou com o croissant.

— Onde conseguiu isto? Quem entregou isto a você?

O garçom mais velho ficou abalado com o pânico na voz de Jeff.

— Um cavalheiro deixou na recepção, senhor.

— Quando?

— Há alguns minutos. Ele não deu qualquer indicação de que fosse urgente, mas...

Jeff já estava correndo. Irrompendo pela entrada do hotel, ele disparou pelos degraus até a garagem na Calle San Fernando. As ruas estavam relativamente vazias, mas não havia sinal de Daniel Cooper.

Cinco minutos depois, Jeff estava de volta à mesa do café da manhã, sem fôlego, o coração acelerando conforme lia o bilhete de novo.

Caro Sr. Stevens,

Fiquei impressionado com seus esforços no Antiquário na semana passada. Vejo que está ciente de alguns dos meus planos para determinado objeto, embora eu tema que o senhor tenha sido severamente mal-informado quanto a minhas intenções. Seria um prazer esclarecer, e possivelmente até mesmo trabalhar com você nessa empreitada. A recompensa seria considerável. Eu poderia dividir a quantia igualmente, caso você me honrasse sendo meu parceiro.

Então ele acha que sou ganancioso. Pensa que eu roubaria o Sudário por dinheiro. Então ele não é tão esperto para julgar o caráter dos outros, afinal, pensou Jeff.

Mas foi o último parágrafo que realmente chamou a atenção de Jeff.

Sugiro que nos encontremos. Há uma pequena igreja do outro lado do rio, San Buenaventura. Confio que o senhor não vá relatar isso à polícia e irá ao encontro. Garanto que não se arrependerá. Estarei lá na quarta-feira à noite, às onze horas. Obviamente, se tentar contatar as autoridades, eu não irei e você não ouvirá mais falar de mim.

Respeitosamente, D.C.

A mente de Jeff estava acelerada. Ele ficou intrigado com o fato de Cooper dizer que ele não havia entendido suas intenções. Será que o iraniano não estava envolvido nisso? Será que Cooper o trairia, talvez, ou estava competindo com ele, de alguma forma? De qualquer maneira, era difícil imaginar um bom motivo para que alguém quisesse roubar o Sudário de Turim. Roubá-lo por dinheiro era melhor que queimá-lo, mas ainda era revoltante e errado.

Falar com a polícia estava fora de questão. Jeff não tinha dúvida de que Cooper descobriria caso ele tentasse qualquer coisa. Jeff o conhecia bem demais para imaginar outra coisa. Além disso, envolver o imbecil do Dmitri, ou a inteligente, porém indulgente, *señora* Magdalena Prieto não surtira qualquer efeito.

Talvez, se eu me encontrasse com Cooper, conseguiria dissuadi-lo? Ou enganá-lo, fingir estar interessado no dinheiro até conseguir sabotar o plano de alguma forma?

Ir ao encontro ou não.

Essa era a única escolha que Jeff de fato precisava fazer.

Capítulo 22

Jean Rizzo pegou a mala na esteira e saiu do aeroporto, cansado, à procura de um táxi.

Ele deveria estar feliz, ou pelo menos animado. A ligação de Magdalena Prieto, do Antiquário de Sevilha, foi a primeira pista que teve na busca por Daniel Cooper em meses. A prisão de Elizabeth Kennedy em Nova York havia parecido uma vitória na época. Mas ela prometera muito e entregara pouco. Como todos que tinham trabalhado com Daniel Cooper, ela sabia muito pouco a respeito do homem. As motivações de Cooper, os impulsos e a vida particular dele eram um livro fechado. Depois do assassinato de Lori Hansen em Nova York, eles haviam perdido o rastro. Nem mesmo Tracy Whitney podia ajudar Jean Rizzo agora.

Foram meses difíceis para ele em todos os sentidos. Sua ex-mulher, Sylvie, que ele ainda amava profundamente, tinha conhecido outra pessoa.

— Claude é um homem bom, Jean.

— Tenho certeza de que é.

Eles estavam passeando no parque, com os filhos, uma semana depois do Natal. Jean perdera o Natal. Foi difícil deixar Nova York depois do assassinato de Lori Hansen, e ele estava tentando compensar agora. Clémence e Luc o haviam perdoado no momento em que chegara. Quanto a Sylvie, era mais difícil. Inventar desculpas para as promessas não cumpridas já era ruim quando estavam casados, agora dava mais trabalho.

— Ele é professor — continuou Sylvie. — É carinhoso e confiável.

Jean franziu o cenho. Será que esta última palavra era uma alfinetada nele?

— As crianças o adoram.

— Isso é ótimo. — Jean tentou ser gentil e disfarçar o fato de que cada palavra que Sylvie falava parecia ser um tapa na cara. — Espero que eu possa conhecê-lo algum dia.

— Que tal quinta-feira? Podemos jantar.

O jantar foi ainda pior do que Jean imaginou. Claude, o desgraçado, se revelou uma das pessoas mais legais que ele poderia conhecer: culto, modesto, gentil e, obviamente, dedicado a Sylvie. Como deveria ser.

A culpa é minha, pensou Jean, arrasado. *Eu o deixei entrar na vida dela. Se não a tivesse negligenciado, se não tivesse ficado tão obcecado pelo trabalho, ainda estaríamos juntos.*

Talvez se ele tivesse algo significativo para mostrar, teria se sentido melhor. Se Lori Hansen ainda estivesse viva. Ou Alissa Armand, ou Sandra Whitmore, ou qualquer uma das vítimas de Daniel Cooper. Mas elas estavam mortas. E Cooper ainda estava solto. Jean fracassara no trabalho, exatamente como fracassara no casamento.

Ele desejava desabafar com Tracy Whitney. Não sabia bem o porquê, mas sentia que ela o entenderia. Ela também tinha feito sacrifícios pelo "trabalho". Tinha perdido no jogo do amor, vira a família se desintegrar em volta dela não uma, mas duas vezes. Porém, ao contrário de Jean, ela seguiu em frente, olhando para o futuro, não para o passado.

Infelizmente, Tracy parara de atender às ligações dele no dia que deixou Nova York. O silêncio dela não era hostil, mas a mensagem era clara: *Fiz tudo o que podia, contei tudo o que sei. Cumpri minha parte no acordo. Agora cumpra a sua e me deixe em paz.*

Por mais que isso o deixasse frustrado, Jean admirava Tracy por ter voltado à vida nas montanhas, e por se ater à nova identidade como Tracy Schmidt, uma mãe digna, cidadã pacata e reservada. Será que estava entediada? Provavelmente ela se sentia assim em alguns momentos. Mas o tédio era um pequeno preço a pagar pela paz de espírito.

Depois de pegar a mala, Jean saiu do aeroporto e entrou em um táxi.

— Avenida Emilio Lemos, por favor — disse ele, em espanhol.

— *¿Comisaría?*

— *Sí.*

Jean não teve nem tempo de ir ao hotel trocar de roupa antes da reunião daquele dia, mas não tinha problema.

Se encontrasse Daniel Cooper ali — se a *señora* Prieto estivesse certa — teria valido a pena.

— Você NÃO vai encontrar Daniel Cooper em Sevilha, inspetor.

O comissário Alessandro Dmitri estava irritado. Jean Rizzo reconhecia a expressão no rosto do policial espanhol. Era uma combinação de ódio, ressentimento e arrogância. Os agentes da Interpol eram suscetíveis a isso, principalmente os chefes de polícia regionais.

— A *señora* Prieto parecia convencida de que...

— A *señora* Prieto está mal-informada. Ela não tinha o direito de contatar sua agência.

Jean Rizzo caminhou até a janela. O novo quartel-general da polícia de Sevilha tinha uma vista espetacular da cidade, mas naquele dia tudo estava sombrio e cinzento. O trânsito seguia lento pela rotatória logo abaixo deles. *Como eu*, pensou Jean. *Andando em círculos.*

— A *señora* Prieto mencionou a carta que encontrou no interior da caixa que protegia o Santo Sudário. Você sabia alguma coisa sobre isso?

Dmitri fervilhou de ódio.

— É claro.

— Ela disse que recebeu uma ligação dois dias antes...

— Sim, sim, sim — interrompeu Dmitri, de forma grosseira, gesticulando para que Jean se calasse. — Fui eu que atendi o telefone, na verdade. O mesmo homem que ligou para ela. Americano, falava sobre uma teoria para roubar a Sábana Santa.

— Você não relatou a ligação?

— Para quem? — Dmitri ficou ainda mais irritado.

— Eu sou o chefe de polícia de Sevilha. Achei que não passava de uma bobagem. E estava certo. Não houve nenhuma tentativa de roubo. Creio que a *señora* Prieto tenha tendência ao drama e a teorias da conspiração. Prefiro me ater aos fatos.

— Eu também — respondeu Jean. — Por isso vou contar alguns fatos sobre Daniel Cooper.

Ele relatou o histórico de Cooper como investigador de seguros, a obsessão por Tracy Whitney e Jeff Stevens e o subsequente envolvimento em uma série de roubos de obras de arte e joias pelo mundo. Por fim, Jean contou a Dmitri sobre os homicídios do Assassino da Bíblia.

— Daniel Cooper é nosso principal suspeito. Na verdade, ele é nosso único suspeito. É fundamental que o encontremos. Cooper é genial e extremamente perigoso.

O comissário Dmitri bocejou.

— Se isso for verdade, inspetor, desejo sorte. No entanto, o fato é que ele não está em Sevilha.

— Como sabe disso?

Dmitri deu um sorriso arrogante.

— Porque, se estivesse, meus homens já o teriam encontrado.

A REUNIÃO DE Jean no Antiquário foi mais produtiva. Ele achou Magdalena Prieto racional, inteligente e educada.

— Ele é sempre babaca assim? — perguntou Jean.

O inspetor estava sentado no escritório de Magdalena,

bebendo um espresso duplo providencial que a secretária dela tinha, gentilmente, levado para ele.

— Sempre. — Magdalena Prieto suspirou. — Está furioso comigo por ter ligado para a Interpol. Acha que isso diminui a autoridade dele, o que, de certa forma, suponho que aconteça. Senti que era meu dever fazer tudo o que eu podia para proteger o Sudário. Fiquei muito abalada ao encontrar a carta.

— Tenho certeza que sim.

— Seja lá quem tenha estado ali, poderia ter danificado a Sábana, ou até destruído. Não suporto nem pensar nisso.

— Mas isso não aconteceu — observou Jean.

— Não.

— Nem tentaram roubar o objeto. Ou extorquir dinheiro.

— Exatamente. Tenho quase certeza de que a pessoa que deixou a carta e me ligou estava tentando me alertar. Acho que ele foi sincero. Mais que isso, estava bem--informado. Minha equipe confirmou que tinham visto o outro homem do qual ele falou, quem ele diz se passar por policial. Você viu a gravação do circuito interno de TV?

Jean assentiu. O homem curvado, de cabelos pretos, usando um agasalho não lhe era familiar. Se aquele era o novo cúmplice de Daniel Cooper, ele não estava ligado a Elizabeth Kennedy, a antiga parceira de seu suspeito.

— O modo como esse cara invadiu... — continuou a *señora* Prieto, admirada. — Não foi só o fato de ele ter passado pelo nosso sistema de segurança. O vidro é à prova de balas, e os códigos de segurança são supostamente impenetráveis. Ele sabia exatamente o que estava fazendo.

Inclusive se assegurou de que o equilíbrio atmosférico de argônio e oxigênio ficasse intacto. Quem faz isso?

— Então ele entende a necessidade de preservar o Sudário?

— Sim. E sabe como preservá-lo. Se não tivéssemos um suspeito, poderia jurar que era um curador também. Ou um arqueólogo.

Jean Rizzo sorriu. *Um americano especialista em antiguidades capaz de decifrar códigos e burlar sistemas de segurança, com um gosto pelo drama...*

Magdalena Prieto olhou para ele com curiosidade.

— Tem alguma coisa que eu deixei escapar?

— O homem que deixou a carta se chama Jeff Stevens. E não, Srta. Prieto, não deixou escapar nada. Embora ache que eu tenha deixado. E o comissário Dmitri também, com certeza.

Magdalena esperou que ele explicasse.

— Se Jeff Stevens acha que Daniel Cooper está em Sevilha para roubar o Sudário, então Daniel Cooper está em Sevilha para roubar o Sudário. Sob nenhuma circunstância você deveria reduzir a segurança.

Magdalena ficou lívida.

— Tudo bem. Não reduziremos.

— E me mande por e-mail as imagens do segundo homem.

— Farei isso esta tarde. Acha que vai encontrá-lo, inspetor? Porque, sinceramente, não acho que o comissário Dmitri está sequer tentando.

— Eu o encontrarei — falou Jean Rizzo, sombriamente. — Preciso encontrá-lo. Sua Sábana Santa não é a única coisa em perigo.

JEAN RIZZO VOLTOU para o hotel caminhando pelo parque María Luisa. Os arbustos brilhavam, exuberantes e verdes depois da chuva. Flores de louro vívidas, cor-de-rosa, reluziam sob o sol da primavera, em contraste com o humor cinzento e depressivo de Jean.

Ele pensou em Jeff Stevens. No espetáculo e no floreio do último golpe, seguido pela carta a Magdalena Prieto. Um homem precisaria ter muito glamour e carisma para atrair uma mulher como Tracy Whitney, e obviamente Jeff Stevens os tinha de sobra. Mas, por trás das cantadas e do espírito galanteador estilo James Bond, espreitava uma solidão quase palpável. Como Jean, Jeff amara profundamente uma vez e perdera a única mulher de quem realmente gostou. Jeff bloqueava a dor saindo com prostitutas. Jean jamais tivera coragem de fazer isso. De certa forma, ele desejava ter. Mas os dois haviam se dedicado ao trabalho, às respectivas paixões, como uma forma de sobreviver à perda.

Jean imaginou se a estratégia estava funcionando melhor para Jeff Stevens do que para ele. *Pelo menos tenho meus filhos.* Sem Clémence e Luc, Jean realmente não sabia como sobreviver. *Stevens tem um filho, um filho lindo, mas nem mesmo sabe disso.* Aquilo deixou Jean Rizzo profundamente triste.

Depois da reunião com Magdalena Prieto, ele foi dar uma olhada no Sudário, ouvindo o mesmo guia de áudio que o misterioso cúmplice de Daniel Cooper aparentemente tinha escutado, quatro vezes. Era fascinante, mas cruel. A ideia de que alguém torturaria até a morte um homem inocente para falsificar a mortalha de Jesus... de que alguém tivesse sido crucificado... ia além dos limites da imaginação. Mesmo para os padrões medievais, aquilo era terrível. O fato de que tinha provavelmente sido feito por dinheiro apenas piorava as coisas.

Estou desperdiçando meu tempo? Digamos que Daniel Cooper seja mesmo o Assassino da Bíblia, e eu o encontre e o impeça e o puna por isso. Isso realmente importa? Não haverá outro serial killer depois dele, e outro, e outro? A humanidade não é intrinsicamente, irremediavelmente cruel?, pensou Jean Rizzo.

Mas então ele respondeu à própria pergunta.

Não. O mundo está repleto de bondade. São as aberrações, as anomalias como Cooper que saem estuprando e matando mulheres. O fato de que havia aberrações na Idade das Trevas que gostavam de torturar e matar para reproduzir alguma cena da Bíblia não significa...

Ele parou de repente. Uma ideia, uma teoria, algo começou a se formar em sua mente.

Daniel Cooper.

Tortura e assassinato.

A Bíblia.

O Sudário de Turim não era apenas uma relíquia sagrada. Era a evidência de um crime. De um assassinato. Um assassinato cercado de mistérios.

Jean Rizzo correu de volta para o hotel. Disparou escada acima, dois degraus por vez. Ao chegar ao quarto, abriu o laptop e esperou, impaciente, até que a caixa de entrada surgisse.

Vamos lá. Apareça. Apareça. Apareça. Apareça.

E apareceu. O e-mail mais recente dele. Magdalena Prieto provavelmente enviara assim que saiu do museu.

Jean abriu o anexo, aumentou a imagem para ver o rosto do homem. Testa proeminente. Nariz romano aquilino. Cachos escuros irrompendo da cabeça como molas saindo de um colchão.

Ele aumentou mais a imagem.

E mais.

Apenas no terceiro zoom as costuras da peruca ficaram visíveis. Ou as minúsculas saliências no látex, onde o nariz falso tinha sido moldado nas bochechas. Mesmo com o olho treinado e um bom computador, Jean precisou olhar com tanta atenção que achou que fosse ficar vesgo. Mas depois que viu, ele soube.

Não há cúmplice.

O HOMEM DE casaco verde estava de volta ao hotel Las Casas de la Judería, que parecia um emaranhado de quartos e pátios, todos ligados pelos túneis subterrâneos no antigo quarteirão judeu de Sevilha. Enfiado entre duas igrejas e afastado de uma rua bonita mas escura de paralelepípedos, com várias cafeterias e casas medievais precariamente tortas próximas, era mais um retorno a uma Espanha antiga e havia muito perdida. O interior era deprimente e embolorado, decorado com tecidos marrom escuros, as cortinas estavam permanentemente fechadas e a mobília de mogno pesava no ambiente. Um odor de cera se misturava à fumaça de lenha e ao cheiro do incenso da igreja ao lado. A decoração era simples, os quartos eram pequenos. Não havia televisões ou outros sinais do mundo moderno além dos lindos e pesados portões de madeira entalhada na entrada do hotel. Nos pátios, homens idosos fumavam cachimbos e bebiam café lendo romances de Ignacio Aldecoa. Uma viúva com um lenço preto na cabeça, congelada no tempo, recitava o rosário ao lado de uma lareira apagada no salão.

Ao voltar para o quarto, o homem de casaco verde trancou a porta. Então retirou o agasalho, as meias e os sapatos e se sentou na beira da cama. Tentou não pensar sobre as incontáveis gerações de judeus que tinham dormido naquele quarto antes dele. O homem não gostava de judeus. Foram os judeus que crucificaram Nosso Senhor.

O homem escolhera aquele hotel porque ficava no centro, era discreto e o preço, razoável. Mas a ironia de dormir em um antigo gueto judeu não passou despercebida. Sentindo-se sujo e cheio de pecados, o homem se despiu completamente e preparou um banho de banheira bem quente. Retirar o nariz falso e o látex que tornava sua testa mais proeminente levava tempo e era doloroso, mas ele o fez sem reclamar. O homem merecia sentir dor. Até gostava dela.

Ele entrou na banheira minúscula. A água queimou sua pele, escaldou seu saco quando ele se sentou, submergindo totalmente as pernas.

Daniel Cooper suspirou de prazer.

Daniel James Cooper tinha cometido o primeiro assassinato aos 12 anos.

A vítima fora a própria mãe.

Daniel esfaqueara Eleanor Cooper até a morte em um surto de raiva ao descobrir o caso dela com o vizinho, Fred Zimmer, que foi condenado pelo crime e, por fim, executado. O testemunho comovente de Daniel, que levou mais de um jurado às lágrimas, foi determinante. Ele ficou sob os cuidados de uma tia, que costumava ouvir o menino gritar à noite até dormir. Daniel Cooper amava a mãe.

Mas a mãe dele era prostituta.

Daniel acreditava no inferno. Ele sabia que a única esperança de salvação era expurgar os pecados do passado, a morte da mãe e de Zimmer, e passara a maior parte da vida adulta tentando obter redenção, de um jeito ou de outro.

Agora, ali em Sevilha, por fim tudo estava se encaixando. Agora Tracy iria até ele. Com Jeff Stevens como isca, ela seria atraída como uma mariposa para a luz. Motivado pelo Santo Sudário, como tantos peregrinos antes dele, Daniel Cooper finalmente conseguiria terminar o trabalho de uma vida inteira, a penitência que o Senhor tinha imposto sobre ele. Com aquele sacrifício final, ele seria perdoado pela morte da mãe. Então salvaria a alma de Tracy Whitney e a própria, pela santidade do casamento.

Sua amada mãe tinha morrido em uma banheira.

Daniel levou a mão até o pênis e começou a se masturbar.

Logo seria hora de ir.

A IGLESIA DE San Buenaventura era um tesouro escondido. Localizada em um beco obscuro, a Calle Carlos Cañal, com suas portas simples e despretensiosas de madeira ocultavam o suntuoso esplendor de seu interior.

Era tarde da noite e tanto a igreja quanto o beco estavam desertos, mas uma luz tênue ainda queimava sobre o altar, um feixe reluzente de dourado que não estaria deslocado em um palácio romano. Jeff Stevens arquejou. Devia haver milhões de dólares em arte naquela minúscula igreja, uma das inúmeras espalhadas pela cidade. Entalhes ornamentais em marfim e mármore competiam com estátuas de ouro polido e afrescos medievais deslumbrantes captavam a atenção de fiéis — embora o propósito real deles fosse, é claro, adorar Deus.

Eu poderia ser devoto em um lugar como este, pensou Jeff. Inspirando o aroma de incenso, cera das velas e polimento de madeira, ele se lembrou das capelas presbiterianas tristes da infância em Marion, Ohio. Suas paredes brancas, as cruzes simples e carpete horroroso em tom laranja estilo anos 1970. *Não é de espantar que eu seja ateu.*

— Oi?

A voz dele ecoou pela igreja vazia. O ar estava tão frio que sua respiração se condensava no ar.

— Cooper? — chamou ele de novo. — Estou sozinho.

Nenhuma resposta. Jeff verificou o relógio. Passava um pouco das onze da noite. O Daniel Cooper do qual Jeff se lembrava era bastante pontual. *Ele não poderia ter ido embora, poderia?* Não. Isso não fazia sentido. Fora Cooper quem marcara o encontro, era ele quem tinha algo a dizer, quem queria fazer um acordo.

Jeff se ajoelhou em um dos bancos nos fundos da igreja e olhou para cima absorvendo a beleza e a grandiosidade do lugar. Ele estava nervoso no caminho, apreensivo por ver Daniel Cooper cara a cara depois de tantos anos. Mas agora que estava ali, sozinho, sentia paz.

Estava prestes a se virar para admirar a estátua de são Pedro quando o golpe veio. Foi tão repentino, tão absurdamente inesperado, que Jeff nem mesmo registrou a dor. O metal frio atingiu a parte de trás de sua cabeça com um estalo, como um ovo quebrando. Jeff se curvou para a frente, momentaneamente ciente de algo quente e grudento escorrendo pelo seu pescoço.

E então apagou.

QUANDO JEAN RIZZO estava tentando encontrar Tracy Whitney em Los Angeles, depois do trabalho dos Brooksteins, ele fora pessoalmente de hotel em hotel. Não havia tempo para aquilo agora. Assim que ele reconheceu o homem nas fotos do museu como Daniel Cooper, as mandou por e-mail e por fax para toda a cidade.

Havia mais de cem hotéis em Sevilha e inúmeras pensões e pousadas. Elizabeth Kennedy havia confessado que Cooper era tanto prático quanto sovina. Isso significava que ele provavelmente tinha escolhido ficar em algum lugar perto do museu, mas nada muito caro ou exuberante. O Alfonso estava fora de questão, assim como os hotéis mais famosos nos arredores da cidade. Usando o Google e o mapa turístico do centro da cidade que o próprio hotel havia fornecido, Jean reduziu a lista de "busca" a dez estabelecimentos.

Vou tentar esses primeiro. Então sigo adiante, rua por rua, quilômetro por quilômetro.

Eu o encontrarei.

Preciso encontrá-lo.

Mas nem mesmo Jean esperava ter sorte tão rápido. Logo na terceira ligação, para um pequeno hotel no quarteirão judeu, a moça da recepção respondeu prontamente:

— Ah, sim! É claro que o reconheço. É o *señor* Hernández. Está conosco há quase um mês.

Um mês!

— Ele ainda está hospedado aí?

— Acredito que sim. Vou verificar.

A espera foi agonizante. Jean Rizzo mal conseguia suportar a tensão.

Por fim, a moça voltou.

— Sim, ele ainda está aqui. Você gostaria que eu verificasse se ele está no hotel agora?

— NÃO! — disse Jean, quase gritando. — Quero dizer, não, obrigado, não há necessidade.

O hotel Las Casas de la Judería ficava a apenas uma curta caminhada, indo pelo parque.

— É um assunto bastante delicado. Irei visitá-lo pessoalmente. Consigo chegar em cinco minutos.

CAMINHANDO APRESSADAMENTE PELA passagem subterrânea que dava para o quarto 66, Jean Rizzo teve uma estranha sensação de calma. A solidez reconfortante da arma pressionada contra o tórax sob o casaco azul era certamente a razão para isso. Assim como o fato de que, vencendo ou perdendo, vivendo ou morrendo, aquela saga estava prestes a chegar ao fim.

Treze mulheres.

Onze cidades.

Nove anos.

E tudo acaba ali, naquela noite.

O hóspede do quarto 66 — Juan Hernández, ou detetive Luís Colomar, ou Daniel Cooper — não tinha para onde correr. Em alguns minutos, ele seria preso ou morto. Jean Rizzo tinha ligado para o comissário Dmitri quando chegou às Casas de la Judería, dizendo que havia encontrado Daniel Cooper. Se de alguma forma Cooper conseguisse escapar, Dmitri e seus homens estariam esperando. Seria péssimo precisar deixar que os cretinos dos espanhóis levassem o crédito pela apreensão do Assassino da Bíblia, pensou Jean quando se aproximou do quarto 66, atravessando um pátio cercado por paredes de pedras altas. Pelo lado positivo, no entanto, para que aquilo acontecesse, Jean precisaria estar morto, e, portanto, alheio a tudo. Sempre havia um lado positivo.

Do lado mais afastado do pátio, quatro degraus de pedra davam para outra passagem que terminava quase onde tinha começado. Jean se viu em um beco sem saída, a porta de madeira do quarto 66 diante dele.

Depois de sacar a arma, ele bateu duas vezes, com força.

— *Señor* Hernández?

Nenhuma resposta.

— *Señor* Hernández, está aí? Tenho um recado importante para o senhor.

Nada.

Jean pegou a chave que a moça da recepção lhe dera e tentou abrir a porta, que rangeu. Entrou com a arma em punho.

— Daniel Cooper, é a Interpol. Você está preso!

Droga.

A cama estava arrumada. Não havia malas. Tudo estava impecável e limpo. Ao lado da cama, uma Bíblia estava aberta em João, capítulo 19, versículo 1.

A citação destacada dizia: *"Eles levaram Jesus, então, para o Local da Caveira. E lá eles o crucificaram."*

Jean Rizzo sentiu o estômago se revirar. Então ele estava certo! Daniel Cooper era o Assassino da Bíblia. Não haveria dúvida agora. O quarto 66 era como todas as outras cenas de crime, com uma exceção.

Não havia corpo.

Ainda.

Então Jean Rizzo reparou no envelope, liso e branco como aquele que a *señora* Prieto tinha encontrado perto do Sudário. Estava em cima dos travesseiros:

Para Tracy Whitney, a/c inspetor Jean Rizzo.

Depois de rasgá-lo para abrir a carta, Jean começou a ler...

Capítulo 23

JEFF ESTAVA EM casa, na Eaton Square. Ele estava nu na cama, com Tracy deitada ao seu lado. Mas quando ele se inclinou para beijá-la, não era Tracy. Era outra mulher, uma estranha.

Tracy estava de pé à porta gritando com ele.

— Como pôde?

Jeff se sentiu mal. Ele correu até a porta, mas, quando chegou lá, Tracy havia ido embora. Agora, era a mãe dele, Linda, quem estava falando. Ela repetia as palavras de Tracy: *Como pôde?* Mas estava em outra casa, em outra época, e gritava com o pai dele. Linda Stevens descobriu outro caso do marido.

Todo o dinheiro da herança dela havia sumido, minguado no último esquema de enriquecimento rápido de Dave Stevens.

— Saia de cima de mim, sua vadia!

Encolhido do lado de fora do quarto deles, Jeff ouviu o estalar de osso contra osso quando o punho do pai esmagou a bochecha da mãe.

Linda gritou:

— Pare, Dave! Por favor!

Mas a surra continuou: *pá, pá, pá.*

PÁ, PÁ, PÁ. Algo duro e frio se chocou várias vezes contra as costas de Jeff.

Ele estava deitado no chão, num piso duro, sendo jogado para o lado como um saco de batatas.

Estou me mexendo. Onde estou?

Jeff ouviu um som que parecia o barulho de motores e sentiu a tremedeira se intensificar.

Um avião? Um avião de carga?

Então ele bateu com força no chão. A escuridão voltou.

A CAMA ESTAVA quente e macia, mas Jeff precisava levantar. A madrasta não o deixava em paz.

— Me abrace, Jeffie! Seu pai vai demorar para voltar.

Os seios dela eram como travesseiros, macios e enormes, e o sufocavam. Rolos de carne macia e delicada o apertavam como massa de pão. Jeff não conseguia se mover! O pânico cresceu dentro dele.

Jeff correu para a janela e saltou para fora, pelado, na neve.

Ele começou a tremer. Estava tão frio. Muito frio.

Não durma. Se dormir, vai morrer, algo lhe disse.

Acorde, Jeff. Acorde!

— ACORDE!

A voz era real. O frio também. Jeff não estava mais se mexendo, mas ainda estava caído de costas. A pedra sob ele era como um bloco de gelo.

— Eu disse "acorde!" — Um chute forte nas costelas fez com que Jeff gritasse e se contorcesse de dor.

A voz era diferente, masculina, mas estranhamente aguda, e tinha um tom distinto de histeria. Jeff a reconheceu imediatamente, e uma série de lembranças lhe vieram à mente.

Sevilha.

A igreja.

O encontro com Daniel Cooper.

Cooper estava citando a Bíblia. Ele parecia completamente louco.

— *Ainda está dormindo?, disse o Senhor. A hora chegou. Devo ser entregue aos pecadores. Acorde!*

Jeff resmungou.

— Estou acordado.

As costelas dele doíam, mas isso não era nada comparado à dor na cabeça, um latejar constante, como se seu cérebro tivesse inchado tanto que estava prestes a estilhaçar o crânio de dentro para fora. Instintivamente, ele tentou levantar a mão para tocar o ferimento, então percebeu que suas mãos estavam atadas.

Mãos, braços, pernas e pés.

Ele estava vestido, mas não com as próprias roupas. O que vestia era fino, leve, como um roupão de hospital. Uma venda de um tecido mais espesso e áspero tinha sido colocada ao redor de sua cabeça. Uma atadura, talvez?

— Preciso de um médico — sussurrou Jeff. — Onde estamos?

Outro chute, dessa vez na clavícula. A dor era insuportável. Jeff não conseguia entender por que não tinha desmaiado.

— *Eu* faço as perguntas — gritou Cooper. Ele parecia um porco entalado, ou uma criança irritada que tinha acabado de inalar hélio de um balão de festa. — O Senhor vai curar sua dor. Apenas o Senhor pode ajudá-lo agora.

A não ser que "o Senhor" tivesse um gosto por cirurgia de emergência, ou a habilidade de convencer psicopatas degenerados a libertar os prisioneiros indefesos e seguirem para o hospício mais próximo, Jeff não conseguia compartilhar da confiança de Cooper em relação a Deus.

Jeff se lembrou de outra citação da Bíblia, algo que o tio Willie costumava dizer: *"O Senhor ajuda aqueles que se ajudam."* Os instintos de sobrevivência de Jeff entraram em ação.

O primeiro passo era descobrir onde estava. Pelo eco da voz de Cooper, eles provavelmente estavam em um prédio muito grande e com inúmeras correntes de vento. *Uma igreja?* Não. Todas as igrejas tinham um cheiro característico que aquele lugar não possuía. *Um celeiro?* Parecia mais provável. Quando Cooper não estava tagarelando sobre o Senhor ou chutando Jeff, o silêncio era total. Não havia som de trânsito, nenhum barulho ambiente, nenhum pássaro cantando. Apenas um manto de paz silenciosa.

Estamos em um celeiro, em algum lugar ermo.
As temperaturas frias sugeriam que era noite. E também que não deviam mais estar no sul da Espanha. A lembrança da viagem de avião voltou à sua mente... se é que foi uma viagem de avião. *Teria sido de carro?* Jeff pensou em quanto tempo teria ficado inconsciente. Horas? Dias?

Eles poderiam estar em qualquer lugar agora.

Jeff tentou retomar as coisas logicamente. Qual era a última coisa de que se lembrava? A dor na cabeça e no corpo dificultava sua concentração. Pensamento e imagens vinham em fragmentos. Jeff se lembrou da igreja em Sevilha. O cheiro de incenso, o lindo altar.

Então o quê?

O avião. O metal frio. Tracy. A mãe dele.

Era tão difícil identificar o que era real e o que não era.

Sua mãe estava morta havia 25 anos, mas a voz dela, os gritos, pareceram tão *reais*. Jeff estava à beira das lágrimas.

— Sabe por que está aqui, Stevens?

A voz de Cooper machucou como um ferrete de gado.

— Não. — Falar parecia exigir uma força gigantesca. Era exaustivo pronunciar cada palavra. Por quê?

— Porque você é o cordeiro. A terceira e última aliança.

Ótimo. Bem, obrigado por esclarecer.

Um sorriso débil surgiu nos cantos dos lábios feridos de Jeff.

— Acha isso engraçado? — Cooper fervilhava de ódio.

Jeff se preparou para outro golpe, mas ele não veio. *O que ele está esperando?*

Jeff tentou se colocar no lugar de Cooper, entrar em sua mente — não era fácil, considerando que o homem era obviamente doido de pedra.

Ele está falando com você. Isso significa que quer começar um diálogo.

Ele poderia ter matado você, mas não matou.

Por quê?

O que ele quer?

Por que precisa de você?

A mente de Jeff ficou vazia. Mas ele sabia que precisava fazer alguma coisa, dizer alguma coisa. Então, falou:

— Vou dizer o que eu acho. Acho que isso não tem nada a ver com o Senhor, e sim com Tracy.

Cooper explodiu.

— NÃO DIGA O NOME DELA!

Bingo, pensou Jeff.

— Por que não deveria dizer o nome dela? Ela é minha esposa, afinal.

Cooper uivou, como um animal sendo abatido.

— Não. Não, não, não. Ela *não* é sua mulher!

— Claro que é. Nós nunca nos divorciamos.

— Não importa. Você a desonrou. Você tomou o que era meu. Tomou algo lindo, algo perfeito, e o tornou imundo. Como VOCÊ.

Jeff ouviu o homenzinho raspar o chão. Então sentiu seu corpo ser virado de barriga para o chão e a roupa fina que vestia ser rasgada pelas costas.

— Você vai se arrepender. — Cooper soltou um grito insano, então golpeou Jeff com força com um tipo de chicote improvisado. Parecia ter sido feito de fios elétricos, com pontas de metal afiadas que rasgaram a carne dele como lâminas.

Jeff gritou.

— Você VAI cumprir penitência.

E o chicoteou de novo.

E mais uma vez.

E outra.

A dor estava além das palavras, além de qualquer coisa que Jeff tinha vivenciado. Ele ainda estava gritando, mas o som parecia vir de fora do corpo agora. No interior, ele havia se fechado, esperava o esquecimento, sabendo que deveria chegar em breve.

A última coisa de que Jeff se lembrou foi do som da respiração profunda de Daniel Cooper, o homenzinho arquejava de exaustão conforme golpeava. Então, como uma amante, o silêncio correu para receber Jeff.

— Você JOGA xadrez?

Jeff abriu os olhos. Ele não conseguia ver outra coisa que não fosse escuridão. Por um segundo, entrou em pânico. *Estou cego! O desgraçado me cegou!*

Mas então ele se lembrou da atadura na cabeça e respirou. Jeff esperou que a dor irradiasse para o peito quando o ar entrou em seus pulmões. Ou que a dor de cabeça voltasse, ou que as costas feridas e flageladas começassem a doer. Mas toda a dor que sentira antes havia sumido. Era milagroso. Maravilhoso.

Não demorou muito para que o pensamento óbvio o atingisse:

Cooper deve ter me drogado.

Mas ele não se importava. Seu corpo inteiro parecia quente, como se um brilho de alegria e bem-estar o estivesse esquentando de dentro para fora. Ele não fazia ideia de quanto tempo tinha se passado desde a última vez que esteve acordado — desde a surra —, mas o que quer que Cooper tivesse dado a ele parecia ótimo. O estranho era que Jeff estava plenamente consciente, o que era incomum para quem tinha recebido morfina ou outros analgésicos. Seu corpo podia ter sido embalado por uma falsa noção de segurança, mas sua mente estava lúcida. Talvez, pensou ele, a adrenalina o estivesse mantendo concentrado. Mas provavelmente ainda estava em perigo. Além do palpite sobre Tracy, Jeff ainda não fazia ideia de por que estava lá ou o que Daniel Cooper queria com ele.

— Xadrez? — repetiu Cooper. — Joga? Ah, esqueça, é uma pergunta retórica. Sei que joga. — Seu ódio inicial parecia ter desaparecido e ele estava quase animado. — Vamos jogar. Fico com as peças brancas, então começo.

Jeff ouviu o som de um tabuleiro sendo arrumado, de peças de madeira sendo colocadas cuidadosamente em seus respectivos lugares. Ele mal sabia jogar xadrez, não jogava desde a adolescência, na verdade. Mas sentia que seria um péssimo momento para admitir isso. Algo dizia que Cooper provavelmente não escolheria uma partida de pôquer em vez daquilo, muito menos teria preferido Banco Imobiliário.

— Não está esquecendo uma coisa? — perguntou Jeff.

— É claro que não — disse Cooper. — Jamais me esqueço das coisas.

Jeff falou:

— Não consigo enxergar. Ou mexer minhas mãos. Como vou jogar xadrez se não posso ver o tabuleiro ou tocar as peças?

Cooper pareceu interessado na pergunta.

— Com a mente, Sr. Stevens. Eu digo meus movimentos e você me diz os seus. Então vou mover suas peças para você. Será exatamente como no *Queen Elizabeth II*. O jogo que armou entre Melnikov e Negulesco. Lembra?

Jeff nunca se esqueceria. Foi o primeiro golpe que ele e Tracy tinham dado juntos, e funcionara perfeitamente. Os dois grandes mestres se sentaram em quartos separados e, sem saber, copiaram os movimentos um do outro. Jeff gerenciou as apostas da partida para os outros passageiros e limpou tudo. A pergunta era: como Daniel Cooper sabia daquilo?

— Quanto conseguiu naquela fraude?

A voz de Jeff estava rouca.

— Perto de 100 mil dólares, acho.

— Os dois?

— Cada.

— Foi sua ideia ou de Tracy?

— Minha. Mas não poderia ter executado sem ela. Ela foi incrível. Tracy sempre foi incrível.

Cooper não disse nada, mas Jeff podia sentir o ciúme dele no ar como algo vivo e malévolo, um falcão pairando, pronto para atacar. Por um lado, parecia loucura continuar provocando um homem que estava obviamente louco e que desejava ver Jeff morto. Por outro, Tracy era a única fraqueza de Cooper. Se Jeff conseguisse fazer com que o homem revelasse mais sobre si mesmo e sobre a obsessão por Tracy, talvez ele pudesse usar essa informação para descobrir um modo de sair dali...

Valia a pena tentar.

— C4 para C5. — Cooper arrastou uma peça no tabuleiro. — Sua vez.

Jeff hesitou. Como aquilo funcionava mesmo? As fileiras horizontais tinham número e as verticais tinham letras? Ou era o contrário.

— Eu disse SUA VEZ! — gritou Cooper.

— Tudo bem, tudo bem. Quero mover meu cavalo. É *N*, não é?... Hã... Nd5.

— Hmm. — Cooper pareceu pouco impressionado. — Previsível.

— Sinto desapontar — falou Jeff.

— Não sinta. Seja melhor. Esta pode ser sua última partida. Quer deixar uma boa impressão, não quer?

Jeff ignorou a ameaça. Em vez disso, ele se concentrou em manter o sequestrador envolvido no jogo.

— Acho que ninguém poderia acusar *você* de ser previsível, não é, Daniel?

— Não me chame pelo primeiro nome.

— Por que não?

— Porque eu mandei.

— Não gosta do seu nome?

Cooper murmurou.

— *Ele* costumava me chamar assim. *Zimmer.*

Jeff percebeu o ódio na voz de Cooper.

— Zimmer?

— Fred Zimmer. Ele era repulsivo. Um devasso, como você. Bxd5. Diga adeus ao cavalo.

Mais ruídos no tabuleiro de xadrez. Jeff tentou imaginar as peças, mas era difícil se concentrar.

— G5 para E5. — Ele tentou atrair Cooper de volta para a conversa. — Como o conhecia?

— Ele era nosso vizinho — disse Cooper. — Costumava ir até a nossa casa para desonrar minha mãe.

Desonrar. Ele gosta dessa palavra.

— Fred Zimmer e sua mãe eram amantes?

— Era nojento. Depois ele passava por mim no corredor como se nada tivesse acontecido. "Oi, *Daniel*, como vai?" "Quer ir a um jogo, *Daniel*?" Zimmer transformou minha mãe em uma vagabunda. Mas eu levei a vingança do Senhor até ele. Até os dois.

— O que você fez?

— Fiz a vontade do Senhor. Derramei o sangue do cordeiro. Aquela foi a primeira aliança. Ra5.

— Você matou Fred Zimmer? Como?

— Você é surdo? Eu disse o "cordeiro". *O cordeiro!* Zimmer não era o cordeiro. Ele era um lobo. Sua vez.

Jeff tentou entender a lógica maluca de Cooper. Era como tentar nadar no melaço com os braços atados às costas. Se o vizinho era o lobo...

— Sua mãe. Ela era o cordeiro?

— Eu a amava tanto. — Cooper estava quase chorando. — Mas assim como Abraão precisou sacrificar o amado filho Isaac, eu também fui chamado por Deus para levar o cordeiro ao altar.

— Deus não teve nada a ver com isso — disse Jeff. — Você matou sua própria mãe, Daniel. Não é de espantar que esteja tão perturbado.

— NÃO ME CHAME DE DANIEL! Já falei. — Você tinha ciúmes do namorado dela, então matou sua *mãe*, depois o quê? Se livrou dele também, imagino?

Cooper estava chorando baixinho.

— Meu Deus. — Jeff suspirou. Ele não sabia o que esperava, mas com certeza não era aquilo. Não só Daniel Cooper era louco, como era louco havia muito, muito tempo.

— Eu sou o instrumento do Senhor.

— É um psicopata isso sim.

— Sou um receptáculo! — Cooper estava ficando histérico. — O sangue do cordeiro será derramado através de você, e de todos os homens, para que os pecados possam ser perdoados. Foi o que o Senhor disse. Assim os pecados serão perdoados. *"Faça isso em memória de mim."*

— Faça o quê? Mate sua própria mãe?

— Você não entende! Minha mãe precisava se redimir dos pecados. Ser sacrificada. Exatamente como eu precisei sacrificar para conquistar o amor de Tracy. Se Tracy tivesse vindo até mim no início, como deveria ter acontecido, tudo isso poderia ter sido evitado.

— Ah, então agora culpa Tracy? Isso não é muito galante de sua parte, Daniel.

O jogo de xadrez havia, pelo visto, terminado. Mas Jeff tinha um forte pressentimento de que estava jogando pela vida. Provocar Cooper era uma estratégia arriscada, mas no momento era tudo o que ele tinha.

— Você acabou de dizer que foram sua mãe e Zimmer quem transformaram você em um assassino. Então, qual é? Quem é culpado?

— NÃO! PARE DE FALAR! Minha mãe era perfeita!

— Achei que tivesse dito que ela era uma vagabunda.

— Tracy é a vagabunda — murmurou Cooper, sombriamente. — Tracy me tentou, como Eva. Por causa dos pecados *dela*, e dos meus, muitos cordeiros foram sacrificados. Mas o preço foi pago. Bem, quase. Está na hora da uma nova aliança. Um último sacrifício...

Muitos cordeiros? Isso significava muitos assassinatos? Se Cooper realmente tivesse matado a própria mãe — se aquilo não fosse uma imaginação doentia — do que mais seria capaz?

Cooper continuou seu discurso.

— Fiz a vontade do Senhor. Obedeci, mas foi horrível. Horrível. Tanto sangue! Exatamente como com a minha mãe. Você não sabe o que eu passei. Havia tanto pecado com aquelas mulheres.

— Que mulheres? — perguntou Jeff, baixinho.

Cooper não pareceu ouvir a pergunta.

— Tanto pecado. Tanto a compensar. Achei que continuaria para sempre. Mas o Senhor, em Sua piedade, tinha outros planos. Ele trouxe Tracy de volta para mim, entende. — Cooper parou então, e depois de alguns segundos pareceu recuperar a compostura. Quando ele falou de novo, parecia completamente calmo. — Por isso estamos aqui, Sr. Stevens, você e eu. Jogando nosso último jogo. A hora chegou. O Senhor exigiu uma nova aliança. Um novo cordeiro precisa sofrer. A morte na cruz. Somente então o Éden poderá ser restaurado.

Um novo cordeiro? Uma nova aliança? Morte na cruz? Por um momento, Jeff sentiu que tinha Cooper em suas mãos. Mas agora o estava perdendo.

— Depois que a nova aliança for feita, Tracy e eu poderemos, enfim, nos casar. Nossos pecados serão perdoados. Nós andaremos de mãos dadas, puros e limpos, à luz do Senhor.

— Você quer se casar com Tracy?

— Naturalmente. Depois do sacrifício.

O sacrifício.

Morte na cruz...

Jeff prendeu a respiração. Muito, muito devagar, a ficha caiu.

— Depois do sacrifício, Tracy virá até a tumba, como Maria Madalena. — Cooper parecia realmente feliz agora.

— Mas como Maria, ela a encontrará vazia, exceto por uma mortalha. Ela pressionará o novo sudário contra o rosto e chorará. Então, por fim, ela irá acreditar. Verá o Messias, cara a cara, e entenderá. — Jeff sentiu os pelos dos braços se arrepiarem e a bile subir pela garganta.

O novo sudário...

Daniel Cooper jamais planejara roubar o Sudário de Turim.

Ele estava planejando fazer um novo sudário sozinho.

Ele foi até Sevilha para aprender como fazê-lo.

O que dissera minutos antes?

"Sabe por que está aqui, Jeff Stevens?

"Porque é o cordeiro."

Jeff ignorara aquelas palavras, acreditando serem apenas conversa fiada de um lunático. Mas agora ele sabia o que significavam. O pânico o agarrou como uma mão gelada que aperta o coração.

— Sua vez.

Jeff não conseguia respirar.

Meu Deus.

Daniel Cooper vai me crucificar!

Capítulo 24

TRACY ESTAVA EM casa, lendo, quando o telefone tocou.

— Você é boa com charadas?

A voz de Jean Rizzo conseguiu acabar com sua paz de espírito em um instante, como uma bala atravessando uma janela.

— Sou terrível. Odeio charadas.

— Acho que você devia treinar outras habilidades. E rápido.

— É? Bem, acho que *você* deveria desaparecer. Já conversamos sobre isso, Jean. Me deixe em paz.

Tracy desligou.

Vinte segundos depois, o telefone tocou de novo. Tracy teria deixado tocar, mas como Nick estava no andar de baixo e poderia atender, ela pegou o fone e disse.

— O que foi? — disse Tracy.

— Preciso da sua ajuda.

— Não. Chega. Você já *teve* a minha ajuda e *não* adiantou nada, lembra? Por favor, Jean.

— Daniel Cooper pegou Jeff Stevens.

O silêncio do outro lado da linha era ensurdecedor.

— Tracy? Ainda está aí?

— Como assim ele "pegou" Jeff?

— Sequestro. Abdução. Talvez pior, não sei. Cooper deixou uma carta. Está endereçada a você.

— Não pode ser! — Tracy segurou um soluço. — Por quê?

— Não sei por quê. Mas abri e é uma charada, e tenho quase certeza de que se você não conseguir me ajudar a solucionar esse enigma, Jeff Stevens é um homem morto.

Outro momento de silêncio.

— Sinto muito, Tracy.

Depois do que pareceu um século, a voz dela estalou na linha.

— Leia para mim.

Jean suspirou.

— Tudo bem. Diz o seguinte: *"Minha caríssima Tracy..."*

— Ele escreveu "minha caríssima"?

— Sim.

— Tudo bem. Vá em frente.

— *"Minha caríssima Tracy, levei o Sr. Stevens como refém. Espero, pelo bem dele e pelo seu, que aja de acordo com as instruções contidas neste bilhete. O que escrevo em seguida fará sentido para você, e somente para você. Faça como peço e assim nem você nem Stevens serão feridos. E venha sozinha. Para sempre seu, D.C."*

Jean fez uma pausa.

— Ele já mandou alguma mensagem assim para você antes? — perguntou Jean.

— Não. Nunca. Eu teria contado se ele tivesse feito isso. O que mais ele escreveu?

— Nada. Apenas a charada. Está pronta?

Tracy fechou os olhos.

— Vá em frente.

— Tudo bem, é uma espécie de poema. Em quatro estrofes.

Quatro estrofes? Meu Deus.

— Tudo bem.

Jean pigarreou e começou a ler as palavras de Cooper em voz alta com seu sotaque canadense suave:

Vinte trevas às três vezes três
Aguardando a Rainha estará.
Seu amante, marido, destino
Sob as estrelas, onde Deus pode ver.

— Essa é a primeira estrofe. Diz alguma coisa para você?

Tracy suspirou.

— Não. Nada. Rainha talvez tenha algo a ver com um jogo de cartas? — Ela percebeu que estava tentando adivinhar. — Vá em frente, leia até o fim. Talvez faça mais sentido como um todo.

— Tudo bem. — Jean continuou. — Então ele escreve:

Treze cordeiros no altar sacrificados,
O décimo quarto em agonia diária,
Em breve finda, seus pecados expurgados,
O sudário de outrora será substituído.

— Então:

Dance a dança em preto e branco,
Onde os mestres se reúnem, o tempo é certo.
Seis colinas, uma se perdeu,
Aqui os pecadores aprenderão o valor.

— E o último verso:

Vinte trevas às três vezes três,
No palco da história,
Por fim, meu amor virá até mim,
E o que o Senhor exige será feito.

— É isso.

— É isso? — Tracy parecia frustrada. — Mais nada?

— Mais nada.

O silêncio caiu de novo. Jean o quebrou.

— Sabe o que significa?

— Não — respondeu Tracy.

— Nada disso? Não tem nenhuma ideia?

— Preciso de um tempo, Jean! Você não pode simplesmente me ligar do nada e ler um poema louco e esperar que eu resolva seu caso assim. — Ela estalou os dedos com raiva. — Daniel Cooper é maluco. Como vou saber como a mente deturpada dele funciona?

— É justo. Sinto muito. É que não temos muito...

— Tempo. Eu sei.

Ela conseguia perceber o desapontamento na voz de Jean Rizzo. A verdade era que Tracy *tinha* uma ideia.

Mas não estava completamente formada, era pouco clara, e não era uma solução. Tracy não estava pronta para compartilhá-la com ele.

Jean falou:

— Vou mandar o poema por e-mail para você agora, assim poderá lê-lo quando quiser. Preciso voltar para a França amanhã cedo, mas você poderá entrar em contato comigo. Vai me relatar qualquer coisa que vier à sua mente? Qualquer ideia ou pista, mesmo o mais improvável que pareça?

— É claro que sim.

— Você é a chave para isso, Tracy. Eu já imaginava isso, mas agora Cooper acabou de confirmar. Ele está tentando dizer algo a você. Isso é pessoal.

— Tem certeza de que ele está com Jeff? — perguntou Tracy. — Como sabe que ele não está blefando? Usando Jeff como isca para me atrair?

— Não tenho certeza — falou Jean Rizzo, de forma sincera. — Mas quer mesmo pagar para ver, Tracy? Se estiver errada...

Ele não precisou terminar a frase.

Eu sei. Se estiver errada, Jeff morre.

Tracy se sentou na cadeira e esfregou os olhos. As palmas das mãos estavam suando e sua boca estava seca, como se estivesse mastigando uma bola de algodão.

Tenho medo. Tenho medo por Jeff e por mim também, pensou Tracy.

Jeff tinha salvado sua vida uma vez. Agora era a vez de Tracy devolver o favor. Mas o que ela dissera a Jean Rizzo antes era verdade. Odiava charadas. Era péssima com qualquer tipo de enigmas, sempre fora. E aquele tinha sido elaborado por um louco.

— Me dê 24 horas. Preciso pensar.

— Não *temos* 24... — começou Jean.

Mas a linha já estava muda.

NO DIA SEGUINTE, Tracy deixou Nicholas na escola e, em vez de voltar para casa, pegou a Route 40 e seguiu caminho até a minúscula cidade de Granby. O clube de xadrez de Granby se reunia quatro dias na semana, em uma salinha em cima da loja de ferragens. Os integrantes eram, em sua maioria, homens aposentados, alguns moradores locais, outros de tão longe quanto Boulder ou mesmo Denver. Para um clube local minúsculo, Granby tinha uma boa reputação.

— Preciso saber sobre movimentos de xadrez.

Tracy se sentou a uma mesa de fórmica, diante de um homem com cerca de 70 anos chamado Bob. Com o rosto enrugado como uma noz. Ele era baixinho e careca e tinha olhos castanhos pequenos e arregalados que brilhavam com inteligência e interesse conforme ele ouvia Tracy falar.

— É um assunto amplo. Pode ser mais específica?

Tracy entregou a Bob o poema de Cooper.

— É uma charada — explicou ela. — A resposta deveria ser um lugar, uma localização geográfica muito específica. Também pode especificar uma hora. A princípio, achei que o escritor estivesse fazendo alusão a um jogo de cartas, com as rainhas. Mas então olhei para a terceira estrofe, e as frases "dance a dança em preto e branco" e "onde os mestres se reúnem". Então percebi que não eram cartas. Era xadrez.

O velho assentiu.

— Posso ver que a dança pode ser uma alusão ao xadrez. Mas não há referências aos movimentos aqui.

— Vinte trevas às três vezes três, esperando pela rainha, seriam as peças de cor preta? — perguntou Tracy, esperançosa.

Bob sorriu.

— Um tabuleiro de xadrez tem 16 peças, minha querida, como tenho certeza de que sabe. Dezesseis brancas e 16 pretas. Não há movimentos com vinte peças. A não ser, é claro, que a referência fosse a um jogo de damas. Jogo de damas com vinte peças.

Tracy escreveu *Damas?* no bloquinho que tinha levado.

— Esqueça os números — disse ela a Bob. — Pode me dizer algo sobre movimentos de xadrez em que um jogador encurrala a rainha do adversário?

O rosto do homem se iluminou. Agora Tracy estava falando a língua dele.

— Posso fazer melhor que isso. Posso mostrar.

DUAS HORAS DEPOIS, dirigindo de volta para Steamboat Springs, Tracy tinha um conhecimento bem maior sobre movimentos de xadrez. Mas ainda não fazia ideia do que Daniel Cooper estava tentando lhe dizer.

Ela pensou em sequência.

Xadrez.

Jeff e eu aplicamos um golpe juntos no Queen Elizabeth II *onde enganamos dois grandes mestres, Pietr Negulesco e Boris Melnikov. Será que Cooper sabe sobre isso? Será que o* Queen Elizabeth II *é onde "mestres se reúnem"? Provavelmente, eu sou a rainha nessa "dança em preto e branco". Mas o que são as "vinte trevas" esperando por mim?* Jogo de damas. Vinte peças... Sombras de respostas dançavam diante de seus olhos, mas não havia nada a que Tracy pudesse se agarrar, nada que fosse real.

A BIBLIOTECA DE Steamboat estava praticamente vazia. Algumas jovens mães estavam sentadas em círculo na seção infantil, ouvindo a "hora da história" com os filhos pequenos, mas só havia elas. Tracy se lembrava de ir até lá com Nick quando ele era pequeno e sentiu uma pontada de saudade.

— Posso ajudar? — A bibliotecária sorriu para Tracy.

— Sra. Schmidt, não é?

— Vocês têm uma seção de história? — perguntou Tracy.

— É claro. Vou mostrá-la.

— Obrigada. Ah, preciso de alguma senha para acessar os computadores daqui?

A bibliotecária assentiu.

— Posso dar um cartão temporário da biblioteca para que tenha acesso.

NAQUELA NOITE, DEPOIS que Nicholas foi dormir, Tracy leu as anotações que tinha feito até os olhos ficarem vesgos. Números se amontoavam em sua cabeça como peças de um elaborado quebra-cabeça.

Vinte trevas. Um jogo de xadrez. Treze cordeiros. Seis colinas. Uma perdida.

Mais cedo, na biblioteca, ela pesquisara tanto nos livros quanto na internet por referências a "seis colinas" e "lugares com seis colinas".

Os resultados não eram encorajadores. Havia seis colinas em Alpharetta, no estado americano da Geórgia. A cidade russa de Tomsk integrava as universidades do país em um campus de "seis colinas". Então havia as *tepeta*, seis colinas de sienito em Plovdiv, na Bulgária. Uma cadeia famosa de extensos túmulos romanos — antigos locais fúnebres — em Hertfordshire, na Inglaterra, era conhecida como as seis colinas. Jerusalém, sabidamente, tinha sete colinas — sete seriam seis, depois de "uma perdida"?

Era inútil. Jeff poderia estar em qualquer lugar, desde Jerusalém até a Geórgia. Ela tentou não pensar no que ele poderia estar sofrendo, que tipo de tortura um homem como Daniel Cooper poderia ter imaginado para ele. Mas o pânico tomava conta de Tracy a cada minuto e hora que passava. Jeff precisava dela! Tracy era sua única esperança. Se Cooper estivesse jogando xadrez com ela, estaria vencendo. Sem dúvida.

Ela leu o poema de novo. O único verso que não fazia qualquer sentido era o terceiro, aquele sobre o sudário e os cordeiros, *O décimo quarto em agonia diária.* Que significado tinha o número 14? Nenhum. Tudo em que Tracy conseguia pensar era que 13 era um número de azar, e isso não os levaria muito longe. Ela tinha certeza de que o xadrez era a chave para desvendar o mistério, mas a viagem a Granby a deixara mais confusa.

Alguém estaria *esperando pela rainha* — será que ela era a rainha? — *sob as estrelas*. Isso significava que o local de encontro de Cooper era a céu aberto?

Um pensamento súbito lhe ocorreu. A linha do último verso: *No palco da história*. Um palco poderia ser a céu aberto. Algo de importância histórica.

Depois de correr para o escritório, ela ligou o computador. O primeiro pensamento foi Londres e o Globe Theater. O palco cuidadosamente restaurado no qual as peças de Shakespeare tinham sido encenadas pela primeira vez era a céu aberto, sob as estrelas. Mas como aquilo se ligava às seis colinas? Ou ao xadrez?

E quanto a outros teatros ao ar livre? Anfiteatros gregos ou romanos?

Cooper sabia do interesse de Jeff por arqueologia. Seria uma pista? E quanto às seis colinas da Inglaterra, os amplos túmulos romanos? Havia algum anfiteatro perto?

Tracy conseguia sentir que estava perto. Mas conforme as horas se passavam — onze horas, meia-noite, uma da manhã — a resposta ainda lhe escapava. Tracy foi dormir e teve pesadelos horríveis envolvendo tortura e morte, com Jeff Stevens sendo arrancado dos braços dela por um mar frio, negro e infinito.

TRACY ACORDOU SOBRESSALTADA. O relógio ao lado da cama marcava 5h06 da manhã.

Tabuleiros de xadrez.

Seis colinas.

E subitamente estava ali. Não era a resposta. Mas a pergunta.

Sei a pergunta que Cooper quer que eu faça.
Sei onde vou encontrar Jeff.

JEAN RIZZO ANDAVA de um lado para o outro no apartamento em Lyon, deprimido. Ele buscou as crianças na escola aquele dia e as levou a uma pizzaria para almoçar. Todos conversaram educadamente. Jean sentia-se um estranho.

Sylvie disse a ele:

— Não há mistério. Você precisa vê-los mais vezes.

Jean tinha explodido com ela porque se sentia culpado, sabia que a ex-mulher estava certa. Então ele foi para casa se sentindo ainda pior. Ao verificar o telefone e os e-mails, não tinha mensagens de Tracy, mas havia duas de seu chefe convocando-o para uma reunião no escritório, na manhã seguinte cedo.

Aquilo só podia significar uma coisa. Henri Marceau o designaria para outro caso.

Jean não podia culpar o chefe. Henri já dera muito mais chances a ele do que teria feito com qualquer detetive, por respeito à amizade dos dois. Mas Henri também cumpria ordens, e ele precisava diminuir o orçamento. O caso do Assassino da Bíblia não fazia nenhum progresso. A investigação de Jean tinha sido um fracasso custoso.

Depois de servir-se de um grande copo de uísque, ele discou o número de Tracy.

— Alguma novidade?

— Na verdade não. — Tracy contou sobre a conversa com o jogador de xadrez e a pesquisa que havia feito sobre as "seis colinas" e as ruínas romanas. Jean não conseguia identificar, mas alguma coisa no tom de voz dela o deixava desconfiado. Talvez fosse o fato de que Tracy parecia tranquila. Jeff Stevens, o homem com quem ela havia se casado e que obviamente ainda amava, estava, muito provavelmente, sendo mantido em cativeiro por um assassino. E, mesmo assim, ela estava falando com Jean sobre becos sem saída e pistas falsas como se aquilo não passasse de um jogo.

Ele então perguntou:

— O que não está me contando?

— Nada! Por que está tão desconfiado?

— Sou detetive. E você é uma vigarista.

— Aposentada — lembrou-o Tracy.

— Semiaposentada — retrucou Jean. — Sabe onde eles estão, não sabe?

— Claro que não.

— Por que não me conta? Quer ir sozinha, é isso? Ele pediu que você fosse, não foi? Espero que saiba que isso está fora de questão.

— Não sei onde eles estão, está bem? Não sei. Essa é a verdade.

— Mas você tem alguma ideia?

A hesitação momentânea de Tracy confirmou isso.

A voz de Jean se tornou urgente, ansiosa.

— Pelo amor de Deus, Tracy. *Não* vá atrás deles sozinha. É loucura. Se você sabe de alguma coisa, *precisa* me contar. Cooper matará você, não importa o que diga o bilhete. Ele vai matar vocês dois num piscar de olhos.

Tracy respondeu:

— Não acho que ele vai me matar. — Jean conseguia ouvir a voz de Nick ao fundo. — Preciso desligar.

— Tracy!

— Se eu descobrir alguma coisa concreta, conto a você, prometo.

— Tracy! Escute!

Pela segunda vez em uma semana, ela desligou na cara dele.

— Merda! — falou Jean, em voz alta. Tracy Whitney era, sem dúvida, a mulher mais irritante que ele conhecia.

Se alguma coisa acontecesse com ela, Jean jamais se perdoaria.

Capítulo 25

BLAKE CARTER OBSERVAVA Tracy e Nicholas enquanto eles subiam a colina para encontrá-lo. Os cabelos dela tinham crescido um pouco e agora estavam quase na altura dos ombros. Esvoaçante como a cauda de uma pipa enquanto Tracy galopava na brisa, apostando corrida com o filho, a silhueta esguia perfeitamente integrada ao ritmo e aos movimentos do cavalo, como se eles fossem uma criatura, não duas. Tracy tinha um talento natural para cavalgar. Era impossível ensinar esse tipo de habilidade a alguém, assim como não era possível forjar a beleza natural que emanava dela como a luz do sol.

Eu a amo há tanto tempo que mal reparo nisso, pensou Blake.

Não quero que ela vá.

Sem mais nem menos, Tracy anunciara no dia anterior que iria para a Europa naquela semana. Ela participaria de um curso de culinária chique na Itália. Mas Blake Carter não era tolo. Ele sabia que havia algo estranho, e não era *bouillabaisse*.

Nick não estava feliz com aquilo também.

— Ganhei! — disse ele, ofegante, parando o pônei sob o carvalho no qual Blake estava esperando pelos dois, e então sorrindo para a mãe: — Isso significa que posso fazer você pagar uma prenda. E é você não ir para a Itália.

— Desculpe. — Tracy deu uma gargalhada. Ela também estava ofegante. A cavalgada rápida sob o sol de junho tinha deixado os dois exauridos. — Querido, não funciona assim. Além disso, vou ficar apenas uma semana lá.

Tracy sorriu para Blake, mas ele olhou de volta para ela com severidade.

Nick falou:

— Em Denver tem cursos de culinária. Por que não pode fazer um lá?

— Exatamente — murmurou Blake Carter, sombriamente.

— Eu até poderia — falou Tracy. — Mas Denver está bem longe de ser a capital culinária mundial. Além disso, *quero* ir para a Itália. Toda essa comoção por causa de uns simples dias de férias! Vocês dois são capazes de cuidar de si mesmos por uma semana.

Nick caminhou em direção aos campos mais baixos, nos quais Blake havia montado alguns obstáculos para o menino praticar. Sozinha com Blake, Tracy ficou desconfortável sob o olhar de reprovação dele.

— O que foi? Por que está me olhando assim?

— Porque não sou tolo. Não sei o que está aprontando, Tracy, mas sei que essa viagem é perigosa.

Tracy abriu a boca para falar, mas Blake gesticulou para que ela se calasse, irritado.

— Não ouse repetir aquela bobagem de curso de culinária. Não ouse!

Tracy olhou para ele boquiaberta. Blake nunca havia levantado a voz para ela.

Tracy sentiu os olhos se encherem de lágrimas.

— Você mentiu para mim durante muito tempo — continuou ele. — Sobre quem você é. Sobre seu passado. E deixei passar porque, no fundo, não me importo com quem você seja, Tracy. Não me importo. Só me importo com o fato de você *existir*. Amo você e amo Nick. E não quero que vá.

Tracy tocou o braço dele. Era tão resistente quanto o galho de uma árvore. *Como o dono*, pensou ela. *Passei a vida me dobrando, me retorcendo e cedendo. Mas Blake vive em um mundo onde tudo é às claras, certo e errado. Nada se move para ele.*

— Preciso ir — disse ela, baixinho. — Alguém um dia salvou a minha vida. Alguém que amo muito. Agora posso ter a chance de salvar a vida dessa pessoa. Eu contaria mais se pudesse, mas não posso.

— Aquele canadense, Jean Rizzo, está envolvido nisso, não está? — Blake cuspiu o nome do detetive como se fosse um punhado de frutas podres.

— Não. Jean não sabe nada sobre isso — falou Tracy. Uma meia verdade.

— E se algo acontecer a você? — Agora era Blake quem tentava conter as lágrimas. — Essa pessoa por quem está viajando é mais importante para você do que Nicholas?

— É claro que não. Ninguém é mais importante que Nick.

— Então não vá. Porque, se você morrer, Tracy, aquele menino não tem ninguém.

— Bobagem. Ele tem você — falou Tracy, determinada, virando a égua para se dirigir ao rancho. — E não vou morrer, Blake. Voltarei em uma semana, exatamente como prometi. Se parar de ser tão severo comigo, eu talvez até traga um pedaço de torta de presente. Assim que eu aprender a fazer uma.

Essa foi a deixa para que Blake sorrisse, para que quebrasse a tensão entre os dois, mas ele não conseguia fazer isso. Então, Blake observou, com o rosto impassível, enquanto Tracy cavalgava de volta colina abaixo e saía de seu campo de visão.

DANIEL COOPER LEVOU as mãos às têmporas.

Estava com uma dor de cabeça terrível.

Os gritos de Jeff Stevens estavam começando a incomodá-lo.

O caminho para a justiça é cheio de sofrimentos, lembrou-se Cooper quando aumentou a voltagem da máquina que aplicava choques elétricos nos pulsos e nos tornozelos de Stevens. *Pense em nosso Senhor no jardim de Getsêmani. Até Ele se sentiu abandonado.*

Tracy deveria estar lá àquela altura.

Onde ela está? Será que ela não recebeu minha mensagem?

Era difícil manter a fé. Mas Daniel Cooper confiava no Senhor.

BLAKE CARTER TINHA acabado de colocar Nick para dormir e estava prestes a preparar uma sopa para si quando o telefone tocou. Tracy viajara para a Europa naquela manhã e Blake estava sozinho com o menino.

— Residência dos Schmidts.

— Blake. Como vai? — A voz de Jean Rizzo era o último som que ele gostaria de ouvir. — É Jean Rizzo. Amigo da Tracy.

— Sei quem você é.

— Desculpe ligar tão tarde, mas preciso falar com ela. É bem urgente.

— Bom, não pode falar com ela agora.

— Como?

A raiva do velho caubói estalava pela linha.

— Por que simplesmente não deixa Tracy em paz? Que droga!

— Você não entende...

— Não, senhor. VOCÊ é que não entende. Ela não está aqui. Embarcou para a Europa hoje de manhã. Agora, por que *você* não *me* conta o que ela foi fazer lá? Com o filho e a vida aqui? Você a obrigou a isso, Rizzo! Se alguma coisa acontecer com ela, juro por Deus...

Jean o interrompeu.

— Para onde ela foi, Blake?

Carter não respondeu.

Com esforço, Jean tentou manter a calma.

— É muito importante que você me conte o que sabe.

Blake reconheceu o tom de pânico na voz de Jean. Ele fazia o possível para parecer calmo, mas estava preocupado. *Então eu estava certo. Tracy está mesmo em perigo. Se ela não contou nem para Rizzo, pode ser sério.*

— Itália. Foi o que ela me falou. Roma. Mas não sei se estava dizendo a verdade. Ela tem inventado muitas mentiras ultimamente. A única coisa da qual tenho certeza é que ela pegou um táxi para o aeroporto de Denver esta manhã.

— Ela disse mais alguma coisa? Qualquer coisa?

— Ela falou que estava tentando ajudar um amigo. Alguém que um dia salvou a vida dela. Disse que voltaria em uma semana. Foi isso. Agora, vai me contar o que está acontecendo?

— Eu queria poder — disse Jean, e desligou.

Jean ficou com o telefone na mão, paralisado, durante quase um minuto. As palavras de Blake o atingiram como um soco no rosto. Tracy era corajosa o bastante para confrontar Daniel Cooper sozinha, se achasse que a vida de Jeff Stevens dependesse disso. Será que algo na carta de Cooper, na charada, tinha convencido Tracy de que ela poderia salvá-lo? Jean esperava que Tracy levasse em conta o filho e que isso a fizesse voltar.

Sem sorte. Tracy Whitney sempre fora impulsiva. Aparentemente, certos hábitos são difíceis de perder.

Jean precisava encontrá-la antes que ela localizasse Cooper.

Se alguma coisa acontecer a ela, pensou Jean, *Blake Carter nem precisará me matar.* Jean Rizzo não conseguiria viver com a culpa. Ele havia falhado com a irmã, com a esposa, com os filhos e com todas aquelas pobres mulheres que acabaram mortas. Se perdesse Tracy também...

Pense, Jean. Pense! Onde ela está?

Ele pegou o telefone e discou.

JEFF DESPERTOU E estava recuperando a consciência. Não demoraria muito agora. O corpo dele apagaria. A dor acabaria.

Precisava acabar. Outra coisa era impensável.

Jeff sentiu algo úmido e macio sendo pressionado contra seus lábios.

Uma esponja?

Ele sugou com dificuldade, desesperado por água, mas o líquido não era água. Era amargo. Alguma droga. Ele bebeu mesmo assim, afastando da mente os horrores do que sabia que viria.

O cordeiro.

Morte na cruz.

A dor tinha parado. Jeff imaginou se alguém iria resgatá-lo. Será que alguém sequer estava procurando por ele? A polícia? A Interpol? O FBI? Cooper estava obcecado por Tracy. Mas ela não estava ali. Como poderia estar? Tracy não sabia nada sobre aquilo.

Além disso, ela não o amava mais.

Tracy não amava Jeff havia muito tempo.

O líquido amargo cumpriu seu dever.

Jeff dormiu.

JEAN RIZZO ESTAVA prestes a chorar de frustração.

— Deve haver alguma coisa. Já verificamos a lista de passageiros de todas as companhias aéreas?

O colega dele suspirou.

— Saindo de Denver ontem? Sim. Já verificamos. Nenhuma Tracy Schmidt. Nenhuma Tracy Whitney.

— E quanto aos voos domésticos? Talvez ela tenha feito uma escala.

— Se foi o caso, usou outra identidade. É uma vigarista, certo?

Aposentada, pensou Jean.

— Ela provavelmente tem vários passaportes. Você liberou a foto dela?

Jean resmungou. Ele dera a foto de Tracy que a Interpol tinha arquivado para a equipe do aeroporto de Denver e fizera com que fosse enviada por e-mail para as agências policiais dos Estados Unidos e de um punhado de cidades europeias, com a foto de Jeff Stevens. O problema, nos dois casos, era que as fotos tinham uns 15 anos. *Por que eu não tirei pelo menos uma foto dela quando nos encontramos em Nova York? Eu tive tantas oportunidades.* Ele poderia ter pedido a Blake Carter uma foto mais recente, mas Jean sabia que aquilo só faria o velho homem entrar em pânico. A última coisa de que Jean precisava era que o desaparecimento de Tracy viesse à tona.

— Ligue assim que souber de qualquer coisa.

Enquanto esperava que o telefone tocasse, leu novamente a charada de Daniel Cooper. Ele suspeitava que Jeff Stevens já estivesse morto. Cooper não ficava com as outras vítimas, com as mulheres, mas as matava rápida e impiedosamente. Mas com Tracy era outra história. Aonde quer que ela tivesse ido, estaria atrás das pistas que Cooper tinha deixado. Jean Rizzo não tinha dúvida de que ela iria direto para a armadilha de Cooper. Mas se ela conseguiu decifrar a mensagem, ele também seria capaz. E *se* Stevens estivesse vivo, o rastro levaria até ele também.

A primeira parada de Jean foi no apartamento do amigo, Thomas Barrow, um estrangeiro transferido para Lyon, exatamente como ele. Londrino, Thomas Barrow dava aulas de relações internacionais na universidade. Ele e Jean Rizzo tinham se tornado amigos anos antes, quando Thomas prestou consultoria para um caso no qual Jean estava trabalhando. Ele fizera muitos trabalhos para a Interpol desde então, e os dois ficaram próximos.

— Não vejo como posso ajudar. — Thomas serviu a Jean uma xícara de café tão espesso que parecia sólido, e diminuiu o volume da composição de Wagner que estava tocando. Jean fez um breve resumo dos crimes do Assassino da Bíblia e de Daniel Cooper. Ele explicou que Cooper tinha um homem como refém e que a vida dele, entre outras vidas, dependia de Jean decifrar a carta endereçada a Tracy.

— Você é viciado em palavras cruzadas — falou Jean.

— Isso não é palavra cruzada.

— É um enigma. Palavras cruzadas são enigmas.

— Bem, sim... — respondeu Thomas, hesitante.

— Apenas leia como se fossem palavras cruzadas e me diga se identificar alguma pista. Preciso de uma hora e um local.

Jean observou o amigo ler em silêncio. Depois de cerca de um minuto, Thomas disse, alegremente:

— Tenho algumas ideias.

— Ótimo!

— São apenas ideias. Não sou psiquiatra. Não sei como seu serial killer pensa.

— Entendo. Continue.

— Tudo bem. Então, partindo do início. *Se* fossem palavras cruzadas, o que, não vamos esquecer, não é, então "vinte trevas" poderiam significar, na verdade, "vinte noites". Os desenvolvedores de enigmas usam bastante esse tipo de representação simbólica. "Três vezes três" é nove. Então seu camarada pode estar esperando por alguém, a rainha, durante vinte noites, às nove horas da noite.

Os olhos de Jean se arregalaram, espantados.

— Isso é incrível!

— Pode ser uma bobagem, lembre-se. É apenas uma ideia — lembrou-o Thomas.

Jean calculou quanto tempo fazia desde que Cooper tinha escrito a carta. Presumindo que as vinte noites deveriam começar a ser contadas um dia depois de ele ter escrito a carta, isso significava que restavam... oito dias.

Uma semana para salvar a vida de Jeff Stevens. Se ele ainda estivesse vivo.

— Continuando, então, linha por linha. — Era nítido que Thomas estava gostando da tarefa. — "Sob as estrelas" provavelmente significa o que diz: ao ar livre. O local de encontro é ao ar livre. Mas referências a altares e afins sugerem um lugar de adoração. Então também pode ser uma igreja com estrelas pintadas no teto, por exemplo. Muitas possibilidades.

Jean rabiscou algo em seu bloquinho.

— "Treze cordeiros sacrificados" devem ser nossas 13 vítimas. Imagino que "o 14º" seja o refém.

É claro! Parecia tão óbvio quando Thomas falou.

— Se ele está "em agonia diária, em breve finda..." — Thomas parou. — Isso me parece uma ameaça de morte. Tortura e morte e há referências a um sudário. Sudários combinam com cadáveres, não é? É preciso de um cadáver para fazer um sudário.

Jean estremeceu.

— Os dois versos seguintes são os mais importantes — disse Thomas. — A "dança em preto e branco" só pode ser uma referência ao xadrez, principalmente porque ele fala da rainha.

— Também achei — disse Jean.

— Nesse caso, "onde os mestres se reúnem" é um lugar de referência. Em algum lugar onde os mestres de xadrez jogam. Talvez do lado de fora? Sei que na Rússia eles jogam em parques, não é? Ou em algum campeonato de xadrez. "Seis colinas, uma se perdeu" é outra referência a um lugar, a mais específica dele. Mas não me pergunte o que significa porque não faço ideia. Suspeito que "no palco da história" também faça referência a um lugar. Todas as informações geográficas estão nessa estrofe. Só precisa desvendá-las.

— Tudo bem — disse Jean. — É tudo?

— É isso.

Jean parou de escrever e se levantou para ir embora.

— Obrigado.

— Creio que não seja muito — falou Thomas Barrow, entregando a Jean o casaco dele. — Mas, se eu fosse você, pesquisaria seis colinas e jogos de xadrez ao ar livre. Ou procuraria esquisitões perambulando por algum lugar às nove da noite durante três semanas seguidas.

JEAN CORREU PARA o escritório, pegou mais um café na máquina no saguão e tinha acabado de se sentar à mesa para começar a verificar as pistas que Thomas Barrow lhe dera quando um colega entrou apressado.

— Progresso. Tracy Whitney pegou o voo da Delta das duas e quinze de Denver para Londres, aeroporto de Heathrow. Alguém em um fast-food no aeroporto reconheceu a foto dela!

Antoine Cléry era jovem e ambicioso, magro, pálido, a pele com marcas de catapora e uma expressão de ansiedade permanente. Ele deu a notícia ao chefe como um cãozinho entusiasmado soltando a bola diante dos pés do dono. *Se ele tivesse um rabo,* pensou Jean, *estaria balançando-o.* Naquela ocasião, no entanto, Jean compartilhou do entusiasmo de Cléry.

— Ela embarcou para outro lugar saindo de Londres?

— Não. Não naquele dia. Ela passou pela alfândega.

— Com que nome?

Antoine olhou para o papel em sua mão.

— Sarah Grainger. Ela usou um passaporte inglês.

— Excelente trabalho — parabenizou Jean. — Quero a polícia britânica em alerta máximo.

— Já falei com nosso escritório em Londres.

— Não apenas no Heathrow. Quero a foto dela em todos os aeroportos, no Eurostar e nos portos das barcas. Dover, Folkestone, todos eles. Não acredito que Cooper esteja em Londres. É provável que Tracy já tenha deixado a Inglaterra, e quero saber para onde ela foi e quando.

— Sim, senhor.

Antoine Cléry saiu da sala. Jean Rizzo se sentiu felicíssimo. Era a primeira boa notícia que recebia em dias.

Vou encontrar você, Tracy.

Vou encontrar você, Jeff Stevens e Daniel Cooper.

E então vou acabar com isso tudo de uma vez por todas.

Três dias se passaram.

Nada aconteceu.

A felicidade deu lugar à ansiedade e, por fim, ao desespero. Tracy fora para Londres e de lá evaporou-se. Não havia nenhum sinal dela como Sarah Grainger ou como qualquer outro de seus alter egos.

A equipe do escritório de Londres da Interpol se defendia perante Jean Rizzo.

— Sabe quantos passageiros passam pelo Heathrow todos os dias? Quase duzentos *mil*. E você espera que as pessoas se lembrem do rosto de uma mulher? Ela poderia estar viajando sob diversas identidades. Oitenta e duas companhias aéreas usam o Heathrow, Jean, para voar para 180 destinos. E isso presumindo que ela tenha saído de avião de Londres. Esqueça. É uma agulha em um palheiro. Ela é um grão de poeira no Royal Albert Hall.

Enquanto aguardava, cada vez mais desesperado, por alguém que tivesse visto Tracy, Jean redobrava os esforços para solucionar a charada de Daniel Cooper. Ela tinha desvendado sozinha, afinal. Por outro lado, talvez Tracy soubesse de algo que ele não sabia. Algum segredo que apenas ela e Cooper, e provavelmente Jeff Stevens, tinham em comum.

O xadrez não o levava a lugar algum. Jean conversou com jogadores, com integrantes de clubes de xadrez e com o editor da revista *New In Chess*, a publicação mais lida e respeitada sobre o jogo.

— Há tantos locais a céu aberto para partidas de xadrez quanto estrelas no céu, ou grãos de areia na praia — disse o editor. — Só precisa de um tabuleiro. Quanto a campeonatos oficiais, eles sempre ocorrem em locais fechados. O WCC, o Campeonato Mundial de Xadrez, é o mais prestigiado, claro. Mas "onde os mestres se reúnem" pode ser uma referência a um sem-número de partidas e competições.

Jean voltou a atenção para a pista das "seis colinas". Ele contatou a polícia local de Hertfordshire, na Inglaterra, e fez com que equipes no local dos túmulos romanos mostrassem a foto de Daniel Cooper e de Tracy a várias pessoas. Ninguém os vira, ou reportara qualquer coisa suspeita. Nem quaisquer partidas de xadrez importantes tinham ocorrido na região nos últimos dez anos.

A polícia da cidade de Six Hills, onde se localizavam as seis colinas da Geórgia, obviamente considerava a coisa toda uma piada.

— Uma charada? Parece algo de um vilão do Batman. Não temos muitos casos com reféns por aqui, mas se virmos o seu cara, com certeza avisaremos. Quer que a gente procure pelo Pinguim também?

Jean ficou irritado, mas não pensou muito nisso. Tinha quase certeza de que Cooper estava na Europa. Embora fosse tecnicamente possível entrar nos Estados Unidos com um refém, não havia necessidade de ele dificultar tanto a própria vida.

Sylvie ligou para Jean.

— Amanhã é aniversário da Clémence. Sete anos já.

Jean encolheu o corpo.

— Desculpe. Esqueci completamente.

— Eu sei. É por isso que estou ligando. Comprei um presente para você dar a ela e o embrulhei. É uma câmera.

— Obrigado. Desculpe.

— Você vai levar os dois ao cinema amanhã à tarde, às quatro.

Jean empacou. Ele tinha menos de quatro dias para encontrar Daniel Cooper, e o rastro estava quase frio.

— Sylvie, não posso. Preciso trabalhar. Eu...

— Já comprei os ingressos. É aniversário dela, Jean. Ela quer ver você. Esteja lá.

CLÉMENCE E LUC estavam muito agitados.

— Podemos comprar raspadinha?

— Podemos comprar doces?

— É aniversário da Clem, podemos comer pipoca *e* doces?

— Podemos ver o filme em 3D?

Jean teve uma sensação familiar de felicidade combinada com culpa que sempre sentia na companhia dos filhos. *Eles são tão carinhosos. Eu deveria vê-los mais vezes.*

Contra a vontade expressa da mãe deles, Jean comprou para os filhos um saco enorme de doces e se sentou entre os dois no cinema escuro. O filme era lugar-comum, um desenho preguiçosamente roteirizado, sobre um ajudante engraçadinho e uma heroína briga.

Tracy daria uma ótima heroína, pensou Jean. *Teimosa e corajosa. Inteligente mas impulsiva.*

A mente dele voltou para o caso. Jean tinha passado a manhã assistindo a gravações do circuito de TV fornecidas pela polícia de Londres que mostravam Tracy passando pela alfândega e surgindo no terminal de chegada no Heathrow, quatro dias antes. Ela estava usando um lenço na cabeça e óculos, que escondiam bem o rosto. Ela parecia tranquila. Caminhava no ritmo normal, e não olhava para trás enquanto ia em direção ao metrô.

Jean vira a gravação diversas vezes durante horas em busca de uma pista, de qualquer coisa que pudesse reavivar sua memória ou fazer surgir uma nova pista.

Será que Cooper estava em Londres? Ou em algum lugar da Inglaterra?

Algo dizia a Jean que não, mas ele disse a si mesmo que talvez seus instintos estivessem errados. Pouco antes de pegar o carro para buscar as crianças, Jean descobriu que havia um quadro na National Gallery, em Trafalgar Square, chamado *Six Hills*, seis colinas. Ele mandou um e-mail para o escritório da Interpol em Londres pedindo que entrassem em contato com os responsáveis pela galeria, mas estava louco para pegar o telefone e contar ele mesmo.

Tirou o celular do bolso e o ligou, ignorando os olhares de reprovação dos outros pais. Jean o colocou para vibrar. Imediatamente, o aparelho começou a vibrar e a zunir no colo dele, como uma abelha irritada.

Nove chamadas perdidas.

Nove! Algo devia ter acontecido.

Jean começou a ler as mensagens.

SYLVIE RIZZO ESTAVA encolhida no sofá, lendo um livro e aproveitando a paz merecida quando a porta se abriu e duas crianças chorando irromperam em casa. O pai veio atrás, parecendo estressado.

— Desculpe — murmurou Jean. — Preciso ir, tenho que pegar um voo.

— O que, agora?

— O filme não estava nem na metade! — resmungou Clémence.

— Papai não deixou a gente ficar lá. Nem consegui terminar minha raspadinha! — choramingou Luc.

— Você comprou raspadinha para eles? — Sylvie franziu mais o cenho. — Eu disse que deixam Luc enjoado.

— Preciso ir.

— Pelo amor de *Deus*, Jean! — disse Sylvie. — Vou para a justiça se isso continuar assim. Não pode continuar decepcionando as crianças dessa maneira. É aniversário da Clémence!

Naquele momento, Luc vomitou muito, espalhando vômito azul por todo o tapete da sala.

Jean correu para o carro e não olhou para trás.

Tracy tinha sido vista no Heathrow. A gravação tinha dois dias, mas era clara. Com um novo codinome, e cabelos castanho-escuros e longos, ela embarcara em um voo da Britannia para Sófia, Bulgária.

O Campeonato Mundial de Xadrez aquele ano seria na Bulgária.

Jean pediu que Antoine Cléry verificasse a data e o local.

— A competição começou ontem. É em Plovdiv, uma cidade provinciana, em um centro de conferências anexo a um hotel.

— Plovdiv costuma ser chamada de "a cidade das sete colinas"... Nos limites da cidade há seis colinas de sienito chamadas *tepeta*...

Jean Rizzo pisou no acelerador.

Capítulo 26

PLOVDIV, A SEGUNDA maior cidade da Bulgária, onde acontece o Campeonato Mundial de Xadrez, fica às margens do rio Maritsa, a cerca de 160 quilômetros a sudeste da capital, Sófia. Com mais de 6 mil anos de história, a cidade é uma caverna de tesouros e maravilhas arqueológicas, inclusive abriga dois anfiteatros antigos, ao lado de casas de banho otomanas e mesquitas, além das ruínas de torres medievais.

Tracy reservou um hotel num bairro antigo, um lindo labirinto de ruas pavimentadas e estreitas, ladeadas por antigas igrejas e casas do que era conhecido como o período de Renascimento Nacional. O Britannia Hotel era realmente pouco mais que uma pousada, com poucos quartos, a recepção imunda e um salão que servia frutas, pão e café no desjejum, nada mais. Para Tracy era perfeito. Da janela do quarto, ela conseguia ver o alto de Sredna Gora se erguendo a noroeste, acima da planície aluvial sobre a qual Plovdiv se localizava orgulhosamente mil anos antes de Cristo ter nascido. Fazia uma década que Tracy não colocava os pés na Europa. Em outras circunstâncias, ela teria absorvido a cultura e a beleza em volta como uma pessoa que encontra uma fonte depois de anos no deserto. Mas sob aquelas circunstâncias, os sinos descascados das igrejas e os odores do Velho Mundo mal eram registrados.

Tracy não estava ali para fazer turismo. Tinha levado muito tempo, até demais, para desvendar a primeira linha do enigma de Daniel Cooper. Quando chegou ao Britannia Hotel, estava com calor, exausta e enjoada devido ao estresse... E se aquilo tudo fosse uma piada? E se Jeff já estivesse morto, e Cooper a tivesse atraído até lá para matá-la também? E se Blake Carter estivesse certo? Será que Tracy estava cometendo um erro terrível e mortal?... As "vinte trevas" dela estavam quase no fim.

Tracy precisava encontrar Cooper naquela noite. Ela sabia, pela árdua experiência, que ele não tolerava atrasos, nem estendia um prazo depois de imposto, nem mesmo para ela. O problema era que Tracy ainda não tinha certeza de *qual* teatro ao ar livre ele estava falando no verso "sob as estrelas". O Antichen Teatar, construído pelo imperador Trajano, no século II, era o mais famoso deles. Também ficava entre duas das seis colinas de Plovdiv, o que o tornava uma escolha óbvia. Mas o estádio antigo, construído cem anos mais tarde pelo imperador Adriano tinha tanto direito de ser um "palco da história" quanto o anterior, além da vantagem de estar fechado ao público para restaurações.

Sem qualquer outra pista, Tracy decidiu que Cooper escolheria o teatro abandonado para o encontro. *Ele vai querer me encontrar sozinho.* Depois de deixar a mala em cima da cama, ela tomou um banho, colocou roupas limpas e foi até o outro lado da rua, a um minúsculo café, no qual se obrigou a comer um sanduíche, um lanche tradicional búlgaro de queijo feta com ovo, e a beber uma xícara de café forte. Sentindo-se um pouco melhor — fisicamente, ao menos —, ela verificou o relógio.

São seis horas da tarde.

Três horas restantes, presumindo que estivesse certa com relação a "três vezes três" significar nove horas. Pelo mapa que ela havia pegado na recepção do hotel, sabia que o estádio ficava ao norte da cidade, a vinte minutos de táxi. Ela resolveu chegar mais cedo. Na preparação para a batalha, sempre fazia sentido estudar o território primeiro. Principalmente quando o campo de batalha tinha sido escolhido a dedo pelo inimigo. Daniel Cooper escolhera aquele local por um motivo.

E eu deveria saber qual é.

Ao procurar a carteira na bolsa, Tracy tocou primeiro o celular, logo depois arma que havia levado consigo, uma minúscula Kahr PM9 micro 9 milímetros feita sob medida que podia ser desmontada em peças que pareciam batons e outros "itens permitidos" quando se passava por raios X de aeroportos. Jeff teria rido e chamado aquilo de "arma de mulher". Mas as balas eram mortais, como quaisquer outras.

Durante todos os anos como vigarista, Tracy jamais fora armada para um trabalho. Não desde a noite fatídica na casa de Joe Romano, em Nova Orleans, a noite que colocara Tracy na cadeia e mudara a vida dela para sempre. Ela não gostava de armas. Seu "trabalho" não incluía ferir pessoas. Mas aquilo era diferente. Daniel Cooper era um assassino descontrolado. E estava com Jeff.

Tracy pagou a conta e saiu do café.

A RODOVIÁRIA DE Sófia fica ao lado da estação de trem. Jean Rizzo chegou assim que o ônibus para Plovdiv partia e soube que precisaria esperar mais meia hora até o próximo.

— Merda! — gritou Jean.

Já eram cinco da tarde. Por mais que parecesse ridículo, várias pessoas tinham dito a ele que o modo mais rápido e confiável de chegar a Plovdiv, partindo de Sófia, era de ônibus. Os motoristas de táxi sempre pegavam desvios desnecessários para elevar os preços, os trens costumavam ser cancelados, e alugar um carro era complicado, além de envolver saber o caminho, o que nunca fora o forte de Jean. Em outras circunstâncias, ele teria pedido à polícia local que o levasse de carro pelos quase 150 quilômetros, mas até explicar a história toda, mais horas valiosas teriam sido perdidas.

Por fim, outro ônibus chegou e Jean embarcou, pagando a taxa de 11 leves. Estava lotado e quase insuportavelmente úmido, e a suspensão do veículo era sofrível, assim como o sinal de celular. Não que importasse muito. Depois de três ligações quase inaudíveis e canceladas para o escritório, Jean descobriu que não sabiam absolutamente nada sobre onde Tracy poderia estar hospedada. Nem obteve qualquer pista de Cooper ou Jeff Stevens. A

polícia local tinha sido enviada ao campeonato de xadrez
— "onde mestres se reúnem" —, assim como a diversos
possíveis locais de encontro ao ar livre. A partida tensa
daquela noite entre o russo Alexandr Makarov e o rival
ucraniano Leonid Savchuk no Plovdiv Royal Hotel era o
ponto alto da competição. Havia pelo menos uma chance
de que Cooper escolhesse se encontrar com Tracy lá, ou
que deixasse mais alguma pista sobre seu paradeiro a
salvo no anonimato da multidão.

Quanto a Jeff Stevens, Jean Rizzo achava que ele já
estava morto. Manter um refém por muito tempo é algo
complicado, envolve muitos riscos. Transportar alguém
escondido por fronteiras internacionais é ainda mais
perigoso. Ele sabia, por experiência, que assassinos como
Daniel Cooper costumavam se ater ao que sabiam. Treze
mulheres mortas eram testemunho do sucesso do *modus
operandi* do Assassino da Bíblia. Embora, se alguém pudesse forçar Cooper a sair da própria zona de conforto,
essa pessoa seria Tracy Whitney.

*Jeff Stevens estava certo com relação a Daniel Cooper.
Ele está apaixonado por Tracy. De um jeito doentio, sempre esteve.*

O ônibus seguiu chacoalhando.

JEFF STEVENS ESTAVA gritando pela mãe de novo.

Daniel Cooper ouvira vários outros fazerem o mesmo. Era algo muito comum quando se estava à beira
da morte. Aquele laço primitivo com o útero que nos
carregou existia em todas as culturas. Era o amor que
durava até o fim.

Eu também amava minha mãe. Mas ela me traiu.

Sangue. Era o que Daniel lembrava quando pensava na morte da mãe. Sangue escorrendo dos punhos e do pescoço dela, sangue enchendo a banheira e se derramando no chão, manchando o piso de azulejos vermelhos.

Jeff sangrava profusamente também, principalmente quando Daniel pregou as mãos dele à madeira.

Irritantemente, havia sangue na camisa branca e limpa de Daniel. Ele queria estar com sua melhor aparência quando Tracy finalmente fosse até ele. Aquela era a última noite. Ele já conseguia sentir a presença dela, sua proximidade. Como o aroma de jasmim no ar.

Esta noite.

JEAN RIZZO DESCEU do ônibus em Plovdiv, na frente do Intercontinental Hotel.

Eram sete e cinco da noite.

Faltavam menos de duas horas. Se Tracy estiver aqui, tenho menos de duas horas para encontrá-la. Felizmente, a equipe já está na Europa.

Ele parou na bela praça de paralelepípedos, ainda apinhada de turistas, imaginando aonde ir. Antes que tomasse uma decisão, seu telefone tocou.

— Onde está?

A voz de Milton Buck era exigente e sem encantos, como sempre. Fazia meses desde que Jean Rizzo tinha notícias do FBI. Eles certamente sabiam escolher os momentos.

— Não tenho tempo para isso agora — respondeu Jean, bruscamente.

— Sei que está na Bulgária. Já chegou a Plovdiv?

Isso fez Jean parar. *Como Buck sabe onde estou?*

— Na verdade, cheguei agora. Não que isso...

— Não interrogue Cooper sem mim. Entendeu? Minha equipe e eu estaremos na cidade ao anoitecer.

— Ao anoitecer será tarde demais — falou Jean, bruscamente.

— Escute aqui, Rizzo. — A voz de Milton assumiu um tom ameaçador. — Estamos atrás de Cooper há meses. Agora temos evidências concretas, físicas, de que ele está envolvido nos crimes de Nova York e Chicago. É fundamental que você não o alerte sobre sua presença, nem que o espante antes que tenhamos a chance de interrogá-lo. Está claro?

— Vá se foder, Buck — disse Jean, e desligou.

Ele ligou para sua equipe.

— Alguma novidade?

— Não, senhor. Nada ainda.

Estou sozinho. Tenho menos de duas horas para descobrir aonde Tracy e Cooper vão se encontrar. Pense, Rizzo. Pense!

TRACY CHEGOU AO estádio assim que a noite caiu. O ar ainda estava quente e úmido, e ela conseguia sentir o suor escorrendo pelas costas sob a camiseta branca. Tracy se vestiu casualmente para o encontro daquela noite: calça jeans, tênis e um casaco leve. O último item permitia que ela escondesse a arma, mas também fazia com que ela se sentisse desconfortável e com calor. Esperava que às nove da noite a temperatura tivesse caído consideravelmente.

A área em volta do estádio não estava nada deserta. Tracy viu diversos quiosques fechados com tábuas, típico dos estabelecimentos que vendiam suvenires em todas as "atrações" da Europa. Obviamente, o trabalho de restauração deveria durar mais algum tempo, meses, ou até anos. Algumas pessoas cruzavam a praça adjacente à entrada principal, mas todos passavam direto, correndo para casa depois do trabalho. Ninguém prestava atenção a Tracy ou ao estádio. Não havia uma pessoa tirando fotos e ninguém que parecesse turista, além da própria Tracy.

Que bom.

Placas de "fechado" tinham sido erguidas em volta da estrutura antiga, e em alguns lugares faixas amarelas tinham sido aleatoriamente estendidas entre algumas colunas de madeira deteriorada. Mas nenhum esforço significativo tinha sido feito para manter qualquer possível intruso afastado.

Como é diferente dos Estados Unidos, pensou Tracy. *Um lugar como este seria fechado a cadeado e protegido por um sistema de alarmes.* Ela andou pela área, à procura de câmeras, mas não encontrou nada. No que dizia respeito a locais de encontro, aquele era tanto espetacular quanto reservado. Tracy ficou cada vez mais confiante de que aquele era o lugar no qual Cooper estaria esperando.

"Confiante"? Seria essa a palavra certa?

A verdade era que Tracy estava enjoada devido à ansiedade. E não era aquele medo que precedia um golpe, algo com o qual ela havia se acostumado ao longo dos anos. Aquilo era uma bênção, uma descarga de adrenalina necessária que intensificava sua determinação e aguçava seus sentidos. O que ela sentia agora era diferente, debilitante.

A vida de Jeff dependia dos acontecimentos daquela noite, de como Tracy lidaria com Cooper. E ela não sabia o que esperar. Jean Rizzo mostrara a ela um assassino sádico e sem remorso. Mas Tracy não podia afastar completamente a própria percepção de Daniel Cooper como uma figura débil e patética. Jamais se esqueceria do dia em que ele fora visitá-la na Penitenciária Meridional da Louisiana. O queixo recuado, o nariz torto e os olhos afastados e ágeis davam a ele uma aparência de um rato-do-mato, ou de algum outro roedor. Ela se lembrou das mãos pequenas e femininas de Cooper e teve dificuldades para imaginá-las estrangulando uma mulher, principalmente dominando um homem como Jeff.

No entanto, Tracy agora sabia que ele tinha feito as duas coisas. O medo tomou conta dela novamente.

Tracy tinha subestimado Cooper aquele dia, na prisão. Interpretara mal tanto as intenções dele quanto o enorme poder que ele tinha sobre a vida e o futuro dela. Tracy não cometeria o mesmo erro de novo aquela noite.

Às oito e meia, a praça estava completamente vazia. Os poucos postes de rua eram bastante espaçados e suas lâmpadas eram fracas. Os holofotes do estádio tinham sido desligados. Caminhando com cuidado pela escuridão, Tracy olhou rapidamente em volta antes de passar por baixo da faixa de interdição e caminhar até a entrada principal.

Era linda. Colunas de alvenaria dos dois lados da entrada eram decoradas com relevo trabalhado em mármore.

Havia dois bustos de Hermes nas pilastras sob vasos e folhas de palmeiras e algo que parecia ser uma maça, ou uma arma com espinhos na ponta. Tudo parecia ter sido entalhado no dia anterior. Ela não conseguia imaginar como o local permanecia tão bem-preservado, sem proteção e no meio de uma cidade lotada.

Do lado de dentro, o chão imediatamente pareceu desabar sob os pés de Tracy, fazendo com que ela se sentisse em uma estrutura incomensuravelmente ampla. Tanto espaço! Era impossível ter noção daquilo caminhando pelo lado de fora. Os assentos antigos feitos de mármore, alguns decorados com patas de leão, estavam dispostos em 14 fileiras. Corredores íngremes com degraus entre os assentos levavam a uma pista circular. Enquanto caminhava pelas fileiras vazias e brancas, Tracy teve a estranha sensação de estar em um lugar fantasmagórico e sobrenatural. Dentro do estádio, era possível se sentir completamente deslocado do mundo lá fora. Era como se Tracy estivesse agora em uma dimensão diferente, um lugar congelado no tempo e no espaço.

De pé no centro da arena, ela girou, permitindo que os olhos se acostumassem completamente com a escuridão. Cooper não estava ali. Ninguém estava ali.

Ainda é cedo, disse Tracy a si mesma. Ela não queria imaginar que Cooper estivesse em outro anfiteatro de Plovdiv. Que Jeff também poderia estar lá, aguardando-a, esperançoso, apesar de tudo, rezando para ser resgatado...

Tracy teve vontade de gritar na escuridão, mas desistiu da ideia. *Daniel Cooper quer me encontrar. Ele me pediu que viesse. Se estiver aqui, ele vai me encontrar.*

Nesse momento, ela viu uma abertura bem diante dela. Escondida nas sombras, havia passado despercebida antes, mas agora se abria como a boca feia de um monstro, espreitando, à espera. Havia um tipo de túnel ou caverna embaixo dos assentos. *Um cofre? Ou uma passagem que dá para algum lugar? Que dá para fora? Que dá para dentro?*

Sentindo as palmas das mãos suando e a boca ficar seca, Tracy levou a mão ao casaco e segurou a arma. Então ela saiu pelo túnel.

Estava um breu, e era mais estreito do que parecia de longe. Ao estender os braços, Tracy percebeu que conseguia tocar as paredes dos dois lados. Devagar, cega pela escuridão, ela seguiu em frente, os pés alertas a qualquer obstáculo no chão irregular.

Se houver uma bifurcação, para que lado devo ir?

Ao pensar que poderia se perder, ou ficar presa ali, na escuridão, Tracy sentiu um intenso medo. E então ela se lembrou. Meu telefone! Como pude ser tão estúpida? Tracy parou, pegou o celular e o ligou. Assim que a tela tomou vida, a luz se tornou ofuscante, hipnotizante. Tracy viu imediatamente que o túnel, na verdade, era bem curto, estendendo-se por apenas mais alguns metros. Depois disso, ele se bifurcava em corredores longos e sinuosos. Ao olhar para a direita, Tracy viu o maquinário abandonado, com uma pequena betoneira e duas britadeiras pneumáticas. *Deve ser esta a parte que estão restaurando,* pensou ela. *Impressionante que não tranquem essas coisas, ou que não as levem à noite. Qualquer um poderia entrar aqui e roubar tudo.*

Tracy olhou para a esquerda.

— Oi, meu amor.

Daniel Cooper, com o rosto pálido iluminado por um sorriso nauseante, estava a alguns centímetros dela. Em pânico, Tracy quis gritar, mas Cooper foi mais rápido. Cobrindo a boca dela com uma das mãos, ele a empurrou na parede. Tracy levou a mão à arma. Com uma facilidade assustadora, Cooper arrancou a pistola de sua mão, pressionando o cano contra a têmpora dela.

— Não lute, minha querida. — O hálito de Cooper estava no pescoço de Tracy, no ouvido dela. Segurando-a contra a parede, ele desceu uma das mãos até o seio esquerdo dela e o apertou com força, beliscando o mamilo sob o tecido da camiseta. — Você esperou por isto por tanto tempo quanto eu.

O celular de Tracy caiu no chão.

A luz se apagou.

Jean Rizzo se hospedou em uma pousada no centro da cidade com vista para as muralhas. Ele deu um salto até o celular no primeiro toque.

— Alguma notícia de Tracy?

— Não, senhor. Ainda não. A polícia local recebeu denúncias de alguma confusão fora da cidade. Uma pequena vila de fazendeiros. Não deve ser nada relevante, mas...

— Que tipo de confusão?

— Gritos, aparentemente. Eles enviaram dois homens para lá.

— E?

— Não encontraram nada. Provavelmente apenas um animal selvagem sendo morto. Alguém se assustou. *Provavelmente*. Jean ficou tentado a verificar. Não tinha outra pista, e pelo menos estaria fazendo alguma coisa. Mas se Tracy se *encontrasse* com Daniel Cooper em Plovdiv, e Rizzo ficasse preso no meio do mato em uma caçada inútil...

— Tudo bem. Avise se mais alguma coisa acontecer.

Ele desligou, mas o telefone tocou de novo, imediatamente. Antoine Cléry parecia sem fôlego.

— Acho que a encontramos!

— Aqui? Em Plovdiv?

— Sim, senhor. Ela se hospedou no Hotel Britannia duas noites atrás. — Cléry falou o endereço.

— Estou a caminho.

Jean Rizzo começou a correr.

TRACY SE DEBATEU e chutou o máximo que conseguiu, atacando com unhas e dentes, o medo e o ódio a impulsionavam. Mas para um homem tão pequeno, Cooper era impressionantemente forte. Em uma questão de segundos ele a imobilizou no chão. Incapaz de mover os braços ou as pernas, Tracy estava completamente sem forças, como uma borboleta com as asas presas a uma tábua. A escuridão era total, como a morte. Ela sentiu Cooper descer a mão e abrir o botão e o zíper do jeans, empurrando a calça até a altura dos joelhos. Em segundos, sua mão suada estava dentro da calcinha dela, tocando-a.

— Minha esposa. — Ele suspirou. — Meu anjo.

Bile subiu à garganta de Tracy. Os dedos de Cooper se estenderam e invadiram-na enquanto o hálito imundo dele entrava em suas narinas. Ele continuou devagar, sentindo prazer no que fazia. A cada poucos segundos, Cooper soltava um suave gemido de excitação.

Não! Aquilo não podia estar acontecendo. Não de novo.

Tracy teve um flashback.

Estava na casa de Joe Romano, em Nova Orleans. Tinha 22 anos, estava grávida do filho de Charles Stanhope e tinha ido vingar a morte da mãe, pretendia forçar Romano a admitir a verdade: que ele e seus comparsas da máfia tinham matado Doris Whitney, matado a mulher com suas mentiras, sua ganância e sua arrogância. Mas tudo dera errado. Joe Romano conseguira facilmente subjugar Tracy, rindo enquanto a empurrava no chão, rasgando a blusa dela e beliscando seus mamilos.

— Pode resistir, amor! Adoro isso! Aposto que você nunca foi fodida por um homem de verdade.

Tracy pegou a arma e atirou em Romano. Mas ela não tinha uma arma agora. Tracy estava impotente. Daniel Cooper estava em cima dela, gemendo como um porco. Ela o ouviu abrir o zíper. O terror tomou conta dela. *Não posso fazer isso! Não posso lutar contra ele!*

Ela se obrigou a se concentrar. Tinha de haver uma solução, algum modo de impedi-lo.

O que Tracy sabia sobre Cooper?

Quais eram os pontos fracos dele? Seus medos?

Ele é o Assassino da Bíblia. Odeia prostitutas.

A respiração dele estava mais acelerada.

Ele odeia mulheres imorais. Acredita que está em uma missão de Deus.

Cooper levantou a camiseta de Tracy. Os lábios úmidos dele estavam nos seios dela, chupando-a como um bebê no peito da mãe. Tracy chorou, tentando se afastar dele, ciente de que lutar apenas o deixaria mais excitado. Depois de retirar completamente a calça jeans e a calcinha dela, Cooper subiu em Tracy, forçando as coxas dela a se abrirem. A ereção dele, minúscula, mas dura como uma rocha, fazia pressão contra a barriga de Tracy.

Pelo amor de Deus! Preciso pensar em alguma coisa! Preciso detê-lo.

E então ela teve uma ideia.

— Precisamos parar. — Tracy falou com determinação, como uma professora brigando com um aluno. — Daniel! Precisamos parar AGORA.

Seu tom de voz fez Cooper hesitar por alguns segundos.

— Ainda não somos casados.

Cooper ficou paralisado em cima dela.

— O quê?

— Eu disse que ainda não somos casados. Isso é contra a lei de Deus, e você sabe disso. Não somos casados e não *podemos* nos casar. Não enquanto Jeff Stevens estiver vivo.

Relutante, Cooper saiu de cima de Tracy e ficou de joelhos. Ela ainda estava deitada no chão, e a arma, a arma dela, ainda estava apontada para sua cabeça.

— O que a faz pensar que Jeff Stevens ainda está vivo? — Cooper pareceu petulante.

— Bem, ele não está? — Tracy escondeu o medo o máximo que conseguiu. Ela manteve a voz inabálavel, mas as pernas começaram a tremer incontrolavelmente. *Por favor, que ele ainda esteja vivo. Por favor, que tudo isso não tenha sido em vão.*

— Não sei.

Aquela não era a resposta que Tracy esperava. Ela sabia que precisava pensar rápido.

— Mas sabe onde ele está, não sabe, Daniel?

— É claro que sei. — Cooper deu uma gargalhada, uma risada esganiçada e estranhamente afeminada. Tracy se lembrava bem dela.

— O cordeiro está no Gólgota, minha cara. O sacrifício foi feito. Não há nada com que se preocupar.

Gólgota. O Calvário, o Lugar da Caveira. A mente de Tracy disparou. Gólgota não era um monte? Ou talvez Cooper estivesse falando metaforicamente.

— Pedi que o Senhor o poupasse até que você chegasse. Queria que você o visse. Mas você demorou *tanto*, Tracy. Ele pode estar morto agora.

— Me leve até ele, então — disse ela.

— Acho que não será possível.

— Você precisa me levar até ele! — Ela conseguia ouvir o desespero voltando à voz. — Me deixe vê-lo antes que seja tarde demais. Não era isso que você queria? O que o Senhor queria?

— Não. Não mais.

— Ele é meu marido, Daniel. A Bíblia diz que não podemos...

— EU DISSE NÃO!

O metal duro da arma atingiu o rosto de Tracy. O golpe foi tão repentino que o susto foi maior que a dor.

— *Eu* sou seu marido! Fui *eu* quem Deus escolheu para salvar você. Foi a luxúria que a cegou todos esses anos. Mas tudo isso ficou no passado.

Ele começou a explorar o corpo dela de novo, e, dessa vez, não havia como impedi-lo. Tracy sabia o que aconteceria, e isso levou embora o medo. As mãos dele estavam sobre ela, machucando-a, mas não eram as mãos de Cooper. Dessa vez as mãos pertenciam a Lola e Paulita e a Ernestine Littlechap. Tracy estava no chão de concreto da cela na Penitenciária Meridional da Louisiana, e as mulheres a estavam espancando e violando-a enquanto Tracy chorava e implorava para que parassem. Ela ouviu as vozes das mulheres.

— Carajo! *Mostra pra putinha.*

Então veio a voz do médico da prisão.

— *Ela perdeu o bebê.*

Era o filho de Charles. Tracy havia se transformado para sempre naquele dia. *Se houver amanhã*, disse ela a si mesma, *vou me vingar.*

Mais tarde houve outro bebê, com Jeff. Ela perdeu aquele também. E depois veio Nicholas. *Meu Nicholas. Meu querido. Minha vida.* Nicholas salvara Tracy. Será que ela o amava tanto porque tinha perdido os outros?

De repente, Tracy viu-se tomada pelo ódio. O medo tinha sumido, mas uma fúria selvagem e primitiva tomou o seu corpo. Daniel Cooper não a tiraria do filho! Ele não tiraria do querido Nicholas a mãe, ou realizaria suas fantasias doentias com Jeff, o amor da vida dela. Tracy não deixaria aquilo acontecer, não enquanto ainda respirasse.

Com um grito de fúria, ela levou os braços para trás da cabeça e conseguiu sentir a pressão que o pênis de Cooper fazia contra seu corpo, os quadris dele pesando sobre o corpo dela como chumbo. Tateando a terra, seus dedos tocaram uma pedra. Não era especialmente grande ou pesada, mas teria de servir. Com uma força que não sabia que possuía, Tracy agarrou a pedra e a bateu com toda força na cabeça de Daniel Cooper.

Tracy ouviu um grito de dor e sentiu o peso em cima dela aliviar. Mas ele não estava inconsciente.

— Sua vadia! — ciciou Cooper. Uma das mãos dele rapidamente agarrou o pescoço de Tracy enquanto ela se levantava. Cooper apertou com força, esmagando a traqueia dela. Tracy chutou violentamente na escuridão, quase sem conseguir respirar, mas sabia que se Daniel levasse a outra mão para seu pescoço, a estrangularia com facilidade, exatamente como fizera com as outras mulheres. Um chute acertou Cooper na virilha, provocando mais um grito animalesco. Por um segundo, ele perdeu o equilíbrio e os dedos se abriram em volta do pescoço de Tracy.

Ela aproveitou a chance, sabendo que seria a última. Disparando pela escuridão como um touro, ela o acertou com o peso do corpo. Tudo ficou mais lento, então. Tracy estava ciente de dedos se fechando, de pés deslizando na terra. Então um barulho de rachadura, como um ovo se quebrando na borda de uma louça.

Tracy esperou, paralisada na escuridão, silêncio ofegante.

Um estampido abafado soou quando o corpo de Cooper desabou no chão.

Então nada.

A RECEPCIONISTA DO Hotel Britannia era magra e pálida. Os braços pareciam galhos cobertos de tatuagens, e os cabelos longos e lisos tinham um tom de preto nada lisonjeiro. Jean Rizzo se perguntou há quanto tempo ela usava drogas.

— Fala inglês?

Ela assentiu.

— Poco.

— Estou procurando essa mulher. Tracy Schmidt. — Ele mostrou uma fotografia amassada de Tracy, com a identificação da Interpol. Ao ver o último item, os olhos da menina se semicerraram. — Em que quarto ela está?

— Você espera. Por favor.

A garota sumiu entrando em um escritório pequeno nos fundos. Minutos depois, um homem muito gordo com um casaco curto foi falar com Jean.

— Sou o gerente. Tem algum problema?

— Problema nenhum. Preciso localizar um de seus hóspedes, urgentemente.

— Sra. Schmidt. Sim, Rita me contou.

— Preciso do número do quarto dela e da chave.

— Certamente. — O gerente deu um sorriso nervoso. Jean imaginou o que exatamente ele estava tentando esconder. — Mas a Sra. Schmidt não está no hotel agora. Ela saiu esta tarde, por volta das cinco horas, e ainda não voltou.

Jean Rizzo sentiu uma dor lancinante no peito. *É tarde demais.*

— Ela disse aonde ia?

— Não, lamento. Mas está interessada nos campeonatos de xadrez aqui em Plovdiv. Foi a um ontem. A final é esta noite. Viktor Grinski contra Varily Karmonov. Não me surpreenderia se ela tivesse ido assistir.

Sete noites às três vezes três. Nove horas. Jean olhou para o relógio. Já eram nove e dez. O encontro com Daniel Cooper estaria acontecendo naquele momento. Se Tracy o tivesse encontrado. Havia a chance de ela ainda estar tateando no escuro, tentando resolver a última parte do enigma, exatamente como ele estava fazendo.

Jean pegou um pedaço de papel e rabiscou algo.

— Aqui está o número do meu telefone. Estarei no campeonato. Se ela voltar, assim que chegar, preciso que me ligue imediatamente. Não deixe que ela saia, sob quaisquer circunstâncias. Entendeu?

— É claro. Posso dizer a ela que a polícia...

— Não — gritou Jean por cima do ombro. Ele já estava perto da porta. — Não diga nada a ela. Só a mantenha aqui.

TRACY ARRASTOU O corpo inerte de Daniel Cooper para fora do túnel, de volta ao anfiteatro. Foram apenas alguns metros até ver a luz exterior, mas pareceram quilômetros. Cooper pesava uma tonelada. Ele era um homem leve, mas os braços e as pernas pareciam feitos de chumbos. Quando Tracy o levou para fora, estava ensopada de suor.

Cooper estava respirando, mas pouco. Sangue escorria, quente e vermelho, da laceração na cabeça dele, como magma jorrando de uma fissura na crosta da terra. O lado esquerdo inteiro do crânio de Cooper tinha afundado, como uma bola de futebol furada depois de ser pisada.

— Onde está Jeff? Onde ele está?!

Cooper gemeu. Um terrível ruído gorgolejante saiu de sua garganta.

— Diga onde ele está! — exigiu Tracy. Ela estava ficando histérica. — O que fez com ele?

Cooper estava à beira de perder a consciência. Estava claro que ele não tinha muito tempo. Era agora ou nunca.

Tracy se obrigou a ficar calma. Ela tentou uma tática diferente.

— Você está morrendo, Daniel. Precisa se confessar. Seu último ato de arrependimento diante do Senhor. Quer o perdão do Senhor, Daniel?

Cooper resmungou. Os lábios dele se moviam, mas não emitiam nenhum ruído.

— Jeff Stevens... — exigiu Tracy, abaixando-se para que o ouvido dela ficasse próximo à boca de Cooper.

— Gólgota. — A voz dele era um sussurro. — O cordeiro. Sacrificado, como os demais.

— Demais? Está falando das mulheres que matou? As prostitutas?

Um sorriso surgiu nos cantos dos lábios de Daniel Cooper.

— Eu as matei por *você*, Tracy. — O gorgolejo começou de novo. — Você era minha salvação. Minha recompensa...

Tracy não podia permitir que o horror do que Cooper dizia fosse registrado. Aquelas mulheres estavam mortas. Havia uma chance de Jeff ainda estar vivo. Ela precisava salvá-lo, precisava tentar.

— *Onde* fica Gólgota, Daniel? Onde Jeff está?

— Lugar da Caveira... morte na cruz...

— É aqui? Em Plovdiv?

— Plovdiv... na colina.

Aquilo era inútil. Cooper estava balbuciando. A voz dele ficava mais fraca. Cooper começou a chamar pela mãe e a gemer. Não parava de falar de sangue. Em segundos, desmaiou de novo.

Tracy correu de volta para o túnel. O celular estava no chão, perto da entrada, onde Cooper a atacou pela primeira vez. A tela estava quebrada, mas o telefone ainda funcionava. Depois de ligá-lo, Tracy digitou um número conhecido.

Jean Rizzo parecia frenético.

— Tracy? Tracy, é você? Está bem?

— Estou bem. Desculpe por ter sumido. Estou na Bulgária.

— Eu sei. Em Plovdiv.

Isso fez Tracy ficar alerta.

— Também estou aqui.

— Está? Graças a Deus! Encontrou Jeff? — Pela primeira vez, a voz dela começou a falhar.

— Não. Ainda não. Onde você está, Tracy?

— No anfiteatro.

O anfiteatro! "O palco da história". É claro.

— Está sozinha?

— Agora sim.

— Mas Daniel Cooper esteve aí?

— Sim. Esteve. Ele tentou... — Contra a própria vontade, Tracy começou a chorar. — Eu lutei com ele. Acho que está morto, Jean.

— Meu Deus. Tudo bem, fique onde está, Tracy. Estou a caminho.

— NÃO! — A veemência na voz dela pegou Jean de surpresa. — Esqueça! Estou bem. Precisamos encontrar Jeff. Não temos muito tempo.

— Tudo bem, tudo bem. Calma.

— Não, Jean. Você não entende. Cooper fez alguma coisa com ele. Machucou Jeff. Eu tentei fazer com que me contasse onde ele está, mas... não consegui. Jeff está em algum lugar, sozinho, talvez à beira da morte. Precisamos encontrá-lo.

Jean Rizzo respirou fundo.

— O que Cooper disse exatamente?

— Nada significativo. Foi só... bobagem religiosa. Ele estava quase inconsciente.

— Mas falou alguma coisa?

— Ele disse Gólgota. Gólgota, Gólgota... Lugar da Caveira... — Tracy fechou os olhos, tentando desesperadamente se lembrar. — Um monte de coisa sobre crucificação. Ele disse que Jeff seria sacrificado pelos meus pecados, exatamente como as mulheres que ele matou. Disse que as matou por mim. Que foi culpa minha.

— Não foi culpa sua, Tracy.

— Morte na cruz, morte na colina... algo sobre um cordeiro.

— Espere. — interrompeu-a Jean Rizzo. — Me lembrei de alguma coisa. Houve um incidente hoje. Uma vila de fazendeiros, nas colinas perto da cidade. Alguém relatou ter ouvido gritos. A polícia local verificou, mas disse que não havia nada além de ovelhas lá em cima.

A mente de Tracy voltou à vida.

Ovelhas.

Cordeiros.

A colina.

— Qual é o nome da vila, Jean?

— Não lembro. Oreshak ou Oreshenk, algo assim. Vou encontrar. Fique aí, Tracy, está bem? Vou mandar alguém buscar você. Uma ambulância.

— Está maluco? Não vou ficar aqui! E não preciso de uma ambulância. A que distância fica esse lugar, Jean? Jean?

Mas Jean Rizzo já havia desligado.

Capítulo 27

JEFF STEVENS OLHOU em volta. A minúscula capela era linda. As paredes eram cobertas com afrescos, e o sol entrava pelos vitrais, projetando arco-íris no altar como se fosse confete.

Muito apropriado. Confete para o dia do meu casamento, pensou Jeff.

Tracy entrou nesse momento, a luz do sol incandescente atrás dela, como um halo. Ela passara a perna em Pierpont e estava prestes a se tornar sua esposa. Seus cabelos cor de avelã caíam sobre os ombros em cascatas, e seus olhos verdes dançavam felizes conforme ela deslizava para o altar na direção do amado. Jeff sentiu uma onda de felicidade percorrer seu corpo.

Amo você, Tracy. Amo tanto você.

A GRAVAÇÃO ESTAVA passando. Tracy saía do hotel depois do encontro secreto com o Dr. Alan McBride. O médico tinha cabelos louros platinados e estava sempre sorrindo. Ele também fazia Tracy sorrir.

Jeff o odiava.

O ódio de Jeff se instalou no peito, fazendo com que o coração parecesse ficar contraído. A dor cresceu e ficou aguda, então insuportável. O ódio de Jeff o estava matando. Era como se alguém o estivesse rasgando ao meio, como uma folha de papel, picotando, sem dificuldades, os órgãos dele.

Jeff gritou.

Ele ouviu a gargalhada de uma mulher. *Elizabeth Kennedy? Ou talvez fosse a primeira mulher dele, Louise?* Tudo estava tão confuso. Mas não importava mais, porque em breve a dor acabaria e ele estaria morto.

A MÃE DELE estava morta.

E o bebê também.

O que tornava muito estranho o fato de que a mãe dele e o bebê estavam jogando xadrez.

— Sua vez. — A mãe de Jeff sorriu para o bebê e esperou.

O bebê era uma menina. Ela era jovem demais para jogar xadrez. Jeff estendeu a mão para tocá-la, mas os dedos dele passaram por ela, como se ela fosse um fantasma. Ela pegou uma peça, um cavalo preto, e o bateu no tabuleiro diversas vezes. A cabeça de Jeff começou a doer.

— Por que você morreu? — perguntou Jeff para ela.

— Tracy queria tanto você. Nós dois queríamos. Por que não viveu?

O bebê o ignorou e continuou batendo. *Bang, bang, bang.*

A mãe de Jeff começou a gritar.

Jeff também estava gritando. O barulho era insuportável. *Pare! Por favor, pare!*

— PARE!

Jean Rizzo segurou Tracy com as duas mãos quando ela tentou abrir caminho pelo celeiro. Ele observou o carro da polícia chegar, olhou horrorizado quando Tracy saltou do assento traseiro e tentou correr pelo campo iluminado pela lua até Jean. Ela estava mancando, arrastando a perna esquerda, mas uma determinação feroz a guiava.

— Você não deveria estar aqui, Tracy. Precisa de um médico.

— Me solte! — Tracy chutou com força a canela de Jean.

Ele fez uma careta, mas segurou Tracy.

— É sério. Não pode entrar ali.

Bang, bang, bang. Tracy ouviu marretas batendo atrás de Jean, dentro do celeiro. Parecia que os homens dele estavam tentando derrubar uma parede.

— Ele está lá dentro? Você o encontrou?

— Não sabemos ainda. Há sinais de que ele *esteve* aqui, mas... — A voz de Jean sumiu. — Parece que Cooper pode ter construído uma parede falsa. Talvez para esconder um corpo.

Tracy soltou um choro de angústia. Ela desabou nos braços de Jean.

— O que aconteceu? — O policial búlgaro que dirigira o carro quis saber. — Falei para levá-la para o hospital.

O homem deu de ombros.

— Ela não queria ir. A ambulância levou o suspeito, mas a moça se recusou a ir.

— O suspeito? Quer dizer que Cooper está vivo?

— Estava. Não sei. Talvez não agora. Ele parecia bem mal.

Rizzo tentou processar aquela informação. Se Cooper estivesse mesmo vivo, era uma boa notícia. Poderia haver um julgamento, até uma confissão. Algum tipo de consolo para as famílias... Milton Buck poderia até recuperar algumas das preciosas joias e obras de artes roubadas. Não que Jean Rizzo desse a mínima para o FBI.

— Inspetor Rizzo! — A voz veio do interior do celeiro. As batidas haviam parado. — É melhor entrar aqui, senhor.

De início relutante, Jean acabou soltando Tracy, e correu. Ela o seguiu.

O celeiro era um velho prédio de pedras, originalmente construído para abrigar gado ou ovelhas. Estava escuro do lado de dentro, mas os homens de Jean tinham levado algumas lâmpadas a bateria. Em um canto, alguns antigos utensílios de agricultura enferrujados estavam dispostos em uma pilha, como ossos quebrados. Mas foi a parede ao lado deles que chamou atenção de Tracy. Estava coberta de sangue, como um borrão. Correntes tinham sido afixadas à alvenaria, e diversos instrumentos de tortura, inclusive fios elétricos. Um chicote e um serrote tinham sido apoiados organizadamente em uma cadeira de madeira. Tracy levou a mão à boca para impedir o vômito.

— Senhor!

O jovem oficial estava de pé no alto de uma pilha de escombros. Ele também parecia prestes a vomitar. Uma parede de pedra tinha sido erguida nos fundos do celeiro, a apenas alguns metros da original, criando um tipo de fundo falso para o prédio. Os homens de Rizzo haviam feito um buraco de 1,5 metro, grande o suficiente para que uma pessoa passasse por ali.

O oficial entregou uma lanterna a Jean.

Ele se virou para falar com Tracy, mas era tarde demais. Ela já havia disparado para dentro do buraco.

A cruz era enorme, tinha pelo menos 3 metros. A primeira coisa que ela viu foi o grande prego de ferro que perfurava os dois pés de Jeff.

— Ai, meu Deus. — Tracy caiu em lágrimas. — Jeff! Jeff! Pode me ouvir? JEFF!

Um gemido, então outro.

— Meu Deus. Ele está vivo. — Jean Rizzo olhou para os homens. — Não fiquem parados aí, pelo amor de Deus. Tirem ele de lá! E chamem uma ambulância.

Foram precisos 25 minutos para colocar Jeff em uma maca. Ele parecia ter apagado. Não houve gritos quando os pregos foram retirados das mãos e dos pés dele. Várias costelas estavam quebradas, e seu tronco estava gravemente queimado, mas Jeff não parecia sentir dor.

Tracy falou com ele o tempo todo.

— Está tudo bem. Você está bem, Jeff. Estou aqui. Está tudo bem. Você vai para um hospital. Vai ficar bem.

A certa altura, Jeff arregalou os olhos e falou:

— Tracy?

— Sim, querido! — Tracy se abaixou e o beijou. — Sou eu! Ah, Jeff, eu amo você. Amo tanto você. Por favor, aguente firme.

Ele sorriu e fechou os olhos. Parecia profundamente em paz.

Tracy o acompanhou na ambulância. Os paramédicos o conectaram a vários aparelhos. Havia agulhas nos braços dele e eletrodos no peito, e uma tela com linhas verdes que apitavam intermitentemente. Tracy tinha um milhão de perguntas, mas estava assustada demais para fazê-las. Ela avaliou as expressões nos rostos dos médicos, à procura de qualquer sinal de esperança, mas não viu nada em que se agarrar. Então começou a rezar.

Por favor, Deus, faça com que ele viva. Por favor, me dê a chance de consertar as coisas. De dizer a ele que eu o amo. Por favor...

Um bipe alto e longo assustou Tracy.

— Jeff? — Ela olhou para os paramédicos, em pânico. — O que está acontecendo?

Mãos fortes a empurraram. Tracy não conseguia mais ver Jeff, apenas a muralha de pessoas vestidas com roupas verdes debruçadas sobre ele. Alguém colocou pás no peito de Jeff. Tracy observou, horrorizada, enquanto a silhueta magra do amado pulava na maca, então caía de novo, inerte e sem vida.

— De novo!

Outra carga no peito.

— De novo!

E outra.

O bipe longo e alto continuava.

Depois disso, tudo ficou embaçado. Alguém estava apontando uma luz para os olhos de Jeff. Tracy viu o homem erguer o rosto e balançar a cabeça.

Não balance a cabeça! Não desista. Tente de novo.

Outra pessoa olhou para o relógio.

— Vamos declarar?

Declarar? Declarar o quê? Tracy tentou chegar mais perto. Ela podia ajudar Jeff. Ela podia salvá-lo. Se ele soubesse o quanto ela o amava... se ele soubesse pelo que viver... ele lutaria. Mas quando tentou mexer as pernas, ou estender os braços até ele, Tracy percebeu que estava paralisada. Uma névoa escura descia sobre ela. Estava perdendo o equilíbrio, deslizando, caindo.

— Hora da morte...

Não! NÃO!

Braços fortes a seguraram. Mas não eram os braços dos quais Tracy precisava. Não eram os braços de Jeff. Estava em um pesadelo horrível e acordaria a qualquer minuto. A qualquer minuto.

A voz em sua cabeça era calma e insistente. Parecia a voz de Blake Carter. Blake, querido! Ele estava ali? Ele estava repetindo as mesmas palavras, diversas vezes.

Relaxe, Tracy. Relaxe.

Tracy confiava em Blake. Ela fez o que ele pediu.

Fechou os olhos e se deixou cair na névoa.

Capítulo 28

COLORADO
TRÊS MESES DEPOIS...

TRACY ESTAVA DE pé à janela da cozinha, cortando cenouras para a sopa. Do lado de fora, o rancho parecia mais lindo do que nunca. O outono banhara o Colorado com um brilho quente e cor de âmbar. As folhas nas árvores brilhavam em tons de marrom, dourado e ocre, contrastando lindamente com os vívidos pastos verdes e as cercas de madeira branca, que Blake carinhosamente repintara.

Desde que Tracy voltara da Bulgária, emocionalmente exausta e fisicamente fraca — ela mal reparara, mas tinha perdido 7 quilos durante aquelas duas semanas terríveis e estava muito machucada depois do encontro com Daniel Cooper — Blake Carter tomava conta de tudo. Ele levava Nicholas para a escola enquanto Tracy dormia. Cozinhava e se certificava de que ela estava se alimentado bem.

Tinha lavado roupa e agendado consultas médicas e cuidava dos afazeres do rancho quando Tracy não conseguia. Blake a consolou quando ela chorou, e isso o confundiu profundamente. Ele percebia que as lágrimas eram apenas em parte tristeza. Uma reação normal ao estresse pós-traumático, como um soldado voltando da guerra. O mais importante de tudo, na perspectiva de Tracy, era Blake Carter não ter feito uma só pergunta sobre o que havia acontecido na "viagem gastronômica" dela para a Europa. Carter simplesmente presumiu que Tracy contaria quando estivesse pronta. Ou talvez, pensou ele, ela jamais se sentisse pronta. Blake podia aceitar qualquer cenário, contanto que a amada estivesse em casa segura.

— Você não vai viajar de novo, vai, mãe? — perguntou Nicholas na primeira noite de Tracy de volta.

O tom de voz dele era suave, mas ela podia perceber a ansiedade na voz do filho. Ela dissera que os ferimentos eram resultado de um acidente leve de carro, mas sua aparência quando entrou em casa obviamente assustara o menino.

— Não, meu amor. Não vou viajar de novo.

— Que bom. Você está tão magra. A comida na Europa era muito nojenta?

Tracy sorriu.

— Sim, era bem nojenta.

— Deveríamos ir ao McDonald's amanhã.

— Deveríamos.

Isso fora três meses antes. Agora, Tracy se sentia uma pessoa diferente. Não exatamente como costumava ser, mas uma pessoa renovada. Satisfeita. Em paz. Renascida.

Fora Nicholas, mais até do que a bondade de Blake, que a trouxera de volta à vida. Tracy o observava agora, brincando no quintal com Blake, voltando para casa para almoçar. Os dois tinham se tornado inseparáveis nos últimos tempos, e Tracy reparou que Nick estava começando a ficar cada vez mais parecido com ele. A ideia a deixou feliz.

— Alguma coisa cheira bem.

Braços fortes e masculinos seguraram a cintura de Tracy por trás. Ela se virou, incapaz de impedir que um largo sorriso iluminasse seu rosto.

Jeff Stevens sorriu de volta.

— Que horas o almoço fica pronto? Estou faminto.

Capítulo 29

— Sabe que não é sempre que um homem morre na cruz e depois volta milagrosamente à vida, não é?

A cirurgiã de Jeff, Dra. Elena Dragova, uma mulher atraente perto dos 50 anos, sorriu para o paciente. E deveria. O caso do "homem na cruz" tinha se tornado manchete pela Bulgária inteira. A recuperação de Jeff era considerada um milagre moderno, e a Dra. Elena estava prestes a se tornar famosa, assim como o restante da equipe do UMBAL Sveti Georgi, o maior e mais conhecido hospital de Plovdiv.

— Foi o que ouvi — brincou Jeff. — A cada dois mil anos, mais ou menos, não é? Se eu fundar uma religião, vai seguir?

— Não acredito em Deus.

— Nem eu. Apenas em mulheres bonitas.

A Dra. Elena Dragova riu. Não sabia o que pensar de Jeff Stevens, ou da mulher estranha e muito bonita que o levou para o Sveti Georgi, insistindo que tinha visto sinais vitais na ambulância e exigindo à equipe da emergência que fizesse mais uma tentativa de ressuscitação. O coração de Jeff Stevens *tinha* começado a bater de novo, contra todas as possibilidades. Mas ele precisou fazer uma cirurgia depois, que durou oito angustiantes horas. A condição de Jeff era tão grave que ele tinha sido colocado em coma induzido. Por três noites seguidas, a mulher permaneceu sentada ao lado da cama dele, mal comia ou dormia, apenas observava Jeff respirar. Ela se recusara a deixá-lo, por qualquer motivo. Até mesmo conseguir que a mulher permitisse que as enfermeiras cuidassem dos ferimentos dela tinha sido uma luta. Ela nem queria trocar de roupa e dissera que se chamava Tracy, mas além disso, nada.

Policiais entravam e saíam. Assim como o Sr. Stevens, o hospital abrigava outro americano gravemente ferido, Daniel Cooper, acusado de tentar crucificar Stevens nas colinas. Cooper fora encontrado no anfiteatro com o crânio esmagado na mesmo noite em que Stevens foi resgatado. Boatos diziam que ele, na verdade, era um serial killer e estuprador, que a mulher ao lado da cama de Jeff Stevens escapara por pouco de ser sua próxima vítima. Mas ninguém sabia a verdade, e "Tracy" não falava nada.

Então, um dia, sem aviso, ela foi embora. Um dia do qual a Dra. Elena jamais se esqueceria, por inúmeros motivos.

Por volta das sete horas, outro grupo de americanos chegou — o FBI —, e o cenário na recepção do UMBAL Sveti Georgi rapidamente se tornou um drama.

Um agente muito grosseiro e irritante, chamado Milton Buck, chegou como se fosse dono do lugar, exigindo, aos gritos permissão para interrogar Daniel Cooper.

— Temos um mandado de prisão internacional — ciciou o agente Buck. — Este homem é procurado por uma série de roubos de joias e obras de arte. Ele está escondendo propriedade roubada no valor de centenas de milhões de dólares e eu *vou* falar com ele!

Depois de descontar sua frustração na equipe médica de Cooper, que se recusou terminantemente a permitir que o agente sequer se aproximasse do paciente, Buck voltou-se para Jean Rizzo.

Afora uma breve volta ao hotel para tomar banho e trocar de roupa, Rizzo ficara o tempo todo no hospital, desde a noite em que Jeff Stevens fora levado para lá. Precisava acusar formalmente Daniel Cooper, monitorar o progresso de Jeff e verificar como Tracy estava. Jean não a perdia mais de vista.

— *Você* falou com Cooper! — Milton Buck olhou para Rizzo com ódio.

— Ontem cedo, sim. Tive uma rápida oportunidade quando ele ainda estava lúcido. Foi bastante sincero com relação aos assassinatos. — Jean sorriu. — É claro que isso foi antes do segundo derrame.

— Por que não fui informado? Soube da prisão de Cooper pela porcaria das notícias da rádio da Bulgária! Meu caso...

— ... não é importante — falou Rizzo. — Não comparado ao que aconteceu aqui. Não comparado às 13 vidas perdidas. Além disso, você tem Elizabeth Kennedy, não tem?

— Elizabeth só levou metade do dinheiro. Daniel Cooper tinha a outra parte. Se não recuperarmos aqueles bens...

— O quê? Não vai conseguir sua promoção? — Jean deu um tapinha reconfortante no ombro de Milton. — Que pena, cara.

— O caso não está encerrado! — disse Milton Buck, furioso. — Se Daniel Cooper não pode me ajudar a encontrar o Pissarro perdido de McMenemy, ou as joias de Neil Lane que ele roubou da loja de Chicago, então sua namoradinha Tracy Whitney vai ter que preencher essas lacunas.

Os olhos de Rizzo se semicerraram.

— Deixe Tracy fora disso. Ela não sabe nada.

— Ela sabe como esses vagabundos pensam.

— Você fez um acordo — falou Jean — quando Tracy entregou Elizabeth Kennedy em uma bandeja. Ela teve imunidade. Lembra?

— "Teve". Não achou mesmo que o governo federal diria adeus a centenas de milhões de dólares em bens roubados só para não cair no conceito de uma golpista procurada, achou?

Jean Rizzo olhou para Milton Buck com raiva, mas não disse nada.

— E por falar em Tracy, onde ela está? — perguntou Buck, sorrindo. — Talvez queira dizer à sua namoradinha que eu gostaria de ter uma palavra com ela. Agora mesmo, se não for incômodo.

— Ela foi embora.

O sorriso desapareceu dos lábios de Buck.

— Como assim foi embora?

— Deixou o hospital ontem à noite e desligou o celular. Não tive notícias dela desde então. Fui até o hotel em que ela estava hospedada hoje cedo, mas me disseram que foi embora.

— Não acredito. Nem mesmo você seria tão incompetente a ponto de deixar uma testemunha crucial como ela escorregar entre os dedos.

Jean Rizzo deu de ombros.

— Eu realmente não me importo com o que você pensa, agente Buck. E, para deixar registrado, Tracy não é só uma testemunha. É uma amiga. Se não fosse por ela, Jeff Stevens estaria morto, e Daniel Cooper ainda estaria por aí cometendo outros assassinatos. Pode ir ao hotel se não acredita em mim. É o Britannia, na...

— Eu sei onde ela está hospedada, seu imbecil! Tenho Tracy sob vigilância há meses.

— Uma pena que não a levou mais cedo, então, não é?

Jean saiu, deixando o agente do FBI cuspindo fogo.

ALGUNS MINUTOS DEPOIS, Jean bateu à porta do quarto de Jeff Stevens. Como não houve resposta, ele entrou.

O paciente estava profundamente sedado e dormia como um bebê. Estava fora de perigo agora, de acordo com os médicos, e esperavam que se recuperasse completamente. Mas não ficava consciente por mais que alguns segundos desde que tinha sido levado para o hospital.

Tracy estava dormindo sentada em uma cadeira ao lado da cama de Jeff. Ela parecia em paz, e Jean se sentiu mal por acordá-la. Mas sabia que precisava. Ele sacudiu os ombros de Tracy, acordando-a, e contou sobre a conversa com o agente Buck.

— Precisa sair daqui. O mais rápido possível. Saia da Bulgária hoje.

Tracy pareceu assustada.

— E Jeff? Ele não acordou ainda, não de verdade. Nem mesmo sabe que eu estava aqui.

— Direi a ele — falou Jean, gentilmente. — Quando recuperar a consciência, precisarei interrogá-lo. Contarei tudo.

Tracy hesitou. Havia coisas que *ela* precisava contar a Jeff. Muitas, muitas coisas. Embora ainda não tivesse ideia, de fato, de por onde começar.

— Se eu escrever um bilhete, você o entrega para ele? — perguntou Tracy.

— É claro. Mas precisa correr. Buck não está de brincadeira. Se encontrar você aqui, vai prendê-la.

Tracy assentiu. Já tinha começado a escrever.

— Para onde vai? — perguntou Jean.

Tracy pareceu surpresa com a pergunta.

— Para casa, é claro. Para Nicholas.

— Não pode ficar lá, sabe disso — falou Jean. — Buck vai encontrar você. Ele vai obrigá-la a trabalhar para ele. Precisa pegar seu filho e fugir. Comece de novo em outro lugar, um lugar bem longe.

Tracy balançou a cabeça.

— Não posso fazer isso. O Colorado é a casa do Nick. Não posso criar meu filho fugindo sempre.

— Mas, Tracy...

Ela sorriu, beijando Jean Rizzo na bochecha.

— Vou arriscar. Você se preocupa demais, Jean, sabia disso?

Três horas depois, ela estava em um avião.

Três dias depois, Jeff Stevens acordou e leu a carta da amada.

Três meses depois, a Dr. Elena Dragova assinava os papéis dando alta a Jeff.

— Vamos sentir sua falta — disse a Dra. Elena.

— Eu também vou sentir falta de vocês. Principalmente da irmã Katia. Dará lembranças minhas a ela?

A médica riu.

— Você é incorrigível. Aonde vai? Espero que tenha alguém para cuidar de você. Ou pelo menos disposto a aturar você.

— Vou ficar com uma amiga — disse ele. — Parece que temos negócios para resolver.

Capítulo 30

— Precisamos conversar, Tracy.

Jeff carinhosamente retirou a tábua de carne das mãos dela e a colocou de lado.

Tracy suspirou.

— Não há nada a dizer.

— Ah, há sim. Há tudo a dizer. Nós dois estamos assustados demais para dizê-lo, só isso.

Ele estava certo. Jeff estava no rancho havia cinco dias. Cinco dias incríveis, preciosos e mágicos. Tracy o apresentara a Nick como um "velho amigo" dos tempos da faculdade e prometera ao querido e paciente Blake que explicaria depois. Fora maravilhoso ter Jeff por perto, e mais maravilhoso ainda ver como ele se dava bem com o filho. Nick admirava e respeitava Blake Carter. Mais do que isso, amava Blake. Mas compartilhava do senso de humor de Jeff, sem falar de uma forte tendência rebelde. Os dois se deram bem assim que se conheceram, rindo de desenhos adultos como *Uma família da pesada,* como se fossem uma dupla de crianças levadas.

O problema era que ter o "tio Jeff" como hóspede era quase fácil *demais*. Parecia tão natural e confortável que nem Tracy nem Jeff ousaram falar sobre o passado, ou sobre seus sentimentos. Ou, pior de tudo, sobre o futuro. Em vez disso, mergulharam na alegria do presente, nenhum dos dois foi capaz de se desapegar e de quebrar o feitiço. Jeff acompanhou o olhar de Tracy até a janela. Nicholas estava pulando nas costas de Blake Carter, tentando tirar seu chapéu de caubói. Os cabelos louros de Nick voavam ao vento e os olhos dele tinham se fechado até virarem minúsculas fendas pelo grande sorriso que estampava.

Jeff falou, baixinho:

— Ele é meu filho, não é?

Tracy assentiu.

— É claro que é seu filho. Nunca houve mais ninguém.

— E quanto a Blake?

Ela balançou a cabeça.

— Está na cara que ele ama você, Tracy.

— Eu também o amo. Mas não o suficiente.

Jeff segurou o rosto dela, forçando Tracy a olhar para ele.

— Tracy, eu amo você. Sempre amei e sempre vou amar. Não podemos tentar de novo?

— Por favor, Jeff. Não. — Ela começou a chorar.

— Mas por que não? Eu sei que você ainda me ama também.

— É claro que amo!

— Então por quê...?

— Sabe por quê. — Tracy se afastou dele. — Porque amor não basta. Olhe para ele. — Ela apontou para

Nicholas lá fora. — Olhe como ele está feliz. Como está estável e seguro. *Eu* fiz isso. Eu fiz isso acontecer. Construí uma vida para ele aqui, Jeff, uma vida para nós dois, longe de toda aquela loucura.

— Sim, você fez isso. E fez um trabalho incrível. Mas a que custo, Tracy? — Ao estender a mão, Jeff acariciou o rosto dela. Tracy fechou os olhos sentindo o cheiro da pele dele, a dor e o êxtase. — E quanto a *você*? Quem *você* é, o que *você* quer? Não pode ser apenas uma dona de casa, pelo amor de Deus. Tentou quando estava comigo e odiou. Estava ficando louca de tédio, sofrendo uma morte lenta. Pode realmente garantir que não está morrendo por dentro morando aqui?

— Às vezes sim. — Tracy ficou surpresa ao se ouvir dizendo aquilo. — Parte de mim sente falta da agitação da nossa antiga vida, admito. Mas Nicholas está em primeiro lugar. Ele é a única coisa completamente boa em minha vida, Jeff. A única coisa na qual não fracassei, na qual *não posso* fracassar. Minha mãe sacrificou tudo por mim. Ela foi uma mulher maravilhosa.

— Deve ter sido mesmo. Para ter uma filha tão perfeita... Tracy riu.

— Ah, não. Perfeita não. *Estou muito* longe de perfeita.

— Perfeita — disse Jeff. Ao puxar Tracy para perto, ele a beijou, devagar e com muito carinho. Foi um beijo do qual os dois se lembrariam pelo resto de suas vidas. Nenhum dos dois queria que acabasse.

— E se eu dissesse que desistiria de tudo por você? — implorou Jeff, depois que Tracy finalmente se afastou. — Por nós dois? E se eu jurasse que iria desistir dos golpes e das trapaças de vez. Eu fiz isso uma vez. Poderia fazer de novo.

Tracy balançou a cabeça com tristeza.

— Talvez possa. Mas então parte de *você* morreria. E eu não vou ser responsável por isso, Jeff. Não quero ser o motivo.

— Mas, Tracy. Minha querida, você é *o* motivo. É o motivo de tudo, eu...

Tracy levou o dedo aos lábios dele.

— Eu amo você, Jeff. Sempre amarei. Mas tivemos nossa chance de uma vida feliz. Tivemos, há muito tempo. Agora nosso filho tem essa chance. Ele tem a chance de viver uma vida normal e feliz. Não negue isso a ele.

Jeff ficou em silêncio. Ela estava certa? Será que o tempo deles tinha simplesmente passado?

Ele não sabia. Só sabia que se sentia imensamente triste.

Por fim, ele perguntou:

— Vai contar a verdade a ele? Sobre mim?

Tracy inspirou profundamente.

— Não. Não posso impedir você de contar, se achar que precisa. Mas Blake tem sido um pai incrível desde o dia em que ele nasceu.

— Posso ver — falou Jeff.

— Não quero que ele perca isso.

— Não. — Jeff engoliu em seco. — Nem eu.

Naquele momento, a porta dos fundos se escancarou e Nicholas entrou correndo.

— Estou morrendo de fome. O que tem para o almoço? Ah, oi, tio Jeff. Quer jogar Super Smash Bros. comigo depois do almoço? Blake odeia o Wii.

— É claro que odeio — falou Blake, pendurando o chapéu desgastado. — Estraga o cérebro.

— E mamãe é horrível.

— Ei! — falou Tracy, forçando um sorriso. — Não gostei disso.

— Não me importo de derrotar você no Smash Bros. depois do almoço — respondeu Jeff. — Contanto que não chore depois.

— Ah! — Nicholas riu com desdém. — Você é que vai chorar. Me derrotar, até parece!

— Mas será nosso último jogo por um tempo, amigo. Vou embora de manhã.

Tracy, Blake e Nicholas ficaram paralisados. O menino pareceu abalado.

— Embora? Por quê? Achei que ficaria pelo menos até o Halloween?

— Surgiu uma coisa — disse Jeff, o mais casualmente possível. — Não tinha solução, pelo visto.

— O que surgiu?

— Trabalho. Foram ótimas férias, amigo, mas tudo tem um fim.

— Hmm. — Nicholas pareceu obviamente pouco impressionado pela lógica. — Qual é o seu trabalho mesmo, tio Jeff? — perguntou ele. — O que você faz?

— Hã... — Envergonhado, Jeff olhou para Tracy. — Eu... bem, eu, hã...

— O tio Jeff está no ramo de antiguidades — falou Tracy, inabalável, sem perder um segundo. — Agora vá se trocar para o almoço.

NA MANHÃ SEGUINTE, Tracy acordou cedo, bem antes do alvorecer. Ela teve sonhos terríveis.

Estava se afogando, afundando, arquejando enquanto enormes ondas a cobriam e correntes fortes a puxavam mais e mais para baixo das profundezas escuras e gélidas. Tracy conseguia ouvir Jeff gritando.

— *Estou aqui, Tracy! Estou aqui! Pegue minha mão!*

— Mas quando ela tentou segurar sua mão, Jeff tinha sumido.

Tracy preparou café e se sentou no andar de baixo sozinha, esperando o sol nascer. Ela se sentira tão em paz ali um dia, tão satisfeita. Naquela cozinha, naquela casa, naquela cidadezinha nas montanhas. Apenas ela, o filho e Blake. Tinha enterrado o passado. Não apenas Jeff Stevens, mas a si mesma também, a pessoa que costumava ser. Tinha enterrado isso e ficara de luto, então seguira em frente. Pelo menos era o que Tracy dissera a si mesma durante todos aqueles anos.

Que tola eu fui! Ela sabia agora que o passado jamais podia ser enterrado. Era parte dela, da mesma forma que seus olhos, sua pele e as batidas de seu coração eram parte dela. Jeff era parte de Tracy, e não apenas por causa de Nick.

Imaginou se algum dia se sentiria feliz de novo. Ou será que estava destinada a sempre viver uma meia vida? A escolher uma versão de si mesma e sacrificar as outras, para sempre?

Jeff foi embora depois do café da manhã. Ele desceu de malas prontas e sorrindo, tornando a partida alegre, pelo bem de Nicholas. Não houve longas despedidas. Ele e Tracy tinham combinado isso na noite anterior. Em vez disso, se beijaram na bochecha e se abraçaram, como velhos amigos que eram.

— Cuide dele — falou Jeff. — Se cuide também.

Então ele entrou na caminhonete alugada e saiu.

Nicholas ficou de pé na varanda, de mãos dadas com a mãe, observando o carro até o veículo desaparecer.

— Amo o tio Jeff. — O menino suspirou. — Ele é tão divertido. Vamos ver ele de novo, não vamos, mãe?

Tracy apertou a mão do filho com força.

— Espero que sim, meu amor. Nunca se sabe o que o amanhã pode trazer.

Agradecimentos

Meus AGRADECIMENTOS, MAIS uma vez, à família Sheldon, e principalmente a Alexandra e a Mary, por confiarem a mim não apenas estes livros, mas Tracy Whitney. Sua ajuda e seu incentivo significam muito, e seus conselhos durante o processo de edição foram inestimáveis. Agradeço também a meus editores, May Chen, em Nova York, e Kimberley Young, em Londres, por me aturarem; e a toda a talentosa e dedicada equipe da HarperCollins. A Luke e a Mort Janklow, meus agentes maravilhosos, e também a Hellie Ogden, em Londres, e a todos na Janklow e Nesbit. E à minha família, principalmente meu marido, Robin, e nossos queridos filhos: Sefi, Zac, Theo e Summer. Amo e adoro vocês.

Em busca de um novo amanhã é dedicado à minha querida amiga Katrina Mayson (nascida Blandy), que deveria ter tido um livro dedicado a ela há muito tempo! KB, você é insubstituível em minha vida. Obrigada por tudo e espero que goste do livro.

Este livro foi composto na tipografia
Minion Pro Regular, em corpo 11,5/16, e impresso em
papel off-set no Sistema Digital Instant Duplex
da Divisão Gráfica da Distribuidora Record.